江苏省作家协会"重点扶持文学创作与评论工程"项目"苏中作家论"&"江苏高校哲学社会科学优秀创新团队""江苏省哲社优秀创新团队（比较文学与跨文化研究）"研究成果

U0724223

文艺作品的多重解读

王玉琴 著

NORTHEAST NORMAL UNIVERSITY PRESS
WWW.NENUP.COM

东北师范大学出版社

图书在版编目（CIP）数据

文艺作品的多重解读 / 王玉琴著． -- 长春 ： 东北
师范大学出版社， 2021.9
ISBN 978-7-5681-8423-6

Ⅰ．①文… Ⅱ．①王… Ⅲ．①世界文学—文学欣赏
Ⅳ．①I106

中国版本图书馆 CIP 数据核字（2021）第 196409 号

□ 责任编辑：贾秀艳　□ 封面设计：优盛文化
□ 责任校对：卢永康　□ 责任印制：许　冰

东北师范大学出版社出版发行
长春市净月经济开发区金宝街 118 号（邮政编码：130117）
销售热线：0431-84568036
网址：http://www.nenup.com
东北师范大学音像出版社制版
定州启航印刷有限公司印装
河北省定州市西城区大奇连工业园
2021 年 9 月第 1 版　2021 年 9 月第 1 次印刷
幅画尺寸：170mm×240mm　印张：15.5　字数：278 千

定价：79.00 元

前　言

　　德国哲学家卡西尔在《人论》中提出："认识自我乃是哲学探究的最高目标。"❶法国思想家蒙田也指出："世界上最重要的事情就是认识自我。"❷当然，这里的"自我"并非绝对意义上的个人，它是指每一个"自我"在内的人类世界。阅读与阐释文学作品，对于读者而言，既具有借文学来认识自己、认识人类及大千世界的作用，又满足了个人从他人经验中感悟世界、探究世界、寻求安慰和娱乐的愿望。对于以文学为业的青年学生来说，深入阅读，将阅读感悟、审美体验与理性思维结合起来，探究文学的魅力，解剖作品表层与深层的意义，是经常性的文学训练。从历史角度来看，文学教育的理念源远流长。中国文化自先秦发端时，就极为重视诗教。孔子云："诗，可以兴，可以观，可以群，可以怨；迩之事父，远之事君；多识于鸟兽草木之名。"贺拉斯也认为要"寓教于乐"，文学的认识、教育与审美功能被中外诗哲进行了精当的概括。中国人对《诗经》的学习，古希腊人对《荷马史诗》的阅读，都是在文学的审美接受中，形成了影响世界的文化传统。

　　一代又一代的读者，在阅读中成长，在成长中阅读，对文学的阅读、理解与阐释也越来越丰富与深入。"仁者见仁，智者见智""一千个读者心中就有一千个哈姆雷特"，说明不同读者有不同的阅读体验，也道出了文学作品被认识与被接受的复杂性。阅读与批评的个性化与复杂性，使一部分作品在作者在世时成为人人争相阅读的畅销书，一部分作品却会为作家带来杀身之祸——明代的高启、"文革"时期的老舍，都是因文章而死。有些作品的作者在世时湮

---

❶　卡西尔. 人论 [M]. 上海：上海译文出版社，2004:3.

❷　席扬. 中国当代文学 30 年观察与笔记 [M]. 福州：海峡文艺出版社，2014:5.

没不彰，离世后作品重见天日，影响深远，如《聊斋志异》《红楼梦》。还有很多不太幸运的作品，随着作者肉身的消失而灰飞烟灭。这说明，对文学作品的阅读与阐释，与个体阅读者、时代风潮、地缘政治、文化背景有着千丝万缕的联系。本书所涉及的文学阅读与相关评论，毫无疑问，是在特定时期、特定心境与特定文化背景下产生的特定的心灵体验，它是在阐释"哈姆雷特"的无数读者中，试图成为最接近"哈姆雷特"本质的一种阅读与阐释，是一场寻求文学真相与文学灵魂的精神漫游。

文学作为人类认识世界的文化载体，最为本真地反映了不同时代与不同国度的人类心灵史，作者和读者最终的交汇在于心灵之间的相互照耀与呼应。黑格尔说："只有心灵才是真实的，只有心灵才涵盖一切，所以一切美只有在涉及这较高境界而且由这较高境界产生出来时，才真正是美的。"❶笔者在阅读不同时代、不同国度与不同作家的作品时，致力于从心灵世界的丰富复杂与敏锐多思方面去探寻人心的真相，而在这庞杂而丰富、悠远而精深的文学史实中，最能撼动笔者心灵的，是那些关注着小人物的生存与情感世界的文学作品。作为文学作品的阅读者、阐释者与研究者，每一个读者在解读作品时，总会带上读者自身的烙印。如本书的研究对象，就是笔者作为女性读者与女性研究者观照与选择的结果。笔者所阅读与研究的这些作品，大多数是能够代表这位作家创作风格的短篇或长篇，如海明威的《白象似的群山》、张爱玲的《封锁》、莫言的《生死疲劳》等，这些优秀之作正好在某个维度上揭示了人类世界的奥秘，探究了人性的阴暗和人类社会中习焉不察的传统。笔者在阅读过程中，既为作家敏锐深刻的文学表现拍案叫绝，又对作品中提出的问题进行了深入思考。优秀的文学家既是语言的高手，又是思想的智者。在审美享受之后的思想启迪使笔者在掩卷之余，悉心揣摩作品背后的意义。

作为执教于地方高校的文学研究者，笔者关注特定地域环境下成长起来的较有名声的地方作家。"一方水土养一方人"在某种程度上也对应着"一方水土养一方文"。在当代文学地图中，汪曾祺、毕飞宇、曹文轩笔下的故事都发生在江苏中部，其中曹文轩借助《草房子》《红瓦》《青铜葵花》等呈现了苏北盐城的水乡场景，他笔下的水乡女子的形象与性格截然有别于黄土高原地域女子的豪情与爽朗。由此可见，诸多深受地域文化影响的作品会通过特定的人物形象，流露出作家对地方人性、人情的理解，本书中提及的李有干的《大芦荡》、陈明的《雾韵》皆是如此。笔者作为生长于这一特定地域的文学教师，在阅读

---

❶ 黑格尔.美学 [M].朱光潜,译.北京:商务印书馆,1979:5.

与解析这类作品时颇有心有灵犀之感。出于对家乡文学的热爱，笔者主要挖掘本土作家作品中的正能量，期待他们在文学的天空中飞得更高，更远。

对文学作品进行不同视角的解读是文学研究中一种较为新鲜又颇具生命力的研究方法。美国学者迈克尔·莱恩的《文学作品的多重解读》，从不同的理论视角对同一部作品进行了解读与阐释，从而开辟出不同的文学景观。例如，该著作选择莎士比亚的《李尔王》，分别用形式主义、结构主义、精神分析、马克思主义、女性主义、性别研究、历史主义、族裔批评等九种理论视角对其进行解析，从而得出不同的结论。这说明，优秀的文学作品作为一个开放的艺术世界，能够经得起不同时代、不同读者与不同视角的阅读考验。

相对读者与研究者而言，作家作品是恒定的，读者与研究者是在不断变化和不断延伸的。但是，任何读者与研究者都是在某一时代相对稳定的心理结构中去接受不同文化背景中的文学作品的。文学的共性能够超越时间和空间，从而产生广泛而久远的影响力，文学的个性又使它只能抓住那些与它拥有内在机缘的读者，所以每一个作家、每一部作品都有它特定的读者群。同样，每一个读者也有他（她）自以为的"文学情人"。本书所提及的每一部作品，都是笔者在特定的机缘下与它心意相通的产物。回溯这其中的每一篇文章，笔者都能清晰地回忆初读、精读与行文的每一个瞬间，这些作品带给了笔者一种久违的阅读体验。

对于女性读者而言，在阅读作家作品的过程中，往往有异于男性读者。例如，在语言感觉上，笔者往往比较欣赏细腻生动而形象精确的细节描写与心理描写，而对偏重哲理化的抽象句子比较排斥；在题材偏好上，笔者并不特别倾心反映江山变色的鸿篇巨制，而对细枝末节处反映出的人性、人情颇为关注；在研究视角上，笔者的女性视角可以说贯串始终，但笔者的女性视角并不过多关注女性与男性之间呈现对立关系的一面，而主要关注女性与男性作为人的一面，故本书中提及的女性视角，更多是在自然性别与女性经验的意义上使用。作为生活与成长于特定时空中的女性读者，自然地理、社会历史与文化建构等各种因素毫无疑问地影响了笔者的阅读与研究，从而使本书的某些阐释性、批判性评论或多或少地带上"批判男权"的印迹，这种自觉的抵抗或者有意无意地批判，是由于与生俱来的某种集体无意识，并非笔者义愤填膺的宣泄或者主观性的妄断。

"伟大作品的评论，其重要性决不在伟大作品本身之下"❶，别林斯基如是

---

❶ 别林斯基.别林斯基论文学[M].梁真，译.上海：新文艺出版社,1958:260.

说。优秀的批评家与优秀的作家是可以互相照亮的。笔者并不是优秀的批评家，但以此为最高的努力目标。文学作为人类共同的精神食粮，曾经在我们走投无路或是一片混沌时，为我们开启了一扇通往光明世界的门，我们有什么理由不使这扇光明之门更加宽广、更加明亮呢？

　　本书可供文科学生学习基础写作与文学评论写作使用，也可作为文学爱好者信手翻来的案头书籍。由于笔者学识修养及阅读、批评视野具有局限性，文章疏漏或不当之处在所难免，诚求文学中人不吝赐教批评指正。

目 录

下篇　苏中作家论

附录一

附录二

后记：文学之缘

上篇 文学之门

文学写作

写作与文学写作是既相辅相成又截然不同的两个概念。写作的字面意义，可以参见《汉语大词典》。古人认为，写诗作文是写作的基本含义。宋代张孝祥的《蝶恋花·行湘阴》云："落日闲云归意促。小倚蓬窗，写作思家曲。"明代高启《拟古》诗之二中又写道："初为郢中唱，再奏邯郸吟。不惜努力歌，写作绝代音。"前者所提的"写作"，指的是心有所思，于是笔有所指，写出了反映自我心灵需求的"思家曲"。后者所指的写作，意义与前者有同，但其"绝代音"的要求，说明这时的写作又具有了某种超越自我、激人奋进的意义。由于写作的主体、对象、目的不同，今天的写作已经是一个内涵更加丰富、分类更加精细、目的与作用也各不相同的人文学科中一个重要的科目。在中国学科目录分类中，写作属于中国语言文学学科中文艺学学科下的一个学科方向，一般分为文学写作、公文写作、新闻写作等几个大类。不管是哪种类型的写作，都是人类以语言文字为媒介，以自然界、社会生活和心灵体验为材料，以创制文章为目标的一种精神劳动。

一、写作的产生

写作的前提是文字的产生，写作是人类由口传文化发展到笔传文化的产物。只有有了约定俗成的文字，人类才可以运用文字来表情达意。相传仓颉创造文字以后，"天雨粟，夜鬼哭"。人类依托语言文字的交流，终于从混沌无知的蛮荒时代走向了认知能力不断增强的文明时代。文字使人类物质生活和精神生活中宝贵的生产经验和心灵体验得以传承下来，这种传承就是通过人类的写作活动实现的。

写作活动产生之后，写作的成果——文章多了起来，如刘勰所说："夫人之立言，因字而生句，积句而成章，积章而成篇"。文章的成败得失、功用大小、题材分类逐渐成为人们在写作过程中必须考虑的问题，讨论这些问题的评述与著作也多了起来。反观前人对写作与文章的理解与定位，有两种说法我们应当熟知。第一种说法是三不朽说。《左传·襄公二十四年》中有云："太上有立德，其次有立功，其次有立言，虽久不废，此之谓三不朽。"以"立言"求不朽是古今中外许多知识分子的终身追求，知识分子也通过"立言"这一写作活动，反省人类自身，从而形成了一个与现实世界既密切相关又保持一定距离的知识传统。在清理现实社会不良机制与正视人类过度欲望的著书立说过程中，人们不断探求理想的生存状态和心灵图景。第二种说法为曹丕在《典论·论文》中所提及的一句话，即"盖文章，经国之大业，不朽之盛事"。曹丕认为，好文章既可以经邦济国，在现实社会中发挥作用，也可以继往开来，传承历史与文明。正因为对文章有如此之高的期许，曹氏父子不仅建功立业、安定天下，还写诗作文，文名远播。优秀的写作者，心怀天下，写出来的文章往往境界高远，流播四方。

二、文学写作的特殊性

相对应用写作与新闻写作而言，文学写作的创造性、情感性、形象性、审美性更为明显，西方学界将此类写作命名为创意写作（Creatve writing）。文学写作作为原创性的写作，涵盖虚构与非虚构在内的所有文学形式，如诗歌、散文、戏剧、小说、电影脚本等。

文学写作自诞生之日起就争议不断，西方文化史上的诗哲之争是代表性争议之一。柏拉图批评诗人反映的不是真实的世界，而是影子的影子，要把诗人从理想国中驱逐出去。后来，亚里士多德著《诗学》，其认为诗的出现源于人的天性。人从孩童时代开始，就有模仿的本能，人在模仿中获得快感，也在模仿中获得知识，亚里士多德从肯定的角度确认了文学的地位。从柏拉图的灵感说、亚里士多德的模仿说，到席勒的游戏说、马克思和恩格斯的劳动说，文学起源的说法不一而足。

相较西方诸论对文学起源阐释的明晰性，中国人惯于以直观可感的诗性语言探讨文学的发生，如《毛诗序》云："诗者，志之所之也，在心为志，发言为诗，情动于中而形于言，言之不足，故嗟叹之，嗟叹之不足，故永歌之，永歌之不足，不知手之舞之，足之蹈之也。"此论将中国文学的发生，与情、志密切相连。深入持久的言志抒情传统，使中国的诗词创作卓然独立。抒情传统与诗歌文体的发达，使古代中国人对自然人生寄予无限的深情，陈子昂的"前不见古人，后不见来者。念天地之悠悠，独怆然而涕下"，杜甫的"感时花溅泪，恨别鸟惊心"，所熔铸的正是天地与我并生、自然与我同一的诗心、诗情。文学的审美价值熏染了一代又一代人，人们从文学中获得知识、接受教育、体会情感、传承美好与文明。

文学写作的特异性何在？以中国诗词为例来进行探究。清代诗论家叶燮这样说："可言之理，人人能言之，又安在诗人之言之？可徵之事，人人能述之，又安在诗人之述之？必有不可言之理，不可述之事，遇之于默会意象之表，而理与事无不灿然于前者也。"叶燮之语，以形象的语言道出了文学与"可言之理""可徵之事"的区别，说明了诗词文学所创造的世界，是一个超越常规与现实的审美空间。文学有文学的逻辑，它能将"不可言之理""不可述之事"赫然呈现于读者眼前，这说明文学有其自身的创作规律。在清代，另一著名的词论著作——况周颐的《蕙风词话》中，也有一段文字应当引起我们的注意："吾听风雨，吾览江山，常觉风雨江山外有万不得已者在。此万不得已者，即词心也。""风雨江山外"的"万不得已"与叶燮所说的"不可言之理""不可述之事"颇有异曲同工之妙。由此可见，不管是诗、词，抑或其他体裁的文学作品，所表达和反映的是一个超越风雨江山和日常生活的"第二自然""第二世界"，诗人的诗心、词人的词心、文人的文心，感受世界和表达世界的方式，都是和普通人不一样的。如果以某种诗意的语言来概括文学所表达的人生，这种人生就是一种"诗意地栖居"。人们在文学世界中获得了一种从有限进入无限、从现实束缚走向精神自由的审美空间。

从古至今，从中到外，人们对文学创作奥秘的探索从来没有停止过。柏拉图最早认识到文学创作的复杂性，他认为，文学写作作为一种倾诉主体心灵的创造性活动，并非一般技艺，可以简单直接地传授。按照柏拉图的理解，文学写作是灵感的产物，以写诗为例，"诗人是一种轻飘的长着羽翼的神明的东西，不得到灵感，不失去平常理智而陷入迷狂，就没有能力创造"。[1] 文学创作的心理活动微妙、丰富而复杂。如果说柏拉图主要从心理机制的角度探索文学创作的规律，亚里士多德则倾向于从文学和世界的关系角度探究文学写作的真谛。"模仿说"是亚里士多德的理论贡献。亚氏认为："人从孩提的时候起就有模仿的本能（人和禽兽的分别之一，就在于人最善于模仿，他们最初的知识就是从模仿中得来的），人对模仿的作品总是感到快感"。[2] 亚氏的模仿说，肯定了文学和现实世界的关系，人们在模仿中再现和创造了一个比现实世界更为完美的世界。由于文学创作的特殊性，人们对"天赋与创作""作家是否可以培养"等

---

[1] 柏拉图.柏拉图文艺对话集 [M].朱光潜，译.北京：人民文学出版社，1983:8.

[2] 亚里士多德.诗学 [M].罗念生，译.北京：人民文学出版社，1982:11.

问题进行反复探讨。有的人认为"作家可以培养，写作人人可为"❶，还有的人认为"作家的某些部分是可以培养的"❷，应该"开设文学写作专门课"❸。笔者认为，对热爱文学且正在从事创作的作家进行必要的文学技能的培训，确实可以提高作家的创作水准。就中国目前的高等教育来说，文学写作尚没有纳入日常写作教学当中，欧美国家大学教育中的"创意写作（Creative writing）"教学，可以为我国的写作教学改革提供借鉴。

后天培养和文学天赋之间应该是相辅相成的关系。天赋好的人，其实也是在有了兴趣之后，反复研习、揣摩写作规律，最终达到"至人无法"的境界，如苏轼所说："吾文如万斛泉源，不择地皆可出，在平地滔滔汩汩，虽一日千里无难。及其与山石曲折，随物赋形而不可知也，所可知者，常行于所当行，常止于不可不止。"具有丰富创作经验的作家、评论家在分析文学创作的创造性时，有人强调观察，有人强调情感，有人强调经历，有人强调联想。其实，每一位作家都有他（她）理解世界与呈现世界的方式。倾向于现实主义风格的作家，如巴尔扎克，要求"搞文学的人应该具有蜗牛般眼观四方的目力，狗一般的嗅觉，田鼠般的耳朵，能看到、听到、感到周围的一切"。❹倾向于浪漫主义风格的作家，如华兹华斯，要求诗人"比一般人具有更敏锐的感受性，具有更多的热忱与温情，他更了解人的本性，而且有着更开阔的灵魂；他更喜欢自己的热情和意志，内在的活力使他比别人快乐得多；他高兴观察宇宙现象中相似的热情和意志，并且习惯于在没有找到它们的地方自己去创造"。❺由此可见，现实主义作家更为关注身外世界，浪漫主义作家更为专注自己的心灵世界，但是不管他们的关注点如何不同，都有一点是相同的，即他们都善于从普通人习以为常也无从下手、无法理解的地方运用他们观察世界的方式，挖掘各种存在的可能性。

三、文学写作的动因

文学写作与一般意义上的写作不同，文学写作更强调创造性。什么样的人更适合文学写作？那些走上文学写作之路的人有着什么样的写作动因呢？回顾洋洋大观的中国文学史，会发现不同的人有不同的表述，这种不同的表述从许

---

❶ 刁克利.作家可以培养 写作人人可为 [N].光明日报,2011-11-23(14).

❷ 宁肯.作家的某些部分是可以培养的 [N].光明日报,2012-2-28(14).

❸ 李浩.倡导开设文学写作专门课 [N].光明日报,2012-3-27(14).

❹ 凌焕新.写作新教程 [M].南京：江苏教育出版社,2009:47.

❺ 童庆炳,曹卫东.西方文论专题十讲 [M].北京：高等教育出版社,2005:90.

多方面揭示了文学创作的某些特殊规律。例如，司马迁认为："《诗》三百篇，大底圣贤发愤之所为作也。此人皆意有所郁结，不得通其道，故述往事，思来者"。司马迁总结前贤著述，提出"发愤著书"之说，表明文学创作与作家内在的心灵压抑有一定的关系。发愤著书，一方面能疏通情绪，另一方面能激励斗志，此学说激励了一代又一代的文人雅士。明代"童心说"的提倡者、有反传统精神的李贽，提出来的写作观点与司马迁发愤著书说有异曲同工之妙。然而李贽所言，将创作之前、创作之中、创作之后的种种状态描述得更为精练、生动、传神："且夫世之真能文者，此其初皆非有意于为文也。其胸中有如许无状可怪之事，其喉间有如许欲吐而不敢吐之物，其口头又时时有许多欲语而莫可所以告语之处，蓄极积久，势不能遏。一旦见景生情，触目兴叹，夺他人之酒杯，浇自己之块垒。诉心中之不平，感数奇于千载。既已喷玉唾珠，昭回云汉，为章于天矣。遂亦自负，发狂大叫，流涕恸哭，不能自止。宁使见者闻者，切齿咬牙，欲杀欲割，而终不忍藏于名山，投之水火。"李贽对"真能文者"的概括，道出了文章"从无到有"的写作过程，也道出了文章感人至深、流播久远的缘由。与发愤著书说相反，陶渊明"常著文章自娱，颇示己志。忘怀得失，以此自终"。从怡情适性角度，陶渊明认可了文学的休闲娱乐功能。在对文学写作动机以及写作目的的探讨中，鲁迅提倡文学应该"为人生"而并非"为艺术"。1933年，鲁迅在《我怎样做起小说来》中，回顾自己的创作历程，讲到了自己从事小说创作的指导思想："说到'为什么'做小说罢，我仍抱着十多年前的'启蒙主义'，以为必须是'为人生'，而且要改良这人生。我深恶先前的称小说为'闲书'，而且将'为艺术的艺术'，看作不过是'消闲'的新式的别号。"鲁迅的文学启蒙观、文学改良观在他的两部小说集《呐喊》和《彷徨》中表现得尤为明显，出于文学启蒙的创作目的，鲁迅在表现被压迫民众的不幸时，着重揭示了他们精神上的"病苦"。鲁迅以文学为武器，猛烈抨击了几千年来的旧文化、旧思想、旧道德，积极提倡新文化、新思想、新道德，为民众觉醒和民族自新提供了思想上和文化上的准备。鲁迅对文学的极高的期许，是他获得杰出文学成就的重要前提。对于双腿残疾的史铁生来说，写作是他所说的能够活下来的理由："我其实未必合适当作家，只不过命运把我弄到这一条路上来了。左右苍茫时，总也得有条路走，这路又不能再用腿去趟，便用笔去找……写作者，未必能够塑造出真实的他人（所谓血肉丰满、栩栩如生的人物），只可能塑造真实的自己。"❶通过上述作家提及的不同创作动机和创作目

---

❶ 史铁生.病隙碎笔[M].北京：人民文学出版社，2008:217-218.

标来看，不同个性的作家，由于身处不同的时代，遭遇了不同的人生困境，在文学创作时往往也各有侧重。不管是发愤著书、改良人生，还是怡情适性、寓教于乐，抑或为了自我的生存和发展，文学都以它特有的魅力、魔力，牵引着作家在文学之路上一步一步地探索着。

不管作家出于何种创作动机，也不管作家个人具有多大的写作才情，文学写作作为一种高级审美的心智活动，其语言表达、形象塑造、情感体验、谋篇布局，均凝聚着作家全身心的创造性智慧和心力交瘁的劳动。"两句三年得，一吟双泪流""字字看来皆是血，十年辛苦不寻常"，艺术地道出了作家创作过程的艰辛。优秀的作家能够写出优秀的作品，大多都是后天努力的结果，那些鸿篇巨制的文学经典，其人物塑造之深刻、结构布局之复杂、社会万象之斑斓、心灵世界之纠结，都是作家精心构建的结果。所谓文学天才，"真的不过是百分之一的灵感和命运之神的眷顾，再加上百分之几十九的热爱和持之以恒的努力"。[1]对于那些热爱文学并初涉文学写作的文学爱好者来说，要从如何观察、如何用词、如何讲述故事、如何设计人物等基本写作技能出发，循序渐进地进入文学写作的殿堂。

---

[1] 刁克利.作家可以培养 写作人人可为 [N]. 光明日报,2011-11-23(14).

文学作品的阅读

文学作品的阅读，是整个写作流程中另一重要的环节——真正完整意义上的作家写作，是期待作品能够最大程度地被理解与接受。作品只有进入与读者产生联系的接受过程，才能产生价值。因此，读者既是作品的知音，也是作品的裁判。现代文论家巴尔特的"作者死亡论"，是对传统作者论最富挑战性的论断。作家是依托作品而"生"，还是因为作品得不到读者的认同而"死"，与读者对作品的阅读、评判与阐释密切相关。

文学的价值是通过阅读产生的。一部作品是否能得到读者的认同，以及在何种程度上得到认同，是与读者阅读的深度与广度密切相关的。阅读是理解、接受价值产生与价值推广的前提。那么，读者应该如何循序渐进地阅读文学作品？怎样深入浅出地走进作品？又如何举一反三地理解作品呢？有以下几个方法。

一、通读

一书在手，应先从头至尾将文章全部浏览一遍。不管你是何种文化程度的读者，也不管你阅读这部文学作品出于何种目的，应该注意并努力做到的是，你只是一个与作家、作品平等的读者，阅读心态和状态应该是"入乎其内"与"身临其境"。在第一次通读过程中，读者全身心地与作品融为一体，充分感知作家所描绘的世界，和作品中的人物"同甘共苦"，甚至"设身处地"，尽可能地让作品中的人物与景象活跃在眼前。通读式的阅读应该一气呵成，以保持阅读的持续性与连贯性。这样阅读的目的在于，读者以"前后一致"的阅读状态，全面地感知作品，获得对作品最初的、直观的整体印象。这种新鲜、直观的整体印象，最接近作品的原貌，是阅读和鉴赏过程中重要的，甚至是唯一的起点。通读结束之后，读者应该适度回味，初步总结自己对这位作家、这部作品的"第一印象"，初步理解作品在思想上和艺术上的整体倾向。如果你阅读的是一部小说，你应该在通读全书的基础上了解小说里的主要人物，了解主要人物的性格，掌握整部小说的基本情节，并初步了解作者在这部小说里所表现出来的语言风格，以及作家试图在这部作品中所传达出来的感情倾向与思想脉络。

二、精读

精读即细读，是在通读全作的基础上，根据自己前期阅读时对作品的判断和阅读记忆，深入地对作品中的各部分进行分解式的细致阅读，对作品中的主要细节进行地毯式的重新扫描，并反复阅读自己认为值得仔细揣摩的段落与文字，仔细体味这一段文字的语言特点，体味作品的准确含义，以及在基本意义基础上的言外之意。在精读过程中，读者要充分发挥自己的主观能动性与理性批评能力，反复地咀嚼、品味、联想、比较，以期在阅读中求得独到的发现。为了理解、记忆和鉴赏、评价的方便，读者应该对作品中的经典之处和重要段落进行标记，对阅读过程中产生的思考成果进行摘要式的记录，对作品的重要结构方式，作品中主要人物的情感、心理、性格、思想等进行即兴式的记录。在这样的精读过程中，作品是否经得起推敲，作者的用心是否高妙，都会得到解答。名家经典之作，都是由读者一遍遍地精读而选择出来的，能够得到不同时代与不同地域的读者的认同，能够经受时间的检验。

三、泛读

这里所说的泛读，是指在"点面结合"的意义上围绕着原作而进行的广泛阅读。例如，我们阅读了某个作家的某部作品，为了加深对这部作品的理解，我们应该比较全面地了解作家的生活经历，了解他的世界观和文学观；为了理解这部作品与特定时期或特点环境的关系，我们应该了解这部作品创作的时代背景；为了从作家角度更好地理解作品，我们应该阅读作家围绕这部作品所写的创作谈，或者阅读他写于同时期的其他作品；为了了解他人对这部作品的评价，我们应该阅读报纸、杂志针对这部作品所做的相关介绍、评论，以及出版机构为该部作品所做的相关宣传。了解这些信息，主要是为了了解这部作品产生的前因后果，目的在于收集与这部作品相关的资料信息，以便我们更全面、准确地了解这部作品。当然，读者完全可以根据自己的阅读经验，排除一些不必要的、与作品并无因果关系的信息。

四、跟读

为了阅读的广泛与深入，在阅读作家作品的过程中，要确定一定的关注点或关注范围，做一个长期的"跟踪"式阅读。跟读有利于从历史与因果关系角度，更加充分地理解和评判作家的作品，重视的是作家创作在一定时期的稳定性及其在不同时期对前一时期创作的超越之处。跟读有利于对作家作品做长期的、整体的研究。

其实，阅读之法不一而足，每个人应该根据阅读对象、阅读习惯和阅读目的，找出最适合自己的阅读方法。就上述方法而言，出于兴趣和一般性鉴赏目的，通读和精读就可以了。如果要深入阐释作品和评价作品，则应通读、精读、泛读与跟读互相配合。历史上卓有声名的文人学者，大都有自己摸索出来的阅读方法，以适应自己求知或者写作的需要。例如，陶渊明的"不求甚解"法，目的在于抓住重点、去繁就简，强调自己的独立思考；苏轼的"一意求之"法，要求阅读经典著作时每次只围绕一个中心，侧重一项内容，抓住一条线索，解决一个问题。对于阅读文学作品而言，不管使用何种方法，最终都要在熟读而深思的基础上，仔细地揣摩、玩味，将言外之意与味外之旨体会出来。总之，只有用心而精心的阅读，才能品评出文学的真味。

文学鉴赏与阐释

文学是富有情感性的审美学科，文学的直观性、形象性、含蓄性使文学作品包含着丰富的审美空间和思想容量。读者理解文学作品，所依赖的不单单是抽象的理性思维，而是感性与理性、情感与理智的双重融合。因此，在审美鉴赏中，读者应以活跃的情绪状态与丰富的主观情感，对文学作品进行身临其境般的审美观照和审美体验。在阅读某一具体的文学作品时，读者要充分发挥自己的主观能动性，调动自己的感知、想象、记忆、感情，全身心地感受作品中所描绘的人物、事件、场景和意境，将阅读过程中朦胧的感觉、点滴的感触与作品中的人和事结合起来，加深对作品中人物言行举止与心理活动的理解。在充分把握时代、环境与人物性格的基础上，读者应该将文学鉴赏与文学阐释结合起来，充分理解作品的意蕴与意义，从而为正确判断作家作品提供必要的前提和准备。

一、文学鉴赏

欣赏是以有限但非常有感染力的语言、声音、画面等，情不自禁地使欣赏者从自身的生活经验出发，发挥想象和联想，"接受""丰富"或者"提炼"既成的艺术形象。鉴赏是在欣赏的基础上，实现由感性阶段到理性阶段的认识飞跃。鉴赏既受到艺术作品的形象、内容的制约，又根据自己的思想感情、生活经验、艺术观点和艺术兴趣，对形象加以补充和丰富。鉴赏者通过感受、体验、联想、分析和判断，获得审美享受。

对于文学鉴赏而言，文学读者的素质、心理诉求等，影响着读者对作品的鉴赏与评判。就读者素质而言，不同的生活经历、教育背景、性格心理和兴趣爱好等，必然导致不同读者审美趣味、欣赏水准的不同，所谓"慷慨者逆声而击节，酝藉者见密而高蹈，浮慧者观绮而跃心，爱奇者闻诡而惊听"（《文心雕龙·知音》），欣赏者之间的差异往往导致对同一位作家或同一部作品产生不同的看法。另外，阅读过程中读者的心理诉求以及阅读目的的不同，也影响着读者对作品的理解和判断。

歌德在分析读者时，将读者分为三种："一种是不判断只享受，一种是只判断不享受，还有一种居前两者之间，他们享受时判断和判断时享受，这类读者实际上是重新生产一种艺术作品。"❶ 在这三种读者当中，第一种读者为欣赏型读者，这种类型的读者以欣喜、愉悦以及学习的心态进入对文本的接受过程，这是感性直觉的审美阶段，读者对所阅读的内容，有着契合自己心意的乐于接受的情感体验，他对所阅读的作品往往处于知其然而不知其所以然的状态，主体感受往往表现为可意会而不可言传的心理状态。第二种读者为评论型读者，这类读者对作家作品与各种文艺现象所做的评论，是在审美鉴赏的基础上，出于一定的目的和需要，对阅读对象进行比较合理的阐释和评判，这种阐释和评判，最终通过各种传播媒介，如报刊、广播、讲座、报告等公之于众，会对作品的传播产生实际的影响。第二种读者对文艺作品的阅读，已经是以文学评论为目的所做的文学普及与文学研究性工作，与一般读者的一般性阅读与欣赏性阅读产生了明显的区别。第三种读者为鉴赏型读者，即居于第一种与第二种读者之间的"享受时判断和判断时享受"的读者。读者这时的状态用品鉴一词亦可以说明。所谓品，即品味、感受；所谓鉴，即有所分别、有所省察、有所鉴别。鉴赏型状态中的读者，与欣赏时那种偏重于感性与激动时的心理状态相比，心态比较平和，感情比较稳定，理性成分开始介入并有所增强。这时，读者对所阅读的作品，已经理解得比较准确，并能够达到与作家创作状态的某种契合，能够较为清晰地感悟到作品的优点与长处，对所阅读的作品能够用比较直接的语言将"知其然"之处清晰地传达出来。

二、文学阐释

文学阐释是指具有一定鉴赏水准的读者，在文学作品阅读与鉴赏的基础上，出于一定的目的和需要，对阅读对象做出符合自己审美习惯与审美原则的理解。这种着眼于文学作品及相关文学要素的分析与审视，是对阅读鉴赏活动的理论升华和理性表达。文学评论写作与文学阐释相辅相成，但文学阐释重在对具体的作家作品进行批评，文学评论除了包含作家作品的阐释与批评之外，还强调对一定历史时期、文艺思潮及各种文艺风格流派的分析、评价，探讨和总结文学作品中的规律性问题，丰富有关创作实践的普遍性原理。

---

❶ 范大灿.作品、文学史与读者 [M].北京:文化艺术出版社,1997:67.

对作家作品进行文学阐释需要注意以下两点。

（一）文学阐释应该具有创造性

优秀的文学作品是一个开放的审美空间，这种带有想象和空白意味的审美空间，为创造性的阅读与阐释提供了深入挖掘的可能性。读者应该从文学作品的字、词、句、章与整体理解出发，围绕微观与宏观、细节与整体、言内之意与言外之意等，进行充分合理地想象与挖掘，对作品的隐藏意义、延伸意义进行探讨。另外，对那些已有定评或者反复阐释过的作品，也可以重新挖掘，并对其进行阐释与评价。历史上的陶渊明，在《诗品》中被列为中品诗人，经过宋代文人的重新阐释，陶渊明已经被认定为一流诗人。由于评价标准的变化，许多原来被文学史误解和抛弃的作家重新回到人们的视野。这种重新评价就是建立在对文学作品进行创造性阅读和阐释的基础之上的。

（二）文学阐释应该合情合理

在文学作品的阅读和阐释中，由于读者的阅读心境、文化素养、审美趣味、阅读经验和阅读方法的不同，不同的读者经常会对同一部作品有不同的理解和评价，这种"仁者见仁，智者见智"和"一千个读者心中就有一千个哈姆雷特"现象，在普通读者的阅读过程中是正常的，但在比较专业的文学读者群体中，则需要对相关阐释进行梳理与比较。只有切近原作的阐释才是相对合理与可靠的，即在"一千个哈姆雷特"中，必有一个哈姆雷特是最切近哈姆雷特本身的。从这个意义上讲，作家与作品制约着读者的阅读和阐释，读者只能在遵循作品原意的基础上，从作品的语言文字与具体内容中，去感受和捕捉那些转瞬即逝而又难以把握的信息。

文学评论写作

文学评论写作是指拥有一定的文艺理论知识、掌握了文学评论写作方法的读者，在完成文学阅读和鉴赏的基础上，针对某文学作品、文学流派、文学现象等进行分析、评价与研究的写作活动。能够从事文学评论写作的读者与一般意义的读者有很大区别，其主要原因为，文学评论写作除了要求读者具有一般性阅读能力之外，还要具有深度阅读的能力、一定的理论素养与良好的书面表达能力。因此，文学评论写作的主体，应该以有一定文学素养的文学爱好者和文学专业的学生、专家与学者为主，通常意义上以娱乐、享受和消遣为阅读目的的读者，很难参与到文学评论写作中来。

文学评论写作的专业性特点提醒我们，文学评论写作的技能与义武之道一样，需要长期坚持和训练，所谓"操千曲而后晓声，观千剑而后识器。"那么，初步尝试文学评论的写作者应如何着手训练呢？笔者认为，可以从三个方面初步培养文学评论写作的基本能力：广泛、深入地阅读文学作品原著，加强审美体验；从解读、阐释一部作品、一个作家开始，由少到多、由浅入深地积累文学评论写作基本功；学习前人评论写作经验，掌握一定的文学评价方法。一个合格的文学评论写作者，毫无疑问要经过长时间的阅读和学习，深入到文学阅读、写作和研究的多个方面，循序渐进地积累自己的文学认识，只有在感性认识和理性认识积累到一定阶段后，文学评论的写作才有价值。

在文学评论写作中，作品评论往往是大多数文学爱好者和文学专业学生开始练习的第一步。作品评论重在对文学作品本身进行阅读、阐释和评价。本书中提供的大多数例文都是笔者在阅读原作的基础上所写的作品评论。一般来说，作品评论切口小，便于初学评论的写作者学习和模仿。那么，一个已经较为仔细地阅读过某一部作品的读者，如何开展作品评论写作呢？

一、巧选评论的角度

作品评论与读后感有区别，读后感的重点是感，一般来说，语言表达的感性特征较为明显。作品评论是以议论为主的，语言表达的理性特质较为明显。同时，由于作品评论紧贴作品本身，是建立在一定程度的感性阅读和理性思考之上的，也有一定的感性特点。作品评论，说起来好像只关注文学四要素"宇宙、作家、作品、读者"中的"作品"，但实际与其他三个要素也有关联。如果仅就作品本身而言，作品的思想感情、语言风格、艺术特点、谋篇布局、细节描写、哲学意味等，都是我们初涉作品评论时关注的要点。一篇一两千字的评论文章，要对一部作品作面面俱到的评论是艰难的，也是不可行的。因此，巧选角度、抓大放小、重点突出地切入作品，显得尤为重要。例如，笔者在对海明威《白象似的群山》进行解读时，主要以海明威提出的"冰山原则"作为解析《白象似的群山》的评论角度。评价李有干长篇小说《大芦荡》时，笔者主要从苦难和文学的关系，切入对《大芦荡》的实际批评。

二、奠定写作的基调

评价一部作品对于一个评论者而言，既要处理"出与入"的关系，也要处理"捧与棒"的关系。"出与入"指的是评论者如何进入作品与跳出作品，"捧与棒"指的是评论者如何在赞扬和批评之间定夺。文学评论者和作家之间的关系很复杂，他们既是"知音"也是"仇敌"，有时相互促进、砥砺前行，有时却互有嫌隙、分道扬镳。其实，评论家和作家之间应该互相照亮，既为同道，互相欣赏，又为净友，坦诚指出对方作品中的不足。毕飞宇以"优雅的敌对关系"❶来概括评论家和作家之间的关系，这种说法颇有见地。出于对作家创造性劳动的体察和理解，笔者在大多情况下致力于发现作家作品中正面而积极的文学元素，对文学作品中的优异与独特之处进行挖掘。一般说来，当我们决定为一部作品书写评论时，绝大多数情况是我们欣赏这部作品。从这个意义上来说，我们正在写的这篇作品评论，基调应该定为接受与赞扬，否定与批评并非我们写这篇评论的初衷，也非评论的目的。除此之外，我们写作这篇评论，是一板一眼地进行科学论证，还是采用轻松抒情的笔调，是激烈地进行辩驳，还是循序渐进地解析，都是在行文中需要思考的问题。以本书中提及的作品评论为例，《面向灵魂的本色表演》是一篇针对女作家散文创作的评论，笔者主要

❶ 毕飞宇，张莉.批评家和作家可以照亮对方 [N].文艺报，2012-9-3(2).

采取的是肯定、认同的评论态度，以小桥流水式的抒情化笔触进行写作。这种写作基调和评论对象——散文文体比较一致，写起来得心应手，也便于笔者在尊重原作的基础上充分感知原作，深入挖掘女性散文的艺术美感。

评论家的写作基调，既有肯定元素，也有批判或者否定元素。同样的作品，随着时间的变化与人们文学观念的更新，或者批评视角的转换，曾经或者正在饱受赞誉的作品，也会受到严苛的批评。例如，《狼图腾》自 2004 年出版以来，在中国大陆发行了 300 余万册，连续 6 年蝉联文学图书畅销榜的前十名，获得各种奖项几十余种，后被译为 30 种语言，在全球 110 个国家和地区发行。对这样一部赞誉有加的作品，有论者从文明进程和价值观退化角度，重新思考它的价值，于是一篇《狼为图腾，人何以堪——＜狼图腾＞的价值观退化》批评引起了人们的注意，批评家丁帆从梳理达尔文的生物进化论、人与兽的伦理标准等角度批判"狼性"，提倡人性。这一篇评论的写作基调，主要在于批评与辩驳。又如，《红楼梦》《三国演义》等四大名著，历来作为中国文学的正面经典进入读者视野，但也有学者从新的美学观念、文学价值、性别意识等角度出发，对其作为经典的内涵重新思考，于是《第一批判：＜三国演义＞的美学批判》《第二批判：＜水浒传＞的美学批判》《第三批判：＜西游记＞的美学批判》《第四批判：＜红楼梦＞的美学批判》相继出炉。在文学评论的写作中，立场和视角的变化、研究方法的创新，都可以使写作基调发生变化。

三、处理好叙述和议论的关系

文学评论写作说到底是议论文，所以它有议论文的基本特点。在议论文写作中，夹叙夹议是常用的行文方法。对于作品评论写作来说，夹叙夹议显得尤为重要。由于评论的对象是文学作品文本，评论过程中难免要复述原文或者引用原文。那么，在评论写作中，如何处理叙述和议论的关系呢？

总的来说，优秀的作品评论应该力求将生动的叙述和精辟的议论结合起来。生动的叙述，即针对原作的概要性叙述，这种概要性叙述，是评论者在阅读原作的基础上，对原作进行经典的、体现出评论者创造性理解的叙述，其目的一方面在于概括原作，一方面为下面的评论做准备，即叙是为了议。在夹叙夹议过程中，叙述、议论应该相得益彰、水乳交融，既要警惕不分主次地、大段地复述原作内容，也要避免完全脱离作品、沉浸于自我感觉中的洋洋洒洒的议论。前者显得累赘而毫无新意，后者显得空泛，毫无说服力。不管是先叙后议，还是先议后叙，都要求叙议之间能够紧密联系并互相印证，注意叙述和议论之间的连贯性与逻辑性。

文学评论方法要览

　　根据艾布拉姆斯在《镜与灯——浪漫主义文论及批评传统》中提出的文学四要素，文学活动涉及世界、艺术家、作品和欣赏者四个方面，今人一般以"宇宙、作家、作品、读者"四个方面来概括，文学四要素之间体现着文学作品由作家体验、作家创作到读者接受三个过程。当然，文学活动不仅是指文学四要素所形成的流程，还是人与写作对象所建立的诗意关系。文学评论写作，往往从文学要素之间的相互关系、文学要素所体现的意义等方面，对宇宙、作家、作品、读者等诸多方面进行合理的阐释、探索与发现。

　　文学活动本身就是一项比较复杂的创造性活动，从古至今，人们对文学的探索和研究从来没有停止过，前人从自己的阅读和研究经验出发，积累了一定的文学评论方法。一般来说，中国古人对文学的阅读、理解和鉴赏，多以即兴式的感悟、评点为主，是"以文评文"的典范，非常重视语言的文学性质。由于中国古人善用描绘性的语言表达自己对文学的理解，这些评论往往是具有议论特色的文学美文。例如，韩愈的"气盛言宜"说主张："气，水也；言，浮物也。水大而物之浮者大小毕浮。气之与言犹是也，气盛则言之短长与声之高下者皆宜。"韩愈所说的"气"，主要是指作家的道德修养。在韩愈看来，如果作家的道德修养达到一定的境界，那么写文章无论言长言短、声高声低都能左右逢源。如果深入地探索"气盛言宜"说，则文章之气，又指行文充沛的气势。韩愈的"气盛言宜"说，是对孟子"养气"理论和曹丕"文以气为主"理论的继承和发展。由韩愈以"物浮于水"来比喻"气盛言宜"可以看出，中国古代文论善于以形象的比喻与即兴的感悟表达自己对文学的看法，这种表达方式生动形象，语言唯美。由于文化传统以及表达方式的不同，中西学者对文学的评论方式也有很大的差异。相比而言，西方文学评论的表述，由于强调思维的逻辑性，更多地使用分析、归纳、演绎的表达方式，便于人们理解。中西学者对文学的理解方式及其相应的文学评论方法，都是在适应本民族文化传统的基础上总结出来的，理应引起我们的重视，我们也应该力所能及地对其进行合理继承与发扬。由于文学评论的丰富性和复杂性，文学评论方法的探索现在已成为一门专门的学问。"文艺学方法论"便是文学评论方法论方面的理论和实践学说。

文学评论的一般性方法有很多，由于本书并不以文学评论方法为专门研究对象，故摘其精要对一般读者进行简要介绍。文学评论的实际写作，往往是从一种或多种文学批评方法出发，对涉及文学写作与作家作品方面的文学元素进行综合性地解读、阐释和研究的。所以，最高的、最好的文学批评实际是"至法无法"，批评者应该将自己对各种文学批评方法的理解转化为自己的语言，准确地传达出自己对作品的理解。因此，此处对各种批评方法的简要介绍，只是为初学者寻求一种解读作品的门径，我们可以使用一种或多种方法解读作品，但不可拘泥于对某些方法的机械性理解和运用。

一、"马克思主义批评"方法

马克思主义批评是 20 世纪使用较多、影响较广的一种文学批评方法。所谓"马克思主义批评"，即以马克思主义哲学原理为指导，以马克思的文艺论著为参考，对文学作品做出的分析解读。马克思主义批评既包括马克思、恩格斯的文学批评，也包括 20 世纪在马克思主义影响下发展起来的各种西方马克思主义批评。一般来说，我们评价一部作品，不外乎两个基本方面：一是思想内容方面；二是艺术形式方面。马克思主义文学批评针对文学作品的思想性和艺术性，提出要用"美学的和历史的"辩证统一的标准来衡量和评价作品。所谓美学标准，主要指文学作品应该讲究艺术规律，要从形象的真实性、生动性出发，反映典型环境中的典型人物、典型情绪、典型心理等，强调文学应该是思想性、倾向性与真实性、生动性的统一，是典型性和个别性、内容和形式的统一。所谓历史标准，即认为文学是社会生活的反映。因此，分析和评价文学作品时，就应该坚持历史唯物主义观点，将作品放到它所产生和反映的时代背景中去考察，并且应该用阶级观点来分析阶级社会中的文学现象。中国文学的创作和批评深受马克思主义文学批评的影响，毛泽东、瞿秋白、鲁迅、郭沫若、茅盾、周扬等以自己的文艺实践，进一步丰富和发展了马克思主义批评方法。由于马克思主义批评标准和批评方法的影响，无论是中国文学史的编订，还是茅盾文学奖、鲁迅文学奖的评奖，文学专家大都认可反映现实的鸿篇巨制，偏爱有一定历史跨度的、波澜壮阔的史诗性作品。但改革开放之后，随着经济全球化浪潮的不断高涨、东西方文学交流的不断深入，一度成为批评主流的马克思主义批评方法，在中国的影响力也在下降。王安忆的《长恨歌》、毕飞宇的《推拿》相继获得了茅盾文学奖，表明中国文学批评中的"史诗"标准有所松动，文学批评的多元化时代已经到来。

二、"知人论世"方法

"知人论世"的方法，即传记研究法，是文学评论学术研究的基本方法之一。《孟子·万章下》云："颂其诗，读其书，不知其人，可乎？是以论其世也。"清代章学诚在《文史通义·文德》中说："不知古人之世，不可妄论古人之辞也。知其世矣，不知古人之身处，亦不可以遽论其文也。"知人论世，应当是"知人""论世"并重。所谓"知人"，应注重从作者方面理解作品，从作品产生的内因加深对作品的理解。"从作者的个性和生平方面来解释作品，是一种最古老和最有基础的文学研究方法。"❶了解作者的个性和生平，有助于读者便捷、正确、深入地进入作品、理解作品。所谓"论世"，主要指作品所产生的时代背景、生活环境、文化氛围等方面。沃伦、韦勒克认为："种种文学研究的方法都关系到文学的背景、文学的环境、文学的外因。"❷"知人论世"法主要是从作品产生的内外因方面探讨作品的内涵、价值和意义。

"知人论世"之法是中西传统学术研究中被广泛使用也最受研究者重视的方法，是后世读者分析作家作品并追踪作家创作动机和主要思想的重要方法，初涉作品评论的写作者应该在解读作品时，有意识地运用这种方法。

三、"比较文学"方法

要了解比较文学方法，先要明了何谓"比较文学"。根据比较文学的定义，比较文学是"以一国文学和其他国家文学的关系，即文学的交流和由此产生的影响作为自己的研究对象。所以，它具有把一国文学史的某一部分，和横贯各国的文学运动联系起来加以研究的总体文学史的性质"❸。比较文学方法并非简单的"文学比较"，只有跨越了国界和语言边界的文学比较才是有价值的批评方法。比较文学的批评方法，一般有两种，即平行研究和影响研究。

平行研究，即相互没有联系与接触的不同国家的文学之间的比较研究，目的在于揭示不同国度文学的差异及其形成原因，找出它们平行发展的历史文

---

❶ 韦勒克,沃伦.文学理论 [M].刘象愚,邢培明,陈圣生,等,译.北京：三联书店,1984:68.

❷ 韦勒克,沃伦.文学理论 [M].刘象愚,邢培明,陈圣生,等,译.北京：三联书店,1984:65.

❸ 干永昌,廖鸿钧,倪蕊琴.比较文学研究译文集 [M].上海：上海译文出版社,1985:423.

化、社会心理等方面的内在规律和各自的特征。例如，中西神话研究、中西文学主题研究、中西文体研究、中西文学与宗教关系研究等，都属于平行研究。影响研究，即两国或多国之间进行文学文化接触与国际交流之后，针对不同国家作家、作品的关系的研究。影响研究重视文化输出之后对另一方文化的影响，关注不同文明、不同国度文学之间的交流。例如，《玩偶之家》对鲁迅《伤逝》的影响、儒家文化对日韩文学的影响、存在主义对中国文学的影响、魔幻现实主义与莫言文学风格之间的关系，都属于影响研究。一般来说，平行研究注重美学分析与理论阐述，影响研究强调考据和资料的挖掘。不管是平行研究还是影响研究，都是在比较分析和逻辑推理的过程中，探讨不同国别文学的差异性，发现并总结文学的特有机制和普遍规律。

四、"精神分析"方法

精神分析方法一般也被称为心理分析方法，它是把弗洛伊德等心理学家的现代心理学理论用于文学研究的一种文学批评模式。这种着眼于人物心理探索的精神分析方法是 20 世纪以来影响最大、延续时间最长的西方文艺批评流派之一。20 世纪以来，西方现代派文学就是以精神分析学作为其重要的创作理论基础的，意识流、表现主义、超现实主义、存在主义、荒诞派等各种现代主义文学流派都与精神分析存在着或隐或现的联系。精神分析方法和 20 世纪非理性哲学的诞生不无关系。

精神分析方法的创始人当为奥地利的精神病医生西格蒙德·弗洛伊德。弗洛伊德的精神分析理论主要表现在以下几个方面：无意识理论；性本能（力比多）学说；关于本我、自我和超我的三重人格学说；梦的解析；"俄狄浦斯"情结；文学艺术与"白日梦"；艺术家与精神病。这里以弗洛伊德的无意识理论简要介绍一下精神分析方法的内涵。

弗洛伊德认为，人的意识包含意识、前意识和无意识。意识处于表层，是人有目的的、能感知到的心理活动，它可以用语言表达，并接受社会道德的约束。前意识处于潜意识和意识之间，指那些此刻并不在意识之中但在注意力集中的情况下可以回忆起来的过往的经验。前意识阻拦无意识的本能欲望进入意识之中，因此前意识承担着意识与无意识之间的警戒工作。无意识又称潜意识，它处于人的心理活动的最底层，是一种以性本能为主的本能和冲动，它毫无理性，一团混沌，无意识处于大脑底层，暗中支配意识，是决定人的行为和愿望的强大的内在的动力。弗洛伊德的无意识理论，展示了人的活动的复杂性和层次性，引导人们去探索人的行为背后内在的心理活动。文学艺术家在精神分析理论的影响下，开始较为广泛而又深入地对无意识领域进行探究，从而展示人丰富的内心世界。

弗洛伊德用精神分析方法对古希腊著名悲剧《俄狄浦斯王》、莎士比亚的《哈姆雷特》以及陀思妥耶夫斯基的《卡拉马佐夫兄弟》进行解读，认为俄狄浦斯的悲剧是"杀父娶母"情结在无意识领域中的激活，《俄狄浦斯王》中的命运实际是无意识欲望的代言人。弗洛伊德的这种精神分析方法，在分析作家作品时，不仅注重对文本进行分析，还注重对作家生平、性格、经历的分析，注重分析作品中人物形象的内在心理机制，力求寻找出人的无意识心理积淀，为我们理解作家作品提供了新的阐释视角。

五、"新批评"方法

新批评方法是反对传统地从文学作品中产生的社会、历史原因等方面切入文学研究，并提出以文学文本为研究本体的理论。新批评家认为，阅读分析与评论作品，应该对作品的文字、构成、意象进行细致分析，研究作品深刻而丰富的内涵和外延，以及由内涵与外延组成的张力空间，充分理解作品，不需要从社会性、历史性或作家角度进行面面俱到的分析。

由于强调对作品文本的研究，新批评主要从文学作品的形式等要素切入对作品内容的细读，新批评重视文学作品中的语言、结构、上下文之间的关系、意象等。新批评强调文学语言与科学语言的区别，认为文学语言在于"情感"，科学语言在于"参证"。特别需要注意的是，新批评方法所分析的作品，不是总体性的作品，而是单个的作品。因此，分析鲁迅的《伤逝》，就不需要牵扯到《阿Q正传》，不要将对其他作品的"前理解"牵连到正在分析的具体作品中。新批评方法所要求的这种批评，对具体的作品研究是有好处的，它可以使批评家集中精力并比较透彻地评判这部作品的美丑、精拙、成败之处。重视从文本出发，重视细读与有针对性的批评，是新批评方法的特色，它有助于人们在分析与理解作品时，减少外在分析与外部因素对作品内涵的影响。

六、"原型批评"方法

原型批评方法与新批评方法不同甚至相反，原型批评针对新批评提出的文学"细读法"，提出对文学作品的理解应该采用"远观法"，即将文学的题材、意象、体裁、结构、情节、主题等放到人类历史文化的整体中去考量，重新建立文学世界与人类世界的深层联系。因此，原型批评试图透过文学的表层世界去追寻其在整个历史文化中的神话原型和远古记忆。从这个意义上，原型批评将泛文化研究引进文学批评中，它注重的不是作品的内在结构，而是作品与其他作品、艺术和整个人类意识的关系，这种批评方法使文学研究带有人类学和心理学的色彩。原型批评方法与弗莱提出的"原型批评"、荣格提出的"集体无意识"理论密切相关。

所谓"原型"，即不同作品中经常出现的具有稳定性的象征、神话、意象等。例如，在中国古代不同时期、不同作品中反复出现的"月亮"这个意象，西方文学中的"火"或者"乌鸦"的象征等，这些反复出现的意象、神话或者象征，根植于长期的社会心理和历史文化中，形成了强大的文学传统，在人们内在的心理结构中被一代代地传递着。从这个意义上探究文学，会发觉今人的文学创作，都可以在漫长的历史文化传统中寻找到相应的"原型"。弗莱根据人的生老病死、自然界的四季更替，总结出文学中的四种原型。

（1）黎明、春天和出生，这是传奇故事、赞美诗和狂想诗的原型。

（2）正午、夏天、婚姻和胜利，这是喜剧、牧歌和田园诗的原型。

（3）日落、秋天和死亡，这是悲歌和挽歌的原型。

（4）黑暗、冬天和毁灭，这是讽刺作品的原型。❶

弗莱的原型理论试图寻找文学和人生、自然界和人类历史之间的关系，认为文学植根于原始文化之中，并受自身传统的制约。弗莱要求打破每一部作品自身的界限，以原型来探讨文学发展过程中的基本结构模式，为我们从历史文化的长河中去理解文学提供了一种方法论。

原型理论中的另一个有影响力的学说是荣格的集体无意识理论。荣格从弗洛伊德的无意识学说出发，认为人的无意识有两种，即集体无意识和个人无意识，其中集体无意识"是一种难以计数的千百亿年来人类祖先经验的沉积物，一种每一世纪仅增加极小、极少变化和差异的史前社会生活经历的回声"❷。按照荣格的集体无意识理论，我们在探究不同作品相似或者相同的风格时，可以从不同时期人类共性的心理活动出发，寻求文学作品中带有普遍性与一致性的原始意象，这种原始意象就是一种内涵和意义比较明确、稳定的原型。

七、女性主义批评方法

女性主义批评方法和其他文学批评方法有很大区别，主要原因在于这种批评方法带有强烈的政治色彩。在中西文明史上，自私有制产生以来，妇女作为

---

❶ 王宁，徐燕红.弗莱研究：中国与西方 [M].北京：中国社会科学出版社,1996:161.

❷ 王岳川，胡经之.文艺学美学方法论 [M].北京：北京大学出版社,1994:119.

"他者"和"第二性"备受歧视和压抑。马克思主义对一切不合理的社会制度和社会现象进行无情地批判，反对一切人类压迫、主张人类解放、追求男女平等。正是在妇女解放的呼声中，女性主义应运而生。没有女权运动的高涨，就不会有女性主义文论和女性主义批评。

女性主义批评一般有英美学派和法国学派之分，前者"特别注重对文学进行社会历史分析，致力于从文学文本中揭示出性别压迫的历史真相"。后者将女性写作当成"一种颠覆性的、抗拒旧有文化和男性政治秩序的力量"❶。女性主义批评主要是一种文化批判，它的目的在于提高妇女对自我地位和潜力的认识。在文学解读中发现，女性主义学者并不存在超越政治的文学乌托邦，现有的文学批评和文学传统，是带有严重的性别倾向的，所谓的无性别的、中性的语言和批评标准，实际上是单一的父权中心文化对女性意识的排斥。女性主义批评试图通过解构和抨击男性中心文学，寻找和建立一套基于性别平等的文学传统。女性主义者认为，传统的文学史将男性文本和男性经验作为文学审美的中心，处处表现出对女性的歧视，对一切女性作家和作品，文学史都采用了男性视角来阅读和阐释，这使女性作品被排斥到边缘。对女性文学传统的追求和寻找，使许多被埋没的女性、作家作品重见天日，也使一些经典因为严重的性别歧视而受到质疑。例如，有学者重新解读《水浒传》和《三国演义》，认为这两部作品中的女性形象，如"淫妇"潘金莲、"母夜叉"孙二娘、"政治献品"貂蝉，就是性别歧视和人物脸谱化的产物。女性主义批评方法，时常以女性视角重评经典，挖掘男性中心文化对女性的歧视和压迫，探讨女性写作的特殊性，并试图从对女性写作史的梳理中，探究足以和男性中心主义相对抗的女性写作传统。

文学批评的方法有很多。20世纪以来，各种文学理论流派不断更迭，此消彼长。除了上面提及的几种方法之外，结构主义方法、现象学方法、接受美学方法、阐释学方法，都是可以运用到文学作品的解读、鉴赏和评论当中的文学批评方法。对于读者阅读、理解和评价作品来说，方法是一种工具，并不是目的。如果这种方法不利于读者全面、正确、深刻地理解作品，这种方法就应该弃之不用。在文学世界中，不同民族、时代、国别、地域、个性的作家，写出来的作品千差万别，我们只有在合情合理的阅读体验中，寻找切合每一部作品的解读路径，才能真正挖掘出文学作品的魅力与价值。

---

❶ 张岩冰.女性主义文论[M].济南：山东教育出版社，1998:4.

构思立意方法略谈

写文章一般有两种情况：一种是被动行文，一种是主动行文。被动行文者，可谓受命而写，写作者往往绞尽脑汁、冥思苦想，学生作文大抵如此。主动行文者，可谓缘情而写，写作不是为了完成任务，而是灵感所至，情动于中而发于言，不吐不快，因而文思泉涌，写起来往往酣畅淋漓。然而，无论哪种情况，作者下笔之前都有一个不可忽略的思考过程，即构思，俗称打腹稿。如果毫无构思，信手就写，往往"下笔千言，离题万里"。因此，构思对写作来说是必要的准备，即使灵感突如其来，也往往是有了突破口或切入点，进行快速构思一气呵成的结果。例如，朱自清《背影》的写作，就是源于他父亲在来信时写自己"离大去之期不远归矣"，朱自清由父亲的伤感之言产生联想，不禁悲从中来，他抓住"背影"这个切入点写下了脍炙人口的作品。曹植七步成诗并不是他没有构思，而是他的构思时间相当短暂，在性命攸关之际思维高度活跃，抓住"豆萁"这个突破口写出了"煮豆持作羹，漉豉以为汁。其在釜下燃，豆在釜中泣。本自同根生，相煎何太急"的千古佳篇。无论是长篇巨著，还是精短儿歌、超短微型小说甚至学生习作，都是经过一定的构思才得以形成的。

构思的内容对不同的文章、不同的人来说有不同的重点，但一般来说，其内容不外乎以下三个方面：主题的提炼和深化，材料的选择和加工，结构的设计和安排。概括地讲，就是立意、选材和谋篇。而其中最重要的，便是主题方面的构思。

要对主题进行构思，先要了解什么是主题。主题是个外来词，开始是音乐术语，专指乐曲中最富特点并处于优越地位的旋律，后来这一概念的外延无限扩大，被广泛应用到文学艺术中。把音乐上的主题推广到文学中，本身就说明主题的内涵在艺术上是共通的。音乐能够感染人的，往往都是旋律跳跃着的一种思想、一种情绪，文学中的主题从根本上来说更是离不开思想。高尔基说："主题是从作者经验中产生，由生活暗示给他的一种思想，可是它聚集在他的印象里还未形成，当他要求用形象来体现时，它会在作者心中唤起一种欲望——赋予它一个形式。"在这里，高尔基既指出了主题的来源即生活经验，又概括了它的含义：一部作品或一篇文章（即引文中赋予的形式）所表现的基本思想或中心思想，同时说明了主题与构思的关系，即对主题的表现是构思活动的基本动因，也是最终目的。因而，主题是文章的灵魂和生命，渗透在文章的字里行间，达到无往而不的境地。所以，主题之于作品，犹如人的灵魂、军队的统帅，一篇文章的价值往往最终取决于主题。诺贝尔文学奖的评奖标准和表彰对象为"创作出有理想倾向的最佳作品的人"，所谓"理想倾向"应该是关涉主题的，即作品要表达一种永恒地向善的理想，一种人类永远能够征服邪恶、磨难的希望和力量。

那么，如何在生活经验相似、表达能力也大致相当的情况下，写出主题深刻的优秀作品来呢？笔者认为，关键在于思维角度的转变和开拓。因为主题并不是贴附在材料表面的现象，而是包含在事物内部的精髓，从材料中探寻到某种深邃新颖的思想，透过现象看本质，使之在作者头脑中立起来。一般来说，平常我们看待事物与问题经常采用集中思维或直觉思维进行思考，构思时要取得独特效果常采用逆向思维或发散思维进行思考，力求从同一素材的不同角度挖掘出不同的主题。

对同样的时空、同样的素材却有完全相反的认识，最根本的原因在于思维角度的转变导致了认识重心的转移。所以，在构思立意时通过逆向思维深入挖掘生活内涵，有时会出现意想不到的效果，同样的素材挖掘出相反的主题，根据表达需要选择其中一种。比如，对于珍珠，有诗人这样写道："怀着纯洁的爱／置身海的深处／浪里冲，沙里滚／忍受磨砺的痛苦／为思念一颗星宿／将无尽的柔情倾吐／一生一世矢志不渝／死后才一展灿烂肺腑。"而另外一个诗人又这样写道："蚌壳里的夜有多长／不再思量，不再思量／我已摆脱苦闷和忧伤；如果被昔日的泪水淹没／我的生命不会闪光。"对于同样的对象珍珠，一个从爱情的角度出发，"一生一世矢志不渝，死后才一展灿烂肺腑"，表达一种以生命为代价的亘古永恒的忠贞。另一个则从抗争的角度出发，"如果被昔日的泪水淹没，我的生命不会闪光"，强调人应该有从不幸和痛苦中站立起来的勇气，更应该有"使生命闪光"的拼搏精神。通过这两个例子可以看出，发散思维或者逆向思维对拓展题材内涵、提炼深刻主题有至关重要的作用。

从同一个素材出发，如果从不同角度表现，还能体现同一个主题。比如，同样是歌颂张志新烈士的，一位诗人这样写："你睡了／睡了／一个人悄悄地闭上眼睛／却把所有人的梦惊醒。"而另一个作者这样写："她把带血的头颅／放在生命的天平上／让所有的苟活者／都失去了——／重量。"一个通过睡和醒的对比，一个通过重和轻的较量，将她（张志新）和其他人相比，突出她"比泰山还重"的死所具有的强烈而深刻的震撼力，突出她坚持真理又大义凛然的英雄气概。由于表现角度不同，但作品所体现的主题的深度也是难分彼此的。

通过上述例子的比较可以看出，要从熟知的素材中挖掘出新颖别致的主题来，不仅需要勤于观察思考和积累，还要积极开动脑筋转换思维角度，只有开动逆向思维和发散思维，才能在看似平庸或相似的生活经验中探寻到曲径通幽、别有洞天的风景。

从熟知的素材中提炼出主旨的角度往往不止一种，把最佳的角度通过严格选择提炼出来，使主题成为全篇材料所拱的"北斗"，则需要对题材进一步深化。这正如朱光潜在《选择与安排》中所说："一篇文章中每一个意思或字句就是一个兵，你在调用之前，须加一番检阅，不能作战的，须一律淘汰，只留下精锐。"因此，深化主题最重要的是寻求最佳的角度表达最佳的主题。古代妇女表示忠贞的《上邪》诗今人读来可谓感人至深——"上邪！我欲与君相知，长命无绝衰。山无陵，江水为竭，冬雷震震，夏雨雪，天地合，乃敢与君绝。"这首古诗之所以有震撼人心的力量，是因为运用了夸张的手法，选择自然现象中不可能发生的冬雷、夏雪、天地合而为一等想象场景，表达了一种强烈的感情，以绝不可能的自然现象表达自己情感上的绝对忠贞。联系当时的社会背景、宗法观念以及妇女地位，用这种绝对的盟誓口气表现自己忠烈的情感，符合特定历史条件下的女性思维，恰到好处地表现出古代爱情中女性一方的情感逻辑。

其实，构思也好主题的提炼和深化也好，都是作者的思想认识、情感体验与生活积累在相当高度、相当深度上和谐结合的过程。朱光潜曾经以诗为例，说明这个道理。他说："诗是最精妙的观感表现于最精妙的语言，这两种精妙都是绝对不容易得来的，就是大诗人也往往须费毕生的辛苦来摸索。"[1]对于初学写作的文学爱好者来说，应该从勤奋上下功夫，多读、多写、多想，逐步培养自己从多角度提炼主题的能力，提高自己的写作水平。只有作者自身具有良好的综合素养，才有可能写出新颖深刻的文章。

---

[1] 朱光潜.诗论 [M].上海：上海古籍出版社,2005:217.

关于阅读策略的思考

阅读教学是大学写作教学的前奏。当前的写作教学中，由于学生主体的新特点，阅读教学既需与时俱进，也要合理反思。当代大学生在独生子女的身份上增加了更多的新时代元素，他们生活在全球化、竞争化、网络化等更多外围文化变革的包围中，生活方式、消费方式、文化传播模式的种种变革，使当代学生主体面对日新月异的身外世界既跃跃欲试、欣喜若狂，又懵懵懂懂、不知所措。其中，最明显的是由于快餐阅读、视图传播与网络环境的反复熏陶，当代大学生作品不乏矫揉造作、故弄玄虚之作。阅读，关乎一个民族的前途和进步，开展全民阅读活动已经逐渐成为我国的一项公共文化政策，如何引导学生正确面对"现代性"带给我们的便利，既不抛弃、不放弃文化传统留给我们的启示，也与时俱进地针对新形势进行适度的写作教学改革，是每一个塑造学生灵魂、培养学生读写技能的教书育人者义不容辞的责任。

一、纸面阅读与慢速阅读

当代学生的成长过程与电视、电脑等视图观看，以及手机在线阅读密切相关。现代科技提供的确实是最新的资讯，但未必是好的、有意味的作品，好文章需要时间的历练和淘汰，一味追求最新抑或最多，最终往往一无所有。笔者认为，真正能够提高写作水平的阅读媒介和阅读速度，仍然是在纸质文本基础上的慢速阅读。由于电子化阅读诉诸手动和影像，读者很难真正进入某种悠然安闲的阅读心境。选择纸质文本进行慢速阅读，是从视图阅读中返归传统的阅读方式——选择优秀之作进行细嚼慢咽，带给读者心灵的沉静。例如，我们可以从曹文轩《草房子》中桑桑和纸月童年交往的一段描写中，体味小主人公心灵的颤动与灵魂的升华，体味成长过程中的羞涩、颤栗和对苦难的超越。如果进行的是快餐式、地毯式的大密度电子阅读，我们的头脑就像一块密密麻麻写满了东西的黑板，没有时间和空间去重温和回想，没有感动和共鸣。如果对所阅读的内容不反复琢磨，那些很有价值的东西就不会在头脑中扎根，大部分会被遗忘。阅读正如消化一样，快速阅读的知识大部分由于蒸发、呼吸而消耗掉了，只有慢速阅读才会被真正吸收并有转化为营养的可能。

提倡慢速阅读并不是字面上的速度慢，而是心灵上的慢，心灵上的专。慢与体味、精读紧紧相连，宋代大学问家朱熹的读书法有许多可以借鉴的地方。他说："读书，放宽着心，道理自会出来。若忧愁迫切，道理终无缘得出来。""书宜少看，要极熟。小儿读书记得，大人多记不得者，只为小儿心专。一日授一百字，则只是一百字；二百字，则只是二百字。大人一日或看百板，不恁精专。"当代学生阅读不可谓少，但体味程度不可谓深，缘由便是过多通过电脑和手机阅读，阅读时常常囫囵吞枣，不能细嚼慢咽，故而营养全无。慢读之法，不仅要少读、精读，还要深读、熟读，如朱熹所说："看文字，须是如猛将用兵，直是鏖战一阵；如酷吏治狱，直是推勘到底。决是不恕他，方得。"

二、意境阅读与感动阅读

读图时代的来临与网络全球化对当代学生阅读的另一负面影响，便是学生想象力的匮乏与诗性思维的没落。如果说当代学生也有想象力，那么这种想象力更多的是一种卡通式的、有科技意味的想象力，真正的诗意化、审美意味的想象力少之又少。提倡意境阅读，实际是提倡诗意化的阅读。随着西方叙事学理论的输入，"零度写作"与解构理论的横行，"一切都可以做""千万不要烦我"等黑色幽默的放达，以及"后现代""后殖民"等危机感和历史观影响下，语言描述渐渐落入看似宏大而实质空洞、看似深刻而实质虚无的语言悖论之中。写作教师在阅读教学中如果盲目跟风，就容易将学生引入一个不切实际的语言乌托邦中。

意境阅读就是选择一些意境优美的经典之作，培养学生通过文字描写感悟情景、感受自然、感受心灵颤动的能力，让学生从宏大、广博当中适度回归细小、细微，甚至是微不足道、转瞬即逝等感觉上来，培养学生精细的观察力和开阔的想象力，让他们铸就一双凝神静气、思接千载、视通万里的"心眼"。通过意境阅读打开"心眼"，可以有效地改善学生想象力的贫乏与观察力的粗疏的情况，从而在日新月异中保留某种经久不衰的感悟力。例如，我们可以选择沈从文的《边城》、汪曾祺的《受戒》等名家小说，从作品中感悟自然的静美与人情的率真，感受人文环境的幽雅与心灵的恬静。

感情贫乏或者无病呻吟是当今学生作文重要的缺陷之一，部分原因是直观化的图像显示、电子读物的影响。现在的中小学语文教学，做课件很流行。原本需要教师大段语言陈述或者语言引导的任务，现在都由可视的课件代替。这些可视的图像或者文字描述，直观、简洁、转瞬即逝，在学生还没有充分参与、理解上一个画面的情况下，下一个画面又迫不及待地出现了。画面切换导致学生咀嚼和研磨的时间、心境消逝，自然难以身临其境、感同身受。感动阅读要求读者对作品进行细细地咂摸、体味，通过对作品反复咀嚼研磨，与作品中的人物一起哭、一起笑——在全身而入的沉潜中，使自己的心灵得到净化、境界得到提升。以曹文轩的《青铜葵花》为例，当哑巴哥哥青铜得知妹妹葵花被小船从河道送往县城之后，青铜每天都坐在河边的大草垛上默默地向河流的远方眺望，这份无法言语的思念和期盼通过青铜每天执着地坐在大草垛上的沉默形象得以显现，这份不计后果、功利的少年思念令读者动容。在《穆斯林的葬礼》中，楚雁潮在安葬自己的穆斯林女友时，跳进女友安息的墓坑去"暖坑"，那份难言的痛楚与紧贴墓坑的执着，可以让人对爱情的真挚与生命的逝去生出无穷的叹息，对宗教习俗产生的各种壁垒有更深入的体察。选择经典与经典中深入人心的细节进行缓慢、投入、旁若无人地阅读，要比快餐阅读、视图阅读有价值得多，一个不会被细节感动的读者，一个不能深入体味作品中人物感情的读者，要写出感人至深的作品恐怕很难。选择经典著作中的感人细节进行阅读，读者的情绪容易在短时间内被调动起来。通过这种立体阅读情绪的长期培养，读者的观察能力、感受能力、情感参与和转化能力会不断得到强化。

三、古典阅读与哲理阅读

作为中华大地上的语文学习者和写作者，毋庸置疑要了解本民族的思想精华。当代大学生对本民族经典的阅读严重不足，更遑论对本民族思想家的温情和敬畏。由于缺少有底色的文化根基，当代学生作文往往缺少文化底蕴，不少习作读来味同嚼蜡。增加古典阅读、提倡哲理阅读，可以弥补学生在文化根基与思辨能力方面的缺陷。

笔者认为，古典阅读主要还是对本民族大思想家、大哲学家与大文学家经典文本的阅读。例如，传统意义上的"四书五经"、唐诗宋词和明清小说。《道德经》中。老子有一段关于"生死、强弱"的论述："人之生也柔弱，其死也坚强。草木之生也柔脆，其死也枯槁。故坚强者死之徒，柔弱者生之徒。是以兵强则灭，木强则折。强大处下，柔弱处上。"这一段文字，有描述、有议论，将人生与草木进行了对比，巧妙地传达了刚柔与人生的关系，思辨色彩浓，哲学意味深。如果说意境阅读、感动阅读主要诉诸感性参与的话，那么挖掘古代经典中的哲理，有助于提升读者的理性思辨能力。

除了那些本身就带有浓重哲学意味的古代典籍之外，即使是一些以塑造形象和抒发情感为主的文学文本，也需要读者去仔细咀摸其中的哲学意味。例如，蒋捷的《虞美人·听雨》："少年听雨歌楼上，红烛昏罗帐。壮年听雨客舟中，江阔云低、断雁叫西风。而今听雨僧庐下，鬓已星星也。悲欢离合总无情，一任阶前点滴到天明。"蒋捷从殷富之家沦为宋室遗民，从少年歌楼听雨，到中年客舟听雨，再到老年僧庐听雨，围绕着"听雨"时空心境的转换，蒋捷将岁月轮回的沧桑之感、江山变色的故国之思，意犹未尽地传达了出来。在这首词中，"听雨"是表层形式，借助"听雨"这一形式传达出来的是人生的况味和哲学的思致。对于青年学生来说，他们感情充沛、血气方刚，宁静、沉思的心境较少。以经典阅读培养他们内敛的文人情怀和深沉的哲学思致，有助于他们感性与理性的平衡。

古人云："读万卷书，行万里路。"对于尚处于青少年阶段的当代学生来说，"行万里路"是不现实的。博尔赫斯说："我经历得很少，但我懂得很多。"经历的不足可以通过正确有效的阅读来弥补。如何让当代学生从电脑、手机网络等快餐化、视图性阅读中分出身来，适度回归传统意义上的阅读，既需要教师的引导、带动与示范，也需要在比较中加深学生对传统阅读媒介与阅读方式的认知。读书之法不一而足，但执事写作教学的教师应该明了：引领学生阅读，是教授学生写作必不可少的前奏。

也谈"意在笔先"

古人谈写作，历来很重视文章的"意"。古代很多作家、评论家都强调，写诗作文应"以意为主"，写作是为了"以文传意"——通过文章向读者传递自己的思想。清代著名戏曲理论家李渔说："袖手于前，始能疾书于后。"说明写作者在下笔之前，"意"已了然于胸。这里的"意"，一般的写作教科书是这样解释的：意指文章的主题，它是一部作品或一篇文章所表现的基本思想或中心思想。"意"是文章的灵魂与生命，渗透在文章的字里行间，达到"无往而不在"的境地。失去了"意"，全篇文章就失去了中心，失去了"统帅"。由此推论，"意在笔先"就是指作者在下笔之前，已经基本确定了该文的主题，且贯串整篇文章。我们不能完全否认在写作中存在着这么一种可能，即笔前之意与笔中之意、笔后之意完全一致。但在实际创作过程中，"改弦易辙"常常发生，这是为什么呢？

一、对笔先之"意"的再认识

由上文可知，"意在笔先"的"意"指主题或中心思想。立意就是确立中心思想，即一种理性认识的东西。而追踪"意在笔先"的"意"的渊源，我们发现，它和现在的主题之意相去甚远。"意在笔先"四字最早出自东晋大书法家王羲之作的《题卫夫人〈笔陈图〉后》。此说由历代书画艺术家在实践中不断印证、发展、完善。清代的王原祁在《雨窗漫笔》中总结说："意在笔先，为画中要诀。"由此，书画界一致对"意在笔先"给予了充分肯定，书画界的"意"指的是书画艺术形象，是某种感性认识，而写作之"意"，是某种理性认识。书画创作和文学创作有一定的共通之处，后来"意在笔先"也被移用到文学创作理论上。清代的刘熙载说："古人意在笔先，故得举止闲暇。后人意在笔后，故至手脚忙乱。"他所强调的意在笔先，是指作者在写作之前要进行充分的酝酿构思，这种构思包括主题又不仅仅是主题，如果仅仅是主题，当然难以

"举止闲暇"，笔者认为这里的意指作者在创作时已经有了一定的创作方向，它既包含了主题的提炼，也包括了材料的取舍、结构的安排、语言的运用以及标题的确定等。并且作者所创之作大多为短小的诗文，如果是中长篇小说，则无论"意在笔先"多么成熟，也不会"举止闲暇"的。这里的"意在笔先"更偏重于构思，且强调构思越充分越深入才好。构思中所设想的主题仅仅是某种并不十分明确的思想或观点，这种思想或观点是一种趋向约定，诗文越短完成时间越短，改变很小甚至不变，正所谓"一气呵成"。如果创作时间拉长，则这种趋向意愿改变的可能性越大。

二、笔先之意、笔中之意、笔后之意完全一致吗

笔先之意是作者在下笔之前构思的一部分，即作者对将要创作的文章所确定的一种趋向性的意愿，能否达到意愿，还要看作者的创作过程是否顺利。例如，茅盾创作《子夜》，最初设想是要写一部"白色的都市和赤色的农村的交响曲的小说"，分为城市部分和农村部分，并且拟出了初步提纲，构想了主要人物和基本情节。写了几个月后决定改变计划，只写了以城市为中心的长篇，重新构思了一个提要和一个简单的提纲，又根据提纲拟出了详细的分章大纲。后来的写作过程中他感到规模仍然太大，在征求瞿秋白的意见后，又一次改变原计划，重新改写了分章大纲。连书名也是几次改变，由原来设想的"夕阳""燎原"，最后确定为"子夜"。这个事例说明，创作是一种思维活动，而思维不是线性的、连贯的，而是跳跃多变的。在创作中，思维的触角时时伸向四面八方，因此要不断地选择和改变。作家路遥说，创作时不能死板地固执于一点，不能一蹴而就，而要"多折腾几次"。这说明，无论"笔先之意"多么成熟，都只是一种对表象的想象与加工，在写作时做出适时修改实属必然和正常，这就说明笔先之意能否明白地表现出来，还要看创作过程。由于作者的思维是多向的，创作过程中时有修改和增删，笔中之意和笔先之意并不能等同。笔后之意是在笔中之意的基础上加工而成的，即对笔中之意进行不断更新，循环往复，互相促进，推动作品走向成熟，也推动作者的创作水平不断提高。作品写完并修改完之后，主题才能最终确定下来。笔后之意自然较笔先之意、笔中之意更为明确和成熟，三者的内涵自然不能等同。

三、由朦胧而至明朗的意在笔先

在实际创作过程中，作者有时会产生某种"朦胧的意在笔先"，即一种朦胧的题材和表现思想，但不能继续下去，只好暂存于大脑中，假以时日，在某种时

候或某个场所因某种外界恰到好处的刺激产生一种"即兴的创作"，从而使早先"朦胧的意在笔先"明朗化。这也是一般情况下的"意在笔先"。冰心写作《一只木屐》时就证明了这一点。她从日本回国时和女儿在轮船上看到海里漂着一只木屐，这只木屐深深地留在冰心的心中，但要把它作为散文主题，她暂时拿不准。因为她对这只"木屐"还不十分了解，更缺乏深切的感受。所以，她让这只木屐在脑海里整整"漂了十五年"，一直没有写出来。直到十五年后，她对日本劳动人民的生活有了更深的认识，对日本人民的斗争有了更深的了解和同情，这只木屐才成了她的写作对象，她才以木屐寄予她对日本人民的深厚友谊和希望。这个例子说明，"意在笔先"是一个不断发展的思维过程，由朦胧变得明朗，往往需要某种恰到好处的刺激。对于明朗的意在笔先可以理解为，作者在写作之前必须先收集丰富的写作资料，必须有大量的生活素材，不断地对获取的材料进行分析、思考、加工等，从而对生活中的人、事、景、物有一个较为全面的、深刻的、由表及里、由浅入深的了解，对将要开始的创作有一个较为清晰的把握，对作品的总体效果和价值取向有一个总的趋势约定。有时，作者在写作过程中，会因某种灵感而写出一些别有新意的细节，甚至会有始料未及的新片段产生，只要作者将其保留在整个作品中，且并不和整个作品的主题冲突，它仍是作者原定的写作总趋势的一部分，是对总趋势的一种完善和再确认。

四、意在笔先、意在笔中、意成笔后的关系

作者在积累了大量素材的基础上进行充分构思后，对写作有了一个总体的趋势约定。完成了"意在笔先"并不等于此"意"能善始善终，它还需要一个不断反复、不断充实、不断完善的过程。"意在笔中"能否和"意在笔先""意成笔后"相辅相成还未可知，只有在作品最终完成的时候，主题才能最终确定下来。作者通过不断地创作，不断地进行深入思考研究，从而对原有的写作意向进行补充、丰富、完善，即不断地"意成笔后"，使"意在笔先"得到不断更新，进而又在"意在笔中"的基础上，促成新的"意成笔后"的产生。写作前思考，写作中表现，写作后再检验和深入，反反复复地推敲，使主题一步步地得到深化。概括来讲，"意在笔中"以"意在笔先"为基础，"意成笔后"又以"意在笔中"为基础，没有"意成笔后"的有力表现和有力补充，"意在笔先"就是一堆空想。没有"意在笔先"，"意在笔中""意成笔后"就成了无本之木。"意在笔中"又起着承前启后、继往开来的贯串作用。实际上，我们看到的所有作品都是"意在笔先""意在笔中""意成笔后"相互补充、相互推动、相互结合的产物。所以，"意在笔先"的形成，并不能完全代表主题的最终确立。

意象，诗歌写作的焦点

诗歌是侧重表现诗人思想感情的一种文学样式。但感情并不是诗，从感情到诗，这中间有一个外化的过程，这个外化的过程既是"意与象俱"的意象构造过程，也是"思与境谐"的意境营造过程。一首诗有无诗味，说到底是看这首诗有没有优美巧妙的意象。一首诗是否韵味独特，是看该诗有没有情景交融、虚实相生的审美意境。意象和意境是诗家写诗、诗评家论诗经常要用的两个术语。然而，不少权威的写作教材都出现了这样一种情况：强调意境的创造，淡化意象的创作和解析，有些甚至整部教材都未提到"意象"这个概念。对于既成名作，欣赏者很自然地会被作品中的"意境"所吸引、所感染。也就是说，从文学史的角度或者从赏析的角度强调作品的意境是可以理解的。但是，写作教材不是为了专门再现文学史实，也不是特意进行作品赏析，而是为了使学生掌握必要的创作理论，使他们懂得常用文体的基本创作规律，锻炼常用文体的创作技能。在常用文体创作中，诗歌的创作是教者较难讲授，学生也最感"发憷"的，尤其是许多学生精心创作的"诗歌"在行家眼里，了无诗味，一句简单的结论：不像诗！那么诗味从何而来？诗歌创作的关键又是什么呢？

不少权威的文学教材认为，诗歌创作的关键在于意境创造，意境美则诗味足。本人认为诗歌的创作关键应是意象的选择和组合，意象选择得巧妙，相互之间组合自然，融铸天衣无缝，自然意境独特。说到底诗歌的创作应是意象选择在先，意境是全诗写完之后呈现的一个整体内涵。即起点在意象，终点在意境，诗像不像，是看诗有无诗味，诗味来源于意象；诗美不美，是看诗有无意蕴，意蕴来自意境。由诗味到诗美，其实就是由意象到意境的挖掘过程，离开了意象，意境就成了无源之水、无本之木。

那么，诗歌创作中第一个意象产生的？可从创作的具体实践来看。一般诗歌的创作思路有两种："一种是先有情思，然后借物巧言之，谓之情思的物态化；另一种是眼中先见某物，然后托物言志，谓之物象的情思化。"❶意象是否透剔巧妙，也就看这个"情思的物态化"和"物象的情思化"的功夫到家不到家了。如能"物我交融""心物两契"则妙，若"心物两离"则难以引起读者共鸣。所以，对于诗人来说，与其苦心寻找那可遇不可求的灵感，不如留心捕捉鲜美而易逝的意象。

一、意象：人心营构之象

意象是主观情志作用于客观物象，并且在融合中转化为有特定情感内容的艺术形象。它凝聚了作者的审美创造。章学诚称之为"人心营构之象"，康德阐释为"想象力重新建造的感性形象"。意象并非现代诗歌的专利。唐代诗论家司空图说："意象欲出，造化已奇。(《二十四诗品》)"胡应麟也说："古诗之妙，专求意象。(《诗薮》)"可见意象艺术是中国诗歌的传统，而把这种传统创造性地发扬光大，是当代诗人自觉的审美追求和艺术倾向。简单地说，"意象就是意中之象，是客观物象经过诗人的感情活动而创造出来的独特形象，是一种富有更多的主观色彩、迥异于生活原态而能为人所感知的具体艺术形象"❷。意象一般以两种形态出现于文学作品中，即单个意象和整体意象。单个意象就是文学作品中最基本的艺术形象；整体意象则是一组或一串意象构成的有机的整体画面，也称意象体系。例如，马致远的《天净沙·秋思》中，"枯藤""老树"等就是单个意象，人们常常把这种意象看成更大境界中的一个"部件"。它们不能离开整体，若离开了，单个意象就失去了它原来的意义。比如，"枯藤"一旦离开了《天净沙·秋思》，便失去了这支散曲赋予它的悲凉色彩。所以，从这个意义上讲，马致远的《天净沙·秋思》只有一个整体意象。

因为意象是意中之象，它和生活中的原始生活形象并不一致，所以古人称生活形象为"物象"，而把文学中的形象称为"意象"。清代文论家章学诚就明确地把形象分为两种：一种是自然存在的"天地自然之象"，一种是人创造出来的"人心营构之象"。意象虽是人们以意为之的产物，不是天生自然之物，但最终还是客观物象曲折的反映。例如，王泽洲的《日出》："萧萧的凉风中，/黎明，在缓缓地分娩。/哦，光明的诞生原来这样痛苦，/看山的那边/正渗出一滴殷红的血。"日出这种自然现象，是人人都见过的。诗人的高明之处在于，他对日出有更深刻的发现。诗人告诉我们，辉煌的日出是在与黑暗搏斗中渗出

---

❶ 马立鞭. 微型小诗四议 (上)[J]. 写作 , 1998(11):7-8.

❷ 董小玉. 文学写作 [M]. 重庆 : 西南师范大学出版社 , 1995:38.

的殷红的血，光明的诞生是一个痛苦的历程，需要付出沉重的代价。短短的五行诗，不但描绘出一幕太阳诞生的悲壮画面，而且引人深入思考宇宙与人生。这里的日出就是在天生自然之物的基础上被作者用心灵重新塑造出来的凄美庄严的意象，所以章学诚认为，"人心营构之象，亦出于天地自然之象也"。意象是在客观物象基础上创造性想象的结果。

意象作为意中之象并不是生活本身，有的与生活本身的逻辑也不一致，如"月是故乡明""水是家乡的甜""情人眼里出西施"。但是，它又来自生活，会使人联想到生活中的真实场景。从某种意义上说，文学是作者与读者达成的一种默契。读者可以允许作者去虚构、假定。因此，虚构和假定就成了意象产生的前提，所以作品中的风花雪月、草木虫鱼，可以通人性；屈原可以上叩天庭之门；但丁可以下睹地狱之苦。读者非但不指责其无稽虚妄，反而为这满纸荒唐言忧喜悲欢。假如哪位诗人为生活记了一笔流水账，人们反而骂他不会表现。当然，意象允许虚构和夸张，但也要合情合理。李白在《将进酒》中这样写："君不见黄河之水天上来，奔流到海不复回。君不见高堂明镜悲白发，朝如青丝暮成雪。"这种描写当然不是真实的，但李白写的是对人生短暂的真实感受，读者也就把看似不真实的描写变为艺术真实了，所以意象就是在合情合理的尺度之下，牵理就情。

意象塑造的过程其实也是一个典型概括的过程，但意象的概括始终不摒弃个别，而是强化它、突出它、丰富它，使个别成为独特的"这一个"。同时，"个别"与"一般"相联系、相结合，把个别与一般化同步进行，最终达到个别与一般相统一的境地。卢卡契指出："每一种伟大艺术，它的目标都是要提供一幅现实的画像，在这里，现象与本质、个别与规律、直接性与概念等的对立消除了，以致两者在艺术作品的直接印象中融合成一个自发的统一体，对接受者来说是一个不可分割的整体。"❶这里"现实的画像"就是指"意象"，马致远的《天净沙·秋思》提供给我们的"意象"就是一幅"现实的画像"。它表现为一种现象的、个别的、具体的形象图画，然而它是那个时代落魄天涯、羁旅异乡的人，特别是失意文人的痛苦心境的真实写照。画面呈现的虽是个别失意文人的凄苦情境，但它概括了整个时代千千万万个知识分子前途茫茫、归宿不定的痛苦，有以少胜多、万取一收的艺术效果。

---

❶ 卢卡契. 艺术与客观真实 [M]. 北京：文化艺术出版社，1984:429.

二、意象营构的两忌：有象无意、有意无象

意象是诗歌艺术的精灵。当代诗歌评论家邹建军认为，有意象就有诗味，无意象就无诗味。诗意作为一种思想、一种抽象、一种感情、一种对生活的认识或发现的真理，要含蓄隽永、意味深长地传递到读者心中，必须借助形象——化抽象为具象的意象。诗歌写作，正如别林斯基所说："诗歌不能容忍无形态的、光秃秃的抽象概念，抽象概念必须体现在生动而美妙的形象中，思想渗透形象，如同亮光渗透多面体的水晶一样。"❶诗人将主观诗情，有意识地移到外在景物身上，使它带有感情色彩，达到物我合一的境界。这是一个由内而外的感情推移过程，在这个过程中，要选择最能表现主观诗情的形象，并把自己的感受移入其中，正所谓"登山则情满于山，观海则意溢于海"。因此，诗歌的创作既忌有意无象，也忌有象无意，如某刊物发表的一首诗——《勤奋》，可谓有意无象："天才与勤奋做伴／成功与刻苦相连／不要期待幸运／也不要坐等明天／听天由命，是懒惰者的信条／把握人生，是勤奋者的箴言。"这样的诗，只是直白的哲理，缺乏比喻象征，忽视形象，不讲意象，就像"骄傲使人落后，虚心使人进步"一类的小格言一样，作为格言尚可，作为诗实在不行。高尔基说得好："真正的诗，即使略带哲学性，总是以专讲道理的东西为羞耻的。"

有一首诗歌这样写道："平滑的镜面／反射着物体的图像／映出了少女的笑脸／照出了老人的目光。"又有人咏虾："弯着腰，绝不是对人恭敬。"咏山羊云："翘着的胡子，不表明年岁大。"都是只知状物，不知寄托寓意，缺乏诗情画意，充其量是对事物特有形态的解说，味同嚼蜡，实为无深刻意蕴的肤浅之作。

所以，有象无意说到底就是立意肤浅或者说忽略了立意，而"无论诗歌与长行文字，俱以意为主。意犹帅也，无帅之兵，谓之乌合"。（王夫之《姜斋诗话》）意是诗的主旨，是意境的内核，这种意不是意念的意，而是意趣的意，即经过情思的物态化后可看、可听、可感的"意"。正如诗中之象，也非纯客观的景物刻画，而是情思化后的"象"。立意贵在高洁巧妙，不能鄙俗不堪；取象贵在浅近亲切，不能隐晦太多。这种分寸确实难以把握。所以，明代的费经虞说："诗贵似浅非浅，不得似深非深。"因此，诗作要寓意于极常见的物象刻画之中，使人一看就懂，却又回味无穷。韩瀚已有定评的《重量》就是如此："她把带血的头颅／放在生命的天平上／让所有的苟活者／都失去了——／重量。"

---

❶ 别林斯基.别林斯基选集（第二卷）[M].满涛，译.上海：上海译文出版社，1979:470.

一杆生命的天平，称出了张志新烈士生命的重量，突出了她"比泰山还重"的死所具有的独特的震撼力。将一个人和所有的苟活者相比，所形成的反差通过"天平"强烈地渗透到读者的心中。其意象既清晰又深刻，意象虽小，却能以极其强烈的情感含量取胜，正所谓"以少少许胜多多许"。同样是以镜子为题材，前文所举一例有象无意，而李修炎的《镜子》，跳出了镜子的自然属性，展开了想象和联想，立意就高远深刻得多："历史的镜子最公平／如果你害怕它／将它一摔，碎了——它也将变成千万双眼睛……"从镜子的自然属性联想到人类历史，从镜子的形象中提炼出"历史是公正的裁判"的象征寓意，开拓了诗的意境，从而表现出别致而深厚的哲理性。又如，林蓝的四行诗《伞》："当你向别人／敞开心扉的时候／别人却在想／如何握住你的把柄。"以及某学生写的《足球》："本以为自己十分圆滑／不想被他人踢得伤痕累累。"都能状物则物态活灵活现，寄意则意趣隐约可见，这些诗中的意象达到了"物我合一""心物两契"的境界，诗味浓郁，无疑都是佳作。

三、意象组合营造诗美意境

诗歌的创作离不开意象，意象的选择是第一步，意象的组合则是第二步。意象组合是指客观事物的现象或映象触发了作者的灵感，作者捕捉到了主要意象，在此基础上，进一步地调动生活的经验，"神与物游"地展开想象、联想，使主观的思想感情与客观生活中的多种物象相交相融、相契相合，逐步臻于统一，在勾画出整个诗篇脉络的同时，创造出"意与境谐"的诗的艺术境界。

运用意象组合展开形象思维，是诗歌在艺术创作中区别于其他文学样式的一个重要特点，借用刘勰的话："独照之匠，窥意象而运斤。此盖驭文之首术，谋篇之大端。(《文心雕龙·神思》)"诗歌创作的形象思维以想象为中心，而想象的开展就是从一个意象到另一个意象顺承连接或飞跃挺进。它们组合的优劣好坏，关系到谋篇驭文的成败。古今诗人无不在这些方面独运匠心，以求诗境的开拓。

意象组合必须着眼于意境的创造，这是由诗歌艺术的表现特点所决定的。所谓意境，是指作品通过意象组合所描绘出的生活图景，与诗人主体审美情感融合为一而产生的一种艺术境界，是"情景交融、虚实相生的能诱发和开拓出丰富的审美想象的空间的整体意象"❶。换言之，意境是意象的高级形态，也是文学典型化原则在诗歌创作中具体运用的审美结晶，它能使读者在品味中经过

---

❶ 童庆炳.文学理论教程[M].北京：高等教育出版社，1992:305.

想象和联想获得更为广阔的艺术天地。因此，"在意象组合的谋篇布局中，作者应把真挚强烈、健康向上的思想感情浓缩于有限的生活图景中，使作品具有耐人寻味的诗情画意"❶。意象组合营造意境的方式，说到底就是情景交融，"情景虽有在心在物之分，而景生情，情生景，哀乐之触，荣悴之迎，互藏其宅。（王夫之《姜斋诗话》）"好的诗人能够使意境景中生情、情中含景。

　　例如，李白的《送孟浩然之广陵》："故人西辞黄鹤楼，烟花三月下扬州。孤帆远影碧空尽，唯见长江天际流。"这首诗有一系列单个的意象，黄鹤楼、烟花、孤帆、长江等，这些意象组合起来，便成了一幅藏情于景的逼真画面，虽不言情，但情藏景中，往往更显情深意浓，诗中没有直抒对友人依依不舍的眷恋，而是通过孤帆消失、江水悠悠和久伫江边若有所失的诗人形象，表达情深意挚，表面上这首诗句句是写景，实际上却句句都在抒情，真是"一切景语皆情语"。

　　意象的选择和组合对意境的形成至关重要，但这并不是说，没有充分的情感作铺垫就可以凭技巧取胜的，诗歌的创作最终还是情感一触即发的结果。被千古传诵的《登幽州台歌》："前不见古人，后不见来者。念天地之悠悠，独怆然而涕下。"其中并无精心提炼的意象，几句文字也显现不出作者精心构思的痕迹，更多是作者此时此刻心情的写照，诗中有看似平常的三个意象，即天、地、人，却体现了丰富的内涵。诗人站在幽州台上，纵览古今，俯仰天地，千头万绪，不知道从何说起，忽然，在仰望和俯视之际，悠悠天地使他终于找到了一个中心，这就是"人"；两个支撑点，这就是天与地。人是宇宙、天地、诗歌的中心，天与地是人的依托、人的环境、人的归宿。中国古代以天、地、人为三才。诗人超越了时代、地域和个人生命的局限，表现的是天与地自然合一的主题。我们可以从诗中体味到诗人报国无门的悲愤和天才末路的痛苦，而这些历史的和现实的、宇宙的和人生的因素，都会随诗人情感的喷发变成感人的色彩和旋律，弥漫整个空间，这也就是诗人开创的那个充满审美想象的空间。在这个空间中，一切都成了有形的图画。这里，由幽州台上的天、地、人组合成的整体意象巧妙地营造了一个令人浮想联翩而又沉郁苍凉的意境。

　　意境源于意象，意象可以进行合情合理的虚构，在此基础上的意境自然有实境也有虚境，当一个个意象以一定的方式构成一个完整的艺术结构时，便进入了诗的意象，并因相互牵制和作用产生了一种新的整体和新的内容。贺铸的《青玉案·凌波不过横塘路》中的最后几句："一川烟草，满城风絮，梅子黄时

❶ 陈果安.现代写作学丛书文学写作教程[M].长沙：中南工业出版社，1995:51.

雨。"这三个意象被组成"试问闲愁都几许"这样一个意象结构时，这个意象结构的审美效应，就不是三个意象的相加了，而是一个由实到虚的意境升华过程，诗人想起情人踪迹杳无，像逝去的春日已不知飘泊何处，因而更加百感交集，愁绪万千。此时此地，此情此景，闲愁不由得像无边无际的如烟青草，似狂飞乱舞的满城飞絮，如淋漓不休的黄梅时雨，那般凄然，那般迷茫，那般集于眼前而不能排遣。

上述内容说明，分析诗中单个意象的意蕴是非常重要的，但又远远不够，要真正把握诗的意境，仔细分析诗中的意象组合是十分必要的。这也提醒我们，只有意象的结构组合巧妙，才能提供一个令人"想入非非"的意境。这是因为，优秀的诗作都有其或显或隐的结构可寻。对诗人来说，"正是这种结构将一个个互不相关甚至矛盾对立的意象组合在一起，从而构成一个富有生命力的有机整体，以传递诗人的思想感情。就读者来说，我们是通过剖析意象组合框架，进而领悟诗人的思想感情的"❶。创造典型形象、高度集中地反映社会生活是文学体裁艺术审美的共同特征。但是，诗歌的艺术审美重在表现作者的情感世界，因而形象创造有鲜明的个性特点，即用意象多层面地反映社会生活。所以，对于诗歌创作，一开始就反复强调意境创造是抽象的、空洞的，更是难以落到实处的。诗歌的创作既忌有意无象，又忌有象无意，只有有了意象，才有可能写出有诗味的作品，没有意象便没有诗味。但有了意象，不将其组成有机地融入了深厚情感的意象组合，也无从形成优美的意境。写诗是一个由意象向意境的创作过程，评诗也是由评析表层的意象到探索深层的意象组合，从而由表及里地领悟诗人的思想感情的过程，诗美更多地体现在意象组合形成的意境上，这也是不少诗评家反复强调意境的主要原因。但是，无论如何我们都不能把诗歌创作等同于诗歌评价，更不能把意境等同于意象。

---

❶ 郁炳隆．中国现代文学作品选读 [M]．南京：江苏教育出版社，1997:17.

文学与死亡的亲缘性关系

死亡母题是作家创作无法回避的母题之一，正是因为作家的倾注笔力，人物的死亡才有震撼人心的遗响悲风之力量。黛玉之死、安娜之死、维特之死……，这些经典的死亡情节是最打动读者、最令人深思，也是最具美学价值的地方。20 世纪以来，随着死亡哲学的进一步发展，原先很少进入美学视野的死亡母题开始得到客观的研究和重视，本文就是在相关研究的基础之上，围绕"文学与死亡"的亲缘性关系，从写作的客体——世界、写作的主体——作家、写作的载体——作品角度，探讨死亡进入文学、文化心理、作家审美思维和作品世界的逻辑过程。应该说，人类从现实中认识死亡到营构艺术世界里的死亡、从"向死而思"到"向死而在"，经历了一个现实死亡与审美死亡不断结缘、互相渗透的动态过程。

一、"向死而思"：文学的缘起

人类心智的成熟和人的成长一样，有一个不断发展、不断丰富的过程，人类对死亡的认识也是从无到有、从简单到复杂的不断螺旋式上升的。根据现有的死亡文化史和死亡哲学的研究，人类从开始对死亡产生一种印象到渐渐产生死亡意识，经历了漫长的过程。

早期的原始民族认为"死人与活人生命互渗"[1]。原始人不懂得死乃是人类生命行程中的一种自然和必然的结局，所以"总把死看作是受到某种外在强力侵害吞食的结果，更由于上古人类总是与野兽杂处并无数次地体验过自己的同伴被某种猛禽恶兽吞食的惨痛经验，所以他们的观念中，形成了某种'死神'的形象。这种死神被他们想象为一种'吃人'的猛禽或恶兽"[2]。"轴心期"以

---

[1] 列维·布留尔.原始思维 [M].北京：商务印书馆，1981:298.

[2] 赵远帆."死亡"的艺术表现 [M].北京：群言出版社，1993:5.

前，人类虽然经常遭遇死亡，但并没有真正认识死亡，没有对死亡产生虚无的自觉意识，当然还不能意识到死人和活人在生命形式上有什么区别，这其中最主要的原因，还是原始人没有懂得时间的意义，不知道线性时间的单向延伸的本质。但是，"智慧之谜通过将这种死亡的景象呈现给原始人而迫使他们反思，并且这成了所有思辨的起点"❶。死亡逼迫原始人不断地去思考生命衰老、消逝这些奇怪的现象，渐渐地，原始人开始思考死与生、我死与他死、亲人死与敌人死等一系列问题，一直到了父系氏族公社时期，特别是随着新的社会结构单位，即家长制家庭的出现，人类终于产生了今天的所谓死亡意识——死亡现象引起的情绪、体验、感情态度和心理反应。而这取决于社会进化中的人对线性时间有了一定的认识：

"线性时间观念的出现，线性时间观念对循环时间观念的取代，在原始死亡观的崩解、人的死亡的发现中就具有非常巨大的意义。因为只有线性时间概念才使时间获得它的'末世学'的形式，才有可能产生'决不再来'的观点以及时间三维（过去、现在和将来）的观点。这样，人的个体生命也就获得了独一无二的、不可重复的特征。"❷

"决不再来"的线性时间观念，以及独一无二的"我"的意识的出现，使早期人类终于认识到了人——包括他自己，都必有一死。这种人人都必有一死的意识是如此沉重，所以它最初曾一度震慑了早期的人类，颠覆了原始人比较"愚昧"的原始死亡观，从而使人类产生了今人所谓的死亡意识。死亡意识是人类从动物界划分出来的最后标志，是原始思维和文明思维的分界线。而死亡意识之下对死亡的抗拒，则表现为人类用幻想的方式寄寓对永生的企求。在《山海经》中，死了的女娲并没有化归尘土，而是以另一种生命存在着；刑天在"帝断其首"后居然"死而不僵"。"不死"是早期神话艺术中经常出现的乐园主题，反映了人类对延续生命的渴望，"在某种意义上，整个神话可以被解释为对死亡现象的坚定而顽强的否定"❸。

神话思维是早期人类面对现实死亡所产生的一种艺术化的思维，它和原始思维虽然在混沌性上还有某种程度的相似性，但已经比原始思维前进了一步，

---

❶ 南川，黄炎平．与名家一起体验死 [M]．北京：光明日报出版社，2001:270.

❷ 段德智．死亡哲学 [M]．武汉：湖北人民出版社，1991:34-35.

❸ 恩斯特·卡西尔．人论 [M]．甘阳，译．上海：上海译文出版社，1985:107.

至少已经意识到死与生的区别。不过，这个时候人类还对死亡抱着一种积极乐观而且顽强的态度，坚定地认为死即另一种形式的生，这是原始思维诗性特质的延伸。柏拉图说："人的灵魂是不死的，它在一个时候有一个终结称为死，在另一个时候又再生出来，但是永远不会消亡。"❶但是，不管是回避死、正视死还是超越死，早期人类都是借助文学艺术的手段和哲学的思辨开始进入对"死亡"的思考的："人在死亡面前一筹莫展又觉得有许多话要说；而倾说这些话语的最为方便的去处，则莫过于文学。"❷可以说，死亡催生了早期文学，催生了哲学，催生了人类的思辨。"死亡是真正激励哲学，给哲学以灵感的守护神。"❸"一切艺术基本上也是对'死亡'这一现实的否定。"❹史前文学即神话和诗歌，是原始思维在与死亡苦难的对话和交流中慢慢产生的，是向死而思的产物，是早期人类死亡意识的感性显现。

二、"黍离之悲"：文化心理的积淀

死亡意识产生之后，人类早期的文学形式——神话和史诗还有某种原始思维的诗性特质。但随着人心智的进一步提高，人类对死亡的认识越来越深刻、全面。人类，尤其是那些天性特别敏感的文学家把目光投射到自然界，开始了一种将死亡和自然进行联系的"异质同构"的对话和沟通，沟通中产生的某些意象或隐喻渐渐沉淀下来，变成了死亡意象或死亡原型的代名词。把人自身的消亡和身外的大自然联系起来，这是中外文学表现的共性，人们由自然界的夕阳、晚秋、蝴蝶、乌鸦等联想到生命的陨落，不由产生一种悲凉的心理感受，这便是人们面对落花流水等自然景物而生发的一种怅惘之情，这种隐隐约约、若有若无而又绵延不绝的哀伤，源于人从自然界的变迁中体味到了一种生命随着时间的延伸而必然消逝的悲凉之感。本文且以《诗经》中首度描写忧愁的"黍离之悲"来概括这种因生命消逝而对物哀伤的心理积淀模式：

彼黍离离，彼稷之苗。行迈靡靡，中心摇摇。知我者，谓我心忧；不知我者，谓我何求。悠悠苍天，此何人哉？（《诗经·王风·黍离》）

---

❶　北京大学哲学系外国哲学史教研室.古希腊罗马哲学[M].北京：商务印书馆,1961:191.

❷　陆扬.精神分析文论[M].济南：山东教育出版社,1998:58-59.

❸　叔本华.叔本华美学随笔[M].韦宏昌,译.上海：上海人民出版社,2004:204.

❹　赫伯特·曼纽什.怀疑论美学[M].古城里,译.沈阳：辽宁人民出版社,1990:222.

　　这是中国最早关于忧愁的慨叹，在中国式的文学话语中，行役之忧与家国之思紧密联系确实是一种传统：借助花草的凋零把个人的哀伤和家国的兴亡、人生的穷蹙联系了起来。朝代更替之时、兵荒马乱之际，这种面对着花草凋零、家国破败而感受到的死亡隐忧都以"黍离之悲"的形态表现出来，形成了中国人对死亡的一种隐晦表达、侧面表现，一种把悲个人和悲苍生联系在一起的传统，故而中国人的笔下，一般不表现"死"，而着重表现"悲"和"愁"，这种悲愁往往又和关注国家兴亡和苍生命运紧紧联系在一起。

　　"人生一世，草木一秋"，这种将死亡意识和草木枯荣结合起来的"黍离之悲"在日本文学中也有反映。日本文学自古老的历史文学著作《古事记》开始，就带有非常悲哀的情调。日本的"诗经"——《万叶集》中风雅的抒情诗，更多是咏叹恋爱的苦恼和人生的悲哀。这种风雅和悲哀，由《伊势物语》发展到《源氏物语》，便形成了日本文学的基本美学观念。江户时代的一位国学家将这一基本美学理想归纳为"物哀"，即借助花草树木来寄托哀思。他认为，在人的种种感情中，只有苦闷、忧愁、悲哀——也就是一切不能如意的事才是感人至深的，日本的国花——樱花，可以说是"物哀"情结的典型代表。

　　类似于强调"天人合一""家国之思"从而侧面表现死亡忧思的"黍离之悲"和同属东方文化的日本文学中的"物哀情结"，西方民族面对死亡同样产生了种种哀思："我思前想后，悲悯之感涌上心头，人的一生何其短促，看这黑压压的一片人群，百年之后，就没有一个人还活着了。"❶这是公元前5世纪古希腊作家希罗多德在《历史》中的记载。相较中国式的"彼黍离离，彼稷之苗。行迈靡靡，中心摇摇"的婉曲，这种对生命流逝的慨叹更为直接，更为突出生命个体对生命短促和生命流逝的感受，其个体情怀也更为明显。柏拉图在《理想国》中把这种人面临灾祸和死亡时所产生的情绪称为"感伤癖"：

　　"我们亲临灾祸时，心中有一种自然倾向，要尽量哭一场，哀诉一番，可是理智把这种自然倾向镇压下去了。诗人要想餍足的正是这种自然倾向，这种感伤癖。"❷

　　文学创作作为发泄情感的重要渠道，理所当然要被认为是满足人类感伤癖的最佳方式。相对而言，东方文学往往习惯于用诗词来抒发浓重的哀愁，西

---

❶　徐子方.千载孤愤——中国悲怨文学的生命透视 [M].南京：江苏人民出版社，2001:16.

❷　伍蠡甫.西方古今文论选 [M].上海：复旦大学出版社，1984:9.

方文学则用戏剧和小说来表达生和死的对立。不管是抒情还是叙事，艺术家面对死亡所产生的慨叹以及对死亡进行的不遗余力地书写都是相通的。"黍离之悲"，其实就是"人生之悲"，当作家拿起笔进行创作的时候，这种积淀在人类内心深处和生命息息相关的集体无意识往往就以体恤生命、书写死亡的方式表现出来了，这种浸透着浓重悲观气息的表达和早期神话那种积极达观甚至带有英雄主义色彩的死亡表达已不可同日而语。

三、"以悲为美"：写作主体的审美情趣

随着"黍离之悲"这种忧愁情绪的不断发展和潜在影响，后继者面对死亡不断发出"不堪其忧"的种种感叹："生年不满百，常怀千岁忧""滚滚长江东逝水，浪花淘尽英雄"……，诗词曲赋等对死亡的种种刻画，形成了文学作品中挥之不去的死亡情结。海明威说："死自有一种美，一种安静，一种不会使我惧怕的变形。"❶郁达夫说："性欲与死，是人生的两个根本问题，所有以这两者为材料的作品，其偏爱价值比一般其他的作品更大。世人若骂我以死为招牌，我肯承认的。"❷死亡与作家这种如影随形、水乳交融的关系，使文学也成了"向死而在"的翻版。所以，一个作家如果打算利用死亡来作悲情的文章并获得某种对生命本质的理解，他就不能不写到死。曹文轩曾说："文学不是福音书，文学家常要十分狠心甚至是残忍地处理一些人、一些事。为了思想情感上或美学上的效果，小说的绝情常使人寒冷彻骨。"❸概而言之，"以悲为美"实际上是大多数作家的美学追求。嵇康在《琴赋》中说："称其才干，则以危苦为上；赋其声音，则以悲哀为主；美其感化，则以垂涕为贵。"屠隆也在《<唐诗品汇>选释断序》中说："五音有哀有乐，和声能使人欢然而忘愁，哀声能使人凄怆恻恻而不宁。然人不独好和声，亦好哀声，哀声至今不废也。"以悲为美，可以说是作家死亡意识和审美取向中必不可少的一部分。

"以悲为美"的审美情趣与作家自身的个人经历与社会体验密切相关。不少作家或者过早目睹了家庭的不幸和亲人的死亡，或者受父母职业和居住环境的影响，或者由于自己突发疾病过早感悟了死亡。这种直面死亡的感受会在他们的心中产生强烈的情感印记，从而反映在他所从事的艺术活动之中。鲁迅、郁达夫、余华、川端康成、海明威等惯于描述死亡就是这样的原因。除了自身

---

❶ 库尔特·辛格.海明威传 [M].周国珍，译.杭州：浙江文艺出版社，1987:7.

❷ 王自立，陈子善.郁达夫研究资料 [M].天津：天津人民出版社，1982:188.

❸ 曹文轩.小说门 [M].北京：作家出版社，2002:22.

对死亡的体验而执着于死亡描绘之外，作家个人的死亡体验还受社会环境的影响，作家所生活的时代和社会的纷乱、动荡，各种思潮的兴起和撞击，会触发作家独特的悲怆心理和悲悯意识。在中国历史上有过多次朝代更替的大动荡和大战乱时期，在这样特定的历史时期，无论是广大劳动人民还是世家大族都饱尝战乱之苦，生命的危机意识有较强的社会性。刘勰对东汉末社会大动荡时期的建安文学曾这样总结："观其时文，雅好慷慨，良由世积乱离，风衰俗怨，并志深而笔长，故梗概而多气也。"❶ 经历社会战乱和黑暗的建安七子和蔡琰等诗人，面对触目惊心的死亡景象，感受最强烈的是人的生命悲剧性，这种强烈的生命悲哀意识在一定程度上是《古诗十九首》的延续。阮籍、嵇康等诗人通过佯狂放荡和愤世嫉俗的诗句表示"我心伤悲，莫知我哀"的痛楚。诚如西哲帕斯卡所说：

"人只不过是一根苇草，是自然界最脆弱的东西，但他是一根能思想的苇草。用不着整个宇宙都拿起武器才能毁灭他，一口气、一滴水就足以致他死命了。然而，纵使宇宙毁灭了他，人却仍然要比致他于死命的东西高贵得多。"❷

人是一根会思想的苇草，作为现实与人生反映者之一的作家自然不会无视死亡，当作家开始创作的时候，很自然地树立起一杆"以悲为美"的艺术标尺，不断地调整和丈量着自己的作品，沉痛、伤感、深刻地描写死亡，描绘了一幅幅令人震惊和遐想的死亡画卷，从不同的角度去探寻人之为人的生命意义和美的本质。

四、"向死而在"：文学世界中的死亡美学

作家在现实世界与文化心理中积淀起来的"以悲为美"的艺术追求最终都体现在他们创作的作品之中，他们很自然地将"向死而在"从"人学"过渡到"文学"。对于这部分酷爱死亡母题的作家来说，死亡美学就是他的文学美学，就是他的艺术追求，"在艺术中没有任何一种死亡不具有意义，无论这种意义以隐喻的幽蔽方式还是以直接的抒发方式来传达"❸。文学艺术中的死亡意义就是死亡美学的核心价值所在。在作家塑造的"向死而在"的艺术世界中，死亡

---

❶ 范文澜.文心雕龙注 [M].北京：人民文学出版社，1962:674.

❷ 帕斯卡尔.思想录 [M].何兆武，译.北京：商务印书馆，1985:157.

❸ 颜翔林.死亡美学 [M].上海：学林出版社，1998:149.

与爱、美、自由、超越等诸多内涵紧紧关联。作家为了表达死亡意义的美学内涵往往从两个方面入手：一是构筑一个以死亡为核心元素的死亡意境；二是以死亡作为推进文章情节发展的原动力。

以死亡为核心元素的死亡意境与死亡原型、死亡意识密切相关。加拿大文论家弗莱曾经根据自然界周而复始的循环规律，归纳出四种原型，其中有一类就是关于"日落、秋天和死亡"，是悲剧和挽歌的原型。在中国文学史上，死亡意识作为一种历史传承，一种集体无意识，也有许多关于死亡的意象，如夕阳、黄昏、晚秋、蝴蝶等，和弗莱所总结的悲剧和挽歌原型相对应。夕阳暗含着人生短暂而功名未就的感慨与无奈，凝结着日薄西山、老之将至的忧愁与恐惧。黄昏作为昼与夜的临界，暗示着某种消逝与失却，呼应着日月不淹、时不我待、草木凋零、美人迟暮……种种非人格化的自然规律对应的正是人们从文化传承中感悟到的"黍离之悲"。事实上，夕阳、黄昏这些隐喻着死亡而意义相对固定的意象所构成的意境，传达的是诗人对生命时间性的感受。夕阳、黄昏是一种边缘状态，在它们之后，人将会坠入无边的黑暗之中，那是死亡的象征，也是人类一种无奈的、最终的选择。

意境并非仅限于抒情性文体，叙事文学中也有关于死亡的意境。在《红楼梦》这部"批阅十载，增删五次"最后"泪尽而逝"都未能完成的巨著中，死亡的意境随时呈现。作者通过对死亡的处理，将人生最有价值的东西毁灭给人看，并由此震撼人心。读了这样的作品，不能不像鲁迅所感觉到的那样"悲凉之雾，遍被华林"。在西方小说中，海明威笔下冰山之峰冻僵的豹尸，普鲁斯特笔下风雪夜晚中的黑暗丛林，但丁描写的地狱之舟，雨果所构思的暴风中的绞刑架、尸体、乌鸦，都是通过特定的意象组成一个感染力极强的死亡意境，把景物之中遮蔽着的死亡意义呈现出来，使我们得以进行挖掘和思考。

对于叙事文学尤其是小说或戏剧而言，死亡既构成了作品内在的悲剧意蕴，又推动情节发展的原动力，这种以死亡来推进情节发展的文学手段有结构美学的意味，是死亡美学的另一个维度。死亡作为叙事结构里的一个环节，调节着整个故事的结构，把握着叙事节奏的快慢，也整合着全部事件发展的客观行程。比如，《红楼梦》中的秦可卿之死便是一个举足轻重、牵一发而动全身的紧要情节，对全书情节的发展起着巨大的铺垫与推动作用。秦可卿是贾府中死去的第一个女子，其场面之大，篇幅之多，胜过所有其他描写死亡的情节。正是秦氏之死，才使王熙凤的管理才能和性格特点在这个宽阔而复杂的舞台充分显示出来，同时引出尤氏姐妹出场，这一场景，几乎将小说中所有的人物都调动、贯串了起来。在文学描绘的所有事件之中，唯有死亡能有如此的结构功能。所以，死亡在内涵和结构上的双重甚至多重内涵和开拓价值可以说是无可替代的。

总而言之，无论是从文学反映的客体、我们生活着的世界出发，还是从文学创作的主体、作家和写作的载体、作品出发，死亡都是文学词典里的高频词汇。"人类学本体论的哲学的探讨心理本体中，当然要给'生''性''死'与'语言'以充分的开放，这样才能了解现代的人生之诗。"[1]对于普通人来说，死亡永远处于"暂时尚未"的恒久状态之中。但对一个伟大的作家来说，死亡永远是开放而澄明的，是诗性的也是审美的，正是个性鲜明并勇于"向死而思"的作家的存在，才使"向死而在"从"人学"进入了"文学"。"向死而在"不仅成了人的存在方式，还成了文学的存在方式。文学与死亡的亲缘性关系，正是在写作的客体、主体与载体的相互结缘与互相渗透中，在一代代既是读者又是作者的作家呕心沥血的创造中，在文学史的集体无意识中被不断强化的。

---

❶　李泽厚.美学四讲[M].天津：天津社会科学院出版社，2001:60.

中篇 名篇解读

巴山夜雨浓　何当共西窗

——李商隐《夜雨寄北》解读

君问归期未有期，巴山夜雨涨秋池。

何当共剪西窗烛，却话巴山夜雨时。

李商隐（813—858）的诗大都寓意空灵、措辞委婉而又寄托遥深。元好问在《论诗三十首·十二》中以"'望帝春心托杜鹃'，佳人锦瑟怨华年。诗家总爱西昆好，独恨无人作郑笺"，道出了李商隐诗歌艺术心灵的难以窥探。刘熙载也在《艺概》中说李诗"深情绵邈，绮丽精工"。时人品评李诗喜欢抓住李商隐一些比较难解的《锦瑟》《无题》大加深发，挖掘其绵绵不绝的千古幽思。但不可否认的是，李商隐另有一些大家耳熟能详、朗朗上口的小诗，但似乎没有引起读者诠解的兴趣。例如，李商隐的《乐游原》："向晚意不适，驱车登古原。夕阳无限好，只是近黄昏。"此诗可谓妇孺皆知，其主要原因便是该诗用浅近直白的语言，以"吾手写吾口"的方式道出了一种言简意深的清幽之境和感伤之情。与那些含蓄蕴藉、艰深晦涩的典雅之诗相比，李商隐的这类小诗，包容着浓浓的"赤子之心"，自然而率真。

本文所提的《夜雨寄北》也是如此。全诗没镶嵌难解的典故，也没罗织"绮丽精工"的语言，而是以平常语道出了一旅人回复家书的场景，寥寥数语却带给读者时空周转、意味无穷的审美感受。该诗之所以能在自然平淡之中"发纤秾于简古，寄至味于淡泊"，是因为诗人对自己的现有生活和感情已经"入乎其内"了，所以诗也有高远之致。这里，笔者打算以文本直接解读而不是"知人论世"的方式，带领读者再次走进这首大家熟知的、凝聚着浓重生活的诗作。

"君问归期未有期"，诗人落笔自然但又似乎异常沉重。从这一问一答之中，读者可以想到，这是一个孤身在外的旅人独坐窗前，一边是刚刚收到的爱人跨越了千山万水的一字千金的"家书"，一边是自己摊开的准备回复的信笺，手握纤毫却重如千钧，不知如何下笔。接到家书是喜，回答家书却悲，因为这是一个自己也不知道答案的问题。短短几个字，诗人情感的悲喜动荡却蕴含其中。无奈之下只好老实交代：君问归期未有期啊！信笔写来却又巧夺天工，自然而又真实！"君问"之"君"字，即点明了诗人现在对话的对象是"君"，从全文来看，读者一目了然，此君便是诗人的亲人和现实中的爱人。"君问"什么呢？问归期！归期之"问"，说明对方最需要知道和最关心的就是诗人何时归，相盼之情跃然纸上。我们不难想象，此刻千里之遥的家乡，那个最牵挂自己的人正殷殷盼望，而那个被盼望的人，连归期都无法保证，愧疚、遗憾、无奈，实在不知道该如何是好！

"巴山夜雨涨秋池"，本欲回信，无奈自己也不知道何日方归，只好环顾左右而言他。搁笔之时，诗人听到外面的雨在淅淅沥沥地下，他胸中的愁绪也如秋池夜雨一样弥漫了整个时空。一个"涨"字，写出了诗人细微难测而又复杂幽深的遗憾和无奈。巴山之高远，夜雨之弥漫，自己和对方都望尘莫及，遑论相见？此时此刻，夜已深沉，外面雨丝如织，宣泄着诗人无法排解的哀愁，诗人只能通过他特有的情感表达方式——"写诗"，一抒自己真挚而又感伤的内心世界。巴山夜雨，更加重和加深了诗人的烦恼和悲愁，但这种悲愁并不是以排山倒海一样强烈，而是细水长流、欲说还休的，是乐而不淫又哀而不伤的。这里，作者以通常的山、雨、秋池之意象，渲染了一幅山高路远、夜幕深沉、烟雨迷蒙的画境，暗示了作者孤寂无奈、愁情满怀的心灵幽思。

"何当共剪西窗烛"，刹那间诗人笔锋陡转，用"何当"（什么时候会）二字，转向了那曾经美好的过往，转向了那充满希望的像过往一样美好的将来。怎么回事呢？也许，诗人在愁绪满怀、夜雨如织的静谧之中茫然四顾，面对摇曳不定的灯火，自然而然地回忆起了昔日两情相依之时一个经典温馨的画面。西窗，也许是只有当事人才能明白的一个"暗语"吧！那就是在西窗之下，两人曾经共同用剪刀剪去燃尽的蜡烛芯，这对蜡烛也许是新婚之时的红烛，也许是离别后的重逢之烛，也许两人是执手相牵去剪完的，也许剪烛之时，他们又看到了投射在西窗上一对相伴相依的剪影，又心有灵犀地相视一笑，这也只有熟知西窗之境的当事人才能心领神会了。

所以，本诗中的"共剪西窗烛"，暗示了温馨的过去，提醒了凄凉的现在，表达着美好的将来；既可能是现实中的一个真实场景，也可能是凝结着美好愿望的便于表达恋人絮语的深沉想象。总之，它是一个经典而温馨的画面，支撑着整首诗的灵魂，无限深情融于一句"共剪西窗烛"上，既安慰了诗人自己孤寂的灵魂，又抚慰着对方望穿秋水的渴盼。虽是"水中月，镜中花"，却是疗治相思之苦、支撑着双方生活下去的一剂良方。这里，"巴山夜雨"、形单影只之实和"共剪西窗烛"、相伴相依之虚，形成了鲜明的对比和呼应，为本诗营造了一个若即若离、虚幻而真实的艺术世界，使读者不知道何者为"我"，何者为物。以"我"观物，则"巴山夜雨"也愁绪满怀；以物观"我"，则"西窗烛"也要嘲笑孤单中的"我"想入非非了。

"却话巴山夜雨时"，诗人沉浸在"共剪西窗烛"的美好想象之中，环顾一室清辉和孤影残灯，烛火灯芯劈劈啪啪地跳跃，一个人去拔掉烛灰，看到想象中的秋水伊人已飘然而逝，唯有茕茕孑立的一文弱书生兀自叹息，不禁哑然失笑：将来和爱人见面之时，一定要和爱人述说自己此刻的相思和愁苦，也述说自己此刻的西窗之想象。相聚之想象终成流水落花，不过是一个"含泪的笑"而已。回归现实的情境"巴山夜雨"，寂寞空心依旧。诗中两次出现"巴山夜雨"，但出现的情境和立足点却截然不同，一个是活生生的愁情满怀的现实，一个是将来见面时对今日愁情的回顾，而这一个将来的回顾也不过是此时此刻诗人的一个想象罢了。尤为复杂的是，诗人想象中将来的回顾内容，是发生在过去的"共剪西窗烛"的美好和此刻巴山夜雨的对比。诗句中包含的时空交错和复杂感情，可以说远远超过了世人极为称道的、马尔克斯在《百年孤独》中开头的一句话：多年以后，奥雷连诺上校站在行刑队面前，一定会想起父亲带他去参观冰块的那个遥远的下午。李商隐确实达到了梅尧臣所描述的写作境界：状难写之景如在目前，含不尽之意见于言外。诗人超越了通常的诗歌写作规范，只求"辞达"，和李商隐大多数绮丽精工之作相比，该诗真可谓苏轼所说的"渐老渐熟，绚烂之极，归于平淡"了。

朱光潜曾说过，"诗的境界在刹那中见终古，在微尘中显大千，在有限中寓无限"❶。李商隐的这首诗算是有力的证明，好的诗跟读者是"不隔"的、"如在目前"的，更是能够穿越时空的迷障，打动不同时代不同情境的读者的。即使读者不知道李商隐为何人，"真事隐"去后，他的诗依然能够让人心潮起伏，这才是真正的好作品。《夜雨寄北》当之无愧。

❶ 朱光潜.诗论[M].上海：上海古籍出版社，2001:41.

"冰山原则"再阐释

——海明威《白象似的群山》解读

海明威（1899 — 1961），美国现代著名小说家。他曾经亲身经历20世纪两次世界大战，并在此基础上创作了《太阳照常升起》《永别了，武器》和《丧钟为谁而鸣》等长篇小说。1952 年，海明威创作了著名的《老人与海》，1954年他获得了诺贝尔文学奖。在海明威的众多作品中，《白象似的群山》是一篇3 000 字左右的短篇小说。那么，这篇短篇小说能否体现海明威独特的创作风格呢？它所体现的创作原则是否挑战了一般读者的阅读习惯呢？

为了检验普通读者能否读懂《白象似的群山》，笔者略去作者之名，将小说发给大学新生阅读。从学生阅读结果得知，他们普遍的阅读反应是看不懂。对于大学中文系低年级学生来说，阅读和理解《白象似的群山》仍然是一个挑战。这也从另外一个角度说明：《白象似的群山》所体现的创作原则至今还没有被一般读者所接受，读者也还没有培养起这种创作原则所需要的阅读习惯。那么这篇大家一再以"冰山原则"论之的短篇小说，到底在哪些方面挑战了传统的写作方式和阅读习惯呢？要解答这个问题，我们先了解一下海明威著名的"冰山原则"。

"冰山原则"最早在海明威的一部关于斗牛的专著《午后之死》中提出，以后又不断加以阐发。海明威把自己的写作比作海上漂浮的冰山，用文字表达出来的东西只是海面上的八分之一，剩下的八分之七是在海面以下。海面以下的部分就是作家没有写出的部分，是省略掉的部分，但这省略掉的部分读者可以感受到，好像作家已经写出来似的。用学术语言不妨这样总结："用简洁文字塑造鲜明的形象，把作者自己的感受和思想情绪最大限度地埋藏于形象之中，使之情感充沛却含而不露，思想深沉却隐而不晦，从而将文学的可感性与可思性巧妙地结合起来，让读者通过对鲜明形象的感受去发挥作品的思想意义。"❶正是因为"冰山原则"是以八分之一来带出八分之七，所以体现这种创作原则的《白象似的群山》就使一般读者面临极大的挑战。学生（大学低年级）有些疑惑——那个女人（吉格）生了病，需要动手术，但不知是什么样的手术。从文中暗示的"堕胎"来说，这本书可以说是"少儿不宜"的作品。从这个意义上，我们可以推测："冰山原则"所创造的作品，其读者群并不是生活经历特别简单的读者，而应该是生理和心理都比较成熟且有了一定生活经历和相当文化层次的读者，也只有在这样的前提之下，我们才能充分领略冰山原则的丰富内涵。那么，对于普通读者来说，如何阅读、理解并阐释《白象似的群山》呢？

一、写作的零度情感

写作的零度情感是针对《白象似的群山》全文所体现出来的情感态度和文章的最后结尾而言的。通读完整个文本，我们从文中看不出作者表明了什么主题，体现了什么样的道德情感，表达了什么样的意向，作者的道德指尺是指向男人还是女人，对文中涉及的堕胎一事到底是支持还是谴责，作者没有任何暗示来帮助我们进行评判。所以，作者在创作过程中使用的是一种"中性的""非情感化的""非意向化的"写作方式。这种零度情感的写作方式在小说结尾处更加明显。然而，文章最后只是告诉读者，姑娘感到"好极了"。两个人对是否堕胎的争执并没有最终结果。这种零度结尾和美国小说家欧·亨利戏剧化的、出人意料的结尾正相反。这种"零度结尾"是平平淡淡的，像结束又不像结束，把读者茫然地悬在半空。所以，读者不知道也无从推测男人和姑娘以后会怎样——这也是文中的姑娘最关心的问题：无论是否堕胎，他们的恋人关系以后到底会怎样？读者也无从知道姑娘是不是做了手术，海明威似乎并不关心这些，他只是像一个摄影师，碰巧路过西班牙小站，偷拍下一个男人和姑娘的对话，然后两个人上车走了，故事也就结束了。他们从哪里来？又到哪里去？为什么来到了这个小站？海明威可能并不知道，我们读者也无从知晓。

所以，海明威的"冰山原则"其中的重要一点，就是全文显现出来的零度情感，这正是冰山周边广大水域的温度，它既不是零上也不是零下，它体现的是一种客观、信赖事实本身与读者的态度。诚如米兰·昆德拉所说：小说是对于"存在"的发现和追问，它的使命在于使我们免于"存在的被遗忘"。作者只是通过他的相对客观的视角告诉人们他看到的一种"存在"，他的这种存在是充分建立

---

❶ 袁贤铨.简论海明威的"冰山"风格 [J].宁波大学学报,1996(1):6.

在"事实本身"和对读者的充分信任上的。作者的目的是对事实的复原，为了体现事实的真实性，他尽可能地给读者以真相，而不是给读者以导引。

二、限制性客观视角

限制性客观视角是与全知、全能视角相对而言的。《白象似的群山》所采取的就是很纯粹的限制性客观视角。这种视角下的小说叙述者，就像一架机位已经固定好了的摄影机，它拍到什么，读者就看到什么，没有叙事者主观的评论和解释，叙事者不是全知的。以文中一段文字描写为例：

那女人端来两大杯啤酒和两只软杯垫。她把杯垫和啤酒杯一一放在桌子上，看看那男的，又看看那姑娘。姑娘正在眺望远处群山的轮廓。山在阳光下是白色的，而乡野则是灰褐色的干巴巴的一片。

这段文字属于典型的海明威风格。文中主要人物的状态是借助他人的视角观察出来的，如借助卖酒的"那女人"的视角，来描写文中的男女主人公。风景描写所采用的又是文中姑娘的视角："姑娘正在眺望远处群山的轮廓。"于是，作者顺理成章地写起风景来，"山在阳光下是白色的，而乡野则是灰褐色的干巴巴的一片"。这种风景描写和传统小说风格有着明显的区别。这种环境和风景描写中所体现出的看似不经意的变化，其实意味着一场深刻的小说美学变革。我们回想海明威之前的批判现实主义小说家，如巴尔扎克，可知海明威的限制性客观视角和巴尔扎克式的全知、全能视角是有着明显区别的。作为现代派小说家，海明威很清楚巴尔扎克细致入微地描写伯爵夫人礼服的花边、样式以及历史沿革已经过时了，同样巴尔扎克式的连篇累牍的环境和风景描写也令读者感到厌倦。海明威以人物的眼光来介绍必要的背景就比较聪明。比如，在《永别了武器》里的描述："那年夏天，我们住在村庄上的一幢房子里，望得见隔着河流和平原的那些高山。河床里有圆石子和漂砾，在阳光下又干又白，清蓝明净的河水在河道里流得好快。"这里，一个巧妙的"望得见"，所采取的就是一种限制性客观视角，这种视角带来的好处是作家既能按照自己的意图描写必不可少的环境，又避免了强加于人的感觉，必要而精练，这种风景描写有利于读者比较顺利地阅读、比较自然地接受。

所以，"望得见"和文中的"姑娘正在眺望……"的这种写法，代表着一种独到而深刻的视角变化。风景是由人物的眼光引出的，读者与文中的姑娘一起观看，也间接洞见了人物内心的想法和人物自身在特定时空、特定事件中的姿态，这是一种双重的效果。这种写作的技巧，读者可能不是一下子就能发现的，但对于作者来讲，是一种有意为之的改变和创造。从这种意义上说，短篇小说是需要技巧的。

三、经验的省略艺术

任何艺术都是再现和表现相结合的艺术，艺术家在对现实材料进行处理的时候，或多或少会使用省略。省略有两种，一种是省略无关紧要的东西，在阅读时不需要补充和挖掘；另一种是艺术的省略，目的是为了激起想象，在阅读时需要读者的再补充和再挖掘，以期全面深刻地理解原作。那么，一般情况下作家怎么处理一些细节材料呢？读者又怎么来进行阅读和理解呢？杜夫海纳认为，作家在小说中有意识地省略，读者不必补充。这是因为"艺术追求的是本质的东西，不能拘泥于细节。本质的东西就是艺术家要表达的东西，它决定哪些是细节并予以排除。但是……艺术家牺牲的不是现实，而是妨碍他的视线、损害他的创作纯洁性的那些赘疣"❶。海明威正是这样的省略掉一切赘疣的艺术家。

以《白象似的群山》中的一些对话为例：

"它们看上去像一群白象，"她说。
"我从来没有见过一头象，"男人把啤酒一饮而尽。
"你是不会见过。"
"我也许见到过的，"男人说，"光凭你说不会见过，并不说明什么问题。"

透过这短短的四句话，我们可以感觉出姑娘和男人之间出现了矛盾。前文说到姑娘眺望群山，于是说群山像白象，对于姑娘而言也许是无意为之。按照常理，男人对女人的话应该赞同，这男人的语言却硬邦邦的，没有任何委婉和尊重之意，"一饮而尽"这个动作也表现出明显的不满意的情绪。男人的这种姿态刺激了女人，她也以比较决绝的话语"你是不会见过"来回敬对方。女人的决绝又进一步刺激了男人，但由于男人考虑到女人肚子里的孩子还没有解决，所以尽管有一肚子不满，仍然耐着性子委婉地反驳了对方："我也许见到过的。"由文中的对话我们知道，男人在为女方的怀孕而烦恼。所以，女人一说到"白象"，他就敏感起来。因为英语里"白象"的引申义是大而无用的东西，

---

❶ 杜夫海纳.审美经验现象学 [M].韩树站，译.北京：文化艺术出版社，1996:406.

所以男人可能认为女人在借白象影射什么让她不满的东西，于是他也采取了某种不协调的语气回应女方。矛盾在这样的语境中一下子显现出来了。有恋爱经验的成年男女完全可以根据自身的体会理解文章的意义，这样的对话诉诸的就是日常经验。

所以，"冰山"理论更内在的本质可以说是对日常经验的省略，这种省略使事实更加清晰、事件的内涵和本质更加澄明。很多人把海明威的省略和中国传统的省略联系起来。中国传统的省略，省略的是情味和韵致，这种情味和韵致要依靠读者丰富的想象加以恢复。海明威的省略，省略的是大多数人可以感知的实体经验，即省略掉我们凭经验可以填充、想象和理解的内容。这种经验的省略艺术和省略技巧最大限度地调动了读者的参与，使读者觉得作家很相信自己的理解能力和经验。在这个意义上，海明威等于把冰山的八分之七空在那里，让读者凭经验去填充。而以往的小说家如果是现实主义作家就把什么都告诉你，如巴尔扎克式的细节描写；如果是浪漫主义作家，就拼命地调动读者的情绪，拼命煽情。海明威也在调动，他调动的是读者凭经验可以理解的东西。

当然，海明威这种独到的省略有他自身的原因。海明威18岁就去打仗，后来到一家美国驻欧洲的报社做记者，写文章要用电报发回国，语言必须简明扼要，于是形成了一种所谓"电报体"的风格，极少用修饰语与形容词。因为形容词多了反而容易遮蔽事物的内涵和本质。形容词少了个人情绪化的东西也少了，剩下的就是更接近经验本身的内容了，读者也可凭这种名词背后的实体经验，去理解更为本质的东西。比如：

"那实在是一种非常简便的手术，吉格"男人说，"甚至算不上一个手术。"

姑娘注视着桌腿下的地面。

"我知道你不会在乎的，吉格。真的没什么大不了。只要用空气一吸就行了。"

姑娘没有作声。

文章中所提的手术到底是什么，只有有经验的人才能猜得出，同样也只有有过婚育经验的人才能体会到怀孕带给恋爱双方的独特感受。尤其是对于没有婚姻保障的男女，如果遭遇了怀孕，男女内心有不同的焦虑。所以，文中简约的语言呈现出的是丰富的、独到的人生体悟。读者可凭着语言之后的自身经验去体会生活的内涵。海明威省略掉的正是我们凭经验可以理解、可以想象的生活海洋。

四、情境的多重意义

零度的情感、客观的视角、经验的省略，使海明威的文本异常的简练、浓缩，就像一瓶高浓度的醇酒，咂一口满体余香。海明威的语言是那么朴素，完全没有文化隐喻式的扩张，但是他却成功地把习焉不察的日常生活、情感变得突兀而尖锐，变得充满意义和力量。有意思的是，这种力量不是来自惯常的文化象征，而是来自事物的本身。当事物身上的文化积尘、个人情绪清除干净，一种更为广阔和丰富的真实出现在我们的视野时，那些被遮蔽、隐藏在暗处的部分开始显现出来，我们第一次被事物本身所震惊，它既不高尚也不卑下，它不像什么，它就是它自己，它存在着。然而，这种对存在的去蔽显真，要让读者对它进行恢复，恢复到本来的面目却比较艰难，因为海明威省略了一切说明性的暗示，小说中人物对话背后的心理动机是隐藏着的。因此，海明威的文本，一方面以它的客观、真实、非意向化显示了真正的存在；另一方面以这真正的存在包孕了多重的情境，可以让读者以自身的体验去做多重的阐释。昆德拉针对《白象似的群山》所指涉的各种判断和猜想曾说过："隐藏在这场简单而寻常的对话背面的，没有任何一点是清楚的。任何一个男人都可以说和那个美国人所说的一样的话。一个男人爱一个女人或不爱她，他撒谎或者诚实，他都可以说同样的话。好像这出对话在这里从世界初创之日起就等着由无数男女去说，而与他们的个人心理无任何关系。"❶ 所以，这是一个可以多重讲述的故事，可以一遍遍地根据不同的前因后果进行不同的阐释。人物的对话形成复杂的声部，似乎有着明显的复调意味。

因此，海明威这篇小说的多重情境主要是通过不加任何修饰的对话显现出来的，有着丰富的意蕴。这种意蕴是生活本身的丰富性带来的，因此这种小说的创作动机不是为了归纳某种深刻的思想，也不仅仅满足于抽象的哲学图式，它更注重的是提供某种初始的人生境遇，呈现原生故事，而正是这种原生情境蕴含了生活固有的复杂性、相对性和多种可能性。《白象似的群山》启示我们，小说自身的本质界定或许正是与人类生存境遇的丰富性相吻合的。

综上所述，海明威的冰山原则实际上是在诉诸丰富的日常经验的基础上，以不带任何意向性的"零度"情感，采用看到多少就"拍摄"多少的限制性客观视角，回归生活本身、日常经验的一种写作模式，它把作者的声音尽可能多的隐藏了起来，小说几乎是独立于作者之外的，小说就像生活境遇本身，在那

---

❶ 米兰·昆德拉.被背叛的遗嘱 [M].余中先，译.上海：上海译文出版社，2003:131.

里自己呈现自己。正是这种对经验和初始情境的彻底信任，使小说本身充满了一种神秘感和深奥感，作者给予读者的是真相，而不是导引，读者在阅读中需要介入的不是简单的判断，而是在想象中对生活的还原和对存在本身的探究。

"生活在别处"

——张爱玲《封锁》解读

提起张爱玲，人们可能对她的《金锁记》《倾城之恋》《沉香屑》《半生缘》等作品如数家珍，却很少有人提及她的一篇不足 8 000 字的短篇《封锁》。其实，正如"封锁"本身所显现的周密与圆融一样，《封锁》实在是一个优美而独特的存在。张爱玲的才情与精致、悲哀与深刻此时此刻锁定在了喧嚣的大上海因"封锁"而带来的宁静的"此在"的时空中。

一、"封锁"的多重性

这篇小说带给我们的震撼来自"封锁"两字。在身处沦陷区的大上海，"封锁"实在平常。身逢乱世、童年不幸的张爱玲毫无疑问遭遇过大大小小的有形与无形的封锁。有形的封锁来临时，人们在大街上慌不择路地奔跑，所有的商店关门，所有的车辆停行，人们都躲在密闭的空间里祈求逃过一劫，偌大的上海刹那间陷入可怕的寂静当中。正是在这可怕的寂静当中，被"封锁"在电车中的各怀心事的已婚上海男人吕宗桢和未婚上海小姐吴翠远都暂时地背离了日常的生活轨道，无形地"封锁"了对亲人的情感，给自己的心灵放了一次假。他们从心不在焉的聊天逐步发展到隐秘的情感交流，甚至谈婚论嫁。而随着封锁的结束，两个在封锁期间心心相印的男女最终又都"封锁"了各自的感情。"封锁期间的一切，等于没有发生。"张爱玲通过"封锁"表达了丰富、复杂的内涵，揭示了现实生活中人与人之间其实正常处于封锁的状态之中。而在真正的"封锁"中，素不相识的男女反而能够真正走进的对方的心灵，难得的封锁反而提供了一个"回到事情本身""回到人本身"的"诗意地栖居"的状态。所以，张爱玲的《封锁》提供的是萨特所说的一种"放达"的状态。当上帝缺席，指导人生的功利原理和世俗规则荡然无存后，在"一切都是假的，什么都可以做"之后，人的自由感就洋溢于"放达"所带来的高峰体验之中。

　　所以，尽管张爱玲生活在20世纪40年代的上海，但她对人生命运的关注已经和后来硝烟弥漫的存在主义者声气相求了。夏志清评价张爱玲为20世纪中国最伟大的作家之一，自然是因为张爱玲的深刻和鲁迅一样带有划时代的意义——她的作品反映了人类永恒的命运。张爱玲借《封锁》反映了生命和现实的矛盾。现实总是以各种规则，试图将人还原成一个通常意义的人，遵守既定的逻辑秩序，遵守所有的道德律令，遵守一切常理和常识，而事实上，几乎所有的人都无时无刻不在对这种现实规范保持着某种分裂的姿态。表面上看，人们都活在一种共识性的秩序中，但人的内心时常徜徉在一种"反秩序"中，徜徉在一种非理性的自我的真实世界中。张爱玲对封锁中人性的探索，写出了人的存在的可能性，她对放达中的生命追求的尊重也体现了存在主义的基本原则，即萨特所说的"存在先于本质"和"自我行为的自由选择"。可惜，"放达"中的真情流露终归短暂，当有形的封锁解除之后，他们又回到了无形的封锁之中，互诉衷肠的一对恋人转眼间形同陌路。《封锁》此刻呈现的依然是希望之后的绝望。因此，《封锁》充满了意味深长的象征与反讽意味，依然是作者生逢乱世的浮生之叹，充满了孤独、绝望、荒诞、悲凉的意蕴。

二、"浮生之叹"

　　这种浮生之叹气若游丝，但渗透在文章的字里行间，使全文笼罩着一种入骨的悲凉。吕吴之间这种没有结局的错位爱情在文章的一开始就埋下了伏笔。"开电车的人开电车……电车抽长了，又缩短了，就这么样往前移——柔滑的、老长老长的曲蟮，没有完，没有完……开电车的人眼睛盯住了这两条蠕蠕的车轨，然而他不发疯。"23岁的张爱玲何其深刻！她只通过一个简单的场景——电车的行进，一个微不足道的小人物——开电车的人，就隐喻了所有人的人生及人生的真谛——其实我们每个人都是在一个单调的轨道上孤独地走着似乎"没有完"的人生路。"不发疯"，不过是人还能够生存的一个极限罢了。人唯一能做的就是在麻木中忍耐，在忍耐中生存。其实，世界上也只有两种人，即发疯的和不发疯的。突然出现的封锁给整个故事提供了一个从日常生活的不发疯的生存状态到感性的略可发疯的"真空"状态。封锁把世界的浮华、为人的乖巧封锁于外，把人的本性和欲望、激情释放在封锁的电车之内。然而，乞丐们"可怜啊可怜！一个人啊没钱！"，还是一个世纪接着一个世纪地唱响在街头，隐喻着人类在劫难逃的命运。上海的外乡人缺钱得可怜！地道的上海人精明得可怜！吴翠远缺爱情可怜！吕宗桢虚伪得可怜！电车里的人空虚得可怜！所以，在突如其来的封锁里，"有报的看报，没有报的看发票、看章程、看名片。任何印刷物都没有的人，就看街上的市招"。因为"思想是一件痛苦的事"。张爱玲就是这样以一种近乎冷漠的态度俯视着大上海的芸芸众生，把笔触伸到了现代市民的混乱无助的精神深层。在她的眼里，不管哪一种人的人生，都一样有着冰寒彻骨的冰凉底色，都是一个个从房这头爬到那头的"乌壳虫"罢了。这种人性的悲剧，也是人类普遍存在的一种宿命。张爱玲通过她的笔触呈现这样一幅人生的非常态景象，达到了一种极致性的、让人惊悚不已的审美效果。张爱玲借《封锁》告诉我们的是，孤独痛苦的个人在一个不可理喻的荒诞世界中生存何其艰难。

三、生命的悲哀

就是在这样一个战时的灰色背景中，在开电车的"不发疯"、乞丐的"可怜"、上海太太的"现在干洗是什么价钱？做一条裤子是什么价钱？"的叮嘱中开始了吕宗桢与吴翠远意外的爱情抛物线。恩格斯说过："人的性格不仅表现在他做的是什么，还表现在他怎么做。"吕宗桢——一个齐齐整整穿着西装，戴着玳瑁眼镜，提着公事包，尊太太之命从弯弯扭扭的小胡同里买来了廉价的菠菜包子的银行会计师，成了一场爱情戏的主角。可以这样说，任何一个读者都可以从张爱玲这意味深长的介绍中窥见事情的结果，一个谨小慎微唯老婆命是从的上海男人会为一场一开始就是别有用心的爱情负责吗？当然不会。现代流行语云：在对的时间爱上错的人是一种不幸，在错的时间爱上对的人是一种遗憾，在错的时间爱上错的人，那种心情痛彻心扉，而最幸福的，就是在对的时间爱上对的人。《封锁》中的吴翠远成了吕宗桢表侄董培芝的挡箭牌，毫无疑问是在错的时间爱上错的人。封锁的结束让吴翠远的美梦破碎，也让她看清了现实的残酷与无奈。这里，张爱玲以她异乎寻常的深刻最大限度地展示了女性生存的悲凉意味。女性的悲剧不是风云突变的，而恰恰就是日常生活的不自觉与非理性，她对自己、对他人、对生存处境没有审视与控制的可能性，最终带来了生命的难堪。封锁的解除使吕宗桢和吴翠远又回到了开始，他们从起点转了一圈，又回到了起点。真是成也封锁，败也封锁。人不就是在这样的轮回中走着自己孤独的人生路吗？

张爱玲的深刻当然不仅意在表达生命的悲哀，还对吕宗桢表达了深深的理解。人在特殊的环境中会有特殊的想法，会说出特殊的承诺，会做出特殊的事情。当这个特殊的环境结束，一切就结束了。但在特殊的环境中，发生的一切却是真实的。生活其实是在别处。对于那些目睹着近在咫尺的死亡和战乱、呼吸着弥漫战火硝烟的战时上海的乱世男女而言，这样的爱情在特定的时空中还是安慰了人们孤独的心灵。

乌纳穆诺说过：人类思想的悲剧性历史，根本就是理智与生命之间的冲突的历史，理智一心一意要把生命理性化，并且强迫生命屈从于那不可避免的死亡；而生命却一直要把理智生命化，而且强迫理智为生命的欲望提供服务。从这种角度上说，张爱玲的《封锁》其实是用她自己的想象，艺术地呈现了人类不可逾越的生命悲剧。个体的人对整个的社会规则是"生活在别处"，张爱玲为吕宗桢和吴翠远的人生设计无论如何都逃脱不了现实对"存在"的否定，封锁中的爱情不过是给我们提供了一种认识生命存在的象征，一个关于爱情存在的寓言。

得与失的二律背反

——徐訏《盲恋》的现代性解读

徐訏是中国现代文学史上曾经红极一时但被湮没尘封了近半个世纪的著名作家，是历史云烟中的一个孤独的存在。他的独特与深刻不像与他同时代的张爱玲一样，能够穿越历史的谜障广泛地走近读者。"长期以来，由于种种主客观原因，徐訏一直以'通俗作家''反动作家'或'逆流作家'的名义被排斥在我们的现当代文学研究视野和文学史之外。"❶一般人了解徐訏是通过《鬼恋》和《风萧萧》。"长篇小说《风萧萧》1943 年被列为'全国畅销书之首''风靡大后方'，因而有人称这一年为'徐訏年'。"❷殊不知，《盲恋》的传奇性和深广度并不亚于徐訏著名的《鬼恋》和《风萧萧》。《盲恋》宣称："世上没有爱情，只有盲目才配有爱情。"徐訏对丑恶人生的批判和对现实人生的无望可见一斑，而徐訏小说的现代性主题倾向以及他的先锋性也可由此管窥。本文正是以《盲恋》中的"盲和重明"为视点，走进作品，走进这位被港台评论界视为"世界级"的作家和林语堂认为的与鲁迅同名的"20 世纪中国的杰出作家"的艺术世界。

一、盲目的快乐原则：心灵的澄明

1950 年，徐訏由上海移居香港，相比于大陆当代作家日益狂热的政治化倾向，徐訏在香港时期的作品个人性、抒情性和纯文学性更加明显。由于徐訏一直把香港当成一个漂泊地，他的怀乡情结使他对香港的现实有着特殊的体验。又由于徐訏在大学时代就对现代主义的世界图式有着独特的体验与认同，他对

---

❶ 吴义勤．通俗的现代派——论徐訏的当代意义 [J]．徐当代作家评论，1999(1):28-37.

❷ 陈乃欣等．徐訏二三事 [M]．台北：尔雅出版社，1980:29.

心理学尤其是心理分析学的研究、对西方现代派文学的大量吸收，都在不断强化着他的现代主义情绪。徐訏在香港时期的小说几乎都是以悲剧而告终的。他的小说贯串着浓浓的孤独感、失落感、虚无感和流放感等强烈的现代主义情绪。《盲恋》选择一个盲女和一个相貌奇丑的男作家为主人公，就是通过人物特殊的生存状态来表达这种情绪。

　　故事因为卢微翠的盲目而得以开展。盲是本文的文眼，恋就是由盲才得以可能。因为恋爱的另一方陆梦放是一个奇丑无比的人。盲和丑使文中主人公异常孤独、寂寞。人物由"盲"而"恋"，只有不辨外表美丑的盲女才有可能专注于心灵的共鸣。徐訏致力塑造一个目盲但不等于心盲的女神形象微翠。微翠视力的缺陷却更加成就了她心灵的高贵澄明和深刻丰富。在这里，徐訏是老庄的信奉者。"五色令人目盲，五味令人口爽，五音令人耳聋。"徐訏通过男主人公梦放的口表达了这样一个真理："视觉是罪恶的源泉，是骄傲、自私、愚蠢、庸俗的来源。人类宝贵的不是视觉，也不是书本上的学问，而是他的心灵，是他在各种阻碍中都可以吸收智慧的心灵。"在这里，徐訏通过象征把虚无感抽象为一种人生哲学。人似乎只有在盲目的状态下，才有爱情，才有基于心灵的快乐生活，才有澄明的人生，一旦生活在清醒的现实状态下，一切都将不复存在。徐訏就是通过这样的假想把人的现代性难题揭示了出来。

　　所以，"盲目"中的现实生活，于陆梦放和卢微翠而言，真的是"梦放"，一种理想的"原欲"的释放，它受快乐原则支配，不管客观情境如何，如微翠是盲人，而梦放是个丑怪。他们都因为对方的缺陷而更加相爱，更加诗意地生存着。他们确实像海德格尔所盛赞的那样，诗意地栖居在大地上，自在而澄明。他们通过共同喜爱的文学，以第一次见到的目光打量世界、打量生活，他们的精神因此发达起来，从日常的琐碎生活中提升起来，生活充满了鲜活而生动的色彩。在他们那里，文学是一种人生，是一种存在方式，"盲目"正是这种方式的保障。他们在苏州近郊租了一所幽静的房子，在与世隔绝中专心体验着自己纯洁自足的爱情："世上似乎只有我和微翠俩人，我们几乎每分钟都在一起消磨的，在小小庭院中，我们一同种花，那些花都是平常的草花，但从放籽、抽芽、开花的过程中，微翠嗅抚每一种叶子的花瓣……"盲目的微翠表现出与众不同的超脱和对真实生活的感悟。这一切，谁说不是建立在她目盲的基础之上的呢？所以，作者通过梦放之口情不自禁地对"盲目"发出了内心的礼赞："你，就是因为你是盲目，所以你的感觉可以这样灵敏，你的灵魂可以这样高贵，你的意念可以这样无邪，你的笑容可以这样天真……"。

　　文中的微翠就是这样一个目盲但境界高深的绝色女子。她不但目盲而美，而且目盲有智慧。"盲"在俗世中的另一层含义，就是她心灵的洞察力，目盲而心明、而"眼"亮，此亮就是"心眼"的亮，是一种不同于凡夫俗子的清醒，算命的都是盲人也许正是这个原因。正是卢微翠心眼的亮，以及她对文字独到的感悟，深深地打动了处于孤独境地中的陆梦放，盲是微翠令人遗憾的缺陷。而丑也是男主人公陆梦放致命的缺陷，因为丑，他更加自闭于人群之外。盲和丑，是他们各自的心病，也是他们各自自卑和孤独的根源。在这里，徐訏通过他们各自的缺陷，充分展示了人的孤独以及人自己感到无所适从的命运。孤独、命运，这是人类永难超脱的心理感受。但是，自古以来就是一物降一物。徐訏为处于悲境之中的人生开出了一剂良药：用爱发现生命的光华。所以，"盲恋"是惊世骇俗的，更是所向无敌的。各有缺陷的人生（梦放丑陋、微翠失明）因为爱而实现了难得的完满。爱使他们的缺陷变成了某种意义上的"珠联璧合"。他们通过爱打破了人与人之间的孤独和疏离，又把爱的澄明状态和盲目的澄明状态结合在一起，创造了一部成功的文学作品。

所以，盲目和丑陋成了他们爱情的理由和田园生活的理由。也许，只有伊甸园与不受外界影响的田园，才是注重精神自由的人们的理想生存空间。但是，伊甸园和田园这种隐逸哲学在技术发达和物欲喧哗的时代是不可能实现的。在异化的物质世界，怎样拥有纯洁的精神和自由的天性？这是具有哲学家和文学家双重身份的徐訏所无法回避的，所以他塑造的这个人物——陆梦放，一个具有浪漫天性内核而外貌又恰恰丑陋不堪的人，毫无疑问是一个"零余者"，一个不合时宜者。一种价值原则、一种存在理想，得不到时代的宽容和承认，相反却不断地被摧毁，内心的绝望是可想而知的，陆梦放的人生哲学体现了一种典型的现代主义心态。

因此，当微翠在医学技术的帮助下将有重见光明的希望时，梦放感受到不是欢欣，而是末日将至的绝望。他知道，一旦微翠重见光明，他们那种由心灵而产生的爱情伊甸园将彻底消失。但是，他抵挡不住时代的脚步，更抵挡不了现实的侵入。他们的悲剧似乎在提醒我们，人只有在某种盲目的状态下，才能脱离现实的功利性，进入诗意的生存状态。盲目有时恰恰是心灵进入澄明和无功利的诗意生存的最好保障。

二、盲目的现实原则：镜子的缺失

徐訏用传奇式的故事所要展现的不仅仅是人的悲欢，更是人生的真相，透过纷繁喧闹的世俗生命，追寻"人的存在"，把现代社会中人生的漂泊、无奈、孤独和感伤表现出来。昆德拉说："小说审视的不是现实，而是存在。而存在并非已经发生的，存在属于人类可能性的领域，所有人类可能成为的，所有人类做得出来的。"❶《盲恋》所要反映的就是这样一个复杂的存在。盲目在文中的含义是双关的，一方面指的是微翠的盲目，另一方面就是镜子的缺失。

盲目的人自然是不需要镜子的，丑陋的人自然也在逃避镜子。而镜子是什么？柏拉图曾把画家和诗人比喻成一个拿着镜子的人，向四面八方旋转就能照出太阳、星辰、大地、自己和其他一切东西。所以，从观照现实的角度讲，镜子就是一个工具，它可以把面对它的一切东西照出来。

镜子的缺失是针对卢微翠而言的。盲目是卢微翠的生理缺陷，陆梦放就需要这样的生理缺陷来遮掩自己，可对于微翠而言，盲目却剥夺了她用自己的眼睛去看世界的机会。不能用自己的心灵之窗去观照世界，也就是缺少一面反映生活真实的镜子。自然，她想要一切可以重明的机会。她并不觉得她恢复了视力会对她的当下生活有什么影响。"我爱你，我用一切来爱你，总觉得不够，现在想到我可以用眼睛来爱你。""上帝叫我盲目来爱你，等我爱了你再叫我有视觉，就是要我因为爱而觉得你永远是美丽的。因为你爱了一个盲女，所以上帝要我重见光明，可以更好地做你的妻子。""如果我恢复了视觉而不能爱你，那么就让我同我不洁的爱情一同灭亡吧。"这是盲目中的卢微翠真实的想法。

可是，"事情要比你想象的要复杂"。通过手术获得重明后的卢微翠，对她过去处于盲目中的认识来了一个180度的大转弯。世俗的眼光和心眼的明亮产生了冲突。当她看到了丈夫梦放丑陋的"庐山真面目"之后，又看到了童年伙伴张世发，她再也没有办法"用眼睛去爱"梦放。眼亮了，梦醒了。"人类的感觉原来是整个的，缺一样就什么都不正确了。"这便是微翠的悲哀。因为没有反映"现实"的镜子，她觉得自己的心灵受到了蒙蔽。当镜子真的出现，她发现一切和她的想象相去甚远。这里的现实是人间的现实，是人之为人的社会原则的体现。盲目时，她自闭于人间现实之外。而她恢复了视力，就情不自禁地遵循了现实原则去判断他们曾经的爱情。

镜子的缺失也是针对陆梦放而言的。《盲恋》的核心是两个字，一个是卢微翠的盲，一个是陆梦放的丑。"我是一个丑陋的生命。我不为母亲所爱，不为父亲所喜，兄弟不当我是兄弟，姊妹不当我是姊妹，客人轻视我，佣人虐待我；常常在家中最热闹的时候，我被拘在黑暗的小房里独自僵卧。"一个因为丑而自卑、羞涩、孤独的人最好的躲避处就是黑暗。对于陆梦放而言，他人的目光就是自己的地狱，他只有生活在没有镜子的照射中才感到是安全的。换句

---

❶ 米兰·昆德拉.小说的艺术[M].董强，译.上海：上海译文出版社,2004:54.

话说，他的安全感只存在于没有镜子的环境中。他也因为自身的丑从而包容和理解了卢微翠盲目的缺陷。"我觉得她是一个盲女，我才会爱她的。我之所以不愿看别人的眼睛，正如我不愿意见到镜子一样。"

因为惧怕"镜子"，他只能选择逃离——逃离人群、都市，逃到没有喧嚣、没有他人目光的野外和乡郊。可逃离并不能掩盖他内心的恐惧和荒谬："园中草地上月光如水，树叶闪着银光，花影在风中移动，夜是这样宁静，紊乱嘈杂的只是我的心绪。……没有一个人影，没有一个人声，只有我伫立在平台上感到说不出的失望。"他渴望世界而又害怕世界，向往田园而又无法承受内心的孤独与苍凉。在这样的矛盾中，他和卢微翠的恋爱也就顺理成章了。微翠是一个绝色盲女，盲使他的丑陋得以掩盖。而盲女的美和聪慧，也满足了他对世俗生活的一种占有。盲意味着陆梦放不用面对哪怕是自己亲密爱人的目光。所以，陆梦放的生活中是没有镜子的：既没有生活中使用的镜子，因为盲女用不着镜子而丑陋的人也拒绝镜子；也没有心理上的镜子，因为最爱的人是个盲人，他们又生活在苏州乡郊，不会有俊秀的男性在他的生活中出现，从而使他自惭形秽。一旦"镜子"出现，如卢微翠恢复视力或者卢微翠俊朗的童年男伴出现，陆梦放便感受到了"镜子"的可怕。别人的光芒映衬出了自身的丑陋，为了彻底逃离这样的"镜子"，陆梦放宁死都不能承受微翠的复明。他只能生活在镜子缺失的状态下，一旦这样的平衡被打破，他便无以为生。

这里的镜子有双重含义，一是照的镜子，二是微翠的好朋友张世发。微翠通过真实的镜子看到了自己的美丽，又通过另一种镜子——张世发，看到了丈夫面貌上的丑陋。基于心灵的爱，遭遇了现实和世俗的镜子之后，爱发生了变异——爱变成了无爱。微翠无法面对自己对梦放已经无爱的心灵，也无从实现她和世发相亲相爱的梦想。这真是令人痛苦的二律背反——进又不能，退又不能。"让我同不洁的爱情一起灭亡吧！"卢微翠选择了死，和当初陆梦放选择死一样，都是为了逃避"镜子"。不过，梦放主要是为了逃避"他者"之镜，微翠却是为了逃避自己的"心灵"之镜。因此，盲目于梦放和微翠而言，都是一种镜子的缺失。

三、盲目的解脱：得与失的二律背反

盲是本文的关键，而"脱盲"是本文前后转折的一个关节点。整个故事的进展和文中所有人物命运的改变都是围绕微翠是否可以重明带来的。换句话说，盲是微翠最致命的缺陷；而脱盲让微翠有一双可以观看世界的眼睛，自然就是微翠最大的获得。重明对微翠而言，无疑是第二次投胎，是脱胎换骨般

的变化。可是，围绕她的重明，却带来了两次自杀，一次是她丈夫陆梦放的自杀，虽然没死却使他们的感情有了微妙的变化。二是她自己的自杀，最终她带着无可奈何，带着她渴望一生的完美的双目死去了。所以，盲目的解脱不是新生，而是死亡。人的一切不幸源于希望，重明所带来的男女主人公的自杀和爱情的熄灭昭示着这样一个恒久的命题：得与失的二律背反，是存在，是现实社会的永恒逻辑。

追求重明，于盲目的微翠而言，是人的本能。人总是渴望改变，更渴望理想的自由生活，渴望田园诗一般纯洁自足的爱情，在暂时的渴望得到了满足之后，自然会有新的渴望。"人是何等不知足的动物啊！每当一次欲望得到满足时，就已经为下一次的欲望埋下了种子。因此，但凡属于个人的意志，其欲望都是无止境的。"❶可是，希望越大，失望也越大。也许对于微翠而言，她能遇到梦放已经是她生命中最大地获得了，她不该再有什么非分之想了。徐訏是深刻的，他安排了一段美好的姻缘，却没有让它继续下去。因为他知道，世界的生存逻辑无法依据人的理想运行，它依赖的是现实的原则。"人类的幸福是上苍安排，而破坏幸福的正是人类自己。"徐訏的深刻正在于他能从莺歌燕舞中看到魔鬼的面具，从微笑平静中发现死亡的悲哀。徐訏一直以一种理性的思考去探寻生命光辉的起源与最终指向。

人的一切不幸源于希望，它把人从生命城堡的寂静中唤醒，又把他们置于城堡的顶端等待拯救。当微翠从黑暗中解脱出来，她没想到她要面临着这样的内心煎熬：曾真心挚爱的丈夫长着这样一副难以忍受的"尊容"，而带给她光明的童年伙伴张世发却一下子就吸引了她。内心的欲求、现实的无奈使她陷入了二律背反的悖论之中。她的眼亮了，梦也醒了。生命本能之爱与道德理性之爱无法集中在一起，只有死亡可以成全她。死后的微翠"真像是个孩子，眼睛轻掩着，满脸是安详与愉快"。在这里，徐訏有意忽略了死者的痛苦，而赋予死亡以宁静和淡泊，让死者在悠然中走上还乡之路。

微翠死了，陆梦放继续隐姓埋名地活着，一对曾经用爱温暖过对方心灵的恋人如今却生死两隔。谁能说得清微翠重明的真正意义。如果人们知道微翠会因为重明而走向死亡，谁会再做这样的安排呢？在极力渲染生命光华的同时，又让这些美丽的生命毫无抵抗地遭遇死亡，这是徐訏小说的策略。徐訏所有的对人的认识，都以爱为起点，又以死为终点和极限。

从《盲恋》中为爱、为情放弃现世生活的主人公的精神历程来看，徐訏的

❶ 叔本华．悲观论集 [M]．西宁：青海人民出版社，1996:20.

艺术追求既是在寻找一种充实的宁静，又是在爱的感召下努力描述一种心灵的颤栗和生命的律动。徐訏是深刻的哲学家，也是最浪漫的文学家，是"通俗的现代派"，也是"存在的勘探者"。《盲恋》的存在世界显现着米兰·昆德拉对小说精神的界定："小说的精神是复杂的精神。每部小说都对读者说：'事情比你想象的要复杂'，这是小说的永恒的真理。"阅读了徐訏的《盲恋》之后，笔者对小说精神的复杂与深刻有了更切肤的感受。《盲恋》告诉我们，残缺就是完美，失却就是获得，重生意味着终死，重明意味着进入彻底的无边的黑暗，而最大的获得意味着最终的失去。徐訏就是通过一系列二律背反的矛盾，把人在现代化语境下孤独无奈、漂泊无依的情绪表现了出来。在人物特殊的人生体验和遭遇中，徐訏传达出一种现代主义图式的生存感受。

现实与魔幻

——莫言《生死疲劳》解读

诺贝尔文学奖的颁奖原则是"在文学方面创作出具有理想倾向的最佳作品的人"。2012年，莫言以代表性作品"《蛙》《生死疲劳》《红高粱家族》《檀香刑》《丰乳肥臀》《酒国》等"获得该奖，其颁奖词"将魔幻现实主义与民间故事、历史与当代社会融合在一起"，确实在某些维度上契合了莫言的创作风格。莫言写作30多年，获得了多种多样的文学奖项，但直到获得诺贝尔文学奖，年轻读者才开始真正大规模阅读他的作品。

《生死疲劳》是莫言向西方大学生推荐阅读的作品，最能体现他的写作美学。莫言有一句"三胆"写作名言，即"贼胆包天""色胆包天""狗胆包天"。莫言以人所鄙视或者忌讳的"贼""色"与"狗"来描摹自己的写作，是意欲以一种极端化叙述，表明自己与主流价值、核心价值的疏离，是强调自己的写作美学非阳春白雪，而是下里巴人。《生死疲劳》书写了西门屯地主西门闹被枪毙后转生为驴、牛、猪、狗、猴、大头婴儿的人畜轮回生活，其语言之汪洋恣肆、想象之大胆乖戾、叙事之曲折委婉、寄托之幽旨遥深，皆值得我们悉心揣摩。

其实，莫言早在获诺奖之前就被预测为"中国最有希望冲击诺贝尔文学奖的人"❶。那么，莫言的作品在哪些维度上契合了诺贝尔文学奖的评价标准？我们该如何阅读、评判莫言的创作呢？此以《生死疲劳》窥探一二。

一、野性的魔幻叙事

对于小说家而言，叙事是极为重要的，它决定着作家以何种视角或者结构来推进情节、安排篇章。20世纪80年代以来，中国小说创作在叙事方式上吸

---

❶　刘迎秋，唐长华.新时期山东小说的流变与传统文化[M].北京：中国文联出版社，2008:148.

纳了西方小说的创作元素。魔幻现实主义、意识流、复调叙事使作家在现实世界／心理世界、生界／死界、地狱／人间／天堂等多维空间腾挪跳转，纪实与虚构并行不悖。想象力的解放，使中国作家从传统的叙事方式中脱出窠臼，也使文学创作呈现出勃勃生机的景象。莫言的创作，从新时期文学中起步，他以《透明的红萝卜》《红高粱家族》宣示了自己立足心灵、批判现实、反对压抑的文化热情和写作风格。《生死疲劳》这部在极短的时间内创作出来的长篇章回小说，体现了莫言乖张的文胆、怪异的文风与野性的魔幻叙事技巧，带给读者惊悚的阅读体验。

　　《生死疲劳》的情节发展在天马行空中出人意料，最后又关合自如。小说以"我的故事，从1950年1月1日讲起"开始，又以"我的故事，从1950年1月1日那天讲起……"结束。前后之不同在于，开始时讲述者为死去的西门闹，终篇时则是西门闹第六次转世而生的大头孩子蓝千岁。贯串在《生死疲劳》中的叙述视角"我"，在情节发展中不断变化。小说第一部中的"我"是地主"西门闹"以及由"西门闹"转世而生的"西门驴"。第二部中的"我"是"西门闹"长工蓝脸和二房姨太太迎春所生的蓝解放，蓝解放贯串小说始终，是作品重要的叙事主人公，他所提及的"西门牛"由"西门驴"转世而来。第三部中的"我"是"西门牛"转世而生的"西门猪"。第四部中的"我"和第五部中的"我们"又变成了蓝解放，以及"西门猴"转世后的大头婴儿。在"我"或者"我们"的叙述中，"西门驴""西门牛""西门猪""西门狗""西门猴"带着死去的"西门闹"的记忆回到人间，而西门闹及西门闹的儿辈、孙辈、重孙辈则以现实中人的形象，经历了从20世纪50年代土改、大跃进、60到70年代"文革"、80年代"改革开放"、90年代"市场经济"到千禧之年的政治经济变革历程。除此之外，莫言还在小说中虚构了一个与作品平行发展的野小子"莫言"形象。叙事主人公的多次转换，使《生死疲劳》的故事情节在"畜生道"与"人道"中跌宕流转，极大地挑战了传统的叙事方式和读者的阅读习惯。野性的魔幻叙事是对莫言超越常规的叙事方式的概括。

　　那么，这种野性的魔幻叙事是如何合情合理地呈现于作品中的呢？它是否符合感性与理性相统一的文学逻辑呢？如果没有合情合理的伏笔与铺垫，西门闹的六道轮回毫无意义。轮回之说，佛家、道家皆有之。莫言根据自己的理解，将西门闹的轮回从诉冤与闹腾开始，其核心情节"不死的记忆"贯串始终，这样才使整篇小说始终带着西门闹家族的特殊印迹，才使六世轮回始终在一条主线上依次展开。转世前，阴间的西门闹有一句话很关键，它为整篇小说奠定了情节发展的基调——"我要把一切痛苦、烦恼和仇恨牢记在心，否则我重返人间就失去了任何意义"。带着前世的痛苦记忆,西门闹的每一世轮回都在畜生的意识和人的记忆中游走。由此,莫言大胆的想象、蓬勃的思维、对人类社会的深入批判,才有了坚实的根基。因此,叙事主人公的不断变换,其实就是叙述视角的多角度变化,而这种变化始终将人与畜生的意识融为一体。这种混合了人性和兽性的叙述视角,使现实世界和人类社会发生的一切都与叙事者保有了一定的距离,为叙述主体纵横捭阖、深入人性与兽性的深层记忆提供了合情合理的情节根基。

由莫言的《生死疲劳》可以看出,莫言具有一种精湛的"讲故事"才能。讲故事无论在中国文化还是西方文明中,都是一种特殊的技艺。莫言在诺贝尔颁奖典礼中的发言"讲故事的人",暗含着对"讲故事"的高度看重,也在另一层面道出了对自己"讲故事"能力的自信。莫言的"讲故事"才能和叙事技巧,与他在作品中反复提及的高密乡到底有着一种怎样的精神关联呢?

莫言生长于山东高密东北乡,这方神秘的土地,古时隶属齐地。齐文化不同于鲁文化之处,在于齐地地势低洼,临近大海,茂草丛生中,狐狸、刺猬、黄鼠狼等各种动物随处可见,万物竞自由的东夷之地,氤氲化生了万物有灵的民间信仰。海上变幻莫测的云海也使齐地形成了蓬莱仙山的民间传说。特有的地域文化孕育了蒲松龄的《聊斋志异》。故乡文化的潜移默化无疑对莫言的思维方式产生了极大的影响。从莫言创作《白狗秋千架》第一次书写高密东北乡以来,其小说叙事呈现出一种生命喷发、灵魂自由的文化状态。学界认为,由于莫言吸收的是"民间文化的生命元气",他的作品"充沛着淋漓的大精神大气象"❶。中国民间文化的生命滋养使莫言的魔幻叙事插上了野性的翅膀。诺贝尔文学奖评奖委员会道出莫言小说融"魔幻现实主义"与民间故事于一体,主要意指莫言在创作方法上的突破。莫言曾自言,蒲松龄的《聊斋志异》、马尔克斯的《百年孤独》,都曾极大地影响了他的小说创作。莫言的魔幻叙事将"万物有灵论"的民间信仰融入魔幻现实主义创作方法中,具有中西合璧的特征。莫言在小说创作中不懈的创新精神,暗合了诺贝尔文学奖重视方法创新的内在要求,体现了作家继承传统、超越前人的艺术追求。这种注重创新的内在追求,使莫言的作品呈现出独特鲜明的个性特征和异彩纷呈的艺术美感。

二、心灵化的狂欢体语言

在莫言的艺术世界里,一草一木,一禽一兽,都在某个维度上和人的世界

---

❶ 陈思和. 莫言近年小说创作的民间叙事——莫言论之一 [J]. 当地作家评论,2001(6):1.

相通。齐生死、等万物的道家文化和齐文化，注定从高密东北乡走出的莫言，更多地关注这方土地上的生生不息的原始生命力。出于打开生命状态的文学追求和艺术探索的需要，莫言在展示民间各种生命状态时，深入到描摹对象的潜意识和历史记忆之中，在广袤而未知的心理空间纵横捭阖、四处出击。莫言所谓的"贼胆包天、色胆包天、狗胆包天"表现在《生死疲劳》的语言上，便是奇谲变幻、酣畅淋漓的语言海洋。异样的语言场带来了人们对莫言语言的迷惑与沉沦，捧者、棒者皆有之。

语言是作家的标签，一个成熟的作家，必然有自己的文体特点，这也是其作品能够存在和流传的起点。莫言的作品到底是"通向伟大的汉语小说"❶，还是"泛滥失控的'拉肚子'发泄"❷，一直在论争之中。引起争议的主要原因是，莫言的语言不是温柔敦厚、蕴藉典雅的，而是一览无遗、汪洋恣肆的，带有兴之所至或者怒不可遏的情绪化特征。法新社认为，"莫言作品粗俗淫荡充满黑色幽默"，更多地从贬义的角度道出了莫言语言的特征。笔者认为，莫言的文学语言将人的感官欲望和潜意识世界推衍到极致，带有极强的欲望色彩和狂欢特征。这种狂欢体语言，可以作为学术研究和文学审美的对象，但不宜正在成长中的青少年模仿和学习。《生死疲劳》语言的价值，在于他以心灵化的狂欢体语言，建立起人畜交流的心灵想象，展示了生机勃勃的潜意识世界。

心灵化的狂欢体语言，在于作家使用语言时，努力释放出内心的感觉，而不是服从现成的陈词滥调，也不使用大众常用的语言。强调心灵化语言的作家都会有自己感知世界和言说世界的方式。打开《生死疲劳》，接触作品中人物形象的名字，就可以感受到莫言的人物命名与其他作家的不同之处，如作品中的男性人物叫西门闹、蓝脸、蓝解放、马改革，女性名字叫黄互助、黄合作、庞抗美。西门之姓氏，很自然地让读者联系到《水浒传》与《金瓶梅》中的重要人物西门庆。而解放、改革、互助、合作、抗美等，是中华人民共和国成立以来重要的政治口号和关键词语，莫言以特定时代的关键词对人物进行命名，充分展示出作家对特定时代的个性化理解。

在莫言的小说中，通感、移情、拟人、想象和虚构等，是常常交织在一起使用的。由于莫言极力渲染自己的心灵感觉，排山倒海地铺陈自己的想象，淋漓尽致地抒发自己的情绪，宣扬一种原生态的生命感受，其语言往往呈现出一种"狂欢化"倾向和"陌生化"效果。《生死疲劳》中，西门闹转世而投胎的西

❶ 张清华.叙述的极限——论莫言[J].当代作家评论,2003(2):16.

❷ 刘迎秋,唐长华.新时期山东小说的流变与传统文化[M].北京:中国文联出版社,2008:162.

门驴和殉情而死的女人转世投胎的母驴之间，发生了一段感人至深、令人啼笑皆非的驴爱情，这段驴爱情既引人捧腹又意味深长。在第七章"花花畏难背誓约 闹闹发威咬猎户"中，莫言想象出公驴和母驴之间的对话，这些对话充满黑色幽默色彩，如"人类妄自尊大，自以为最解风情，其实母驴才是最会煽情的动物，我所指的当然是我的母驴，韩驴，韩花花之驴"。当两只驴交配之后，主人要牵驴回家之时，公驴力邀母驴和他一起"私奔"，母驴畏难泄气，道出退却之缘由："我的肚子很快就要大了……天寒地冻，大雪飘飘，河里结冰，枯草被大雪覆盖，我拖着怀孕的身子，吃什么？嗯哼，喝什么？嗯哼，我生了驴驹之后，你让我睡在哪里？嗯哼，就算我横下一条心，跟你流窜在这沙梁之中，那我们的驴驹，如何能承受这风雪寒冷？"面对母驴的退却，西门驴的内心世界如暴风骤雨般狂野："我热泪盈眶，但眼泪很快被无名的怒火烧干，我要跑，我要跳，我不愿意忍看这义正词严的背叛，我不能继续忍气吞声地在西门家大院里作为一头驴度过一生。……别了，花花，享你的荣华富贵去吧，我不眷恋温暖的驴棚，我追求野性的自由。"在这"驴言"话语中，作家以公母驴之间的对话和他们的心理，隐喻出人间男女复杂的情感状态和生活逻辑。在拟人化的想象中，莫言语言的铺张扬厉、意味深长跃然纸上。

莫言以超常的想象，汪洋恣肆、进出自由的狂欢体语言，勾勒出一个时空周转、万类霜天竞自由的审美世界。第二部"牛犟劲"描写西门牛奔跑的状态，作家这样写道："牛奔跑时低着头，双眼反射着火红色的光，光芒四射，射穿历史时光……牛蹄子把地上的白色碱土扬起来，如同弹片，打在芦苇上，打到我与西门金龙的身上，远的竟然到达河面，落在融化得汩汩滴滴的水面上，发出扑哧扑哧的声响。我突然嗅到了清冽的河水的气味，还有正在迅速地融化着的冰的气味，还有解冻后的泥土的气味以及热烘烘的牛尿的臊气。母牛尿的臊气，有发情的气味，春天就这样来了……蛰伏了一个漫长冬天的蛇、青蛙、蛤蟆和许许多多的虫子也苏醒了，各种各样的野草野菜也被惊动了，醒过来了……就这样牛追着胡宾、西门金龙追着牛、我追着西门金龙，我们迎来了1965年的春天。"从牛的奔跑写到尘土与河水，从无生命的河水写到母牛尿，进而过渡到春天蛰伏动物与植物的苏醒，最终定位于1965年春天这一特定的时代背景之中。这一段文字，从人物和动物转到自然和社会，不仅语言充满动感，富有诗意，在结构上也起到了承上启下的作用，为下文书写"文革"进行了必要的铺垫。语言的魔力和叙事的张力艺术地结合了起来。

三、深刻的文化自省与历史批判

语言是思想的花朵，魔幻叙事的终点也在现实世界，艺术的最终呈现，总是和作家丰富的内心世界和创作宗旨密切相关的。莫言的《生死疲劳》，以西门闹的六道轮回，书写了从20世纪50年代到千禧之年的五十年中国社会现实，地狱和人间的变换、历史与当代的融合，将作家对现实人生的关注、反叛和沉思凸显了出来。"小说家总是想远离政治，小说却自己逼近政治。小说家总是想关心'人的命运'，却忘了关心自己的命运。这就是他们的悲剧所在。"❶由莫言杜撰的这条斯大林语录，可以见出莫言对小说和政治关系的理解。小说家的自我期许，并不是真的满足于街谈巷语，"小处说说"。相反，小说家总是试图从念念不忘的童年记忆和奇谲莫测的历史想象中，去触摸历史的真实和遗憾，去感受和评判影响了人的命运的政治事件。就莫言而言，他经常说："我本身就是农民。"❷莫言的农民意识使他深深地关注不同政治体制下土地和人的关系。《生死疲劳》中的西门闹，是一个被土改枪毙的地主，地主以畜生的角色转世回到人间，面对分了他土地、占了他姨太太、住了他房子的农民，会有怎样的心理感受？同样，成为土地主人的农民在新社会的历史进程中怎样自我调适？是保守地依存旧体制还是适应新的政治体制？西门闹的六世轮回替身，翻身做了主人的西门闹长工蓝脸，给出了自己的回答。

西门闹是《生死疲劳》中贯串始终的一个冤魂，按照作品的设计，他在世时积德行善，三月扶犁，四月播种，五月割麦，六月栽瓜，寒冬腊月也不恋热炕头，天麻麻亮就撅个粪筐去捡狗屎，完全是以自己的诚实劳动和勤奋智慧积累了土地。这样的地主却在土改时被枪毙，他在阴间喊冤，转世来到阳间又成了畜生。莫言以这样的情节设计将西门闹的冤屈、愤怒与耻辱尽兴挥洒，对历史的怀疑与反思不言自明。西门闹带着前世记忆回到人间，企图寻找到一个喊冤叫屈、报仇雪恨的机会，然江山变色、时移世易，西门闹的一次次转世，都是一个畜生，每一个畜生都在尽享风光之后死于非命。反讽与悖论一次次将读者对人生和社会的思考推向未知的世界，莫言以西门闹的"生死疲劳"展现了一个辽阔的审美世界，激起读者对历史事件和现实人生的反思。

与西门闹在阴间阳间喊冤叫屈、做牛做马、死于非命相比，蓝脸似乎要幸运得多。蓝脸是贯串《生死疲劳》全篇的关键人物。蓝脸原本是西门闹家的长

---

❶ 莫言.天堂蒜薹之歌 [M].太原：北岳文艺出版社，2001:1.

❷ 莫言.天堂蒜薹之歌 [M].太原：北岳文艺出版社，2011:2.

工，解放了，娶了西门闹的二姨太迎春，生了儿子叫蓝解放，并且抚养了西门闹和迎春所生的西门金龙和西门宝凤。蓝脸在天翻地覆的各种运动面前，我自岿然不动，坚持和自己的牛牢牢地粘在自家的土地上，成为全村、全县乃至全国唯一的单干户。当其他农民，包括他的老婆、儿女都随着大跃进运动、"文革"运动随波逐流的时候，他依然劳作在自己的土地上。蓝脸的死对头洪泰岳一直是 20 世纪 50 年代到 70 年代各种运动的急先锋，当 20 世纪 80 年代初分田到户政策施行后，洪泰岳向蓝脸发出义愤填膺之声："我不服的是，你老蓝脸，明明是块历史的绊脚石，明明是被抛在最后头的，怎么反倒成了先锋？"认死理的农民蓝脸，以"不动"应对"运动"，坚持到了最后。莫言以蓝脸这一形象，挑战了传统意义上的逆来顺受的农民形象，将个人对体制化、集体化与同化的反抗意识彰显了出来。在《生死疲劳》中，顺应历史潮流的洪泰岳和西门金龙，颇有跳梁小丑的意味，而看似冷漠寡言、封闭保守的蓝脸，倒更像一个超越时代的智者和哲人。莫言正是通过世事变迁中不同人物命运巧妙的对比，将自己对土地、农民的理解呈现了出来。六道轮回中的西门闹，单干户蓝脸，为我们重新思考中国乡村五十年的历史打开了一个窗口。

　　与蓝脸相反相成的人物形象，是蓝脸的养子西门金龙。《生死疲劳》第三部"猪撒欢"，既写了西门金龙的应时而动，也写了一场丰富多彩的猪之争斗，历史的真实和文学的想象使这一部分描摹异常精彩。在这一部分中，叙事主人公是一头猪，由于这头猪是老母猪所生的第十六只，所以被称为"猪十六"。西门金龙为了表明自己对养猪事业的重视，说出了一句话："洪书记，从今之后，公猪就是我的爹，母猪就是我的娘。"为了召开养猪现场会，西门金龙又在"我"——猪十六的肚皮上写上了两句标语"为革命配种，替人民造福"。莫言以认猪为娘的西门金龙，道出了"文革"青年的思想状态，以"文革"时期的荒诞标语，道出了"文革"的非理性。在这些看似荒诞可笑、闳大不经的场景中，莫言以特有的幽默与诙谐表达了对历史的反思。为了让读者对"文革"的争斗有较为具体的体验，莫言书写了猪与猪之间的斗争，以此来隐喻和象征"文革"斗争的实质，并通过"猪言猪语"反思人性：

　　"猪十六，这是什么世道？为什么一样的猪两样待遇？难道就因为我是黑色你是白色吗？难道就因为你是本地猪我是外地猪吗？难道就因为你模样漂亮我相貌丑陋吗？"备受歧视的外地丑猪"刁小三"，以猪言语发出了愤慨之声，让读者在掩口一笑中抖背一惊。不仅如此，莫言还以同类相食写出了猪的自我反省："我承认，对猪这种相对愚蠢的动物来说，食自己的同类，算不了什么惊心动魄之事，但对我这样一颗奇异的灵魂，就产生了许多的痛苦联想。"莫言笔下的同类相食出自猪界，但这特有的情节设计，让读者顺理成章地反思人类，社会运动的此起彼伏、开疆辟土的丰功伟绩，有多少不是建立在同类相食的基础之上呢？

从这个维度上去思考莫言小说的主旨，很自然地发现，莫言意在通过超常的情节设计、魔幻化的现实想象去反思人类已有的历史文化，反省人类的恶性，从而为探求人类理想的、自由的生存空间寻找可能。这时，我们回味《生死疲劳》扉页题词"生死疲劳，从贪欲起。少欲无为，身心自在"，就会收获良多。莫言以中国五十年的乡村变迁，以六道轮回的故事情节，写出了人与土地复杂的关系，写出不同个体生命的颂歌和悲歌，表现出深刻的文化自省与历史批判意识，作品的深刻内蕴与理想倾向亦由此彰显，这一点，与诺贝尔文学奖的颁奖原作"在文学方面创作出具有理想倾向的最佳作品的人"，当然是契合的。历来获得诺贝尔文学奖的作品，总是在两个维度上高度地暗合，一个维度是在文学创作的创新精神方面；另一个维度是在作品的理想倾向与人文精神方面。坚守自己的良知，发出超越时代的声音，在带给读者审美享受的同时，给读者以思想上的启迪与探索真知的激情，是优秀的作家孜孜以求的。

总之，《生死疲劳》是莫言的创作才华一次井喷后的结果，它集中体现了莫言的写作风格。由于作家打通了人性和兽性、现实世界、自然界和心理世界之间的通道，因此读者在作品中经常看到意识和潜意识、人和畜生之间的对话与交流。这些特异性的跨界交流，在带给读者娱乐感的同时，引起了读者深刻的反思。《生死疲劳》值得细细品读。

水性·诗性·神性·人性

——曹文轩小说中的女性形象解读

文学作品中的女性形象是切入作家人物塑造、性格刻画、审美意识、思想观念的重要视点之一，我们阐释了安娜，也就理解了托尔斯泰和托尔斯泰的那个时代；阅读了林黛玉，也就体会出了曹雪芹和曹雪芹的超前之处。在同样塑造了诸多女性形象的当代作家中，曹文轩站在"塑造未来民族性格"❶的高度，写出了男性儿童与少年的理想人格和成长哲学。"乾道成男，坤道成女"，孤阴不长，独阳不生，塑造未来民族性格，当然不仅指男性性格，还包括女性性格。曹文轩笔下的女性形象体现了作家什么样的女性诗学？他所刻画的女性性格是否可以作为塑造民族女性性格的某种典范？在女性主义书写正当其时的写作时空中，曹文轩的女性书写具有什么样的启示意义与审美价值？

一、水性

对于生长在典型的中国家庭中的曹文轩而言，其对女性形象的塑造更多地体现着中国特色。柔可以说是中国男性对理想女性最根本的要求。对女性柔情似水的诗意描摹以徐志摩《沙扬娜拉》为经典："最是那一低头的温柔，像一朵水莲花不胜凉风的娇羞。"男性笔墨下的女性形象和女性对自我的期待有一定差距，舒婷的《致橡树》代新时期女性立言，道出了女性对两性关系的内心期待："我必须是你近旁的一株木棉，作为树的形象和你站在一起。"如果说"并肩的树"是女性对自我的理想期待，那么"温柔的水"应该是男性对女性的向往。在女性文学方兴未艾、女性意识大行其时，尤其是欲望书写成为描述两性关系主要路径之时，曹文轩以回望的姿态塑造了一个个柔弱、含蓄、温情的女

❶ 曹文轩. 曹文轩儿童文学论集 [M]. 南昌 :21 世纪出版社 , 1998:7.

性形象，这些柔情似水的女性形象让成长中的男孩领悟到女性的温馨和真情，鼓舞着他们在坚强、担当和独立中成长。

曹文轩笔下女性形象的水柔之气是刺激男性自强与成长的催化剂。曹文轩的小说往往以男性主人公成长为核心，辅之以一个温柔女性的陪伴和引导。曹文轩带有忧郁情调的美学观念使他笔下的女子往往是柔弱中带着点淡淡的感伤，她们以柔弱美丽的外表与含蓄内敛的内蕴刺激着男性对自我的认识，让男性情不自禁地产生怜爱和保护之欲望，无形中塑造着男性坚强阳刚的性格。细数曹文轩作品中的女孩命运，会发现曹文轩笔下的女子大多带有孤儿性和漂流之水孤弱无依的特征。《诗经》曾以荇菜类比女性飘摇的命运，"参差荇菜，左右流之。窈窕淑女，寤寐求之"，曹文轩笔下的女孩大多也带有这种飘摇不定等待落地生根的生存境遇。《草房子》中的纸月，父母缺席，仅与年老的外婆相依为命；《青铜葵花》中的葵花，父母俱亡，被送养到青铜家里；《细米》中的梅纹，父母落水身亡，只好回到知青点；《黄琉璃》中的瑶，双亲俱陷沼泽地而亡，自己也等待他人来救；《红纱灯》中的璇，唯一的亲人——祖父最终也撒手人寰。除此之外，还有诸多身世不明但明显无依的柔弱女子激起男性的怜爱之情与自强之感。《草房子》中的温幼菊"弱不禁风"，《红瓦》中的艾雯"轻飘如纸"，马戏团少女演员秋受了团长欺负后"眼里蒙着薄薄的泪水"，"眼里含着孤立无援和渴求救援的神色"，马水清的母亲是一个异乡女子，"怯生生地"，"无声地流着眼泪"。《根鸟》中的金枝"房间里有低低的呻吟声，呻吟声里，似乎已含了哭泣与求饶"。曹文轩作品中的柔弱女子像一叶叶行驶在苍茫大海中的孤舟，依恋力量和精神都比她们强大的男孩，很自然地对身边男性的鼎力相助感恩戴德。这些美丽女子的柔弱无依使骨子里具有好斗精神的男孩既沉浸在一种简单平静的心灵状态中，给人一种皈依感和宁静感，又满足了男性在女性处于困境之时拔刀相助的"英雄救美"情结。女性的柔弱呼应着拥有力量与担当精神的男性形象，如《山羊不吃天堂草》中"为自己能在紫薇面前显示这样大的力量而感到兴奋"的明子；《红瓦》中将妓院中一个"林中小鹿"样的女孩救出火坑的丁韶广；《青铜葵花》中把唯一的上学机会让给妹妹葵花并在上学路上保护葵花的青铜；《黄琉璃》中将陷入沼泽的瑶救上来的茫；《细米》中为恢复梅纹健康而奋力捕捉具有滋养价值金鲤鱼的细米……

"林妹妹"式柔弱娇美的少女形象除了激起了男性的阳刚之气，促成男孩的成长之外，还以自己如水的纯洁之气、赤子之心令男性自惭形秽，使男性在不知不觉当中反省自己的粗疏甚至肮脏，这是曹文轩赋予女性清洗男性世界的意义。在曹文轩的笔下，女性的纯洁意味着未受污秽之气的沾染，包含着形体与心灵两方面的洁净，她们不呈现任何欲望的疯狂与复杂的心机。曹文轩用了一系列带水的意象描述女性的纯洁之美，"她们是林间湖泊，她们是草叶上的露珠，她们是秋后溪边的一片安静的白桦林……纯洁实在是太美了，这世界上最美的莫过于一番彻彻底底的纯洁了"❶。这些女孩具有如水之净的天生丽质，有一双清澈的大眼睛和洁白的肌肤，她们以自己的洁净培育着"脏兮兮"男孩的卫生习惯和生活情调，如《草房子》中的纸月"一双白净的细嫩如笋的手"，令桑桑"一双满是污垢的黑乎乎的手"自惭形秽；《红瓦》中女老师艾雯发现一个男生"把装满污垢的指甲暴露在她眼前时"，执着地用一节课时间命令学生剪指甲；《再见了，我的小星星》中意欲非礼少女知青雅姐的毛胡子队长最后羞耻地跪在这个少女面前请求原谅。这些温柔如水、纯洁如水的女性形象既以洁净之态感化着男性，又以水的随和宽待与海纳百川使深陷困境的男子最终走出了阴霾。曹文轩对女性柔情似水与纯净如水的文学表达，表明了曹文轩对女性水性情怀的欣赏与推崇。

以阴柔之水来比附女性在中国文化传统中源远流长。老子《道德经》中描述水曰："上善若水，水善利万物而不争。"老子以水"居下""处众人之所恶"与"柔弱"的特征象征"道"包容万物、没有偏私、柔弱胜刚强的道性，这种水性之道颇与女子之道类似。《红楼梦》也以宝玉之口道出："男人是泥做的，有浑浊之气；女人是水做的，呈清灵之风。"曹文轩偏爱描绘柔情似水的女子，和他生长于水乡有莫大关联。诚如他自己所说："我是一个在水边长大的人。"❷"水对我的价值绝非仅仅是生物意义上的。它参与了我之性格，我之脾气，我之人生观，我之美学情调的构造。"❸承接于古典美学精神和水乡熏染的曹文轩将女性与水性内在地融合在一起。在曹文轩的文学视野中，"善良的、纯净的、优雅的、感伤的形象"是由水做成的，"水性是可亲之性"❹。曹文轩在塑造人物形象时直面男性的弱点和缺点，写出了男性在成长中的矛盾和挣扎，而在塑造女性形象时舍弃了女性生活化、庸俗化、物质化的一面，赋予女性水一般的纯净气质。"水能载舟，亦能覆舟。"曹文轩深谙"水性"的辩证法，在塑造纯情女性形象的同时，塑造了"水性杨花"的女性形象，如《红瓦》中有婚外情的女会计施乔纨、有婚前性行为的女学生夏莲香等。

---

❶ 曹文轩.黄琉璃[M].南宁：接力出版社，2007:170.

❷ 曹文轩.迷人的池塘[M].青岛：青岛出版社，2011:49.

❸ 曹文轩.感动：走进曹文轩的纯美世界[M].南京：江苏少年儿童出版社，2006:15.

❹ 曹文轩.纸月[M].青岛：青岛出版社，2011:146.

综观曹文轩对女性形象的总体塑造，读者可以明显地感悟到曹文轩内心深处对柔情似水的女性情怀与传统美质的深刻向往，曹文轩的这种古典女性美学和他在文学之道中坚守的古典情怀是一脉相承的。在新时期小说纷纷以西方现代主义与女性主义为写作经典的影响下，对女性意识与女性经验的挖掘带来了女性书写的生机，但某些背离传统的写作态势以及塑造出来的欲望女性形象也遭到了质疑和批判。批评者认为，这些欲望女性形象完全删除了女人作为文化存在的社会属性，"滑出了人性的基本轨道，走向了极端"❶，这样的女性书写塑造出来的女性形象美感和艺术性值得怀疑。在这样的背景下，曹文轩以古典主义的写作态势拒绝了文学创作中的狂躁与冷酷之气，无疑可以恢复文化传统中古典的女性诗学趣味，为重塑健康的女性之道与女性形象树立典范。

二、诗性

水性情怀可以说是女性自身的天然自足之性，是天地自然氤氲而出的宇宙性格，是先天造化与原始思维。那么，除了似水柔情的天然性情之外，女性该从哪些方面塑造自己？从曹文轩笔下的女学生、女教师抑或带有某种书香味道与艺术才情的女性形象上，可以挖掘出曹文轩对女子诗性气质的期待与向往。

曹文轩多处描述了柔弱之美的女性形象，但这些以柔美为自然特征的女性形象往往都有一种后天培养与特定环境熏陶出来的诗性智慧，这些代表着优雅、高洁与文明内涵的人文色彩与女性气质对成长中的男孩形成一种天然的诱惑与情不自禁地亲近，感染与教化着具有顽劣之性的男童。《草房子》中与男孩桑桑对应的女孩纸月就以其诗化的文气自然而然地指引着桑桑的成长："她的毛笔字大概要算是油麻地小学的学生中写得最好的一个了……这孩子的坐相、握笔与运笔，绝对是有规矩与讲究的，不可能是天生的……小纸月还会背许多古诗词……桑乔觉得那作文虽然是一番童趣，但在字面底下，却有一般孩子根本不可能有的灵气与书卷气。"曹文轩从纸月的卫生习惯、毛笔字、古诗词与作文等诸多方面刻画了一个文明而有格调的女孩，她以自己的文明之气感染了"吃饭没有吃相，走路没有走样，难得安静的桑桑"，使其多了几分柔和。对于成长中的少年来说，异性的优雅美质自然而然地引导着懵懵懂懂的少年走向文明与成熟。林语堂曾说过："人类文明史是由女人开始的。"❷可以说，优雅的女

---

❶ 丁帆.文化批判的审美价值坐标——北京现当代文学思潮、流派与文本分析 [M].北京：北京师范大学出版社,2009:125.

❷ 林语堂.生活的艺术 [M].上海：上海文学杂志社,1984:41.

性是男性学习生活、获取生命激情与创造力的不竭源泉。曹文轩在书写男性成长的过程中总是塑造出一个性格温柔、才情兼美的优雅女子，她以自己的优雅情调、诗性气质对行事粗糙、感情粗放的男性进行审美教育与情感教育。曹文轩在多部作品中塑造出来的女孩与女教师形象似乎在论证着"女性是男性的老师"这一结论。

曹文轩致力塑造一个个才情奇美的优雅女性，同样体现了他对男性成长哲学与两性关系的独到理解。成长是一个上升的过程，"从儿童的健康成长而言，似乎应该保持和培养他们的浪漫主义情调，浪漫主义的价值不在于认识，而在于审美。审美的人生是高质量的人生"❶。其执着于塑造这些情趣高雅、诗性唯美的女性形象，"是把自己的文学追求、美学理想交付于这些充满古典诗意的女子来完成的"❷。在曹文轩的文学世界中，其笔下的两性关系不是实用的男女关系，而是带有审美意味的人性哲学，他以诗化的女性来培养男性的艺术感觉与文明意识。《细米》中的梅纹教细米学画的第一课就是观察，梅纹要求细米"目光不能太快、太浮，要学会停住，学会停住后凝视"，要用心眼去看"树叶的脉络"呈现出来的"世界上最小、最精致的水系"，要用心神去听这片水系中"细细的流水声"。《红瓦》中的艾雯长相虽丑但柔和优雅。作为复旦大学的一个才女，艾雯生活中的一幕窗帘给"我"上了一堂"色彩美学"课，艾雯为"我"泡的一杯茶培育了"我"日后高雅的生活情调，艾雯的到来，"宛如一双手轻轻一推，将我推出了疯疯癫癫、粗野愚顽、脏兮兮而不觉、傻呵呵却不知的少年阶段"。曹文轩认为，一个高雅的人应该是一个有情调的人，人与动物的区别就是他的文明性，在他的笔下承载着文明内涵的是一系列女性形象，这些女性形象既是"艺术家"又是"哲学家"。《红纱灯》中的璇作为歌王的女儿，是一个手持红纱灯走过四季、点亮心灯、能"与天地万物交流"的歌者，璇对声音的理解达到了"大音希声"的境界，毫无疑问寄予着作家对女性形象的诗意化描述。曹文轩对纸月、梅纹、艾雯、璇等女性形象的诗性精神书写与性格刻画也正体现了其作为学者型作家写作的特色。

曹文轩孜孜不倦地执着于女性唯美温情的诗性气质，既遵循了女性的自然天性和艺术感觉，又容纳了作者的理想主义和浪漫主义精神。曹文轩清晰地体会并认识到"男性更倾向于对外部世界的感觉，而女性更倾向于对内心世界的感觉。男性更擅长粗线条的整体感觉，而女性的拿手好戏是对某一局部和细节

---

❶ 曹文轩 . 曹文轩儿童文学论集 [M]. 南昌 :21 世纪出版社 ,1998:208.

❷ 付红妹 , 张虹付 . 曹文轩小说女性形象解读 [J]. 文艺研究 ,2007(6):156-158.

的细致入微的感觉"❶。曹文轩笔下女性形象的诗性气质是曹文轩对女性感觉的诗意认可。从女性的诗性情怀与男性的关系上讲，女性的诗性精神也是男性对女性的理想化要求。自古以来，"红颜知己"为男性对女性的深层向往，如果说"红颜"比附水性情怀，对应着女性的物理性与身体性征的话，那么"知己"比附诗性情怀，更多地满足了男性对女性心灵世界与精神领域的要求。

三、神性

综观曹文轩笔下的人物形象，男性形象往往更接近现实生活，吃喝拉撒、七情六欲、尔虞我诈、快意恩仇。例如，《草房子》中的桑桑总是尿床；《红瓦》中的林冰为吃上同学的猪头肉感恩戴德，为美少女陶卉意乱情迷，而其中的成年男性世界更是钩心斗角、你死我活；《天瓢》中的杜元潮为权色殚精竭虑。这些男性人物散发着强烈的欲望色彩和真实的人性气息。曹文轩笔下的女性形象则好像来自世外桃源，既美且善，颇有"神仙姐姐"吸风饮露、不食人间烟火的味道。由于曹文轩笔下的男性形象主要以乡村少年为主，故他笔下迥异于少年自身生活环境的女子带有明显的"异乡"特征，这些或来自异乡，或来自城市，或与男主人公陌路相逢的美丽女子带给乡村少年美妙的异乡风情。在少年梦幻式的想象当中，这些翩然而至的美丽女子形貌俱佳、才情兼备，更令人动容的是这些形神兼美的温柔女子踏雪无痕、大爱无私，处处散发着悲天悯人的神性光辉。

曹文轩笔下散发着神秘迷人气息且带有神性光辉的女性形象体现在这些女子身世的扑朔迷离上。她们翩然而至而又飘然而逝，总是若即若离地与男主人公发生着微妙的联系，既激起男主人公怦然心动的向往，又最终走向了主人公无法到达的他乡。《草房子》中的纸月是油麻地最水灵的女子未婚先孕的孩子，后来伴随慧思僧人走向江南小城；《根鸟》中的紫烟是一个谁也没有听说过的女孩，莫名地掉进了峡谷之中；《细米》中的梅纹是苏州的下放知青，最终回到了故乡；《红瓦》中的艾雯担任了"我"高二时的班主任和语文老师，但最终亦远调上海；《黄琉璃》中的瑶是男主人公茫战途中偶遇而救的，最终为完成救赎天下苍生的使命而香消玉殒。曹文轩笔下这些灵心惠质的女子总像蒙着一层薄薄的轻纱，翩若惊鸿、宛若游龙地出现在主人公的生命当中，完成了她应定的神圣使命即飘然而去。这些女性形象的神秘性与朦胧性使她们发出神性之美的光辉，与成长中的少年憧憬的梦幻色彩相得益彰。

---

❶ 曹文轩.第二世界 [M].北京：作家出版社，2003:59.

　　曹文轩小说中女性形象的神性除了她们自身身世的凄迷之外，更多地体现在她们身上有一股莫名的力量、才情与博大无私的爱，她们好像天生就是上天派来补救男主人公不才与不幸的玉女观音，她们似乎都心知肚明男主人公最隐秘的心事和最向往的辉煌，这一类女性形象总是带着超越人性的神性力量。《草房子》中的女教师温幼菊在讲课时"既不失之于浮躁的激情，又不失之于平淡无味，温和如柔风的声音里，含有一股暗拨心弦的柔韧之力，把几十个顽童的心紧紧拽住，拖入了一番超脱人世的境界"。不仅如此，文质彬彬而又弱不禁风的温幼菊在桑桑自以为要命丧黄泉时，陪桑桑一起喝奇苦的中药，帮助桑桑恢复了健康。《黄琉璃》中"心柔软得成了一汪水"的瑶是一个神奇的三影人，她以曼妙的舞姿进行了一场牺牲生命的终场演出，迷惑了能敌过千军万马的恶犬，最终帮助她挚爱的少年王者茫取得了金山之战的胜利，使千千万万生活在黑暗世界的百姓再现光明。《红纱灯》中的璇以似水柔情心甘情愿地陪伴在倍感孤独的少年王者身边，使茫"感受到了那种柔软到心底的爱抚"，生死存亡之际，璇以"千万种声音的魂"杀死了与茫对决的银山之犬，从而使"成千上万失去声音的人"恢复了听力。瑶与璇无私地贡献了自己的生命力量和杰出才情，为茫成长为杰出的王者铺平了道路。曹文轩神化着一个个女性形象，赋予笔下的女性仙女一样的美丽、神仙一样的才华、观音菩萨般的慈爱心胸。

　　如果说水性带有先天性，诗性带有后天性，神性则带有宗教性。在曹文轩的审美视域中，他是颇为看重神性的："我们需要神，需要神的化身——那些具有神性的人站在我们远方，让他们以优美、典雅、神圣而迷人的造型，突兀于我们一双双已被世俗尘埃蒙得灰蒙蒙的双目，呼唤着我们，并使我们自惭形秽，从而不至于太过分地跌落于庸俗与无聊。"❶曹文轩承认了神是人为了引导而鞭策自己创造的。在曹文轩的小说中，男性更带有现实性，人性中的胆怯、懒惰、自私、自卑、促狭、好色等劣根性都或多或少地存在着，但这些具有人性弱点的男性一旦遭遇柔弱、纯洁、才华横溢、大爱无私的女性的激发与引领，怯懦的会变得刚强，狭隘的会变得宽容，幼稚的会变得成熟。

　　曹文轩笔下的女神形象是曹文轩思考男性成长和完成审美建构的需要，这种带有浪漫色彩的神性之美和他对文学的高看是息息相关的。"文学之所以被人类选择，作为一种精神形式，是因为人们发现它能有利于人性的改造和进化……没有文学，人类依旧还在混茫与灰暗之中，还在愚昧的纷扰之中，还在

❶　曹文轩.一根燃烧尽了的绳子 [M]. 北京：作家出版社,2003:115.

一种毫无情调与趣味的纯动物性的生存之中。"❶在曹文轩对生存世界的看法中，物理的人有纷纷扰扰的欲望，现代文明程度的提高与欲望的疯狂使人处于紧张、恐惧和烦躁的心理状态当中。过于物欲的世界无疑闭塞了人的诗性和人的温情，甚至封闭了人的向善之心。曹文轩笔下这些诗情画意、才思泉涌、大爱无疆的女性形象是其审美意识的产物。曹文轩认为，女性善良的引导与温柔的抚慰，女性的自由和平意识，可以疗救人与自然分裂、人与自我分裂的世界。这与昆德拉的观点具有异曲同工之处："世界愈朝技术性、机械化方向发展，愈是冷冰冰、硬邦邦，就愈是需要唯有女人才能给予的温暖。要拯救世界，文明就必须适应女人的需要，让女人带领我们，让永恒的女性渗透到我们的心中。"❷

四、人性

阅读曹文轩的文学文本，读者不难发现曹文轩对女性水性、诗性与神性之质的精心建构，他笔下的女性形象也成了在当代文学中具有古典气韵女性形象的代名词，但这种对女性进行诗化、神化的女性书写也被其他研究者解释成变相的女性歧视，有论者即认为曹文轩的小说《天瓢》是"病态的知识分子私语化写作"❸，他并没有表现"女性真正的生命状态，他笔下的女性形象只是男性的异己想象"❹。那么，曹文轩笔下的女性形象的生命状态是缺失的吗？读者在阅读曹文轩小说中产生的争议何在？

曹文轩笔下的女性形象可以分两大类：一类是女孩形象，一类是女人形象。曹文轩对女性形象的塑造以 2005 年为界限可以分为两个时期。在曹文轩备受称誉的儿童文学作品中，曹文轩塑造的女性形象并不涉及实质性的两性关系，作品中的女学生与女教师形象都以纯洁高雅之质亮相于作品中，曹文轩以诗情画意的语言与独特的意境勾勒了一幅幅当代仕女图，构建了一个具有古典意蕴的女性图景。曹文轩作品中受到争议的女性形象突出表现在 2005 年出版的《天瓢》中，当然在 1999 年出版的《红瓦》中已经初次涉及处于婚姻状态中的女性形象，如丈夫有生理缺陷的施乔纳、傅绍全的寡母等，曹文轩的女性形象刻画备受争

❶ 曹文轩.曹文轩经典作品 [M].北京：当代世界出版社，2006:.

❷ 米兰·昆德拉.不朽 [M].北京：作家出版社，1991:330.

❸ 傅逸尘.苍白的小说写意性追求与病态的知识分子私语化写作——评长篇小说《天瓢》艺术手法既创作思想上的双重缺失 [J].艺术广角，2005(5):46-49.

❹ 林琳.曹文轩成长小说女性形象刍议 [J].温州大学学报（社会科学版），2008(3):31-36.

议之处就表现在他对婚姻世界中女性形象的塑造上，这一点集中反映在《天瓢》及其后的《大王书》第一部《黄琉璃》与第二部《红纱灯》中。

《天瓢》中男主人公杜元潮几乎毫无悬念地主宰了两个女人的情感世界，一个是他的童年女伴后来成为他情人的程采芹，另一个是他的苏州知青妻子艾绒。由于曹文轩将主要笔力用于对男性身心感受的刻画上，而对处于与男性对应关系中的艾绒和采芹的内心刻画几乎阙如，使程采芹与艾绒几乎成了顺遂杜元潮使唤的木偶形象。论者认为，"采芹与艾绒，两位女性共用一个男人，而能和平相处，这显然是一种极为荒诞的男性想象"❶。在对两位女性形象的塑造中，曹文轩一如既往地描绘了她们的温婉性情与美好才情，对其水性情怀、诗性气质与献身精神均进行了诗意的想象，但在处理两位女性与男主人公之间的性关系时，既有悖生活真实又有悖艺术真实。读者很难想象，出身地主家庭、受过良好教育、婚后守寡的采芹能够心安理得地呼应杜元潮，成为他的情人，而来自苏州城的知青妻子艾绒会毫无反抗地接受杜元潮对她的背叛，读者更不能理解的是，两位女性情敌居然会成为惺惺相惜的姐妹。可以说，两位女性形象具有"水性、诗性、神性"的美质而缺少了"人性"的根基。在《大王书》系列作品中，《黄琉璃》中的瑶以生命的代价成就了男主人公茫金山之战的胜利，《红纱灯》中的璇以天籁之声歌喉的破裂成就了茫银山之战的胜利，那么在接下来出版的第三部和第四部作品中，是不是还会有两个异常柔美、深具才情的奇女子为了铜山之战与铁山之战的胜利而香消玉殒呢？仔细品评曹文轩的作品可以见出，随着曹文轩阅历的加深与他的创作转变，曹文轩在塑造女性形象时，几乎漠视女性作为生命现象存在应具有的心灵世界，表现出某种压抑不住的男性中心意识。那么，曹文轩的女性形象塑造反映出曹文轩什么样的女性观念？这种一方面拔高其生命价值，另一方面无视女性的内心世界，其创作动因何在？

正如曹文轩自己所言："任何一个时代的人，都不会站在一个前人的精神荡然无存的绝对赤贫的起点上。"❷在《论性别》以及《留给自己一间房》等文章中，曹文轩明确表明自己对女性的看法：无论社会如何变革，女性如何维权，女性应当永远保有上天所赋予的女性角色。曹文轩认为，女权主义者所宣扬的女性是一个男将不男、女将不女的"非女人"，他明确表达他所指的女性是"未

---

❶ 朱向前,朱航满,李小婧,等.意象之美与人性之痛——关于长篇小说《天瓢》的对话[J].当代文坛,2006(4):15-18.

❷ 曹文轩.第二世界[M].北京:作家出版社,2003:120.

被女权主义改造过的女性——古典时期的女性"❶。曹文轩的古典女性观注定了他塑造女性形象的古典方式。曹文轩这种古典女性观与他的成长环境、生活经历、阅读经验密切相关。曹文轩在他的家乡江苏盐城生活、成长了二十年，完成了他人生观与价值观的早期建构，这种基础性建构决定了他较为传统的女性观。盐城地处苏北而偏东，远离国家的政治、经济与文化中心，传统意义上的天尊地卑、男刚女柔意识是根深蒂固的，生养男孩至今仍是乡民的强烈愿望。曹文轩是家中唯一的男孩，下有四个妹妹，长子长兄的身份使他自然地与传统文化中的男性意识较为接近，男孩的唯我独尊和妹妹有形无形的温柔礼让增进了他对男性优越感的理解。他最小的妹妹曹文芳曾经描述过曹文轩："他说洗碗的活不是男孩做的，请大姐代做了；说洗衣服的活不是男孩做的，请二姐代做了；说扫地的活不是男孩做的，请三姐代做了。"❷由于深爱自己的祖母、母亲及妹妹都是相对传统的女性，家庭生活中的女性榜样对曹文轩的影响自然非同小可。他在评价文学作品中的女性形象时也较为偏爱古典女性，如他评价沈从文笔下的翠翠时认为："女性是可爱的……，她们通体流露着人心所喜欢的温柔、天真与纯情。她们之不成熟，她们之婴儿气息，还抑制着我们的邪恶欲念。"❸曹文轩男性视角下的女性想象、女性评判参与他对女性形象的塑造，他笔下的女性形象也大多具有翠翠温柔纯情的一面。另外，曹文轩面对不同的阅读对象采取了不同的叙事策略。在以儿童为阅读对象的文学创作中，曹文轩一操持这种文字，眼前就"出现一双双纯洁如山泉的眼睛"❹，儿童文学的净化功能使他在书写儿童视野中的女性形象时自然削去女性生活化的一面，而代之以高雅与圣洁的一面。在以成人读者为阅读对象的成人文学作品《天瓢》中，曹文轩开始了大量或隐晦或诗意的性描写，由于这种描写更注重男性视角的铺陈与加深，这使曹文轩的女性形象塑造越来越趋向男性中心主义。

综上所述，被学界称为"姿态优雅、文字优美、灵魂忧郁"❺的曹文轩以纯文学的创作姿态、精微的艺术感觉、古典化的女性观念塑造了一系列以"水性、诗性、神性"为诗学内涵的女性形象，这些柔情似水、诗情画意、大爱无声的纯洁女神应和了男性内心深处对红颜知己的心理需求，以及以古典女子寄予审

❶ 曹文轩 . 纸月 [M]. 青岛：青岛出版社，2011:145.

❷ 曹文芳 . 香蒲草 [M]. 南昌 :21 世纪出版社，2010:65.

❸ 曹文轩 . 一根燃烧尽了的绳子 [M]. 北京：作家出版社，2003:290.

❹ 曹文轩 . 感动：走进曹文轩的纯美世界 [M]. 南京：江苏少年儿童出版社，2006:7.

❺ 高洪波，王泉根，朱自强 . 梦里葵花分外香 [J]. 中国图书评论，2005(8):26-29

美意识的文学追求。曹文轩笔下的女性形象带有强烈的纯女、圣女的符号性特征，反映着他希冀以女性诗学引领男性成长与提升审美的情怀。在现代主义、女性主义正当其时的新时期文学时空中，曹文轩以其独特的审美姿态恢复了文化传统中古典女性的诗学趣味。由于个人的成长经验以及对女性经验的性别疏离，曹文轩所塑造的女性形象符合男性视角的心理建构，距离当下真正的女性意识较远，民族未来的女性性格自然不能以此为限。但当引起注意的是，曹文轩笔下女性形象的塑造主要出于"唯情唯美"❶的审美需要，而不是现实建构，在塑造民族未来性格的宏伟事业中，曹文轩主要着力的是男性儿童和少年的健康成长，这是由作家的性别身份决定的。曹文轩笔下男性形象以真感人，带有强烈的现实性，女性形象则以美动人，带有明显的虚构性。在面对不同读者群体的成长小说和成人文学创作中，曹文轩以迥异的性意识参与女性形象的塑造，儿童视野中充满幻想意味的女神性在成人文学中更多属于男性中心意识的潜意识流露。

---

❶　陈晓明 . 唯情唯美的奇幻——读曹文轩的《黄琉璃》[J]. 南方文坛 , 2007(5):2.

于无声处听惊雷

——毕飞宇《推拿》解读

"于无声处听惊雷"是一种比喻的说法，目的在于说明毕飞宇善于从默默、小小、暗暗的地方入手，书写一个响响、大大、亮亮的文学世界。从《哺乳期的女人》到《青衣》《玉米》，读者会发现，毕飞宇善于从一般男性作家并不太关注的小孩子、小女人着手，去探索一个被忽略了的、丰富的心理世界。《推拿》再次体现了毕飞宇小说对小空间、小人物、小叙述的厚爱和执着。

作家有两种，一种是自我意识极强的作家，这一类作家的作品，时时刻刻能让读者看到"我"的身影，闻到"我"的气息，读到"我"的思想，姑且将这一类作家称为主观型作家。还有一类作家，总是将目光从"我"处向"他"处张望，挖掘"他"人的故事，探讨"他"的世界，这一类作家可概括为客观型作家。笔者对作家的这种划分，与王国维在《人间词话》中所说的"有我之境"与"无我之境"略有相似之处。例如，莫言、曹文轩的作品总是清晰地呈现出作家强烈的个性，可谓主观型作家；毕飞宇、鲁敏等的作品里很难看到作家本人的影子，作家关注的对象主要是人物自身。毕飞宇可算是客观型作家的代表。

从这个角度看《推拿》，不难发现《推拿》里的盲人世界很真实、很客观，也很丰富。毕飞宇的独特、深刻或者聪明之处就在这里。盲人的黑暗世界因为一支健全人的笔，呈现在读者的面前。《推拿》的独到之处，笔者认为有三点值得注意。

一、对盲人各种感觉能力的精细描摹

优秀的作家是语言大师，更是感觉大师。人类的感觉有多种，视觉、听觉、嗅觉、味觉、触觉、第六感觉亦即心理感觉，与之相对应的感觉器官为眼、耳、鼻、舌、身、心。一个视觉有缺陷的人自然会极力发展其他的感觉功能。因此，盲人的听觉能力、触觉能力都是超乎常人的。毕飞宇对此有深入体验，并将其付诸文字。由于他笔下的推拿师是一群盲人，因此他们的听觉等各种感觉功能在生存之道上得以体现。例如，盲人推拿师为了判别客人的身份，会以客人的嗓音、物件等作为判断依据。《推拿》中的沙复明根据客人随手一扔的钥匙，先准确判断钥匙的方位，再根据钥匙的长和宽，判断出这个客人是一个司机，根据司机身上的柴油味，进一步判断出对方是一个卡车司机。客人进门几分钟，沙复明就充分运用了听觉、触觉和味觉，准确地断定了对方的身份。寥寥数语，毕飞宇就将盲人与视力健全人之间的区别说得明明白白。《推拿》中对盲人各种感觉的精彩描写，活灵活现，精彩纷呈，令人不得不叹服作家观察之精细、描摹之精当。

毕飞宇对盲人各种感觉的描写并非仅依赖观察，而是融观察、想象与推理为一体。因此，《推拿》中对不同性别、不同年龄与不同身份的盲人的感觉呈现，有时侧重嗅觉，有时侧重触觉，有时侧重听觉，有时侧重感觉，有时是多种感觉融为一体。文中的小马是一个20岁左右的青年盲人，他对女性的第一次向往来自推拿中心的小孔，小孔来"看"住在小马上铺的王大夫，经常坐在小马的床上。近水楼台的接触令小马对"嫂子"小孔的气味想入非非，于是小马总在嫂子的气味中沉迷。"嫂子的气味有手指，嫂子的气味有胳膊，完全可以抚摸、搀扶，或者拥抱。"无所不在的嫂子的气味成了嫂子的化身，"仿佛搀着小马的手，走在了地板上，走在了箱子上，走在了椅子上，走在了墙壁上，走在了窗户上，走在了天花板上，甚至走在了枕头上"。毕飞宇通过想象、夸张，将小马对嫂子气味的嗅觉沉迷写得风生水起。除了嗅觉沉迷之外，毕飞宇还通过小马的"白日梦"想象将小马对嫂子小孔的暗恋推到更高层次——"在嫂子没有任何动静的时候，嫂子是一只蝴蝶，嫂子是一条鱼，嫂子是一抹光、一阵香，嫂子是花瓣上的露珠、山尖上的云。嫂子更是一条蛇，沿着小马的脚面，盘旋而上，一直纠缠到小马的头顶。小马就默默地站起来了，身上盘了一条蛇"。静态的嫂子在小马的想象中变得具体、生动、形象，给小马带来了向往、沉醉，甚至窒息。毕飞宇以一种不紧不慢的语调，以一种水滴石穿的铺陈，将青年盲人丰富的内心世界、情欲意识充分展现了出来。在盲人看似沉闷、寂静的端坐状态中，盲人内心的丰富复杂与排山倒海之意绪被放大并凸显，最终生动而立体化地展现在读者的眼前。

由毕飞宇对盲人多种感觉的精细描摹，可以见出作家"无中生有""见微知著"的表达功力，也可以感知作家沉静、大气、雄浑的内心世界。毕飞宇通过对看似波澜不惊的盲人生活的描摹，展现的是盲人在安静和黑暗状态中对"生动世界"和"光明世界"的向往。在毕飞宇的《推拿》中，读者可以感知到小说叙述人的口气是与盲人平等并平行的，这种娓娓道来的、如叙家常的叙事口吻，表明作家对生活经验和心理经验的充分信任。作家在"心入生活"的自然想象中，沉浸到作品中人物的内心世界，与作品中的人物进行灵魂上的交流，作品中人物的感觉也由于作家的笔墨真正苏醒并复活。当作品中人物的各种心理状态被读者感知并认同之后，独特的"这一个"形象最终在文学世界呈现出来。《推拿》中的盲人世界就是通过各种感觉世界、心灵世界的交相呈现而建构起来的。

二、个性化的盲人形象

盲人超常的听觉能力、触觉能力、嗅觉能力是盲人的共性，毕飞宇的精细与过人之处在于他不仅写出了不同盲人各种感觉的区别，还通过这种感觉上的特异性写出了盲人的个性化特征。换而言之，毕飞宇没有将盲人"类型化""平面化"，而是"个性化""立体化"地展示了一个丰富的盲人世界，塑造了性格各异的盲人形象。

毕飞宇在《推拿》中对性格各异的盲人形象的塑造，总是通过盲人推拿师与他人的关系加以呈现的，这种关系既包括情人、家人关系，又包括老板和员工、员工和客人的关系。《推拿》中的王大夫是一个业务精湛、重情重义、敢于担当、成熟稳重的盲人。盲人推拿靠的是手上的功夫，毕飞宇通过推拿师手法的差异，写出了盲人的性格与内涵。王大夫"魁梧，块头大，力量足，手指上的力量游刃有余"，既经过了长时间的盲校学习，又热衷健身，因此推拿中心老板沙复明深知，"有王大夫在，中流砥柱就在，品牌就在，生意就在，声誉就在"。这样一个身体上强健、业务上精湛的王大夫形象，和一般人眼中的弱者形象是截然不同的。不仅如此，生活中的王大夫也是有情有义、敢于担当的。当弟弟的赌友跑到王大夫父母那儿追要赌债的时候，王大夫先想方设法筹集了二万五千元钱，后来觉得把这笔钱给他们实在太冤，转而以放血自残的方式赶跑了追债人。王大夫以"豁出去"的胆识保住了血汗钱和父母的安宁生活，阻断了弟弟的堕落生涯。王大夫自强不息的盲人形象，没有对命运自怨自艾，而是采取兵来将挡、水来土掩的人生态度，积极、艰难而尊严地活着。

与王大夫这种生下来就全盲的盲人相比，后天失明的盲人性格多浮躁、空虚、恐惧，从骨子里不能接受自己失去视力的痛楚，总想重新找回与原先世界的联系，张一光、小马等都是后天失明的盲人。《推拿》中的张一光原先是一个矿工，35岁时由于瓦斯爆炸，失去了双眼。因此，半路出家的张一光只能算是以推拿重新获得一张饭票。小说写张一光就写出了他的武蛮、粗俗，做事总是很"过火"，不知道掌握分寸。如果说王大夫算是盲人中的知识分子，那么张一光就是盲人中的工人。张一光推拿技艺的粗鲁，作者是这样写的："张一光有张一光的撒手锏，力量出奇的大，还不惜力气，客人一上手就'呼哧呼哧'地用蛮，几乎能从客人的身上采出煤炭来。"煤矿工人出身的盲人推拿师更多地保留了煤矿工人的本色。作为一个幸存者，张一光的劫后余生并不轻松，他解压的方式是去洗头房，在热烈与轻浮中释放自己的恐惧。同样是后天失明的小马，在孤独中独自玩味时间，将时间想象为圆形或者三角形，在沉默中默想"嫂子"的气味或者动物化身，沉浸在对嫂子默想中的小马，最后也迷失于洗头房。后天失明的盲人孤独感强，对生活的适应能力弱，很容易以极端、边缘化的生活方式将自己与现实拉得更远。小说通过张一光、小马等盲人形象写出了事故、疾病等导致后天失明的盲人被世界抛弃了的失落感、荒芜感，也写出了盲人世界的复杂性与多样性，塑造了典型环境中的典型人物。

三、对生存尊严的内在吁求

盲人在生理特征上的缺憾注定他的生存比健全人更艰难。不仅如此，由于身体上的缺憾或者残疾，出于自我保护的本能以及自我尊重的内在诉求，盲人的心灵更加敏感，这使盲人和健全人之间的关系更加微妙和复杂。从盲人的心灵诉求看，盲人更需要理解、需要爱情、需要尊严。《推拿》中所提及的所有盲人都在为成为一个真正的人而进行着各种各样的挣扎。毕飞宇通过盲人生存的艰难，展现了盲人内心的状态以及盲人极端化的行为，探讨了盲人一族不为人知的内心世界。

《推拿》中有一个美女盲人，叫都红。具有某种音乐天赋的都红，由于盲校老师的发现和培养，达到了钢琴八级的弹奏水平。然而，一次失败的钢琴表演却得到观众热烈的掌声，这使都红对健全人产生了警惕与排斥，她反感健全人高人一等的同情和宽容，她也对所有"慈善演出"和"爱心行动"产生了怀疑。都红最终离开了钢琴，成为一名半路出家的盲人推拿师。都红为了不再成为人们施舍同情的对象，离开了健全人的视野，她的老板沙复明却因为健全人嘴里对都红的美的认同，一厢情愿地爱上都红。《大唐朝》剧组进入推拿中心，发现了都红的美丽和优雅，原本对美毫无概念的沙复明，被他所看不见的"美"打动，开始以各种各样的方式接近都红。为了得到"美"，沙复明做了各种各样的妥协。沙复明作为盲人推拿中心的老板，曾以近乎自虐的方式积累原始资本，希冀自己不仅"自食其力"，还能"出人头地"，对做老板的期求，对美女爱人的向往，使沙复明不得不殚精竭虑。在小说的最后，沙复明终于不堪重负，吐血进了医院。沙复明对美一往情深，终究爱而不得。小说中的金嫣整天沉浸在对各种婚礼的想象当中，王大夫的所有想法几乎都在为如何光彩地迎娶小孔而努力。《推拿》中的这些盲人，不管是先天失明，还是后天失明；不管是爱情进行时，还是爱情将来时，他们都像健全人一样，期待着一份起码的尊重，向往着一份苦尽甘来的成功。《推拿》以盲人各不相同的人生故事和经历传达出的是一份"没有光也要好好活"的执着，盲人的凡人小事传达出生活的真实和沉重。毕飞宇以一以贯之的小叙事与小人物，丝丝入扣地呈现了一份从没有被充分开拓过的文学世界。这正如评论家杨扬所说："在一个跨界写作成为时尚的文学世界中，《推拿》带给人们的是纯粹的阅读快乐，它让读者领略了文学的语言之美和巨大的扩展可能性。"❶

毕飞宇在《推拿》中所塑造的盲人提升了人们对盲人一族的理解。对于盲人来说，由于身体的缺陷，他们比一般人更在乎认同，更需要尊重。都红对钢琴的放弃，沙复明长期劳累导致的胃病，王大夫放血自残，小马嫖娼被警察罚款后从推拿中心不辞而别，张一光沉醉于到洗头房"翻牌子"，将自己想象为拥有三宫六院七十二妃的"皇上"，都是以某种决绝甚至惨烈的方式追求生存的尊严。毕飞宇对盲人的理解使很多盲人自然地将《推拿》理解为"我们的小说"。发现别人没有发现的，开掘别人没有深入开掘的，是优秀的小说家孜孜以求的。《推拿》选材的独特正是其成功的重要因素之一。

毕飞宇在文学创作中的独特成就使他成为获奖大户，也吸引了更多的读者与学者对他的作品进行研究。一直特立独行的毕飞宇于2013年被聘为南京大学教授。作家"学院化"之后，自然会给高校的文学写作带来积极的影响，但笔者也不由得有些疑虑，"学院化"了的作家是否会因为某些"学院化体制"而失去鲜活的创作激情？是否会影响他对文学世界的深度开拓？

---

❶ 杨扬.《推拿》：常态的文学写作 [M]. 光明日报，2011-9-5(14).

被"潜规则"异化的尊严

——毕淑敏《女人之约》解读

毕淑敏的《女人之约》写了女人之间一个独特的约定：如果女工郁容秋能够使工厂起死回生，那么女厂长就向郁容秋鞠一个躬。这个郁容秋等待至死都未得到的约定表明了女人在现实中实现尊严的艰难——不仅男人会贬抑女人，女人自己也会贬抑女人。妇女解放又岂是几个口号、一场运动所能实现的，毕淑敏发现了女性解放背后更隐秘、更深层的一种内涵——女性在经济、政治权力获得之后更要诉诸世俗心理才能得到的东西：尊严。无怪乎波伏娃要用"妇女：最漫长的革命"来命名她对女性处境进行研究的成果。

毕淑敏是敏锐而又深刻的，她以独到的女作家的细腻、以做过医生的悲悯和女性学者的眼光，注意到了大千世界中一道独特的风景——那些生活在底层的漂亮女工的独特心灵和不幸遭际。

然而，如果我们仅注意到了《女人之约》里的郁容秋，我们将再次陷入一叶障目不见森林的传统阅读习惯中。《女人之约》固然以郁容秋为主，但还有两个似乎是辅助性的人物也应进入我们的视野——衬托出郁容秋不洁的，用传统眼光看来很洁净的女性人物形象——女厂长和兰医生。郁容秋、女厂长、兰医生在《女人之约》里三足鼎立，她们各自承担了通常意义上人们对女性世界的认定：生活作风不好的漂亮女人、精明强干的长相一般的女强人、有一定生活品位和文化素养的女性知识分子（也是一般意义上大家欣赏和认同的生活型普通女性）。郁容秋获得尊严的压力是和后两者得到尊严的轻松相反相成的。征服了男人又让工厂起死回生的有功之臣郁容秋，为什么得不到女厂长简单的一个鞠躬？女厂长自己获得尊严了吗？兰医生的妥协默认了什么样的"潜规则"？

一、隐性奴役：女性仍然身处的现实语境

为了在真正意义上了解思想界或者文学界对女性尊严的关注，我们最好了解一下女性曾经身处或者仍然身处的现实语境。我想那些致力为女性真正解放和女性获得深层尊严而大声疾呼的激进主义者用"女权"这个名称也可能是一个不得已而为之的选择。就像孟子曾经有"不得已"之辩一样。不极端又怎能引起反省和注意？在世界几千年的文化发展中，女性一直是被言说、被界定的对象，中国最伟大的孔子就说：唯女子与小人为难养也，近之则不逊，远之则怨。（《论语·阳货》）孔子是深刻的，他发现了男女相处有一个距离的问题，如果不能恰到好处地处理这个距离，就会带来"不逊"和"怨"的结果。孔门文风历来是"微言大义"，其深意也不是这里主要研究的对象，但孔子把女子与小人相连，就为几千年中别有用心的中国男性统治者压制和贬低女性找到了文化和学理上的理由——你看，不是我说，而是大圣人孔子所言。西方文化史上也有类似的文化渊源——夏娃是亚当的一根肋骨，夏娃经不起蛇的诱惑偷吃了智慧果有了羞耻心，上帝为了惩罚夏娃，就让女人永远承受生育的痛苦。女人在力量上的弱小以及女性独特的生理和心理结构没有被正确认知而带来的愚昧和无视，成了女性被贬抑的现实存在。几千年来，东西方无数女性的血泪凝成的沉重历史引起了有识之士的注意。现代意义上的妇女解放和女权运动也与此息息相关。法国空想社会主义思想家傅立叶曾经说过："某一时代的社会进步和变迁是同妇女走向自由的程度相适应的，而社会秩序的衰落是同妇女自由减少的程度相适应的。"❶对于傅立叶的这个思想成果，恩格斯曾给予高度评价，并在《家庭、私有制和国家的起源》一书中对妇女如何获得解放的问题进一步论述："妇女的解放，只有在妇女可以大量地、社会规模地参加生产，而家务劳动只占她们极少的工夫的时候，才有可能。"❷

毫无疑问，从妇女解放这个意义上讲，我们应该感谢马克思、恩格斯为人类获得真正意义上的解放所做出的努力。然而，从某种角度讲，马克思、恩格斯仍然是严重的夫权或者父权主义者，因为他们在剖析劳动价值的时候，忽略了妇女在家务劳动中的价值，而这个家务劳动是绝大多数妇女一生中所从事的

---

❶ 中共中央马克思恩格斯列宁斯大林著作编译局.马克思恩格斯选集第 3 卷 [M].北京：人民出版社,1995:846.

❷ 中共中央马克思恩格斯列宁斯大林著作编译局.马克思恩格斯选集第 3 卷 [M].北京：人民出版社,1995:727.

最大量的劳动。家务劳动的价值没有得到整个世界的认同和认识，妇女的真正解放仍然是一句空话。这也是为什么直到今天，男性对女性的"隐性奴役"仍然存在的一个重要因素所在。

曾经红极一时的女权运动并没有使女性获得真正意义的自由和解放，当然女权运动的成果我们不能简单地随便评述。然而，以一种极端——女权来对抗另一种极端——男权，其结果是不言而喻的。因为不管是自由女性主义，还是激进女性主义，"其结果都是趋向男性的平等观并容易陷入以女性中心代替男性中心的困境"❶。毕竟女性是与男性不一样的独特存在，并不是男人能做的事，女人都来做才是平等、自由、解放、尊重。"和而不同"才是解放和尊重的前提。所以，尽管有女权主义的甚嚣尘上，女性的痛楚、矛盾和自身承载的深厚苦难仍然存在，正是这种存在的"似乎合理性"和"现实性"使《女人之约》里出现的悲剧还会出现，而像毕淑敏般对女性的思考也将仍然成为一种当下性的思考，甚至如笔者这般的女性学子也会把这种关于女性的写作、关于女性的沉思纳入自己的研究对象当中去。

二、郁容秋：底层女性重获尊严的挣扎与绝望

郁容秋之类的形象来自生活。只要我们走上街头，走进工厂、学校、饭店、医院，无论在哪儿，只要是有大片人群出现的地方，都会有像郁容秋这样的相貌漂亮的女人在点缀着我们的生活，在等待着我们的欣赏和评说。毕淑敏注意到了生活中这么一个独特的群体，芸芸众生中为数不多，但绝对存在的生活在底层的，吸引着众多男性也同样吸引着众多女性目光的漂亮女人，她的思想、痛苦、欢笑都被她自身的漂亮所遮蔽，人们关注的是她的漂亮怎样改变或者说怎样提高着她的生活。台湾的李敖说过："女人做不成真的女人、善的女人，也要做美的女人。"李敖的深刻历来是让人后怕的，但是他总是不幸而言中最深厚和隐秘的道理。郁容秋按常识看绝对是美的女人，这样尤物般的女人尽管男人想得到，女人也想做，却得不到现实社会规则的认同，所以男人只能以偷偷包养的方式或者偶尔偷情的方式去宠爱却绝不会给她社会的尊重，中国人在骨子里要诋毁的就是这样的女人。所以，郁容秋的存在价值不是在白天、在灿烂的阳光中，而是在夜晚、在阴郁的潜意识里。郁容秋被一般人称为"大篷车""破鞋"。文中有一段文字是非常精彩的，它体现了被称为"大篷车"的郁容秋对尊严的渴望以及望尘莫及之后而引发的自我麻醉、自我安慰：

---

❶ 杨丹.性别公正——女性主义研究的现代理念 [J].学术论坛,2008(9):20-23。

"以前有不少男人跟我好过，可他们当着人从不理我，好像我身上刷了一层永远不干的油漆，谁沾上就像斑马似的，走到哪都会被辨认出来。为了他们的这份怯懦，单独相处的时候，我加倍惩罚他们。他们不愠不恼，我都搞不清谁是真正的能人。有时候，看着昨天还在我胯下受辱的男人，今天变得冠冕堂皇，当着众人讲大道理，大家还挺服气他。我就想，我征服了这个男人，也就征服了所有佩服他的人。"

这一段文字的内涵是极其丰富的。作者隐去了跟被称为"破鞋"的郁容秋相好的男人的身份地位。不过，从整篇小说中"男人们供给她的日常用品都是奢华而昂贵的"来推测，从"当着众人讲大道理"来推测，这些男人绝对不是和郁容秋处于同一阶层、同等地位的普通男工，而是一些有相当权势和财力的至少是企业领导式的男性，这些男性应该是这个社会中有相当影响的男性生力军。这些有能力也有思想的男人是怎么对待郁容秋的呢？他们"当着人从来不理"郁容秋，可和郁容秋在一起时不管郁容秋怎么加倍折磨和侮辱，都"不愠不恼"，他们绝对是在用两重标准来对待同一个他某种程度上爱着的女人。这个双重标准就是外在的、现实的、规范的和内在的、心灵的、非理性的。哪个标准更多？无法定夺。这样的标准对一个男人是安全的，他既得到了生理、心理和情感的满足，又可以"当着众人讲大道理"，他的尊严、地位几乎不受影响。那么，在同一情感关系中的郁容秋呢？是"大篷车"和"破鞋"，"身上刷了一层永远不干的油漆"。尊严的丧失是不言而喻的。

失去了尊严，就要重新捡起。郁容秋不甘心永远做一个被男性暗中欣赏和把玩的女人，当她获得物质和私下征服男人的满足后，她又想在社会中获得尊严了。"不要以为女人的尊严感天生就薄弱于男人或人类的平均值，不要以为失去过尊严的人就一定不再珍惜尊严。"❶可是，郁容秋能够重新获得尊严吗？

答案是复杂而又艰难的。郁容秋为了重获尊严，在一步步努力着。在工厂被"三角债"套牢连工资都发不出来的时候，她挺身而出，使用种种手段将工厂的债权追回，使工厂起死回生，她也因追债喝酒身患肝硬化行将死去。这样一个为了全厂鞠躬尽瘁的有功之臣应该是能获得做人的尊严了。按照她和女厂长的约定，女厂长应该兑现承诺向郁容秋鞠一个躬。对于一个多年生活在所有人鄙视下的郁容秋来说，如果她能得到女厂长的一个躬，她也就死而无憾了。

---

❶ 毕淑敏．素面朝天 [M]．海口：海南出版社，1996:364.

可女厂长的一段话彻底消解了这种尊严一旦失去再想得到的可能性："她想借我这一躬以提高自己做人的尊严，我却不能鞠这一躬，要保持作为厂长的价值。作为一个女人，我失信于她，她可以在九泉之下怨恨我。作为一个厂长，我别无选择。"女厂长的这段话斩钉截铁又似乎义无反顾。

为什么女厂长不肯鞠这一躬，难道她鞠了这一躬，她厂长的价值就真的会被贬低？答案显然是否定的。那么，她厂长的价值到底是什么价值？是世俗的权力的价值。在中国式的特定语境中，不鞠躬这一事实在现实生活中是毋庸置疑的。因为郁容秋是个普通的四级女工，中国式的权力层看望生病的员工以及参加葬礼历来是按照级别来定尊荣的。如果郁容秋是个有特定级别的干部，达到了安享尊荣的官衔，那么按照惯例，女厂长都会去鞠一躬的。然而，这一躬的艰难本身就是基于一个"普通女工"和"名声很坏"的前提之下，哪怕"人之将死"，哪怕"有功之臣"，都抹不掉女厂长骨子里对郁容秋的轻视，人的本位、尊严就这样牺牲于权力本位和世俗心理之中。

三、女厂长：淡化性别特征获取尊严的矛盾与无奈

女厂长是《女人之约》里和郁容秋相映成趣或者说相反相成的一个对立的存在。女厂长的失约宣布了作为小人物的郁容秋的悲剧性生命本质。那么，一个活得有尊严的女人又是凭借什么获得了尊严？她为什么就能轻松地解构掉郁容秋对尊严的渴望和梦想呢？面对一个行将就木的郁容秋，她为什么对一个某种意义上也是为了她而牺牲了自己生命的女人如此无动于衷呢？女厂长获得了真正的尊严吗？

女厂长的尊严来自何方？通过郁容秋的眼光和口吻我们可以感受到。"郁容秋知道全厂的人都崇拜厂长，出身于高级知识分子家庭，受过高等教育，如今是这样一家重工业工厂的掌门人，做女人做到这个份上，多么气派啊！"由此，我们可以知道女厂长的尊严是和出身、教育、权力挂钩。行文对女厂长着墨不多，但是女厂长所面对的压力和痛苦似乎也并不比郁容秋少。女厂长为了维持这样的尊严牺牲掉了什么？又承受了什么？

其一，是来自性别上的压力。"她经常碰到这种性别上的歧视。对于来自男人的，她多少已习以为常；对于来自同性的，她更敏感而愤怒。"寥寥数语道出了一个女强人所面对的挑战和压力。"一位潇洒的小伙子挟着卷宗走到厂长面前，毕恭毕敬地放下，殷勤地打开到某一页……"试想，如果这个女厂长不再做厂长了，这个女性还能得到这种所谓的尊重吗？

其二，女厂长最终是用了男性社会的标准来背弃了她和郁容秋的女人之

约。"作为女人，我很可怜也很同情这个女工，不管是什么原因造成她的命运，她的一生是不幸的。假如我是个普通人，我完全可以鞠这个躬。……但是，我身不由己，因为我是厂长！厂长向这样一个卑贱的女人屈膝，会成为厂内经久不息的新闻。"固然是一个敢作敢为的女厂长，都没有能够最终站在女性和人道的基础上，向为工厂做出汗马功劳并行将死去的女职工鞠一个躬。女厂长面对的压力可想而知，传统和习见以及男性规则主导的强大也可见一斑，大权在握的女厂长最后是向男性社会通行的"潜规则"屈服了。从这个意义上看，女厂长是牺牲了自己的性别角色才获得了大众眼里的尊严，这种尊严的使用范围是遭到限定的，至少她还不能用"女人"的标准去对待和她同一个性别的郁容秋。

其三，女厂长还能算是一个女人吗？"女厂长不喜欢漂亮的女人，连最优秀的女工程师和女车间主任都不漂亮。她自己也不漂亮。""斑白的头发，沉重的脑袋，皱纹像一把精致的折扇，铺满脸庞……"这就是女厂长为了获得和维持尊严的代价。这种承受着超越性别的压力，牺牲掉女性自身的特质，去经营和男人一样的事业之后的身心疲惫的女厂长，早就失去了作为女人的精致，以致郁容秋一下子就通过她服装上的扣子指出了她作为女人的失败。是不是这个社会让女人变得和男人一样成功，让女性失去了或者消解掉女性性别特色之后，女性才能获得和男性一样的尊严，有没有一种以女性眼光和女性世界来建构的尊严观呢？笔者认为，毕淑敏通过女厂长这一角色提出了对女性尊严本质意义的追问。

作为精明强干的女厂长，她是成功的，作为一个女人，女厂长似乎还有缺憾。笔者认为，这里主要关注的是郁容秋这般的小人物的尊严。但是，女厂长同样应该引起我们的思考，女厂长获得真正意义上的尊严了吗？我们用一种什么样的标准来建构女性独特的尊严观？对尊严的理解和认同，女性有没有自身的特殊性，是不是让一个女性变得和男性一样的刚强才能成为一个真正有尊严的人呢？

答案显然是否定的。真正的男女平等和女性尊严应当是承认差异基础上的相对平等和相对尊严，因此男女平等需要某种制衡尺度的限制，而这种制衡尺度的限制就是性别公正，"性别公正的核心是公平合理，而男女平等所强调的是均等。性别公正主要表达的是两性间的利益关系的合理要求，而男女平等只侧重人们在社会地位、权利和义务等利益方面的同等享有"❶。《女人之约》通过女厂长这一角色使我们除了关注郁容秋之外，还关注到所谓女强人的艰辛和女

---

❶ 杨丹.性别公正——女性主义研究的现代理念 [J].学术论坛,2008(9):20-23.

强人的尊严问题，以"性别公正"这样一个女性主义研究的现代理念来关注女性尊严问题似乎更具合理性和操作性。

四、兰医生：立足生命关怀与男权潜规则的妥协与通融

兰医生是文中郁容秋和女厂长之间的一个媒介，从某种意义上看，这个角色似乎更多地融入了作家自身的反照。作为一个有道德操守的女医生，兰医生既对郁容秋的生活方式表示不屑，又对郁容秋的不幸遭际表示深深的同情。文章正是借兰医生之口道出了女性获得尊严的艰难。"兰医生的思绪像秋千一样徘徊在两个女人之间，她觉得环境太能左右人的意志了。在充满华贵和死亡气息的干部病房里，她义无反顾地同情郁容秋。面对女厂长被焦灼脚步摩擦的女人的步伐踩出战壕样的痕迹，她想：女人能够干的事业，除了从医之外，实在是很有限的……"兰医生的矛盾，也是生活中人们的矛盾，兰医生算是一个普通女性的代表，那么郁容秋作为普通人在邻居的兰医生那儿得到尊重了吗？

应该说得到了，"兰医生是标准的贤妻良母，但听了郁容秋这一番披肝沥胆的剖白，她决定哪怕是违背常理，也一定把这可怜女性的口信带到"。她真正地理解了郁容秋对尊严的渴望。但是，我们不能否认，兰医生更多的是从对生命关怀的角度来体认郁容秋对尊严的要求的。因为当她面对女厂长的焦灼和不鞠躬的解释只能"点点头"，只能"不语"，现实的窘境与压力使她和其他人一样向女厂长坚守的男权潜规则妥协，最终采取一种善意欺骗的方式来逃避郁容秋的追问。"女人能够干的事业，除了从医之外，实在是很有限的……"这省略号包含了多少的无奈和苍凉啊！身为救治人命的医生所能做的，也只是挽救一个人物理意义的生命，对女性精神生命的挽救最终还是无能为力。最后，兰医生"坚决不去医院"，郁容秋带着永久的遗憾孤独地死在医院，也表现了郁容秋这个小人物在曾经失去尊严后想重获尊严的绝对不可能。

毕淑敏企图以郁容秋生命的消逝唤起人们对卑微女性渴求尊严的关注。其实，对文中所塑造的能够在男人堆里所向无敌的郁容秋而言，她应该清楚地认识到，女厂长的一鞠并不能使她得到真正的尊严。尊严应该是发自内心地对一个人价值最深刻的认定，并不是表面的一鞠就能得到的。然而，即使是表面的一鞠，女厂长也不屑付出，可见女人之间存在着一种深刻的习见，而兰医生通过"点头""不语"对女厂长的认同说明郁容秋无论从哪个层面都不会得到尊严的客观实在性。难道"受过处分，名身很坏"的郁容秋真的永世不得"超生"了吗？

郁容秋追寻尊严的悲剧经历了一个从男人世界到女人世界、从强势人群到

普通人群的寻找，甚至她的丈夫和女儿也丝毫不理解她。郁容秋的悲剧、女厂长的冷漠、兰医生的无奈再次给笔者以巨大的震撼，当女性获得政治意义和经济意义的解放后，怎么在意识形态和世俗心理中最终获得更为人性化或者说更为合乎女性文化特质的尊重？郁容秋被称为"大篷车"反映出的本质问题仍然是她的"不贞洁"，她到最后都得不到一躬就是因为她丧失了社会给女性规定的"贞洁"，这种深入到骨子的贞洁观遮蔽了文中所有人的视线——有身份、有地位的郁容秋的相好、受过高等教育的女厂长，甚至人道的兰医生以及这个工厂的员工。无论郁容秋多么漂亮高雅、聪明绝顶，甚至为这个厂鞠躬尽瘁、死而后已，都因为她曾经丧失了贞洁而永远失去了尊严。这种传统宗法社会中存在的对男女要求不同的二元贞洁观并不仅仅侵害了受到强暴的女子，它也更深地侵入了所有普通人的生活。郁容秋追求尊严的悲剧，女厂长获取尊严所做的牺牲，兰医生周旋在两个女性之间的痛楚以及她无奈之中对矛盾的逃避和妥协，再次提醒我们：真正意义上的女性尊严的获得仍然任重道远，并不是在现代社会早已解决并得到了答案，妇女最漫长的革命也并不仅仅是波伏娃在特定时代的担心。从某种意义上说，女性对尊严的等待仍然是当下人们需要去参透的一个谜案。

深邃的"人性"

——蔡文甫《谁是疯子》解读

福柯曾经说过:"现代世界的艺术作品频频地从疯癫中爆发出来……被疯癫'征服'的作家、画家和音乐家的人数不断增多。"● 在中外文明史上,利用"疯子"视角进行文化批判或政治陷害者可谓比比皆是。20世纪初,鲁迅先生的《狂人日记》以"狂人"视角展示了一个黑白颠倒的世界,将"正人君子"的狰狞面目与封建社会的"吃人"本质揭露无遗。著名的斯大林定律——将持有不同政见者投入精神病医院,则是利用精神病来达到政治陷害的目的。20世纪70年代末,苏联作家、遗传学家若列斯·亚·麦德维杰夫的《谁是疯子》讲述了自己被精神病学家诊断为精神病人的过程。这里所关注的同名小说——《谁是疯子》,是祖籍江苏盐城的台湾作家蔡文甫20世纪60年代的作品。这篇小说也以"疯子"这一奇特身份入手,以奇崛变幻的故事情节、深入细致的心理透视将复杂家庭中的人情世故与个人面对命运的无能为力艺术地再现出来。蔡文甫对"谁是疯子"的独特拷问,引起了读者激烈的情感动荡与深入思考。

蔡文甫,江苏盐城人,1926年生,1950年随军去台,著有长、短篇小说集《雨夜的月亮》《解冻的时候》《女生宿舍》《船夫和猴子》等十多部作品,曾任教职及主编《中华日报》副刊多年,创办九歌出版社、健行文化等文化事业暨九歌文教基金会之后,成为台湾著名的文化人及出版家,其小说家的身份渐渐淡漠。综观蔡文甫的文化贡献,不难发现,他经历了一个自文学而文化的成长历程,其精准的编辑眼光、宏大的文化视野均与他成功的小说创作密不可分。与蔡文甫在台湾的文学声望相比,大陆对蔡文甫的作品引介与文学研究尚处于空白状态。这里以《谁是疯子》为切入点,联系蔡文甫其他小说,探索蔡

● 米歇尔·福柯. 疯癫与文明 [M]. 北京:三联书店,2003:267.

文甫对存在世界的挖掘，以窥见其独特的小说美学世界。

一、对极限情境的层层推进

蔡文甫的小说大多以青年男女为主人公，而这些青年男女往往生活在一个破碎残缺的家庭。当这些青年男女被推进人生的又一个十字路口时，主人公的爱恨情仇往往在瞬间被激发，从而使自己的生活情境发生意想不到的转折。冲突——这个戏剧中的经典元素，在蔡文甫的小说中被巧妙地设置与运用。难能可贵的是，蔡文甫的小说从来不用漫长的情节铺垫来实现这种冲突的效果，往往在文章一开始就迅速地将主人公推进极限情境当中。萨特在谈及他的《死无葬身之地》时说过："我感兴趣的是极限的情境以及处在这种情境中的人的反应。"此处借用极限情境来概括蔡文甫小说中的危险之境。《谁是疯子》一开始就将"我"面临的窘境直截了当地展现出来，十七岁的"我"（阿杰）父亲刚刚去世，家里唯一的所谓亲人是二十八岁的后母，父亲去世一个月，后母就打算改嫁，觊觎"我"家产的朱先生也不时上门，对"我"形成了极大威胁。这篇小说的开头方式与中国古典小说的写作路数不太一样。对于中国古典小说而言，提供比较具体的背景、按照时间顺序叙事是一种习见的做法，而蔡文甫的小说往往单刀直入。这种小说开篇技巧非常接近西方小说的某种创作模式，"西方小说习惯从'中间'下手"❶。蔡文甫小说多数从中间开始，一方面通过回忆串联起过去，另一方面以现在继续展开，其长篇小说《雨夜的月亮》发生的实际时间就是从第一天黄昏到第二天清晨——下了一夜雨的时间，但该故事通过主人公回忆所包容的时间却长达二十多年。蔡文甫高明的小说技巧与他自身对古典小说和世界名著的化用不无关系，他说：

> 我把家中的《三国演义》《七侠五义》《小五义》《续小五义》《封神榜》《金瓶梅》《东周列国志》等小说全看了。❷

在教书这段时间，猛啃中译世界名著，凡是在台北市重庆南路书店出现的翻译本，几乎都读遍。由于王梦鸥先生讲解并讨论福楼拜的《包法利夫人》，以及由朱西宁主编《世界文学名著赏析》，指定我分析雷马克的《凯旋门》，便对这两本名著下了很多工夫。我的创作或多或少受这两本书的影响。但《文学杂志》《现代文学》等大力介绍西方的如福克纳、卡缪、乔伊斯、吴尔芙等。我

---

❶ 曹文轩. 小说门 [M]. 北京：作家出版社，2002:149.

❷ 蔡文甫. 天生的凡夫俗子 [M]. 台北：九歌出版社，2005:76.

只能读到片段的译文、评介及作家生平，无法窥其全貌。❶

　　由此可见，在写作技巧上作家得益于对东西方小说的探索，在设置情节时既吸取了西方小说从中间下手的叙事策略，从中间视点向后开进，又无形中融合了古典小说在情节设置上峰回路转的结构艺术。由于情境的不断转换，人物的复杂心理与行为逻辑也在矛盾中被一步步激化。在《谁是疯子》中，"我"由于年龄还小，不足以跟后母对抗，只好将冲天怒火发泄到女佣与家里养的鹅身上，这种旁敲侧击的对抗正好给城府颇深的朱先生提供口实——这孩子疯了。于是，一次不动声色的饭局很快将"我"直接送往疯人院。情节至此似乎到了高潮，然而真正的戏剧性冲突正是从疯人院开始的。"谁是疯子？"这个悬念从"我"的自省一直延续到小说的结尾。

　　悬念以及冲突是蔡文甫中短篇小说化用得最得心应手的重要元素，但是悬念与冲突只是手段，并非目的。以层层悬念带动冲突，引起极限情境的层层递进，既是蔡文甫情节设置的独到之处，又是在悬念带来的极限情境中开展对人性的考量。为了达到这一目的，蔡文甫常常在其小说中利用"曲径通幽"的策略，像电影、话剧一样，将人物之间的矛盾冲突不断强化。《谁是疯子》中的"我"以正常人的实质被后母的情人——海关官员朱先生送进疯人院，这是"我"面临的第一极限情境——朱先生害"我"，目的不言而喻：娶"我"的后母，借此霸占本该由"我"继承的万贯家产。情节至此风起云涌，然而作者并不满足，他为了让读者了解"我"处境的艰难，再次将"我"面临的处境加以深化——看上去原本善良的后母也要害"我"，她花钱收买看管"我"的老邓，要老邓下药毒死"我"，这是"我"在疯人院面临的又一险境，我目前唯一的亲人——后母也要害"我"。这二层险境没完，第三层险境来了，疯人院院长是朱先生的好友，这个以治病救人为使命的院长也被朱先生收买，要求看管"我"的老邓坚决地将我"结果"。"我"的险境就这样一层层加码。如果前两次"我"还能由于老邓的帮助而化险为夷，那么院长的命令，老邓却不能不执行了。文章以一次次的悬念、冲突将"我"与家人、"我"与外人、"我"与医院（社会）的矛盾层层激化，本来已经生成的极限情境没有峰回路转，而是再上险峰。

　　蔡文甫这种高明的叙事策略，除了与他自己对东西方小说的阅读和学习相关外，还与他20世纪50年代所接受的文学培训密切相关，他曾经参加过两次写作培训，一次是参加"中国文艺协会"举办的电影话剧讲习班。在电影话

---

❶　蔡文甫.天生的凡夫俗子 [M]. 台北：九歌出版社，2005:288.

剧讲习班，"班主任是中影公司总经理袁从美，其中讲座都是名编剧、名导演，因而知道什么叫'蒙太奇''淡入''淡出''模型搭景'……以及编剧、台词……等有关技巧"❶。另一次参加了"中国文艺协会"主办的第二期小说写作班。在此期间，蔡文甫对电影、话剧以及小说理论方面的系统学习为他以后从事小说创作打下了坚实的基础。他总结这两次学习时说过："我从幼年失学、流浪、从军、离开家庭，一直没有安定的日子，现在工作及学习环境，对自己非常有益，正是求知若渴、向上提升的好时机。"❷ 这两次系统的写作培训，辅之以蔡文甫旺盛的求知欲与某种内在的对文学的感悟，生成了蔡文甫极有个性的写作模式，即对情境的层层推进，利用某种冲突的情境开展对世事、人心的探讨。蔡文甫的其他小说——《雨夜的月亮》《爱的泉源》《舞会》《敞开的门》《生命和死亡》等，都是在对极限情境的层层设置中彰显人物复杂、多变的个性，将人性精微的内心世界予以深入细致与鞭辟入里的描绘——跌宕起伏的极限情境为塑造致广大而尽精微的人性图景奠定了坚实的基础。

二、对复杂人性的深邃探索

对于某些高明的小说家而言，对人性的探索与刻画可能比创造出具有史诗意义的作品更具有吸引力。长期以来，国人所欣赏的文学作品往往要求具有某种史诗意味。我们所熟知的《芙蓉镇》《平凡的世界》《穆斯林的葬礼》《白鹿原》《秦腔》等都是某个时代、某个特定地域发生的带有波澜壮阔意味的宏伟叙事。从某种意义上讲，宏大叙述的作品更容易引起文学史家的注意，所以历史上曾经某个时期，钱钟书、张爱玲等没有进入文学史。综观蔡文甫的小说世界，他更注重在时代影像中突出人性的光辉，"人的本性和善恶的标准，仍是亘古长存的"❸。"时代在变，生活形态在变，但人性的善恶、喜怒、嗔贪等特质仍亘古常新。"❹ 在观念的宽容与更新上，蔡文甫曾经走在大陆作家的前面。

蔡文甫对人性的深层挖掘与上文提及的极限情境不无关系，对情境的设置是小说技巧层面的探索，对人性的追寻则是蔡文甫小说观与思想层面的反映，这一点对研读蔡文甫的小说至关重要。情节、布局是外在层面，思想才是根源和根基，才是蔡文甫小说的美学特质所在。

---

❶ 蔡文甫 . 天生的凡夫俗子 [M]. 台北：九歌出版社，2005:168.

❷ 同上。

❸ 蔡文甫 . 女生宿舍 [M]. 台北：九歌出版社，2008:3.

❹ 蔡文甫 . 雨夜的月亮 [M]. 台北：九歌出版社，2009:5.

　　在《谁是疯子》中，主人公"我"——阿杰是一个思想感情极为丰富的青年，一个还没有当家但又极具家族使命感的青年，对一切事物有着异乎寻常的敏锐。"我"能够清晰地感受到追求"我"后母的朱先生是一个不折不扣的贪婪者，然沉浸于爱情中的"我"的后母却浑然不觉。至此，"我"与后母、朱先生产生了一种内在意义上的对抗——正直、忠诚与邪恶、背叛的对抗。文中对朱先生的刻画不多，然通过对朱先生行为的刻画，一个虚伪、残忍的海关官员形象展现得淋漓尽致。朱先生对后母的追求——或曰朱先生的爱情是多么虚伪，蔡文甫借朱先生将当时社会中功利分子的贪婪本性进行了深入刻画。文中的朱先生奸杀了老邓的妻子，霸占了老邓的家产，接着又以娶"我"后母的名义觊觎"我"的家产。朱先生与疯人院院长沆瀣一气，坑害了像老邓与"我"一样的善良公民而毫无忏悔之心，人性的善良遭遇了人性的丑恶，善良的人们被恶人迫害得家破人亡，老邓最后将唯一的女儿托付给"我"后最终将朱先生杀死而后自杀，真正上演了一场疯子式的举动。看似极为内敛、沉着、冷静的老邓最终以疯子一样的行为杀死了朱先生。到底谁是正常人？谁是疯子？

　　在《谁是疯子》中，这种对"疯子"的质疑与拷问一次次通过"我"的自诉与情节发展得到充分的展现："我"被当成疯子送进了疯人院，"我"的后母一次送了毒药，一次送了致瘫痪的药给老邓，要求老邓害"我"致死或者致瘫。疯人院院长，那个"看起来，他是那样慈善的"院长要求老邓将"我"与炸死的死尸放在一起，谁是真正的疯子？蔡文甫正是以这样一种深刻的反讽式的疑问来探索人性的复杂与微妙，疯子像正常人一样主宰着社会的咽喉，正常人却被当成疯子关进了疯人院，当善良的人们处在一个"无法替自己说话的地方"怎么办？这是蔡文甫为"我"的处境所出的一个难题，当"我"的所谓的亲人在觊觎"我"的家产甚至生命的时候，谁能够真正拯救"我"——救死扶伤的医院院长？接替"我"父亲位置的海关官员朱先生？"我"的后母？蔡文甫以他精致的情节设置与深入的人性刻画抛给我们一个个疑问。文章对老邓的刻画是在不知不觉中进行的，与"我"素昧平生的残疾人老邓最终一次又一次地拯救了"我"——真正的善良人性存在于看似微不足道的小人物身上，他们与我们素不相识，却有着与我们相似的人生体验与痛苦感受，看管"我"的老邓不仅一次又一次地化解了"我"的险境，让"我"一次次地转危为安，还对"我"寄予深刻的信任——将他最宝贝的小女儿小兰托付给了"我"。老邓对"我"的诚挚的信任、与女儿的悲情告别以及杀死朱先生的无奈抗争，是小人物一种独到的也不得不如此的生活选择。孔子曰："礼失而求诸野。"蔡文甫将对善良人性的期望寄托于一个为复仇而死的落魄的小人物身上，既表明了蔡文甫对小人物的一种真正的理解、同情与关怀，又表明蔡文甫对某种具有永恒意味的人性的关注与渴望。

蔡文甫对人性世界的表现如此丰富而深刻，一方面与他对西方现代小说的学习、体验以及文学培训密切相关，另一方面与他身边的师友有莫大的关联。他在函授学校工作期间，"接触和晤谈的都是名教授、名作家，如梁实秋、王梦鸥、李辰冬、谢冰莹等老师，……从他们的言谈、讨论，对写作的技巧和实务，有许多新的看法。耳濡目染，难免不影响我的写作方法，特摘录印象深刻的名家箴言如左：……不要局限一地，只要写出普遍的、深刻的人性，就会传之久远"❶。蔡文甫的小说之所以将人性作为探析的重点，和这些声名卓著的作家影响不无关系。另外，曾有一个时期，他对哲学与心理学也产生了浓厚的兴趣：

在考试的空档期，发觉对社会科学以外的书产生兴趣。便读了哲学概论、心理学、病态心理学以及中国通史、西洋文化史等与考试无关的书籍，那好像是打开智识之窗，要探首进去寻找渊源。也可以说，读书的范围愈读愈广博。❷

这就不难理解蔡文甫为什么能如此深刻而又精确地写出一个被关进疯人院的青年异常丰富的心理世界了，作家在心理学与病态心理学的造诣为他切入人的潜意识世界提供了条件。在《无声的世界》《新装》《释》《逃学日记》《敞开的门》《移爱记》等作品中，作家对哑女、大龄女青年、逃学儿童、已婚妇女、青年女学生等各种性格的人物心理都进行了准确而又精微的刻画，令人对这种心理探析的细腻、生动、传神叹为观止，外界评价蔡文甫的心理描写"心细如发"❸可谓恰如其分。

但是，即便蔡文甫小说中运用了大量的心理描写，使用了不少意识流手法，一般评论者并没有将蔡文甫划归到台湾现代派作家当中，古继堂《台湾小说发展史》即是如此。究其原因，当为蔡文甫更多的是在创作技巧层面化用了现代派手法，现代派文学的荒诞、焦虑、恐惧等思想主题并没有深入蔡文甫的创作理念当中。

---

❶ 蔡文甫 . 天生的凡夫俗子 [M]. 台北：九歌出版社，2005:280.

❷ 蔡文甫 . 天生的凡夫俗子 [M]. 台北：九歌出版社，2005:181.

❸ 蔡文甫 . 移爱记 [M]. 台北：九歌出版社，1984:278.

三、以古典的道德情怀为旨归

在《谁是疯子》中，"我"被老邓从疯人院放走后，终于找到了日月潭的姑母家，姑母和姑父接纳了"我"和老邓的女儿，不仅如此，姑父还远赴"我"住的疯人院，准备去报答老邓，并真诚地邀请老邓来到"我"的姑父家。作者对姑父、姑母的塑造虽只有寥寥数页，但其对"我"的浓浓亲情跃然纸上，"我"尽管在疯人院非人非鬼，到了姑母家则彻底安心。老邓托孤于"我"，悲情抗争表明了其杀身成仁、铲除奸恶的道义情怀。由《谁是疯子》的最终结局可以看出，尽管"我"在整个疯人院的生活时时处于凶险当中，但因为有老邓的存在，"我"一次次柳暗花明。老邓——寄寓了"我"的全部希望，作品对老邓的刻画和塑造采取了某种"欲扬先抑"的手法，一开始，老邓冷漠而且贪财，随着情节的峰回路转，老邓的善良、执着、冷峻以及最终复仇除恶的激烈举动，都表明老邓是一个心地善良而又疾恶如仇、敢作敢为的人。作者对家族亲情的描述、对老邓杀身成仁最终结局的设定，表明蔡文甫内心深处对古典道德情怀的深深依恋。

笔者阅读过蔡文甫的数十篇长、中、短篇小说，对小说中人物最后的情感皈依和思想皈依做了统计，发现蔡文甫对家族亲情、传统道德的表现深切而动人。不管人物经历了多少艰难困苦，如果有真情、正义的慰藉，则再大的痛、再多的难都可以化为乌有。结合蔡文甫一些中、短篇小说，如小说集《飘走的瓣式球》中的《两兄弟》《两姐妹》《猪狗同盟》等作品，会发现蔡文甫对兄弟之情、姐妹之情、祖孙之情、父子之情，甚至动物之间的友爱之情给以回肠荡气的描述，蔡文甫对人与人之间尤其是亲情、爱情、友情的表述明显带有儒家强调的"仁义礼智信"的古典情怀。在一些描述爱情的小说中，如《爱的回旋》《长成的代价》《芒果树下》等，均对嫌贫爱富、重利忘义的庸俗爱情观加以讽刺和鞭挞。蔡文甫对善良人性的讴歌与赞美、对古典道义的不离不弃，均广泛而又深刻地反映在他众多的文学作品中。正如另外一位盐城籍作家曹文轩所说："文学从一开始就是以道义为宗的。""不讲道义的文学是不道德的。"❶蔡文甫对道义、真情、良心的文学阐释具有深刻的净化心灵的美学意义。

为什么蔡文甫的小说有这样一种古典的道德情怀？从"知人论世"的角度也许可以找到答案。笔者认为，蔡文甫确实如他自己所说，是一个"天生的凡夫俗子"，但"凡夫俗子"的境界并非唾手可得，而是深得中国传统文化的濡

---

❶ 曹文轩.曹文轩经典作品[M].北京：当代世界出版社,2006:1.

染之后，是"下学而上达"的结果。为什么这样说？蔡文甫作为一个中国人，常常在力避锋芒中求得"至善"的境界，他在总结作为主编的经验时说：

推己及人，我希望能借此多鼓励像当年我这样的文坛新兵，直到今天，我不敢说自己提拔了多少新人，但我确实刊用了不少青年作家的作品，他们才渐渐崭露头角。这不是夸大自己的功劳，而是在某种岗位上，能够以认真、敬业的态度治事，即自会产生影响力，尤其是文化工作者更是责无旁贷。❶

由此自述可以看出，蔡文甫是一个极为谦逊和慎独的人。结合蔡文甫童年时代所受的私塾教育看，蔡文甫身上受儒家文化熏陶的印迹较为明显。在早年的私塾教育中，蔡文甫除了学习童蒙读物《千字文》《百家姓》《唐诗三百首》之外，还学习过《大学》《孟子》《诗经》《左传》《古文观止》等❷，早年教育对其一生的影响很大。另外，蔡文甫童年时代看过大量的古典小说，"青少年时期继续看《儒林外史》《聊斋志异》《阅微草堂笔记》，而鲁迅、巴金、茅盾等的作品如《狂人日记》，'也让我印象深刻'"❸。笔者认为，尽管蔡文甫成年之后研习过不少世界名著，但其吸取的主要是外国名著的写作技巧，其思想精髓仍不脱早年私塾教育与中国古典小说及现代小说的深刻印迹。正因为如此，蔡文甫做人也好，作文也罢，其思想深处既融合了现代意识，又不脱古典情怀。孔子曰："乐而不淫，哀而不伤。"沈德潜在其著作《说诗晬语》中曰："温柔敦厚，斯为极则。"蔡文甫的小说风格也在某种意义上呈现出温柔敦厚的美学趣味。无论是阅读蔡文甫的小说，还是阅读他的自传，甚至感悟他传奇式的人生经历，笔者都能深刻地体味到他的"人学观"与"小说观"的完美契合。自幼接受私塾教育、青少年时期生长在家长制家庭中的蔡文甫，具有某种深入骨髓的古典情怀，这种古典情怀主要表现在他强烈的家园情结、随和中正的处事作风、圆融无碍的上进心上，也深刻地反映在他的小说创作中。

综上所述，蔡文甫的小说美学融合了中国古典小说、现代文艺与西方小说的多种元素，是带有多元文化内涵的独特的小说观。在小说技巧上，蔡文甫融入了戏剧、电影重矛盾冲突与古典小说重情节设置的结构艺术；受西方现代小说、台湾当代作家以及自身对哲学、心理学的兴趣影响，蔡文甫重视心理描写

❶ 蔡文甫. 天生的凡夫俗子 [M]. 台北：九歌出版社, 2005:342.

❷ 蔡文甫. 天生的凡夫俗子 [M]. 台北：九歌出版社, 2005:70-76.

❸ 丁文玲. 雨夜的月亮 [M]. 台北：九歌出版社, 2009:357.

与复杂人性的深入挖掘，这使蔡文甫的小说带有明显的现代主义文学特点。然而，结合蔡文甫对人物命运的最终设置与人物心灵的深入探索，会发现蔡文甫小说当中的人物具有深刻的古典精神与古典情怀，他们重视忠孝节义，重视家族观念与真挚的爱情、亲情与友情。蔡文甫对善良人性的真诚呼唤、对背信弃义与见利忘义的讽刺和鞭挞，使他的小说现代主义意味减弱，现代主义小说中的人性乖张、荒诞与悲哀在蔡文甫小说中并没有成为主流，故笔者认为，蔡文甫借现代小说的结构与技巧元素，编织的依然是带有中国传统与古典情怀的文学空间，其思想内蕴以古典的道德情怀为最后的皈依。

耻辱、拯救与自由

——张翎《劳燕》中的主题意蕴解读 ❶

　　《劳燕》是加拿大华裔女作家张翎 2017 年的作品，刊载于《收获》第 2 期头条，人民文学出版社即于同年 7 月出版了单行本。一部作品出来，如此快速跻身国内一流期刊与权威出版社，说明张翎作品的魅力指数正在不断攀升。2009 年，张翎以《金山》叙写了一个底层移民的家族传奇，其史诗般的容量与结构为她赢得了充分的赞誉：冯小刚说她"笔挽千钧"，李敬泽感慨《金山》"浩大"与"传奇"，莫言夸赞她"大有张爱玲之风"。❷ 高产的张翎近年来以近乎每年一部长篇进行创作，作品数量与质量呈现出同质化上升趋势，2017 年的《劳燕》，无论是叙事手法还是人物形象，都体现出与张翎过往作品不一样的特质：用对话体结构全篇，主观与客观、自我与他者互审互换，用不同的意象书写不同男性眼里的同一个女性，她或者是"燕"（阿燕），或者是"风"（wind 的英译：温德），或者是"星星"（star 的英译：斯塔拉）。那么，一个女人到底有多少张面孔？塑造女性性格内涵的到底是时代、地域、家庭、教育，还是她遇到的人或者事？《劳燕》以引擎和变速箱一样的情节牵引起一只"劳燕"炼狱般的人生，激起我们对人与战争的思考。

一、受耻之"燕"

　　战争是人性的绞肉机，残酷的战火硝烟会让人性在刹那间泯灭，也会让人性在刹那间变异、复苏、提升，没有任何耻辱或者苦难堪与战争相比。"战争，

---

❶ 本文为国家社会科学基金重点项目"华文作家的中华文化身份认同研究"（14AZD079）以及盐城师范学院重点教改项目"创意写作教改研究"（15YCTCJY006）阶段性成果。

❷ 张翎 . 金山 [M]. 北京：北京十月文艺出版社，2009.

让女人走开！"道出了战争与女人关系的复杂性。张翎书写战争的残酷，曾多次以背景性的描绘，涉猎过中国女性遭遇日军强奸情节，如《金山》中的方锦绣、《阵痛》中的上官吟春。这种凝结了国仇家恨的侵害如何影响一个女人一生的命运？遭遇这种侵害后的女性如何疗伤、自救和生存？张翎过往的作品并没有聚焦这些问题进行过重点探讨。《劳燕》这部小说首次以姚归燕这个形象，围绕着女性所遭遇的阴性之耻与至性之痛，探究遭遇过极致苦难之后女性复杂的生存境遇与命运遭际，探讨一个被打到命运谷底的女人如何再以温情、友善、慈悲去宽容、救治那些给她带来苦难的人。张翎的大胆与细腻、高明与深邃、敢于拷问和勇于建构，由此可见一斑。

耻辱感是人在追求认同过程中面对群体才会具有的特殊感受，它常常与隐私、秘密、尊严、价值等词汇相关联。孔子说"行己有耻"才能称为"士"，孟子说"人不可以无耻"，"羞恶之心，义之端也"。数千年儒家文化对中国女性之耻的界定，跟贞洁密切相关。宋儒之"饿死事小，失节事大"，影响了一代又一代人。著名影星阮玲玉曾经留下一句"人言可畏"愤而自杀。即便当下女性也难以承受失贞之后的心理创伤，台湾女作家林奕含遭"狼师"诱奸而最终自杀事件，表明传统文化心理依然左右着当代女性的耻感建构。《劳燕》最核心的情节就是女主人公姚归燕遭遇强奸，这是女主人公阿燕的"前史"。小说借助不同男性的亡灵追述，将女主人公被"日本人"和"癞利头"强奸一事进行渲染，凸显其对女性的巨大伤害和巨大反弹力。

"劳燕"是小说的书名，隐喻着女主人公姚归燕一生劳而单飞的命运，是体现女主人公人生内涵最核心的意象。与"阿燕"之名相对应并纠结半生的男人是刘兆虎。刘兆虎与阿燕共同在战争中失去了亲人与家园。为了免除战争中被抓壮丁的兵役义务，阿燕以终身相托，给刘兆虎争取了"入赘"资格，改了刘兆虎的户籍。然而，祸不单行的阿燕遭遇了日兵的强奸，受尽冷遇后被村民"癞利头"再次强奸，精神几近崩溃。至此，父母双亡的阿燕遭受了传统文化背景下一个孤女难以想象的苦难。但行路之难、失路之悲、双亲俱丧、国恨家仇，都赶不上恋人刘兆虎对她的遗弃——刘兆虎在得知阿燕受辱之后，故意逃离于他有恩有情的阿燕。阿燕所遭遇的女性之耻在国仇家恨中达到极限。作为主人公生存背景的家乡"四十一步村"、作为人生依托的爱人刘兆虎，没有给阿燕疗伤的空间。"四十一步村"成为"愚昧乡村"的缩影与"伤心地"的代名词，刘兆虎也成为一个懦夫式的不义之人。那么，受辱之"燕"掉进了马里亚纳海沟，这只已经折翅并且沉到沟底的雏燕还能飞翔吗？她会不会"自蹈死地"呢？

死亡是《劳燕》中伴随耻辱与苦难而来的又一衍生词。张翎借人物之口开始了对生命的诘问："在这个狼烟乱世里，死是一种慈悲。不是每一个求死的人都能得到死，上天把死当作一样礼物，爱分给谁就分给谁。上天没把这份礼物给我，或者给阿燕，所以我们就得承受活着的残酷。"❶ 在张翎的视角中，一个女人被逼到耻辱之境后，死亡并不是解决问题的最佳办法。由此，作家开始了对女性生命深度与韧度的探寻。那么，什么样的温暖，怎样的拯救与坚忍，才是女性真正所需要的？从应对耻辱到寻求拯救、希望与生存，张翎自然而然地将主人公阿燕的命运，转接到传教士比利的中国月湖之旅中，从而开启了"阿燕"另一种近乎天使般的肖像和峰回路转的人生。

从"阿燕"到"斯塔拉"，从"四十一步村"到"月湖"，作家通过女主人公姓名和生存空间的转变，开掘了女子生命的另一种可能性。"突然有一天，斯塔拉就懂得直面耻辱。她站立，转身，这才发现一直跟在身后的耻辱原来是个空壳子。"❷ 主动直面耻辱，似乎隐喻着这样一种生存逻辑：逃离、出走、求变，才能真正改写既定的命运。死守着陈旧落后的观念，只会深陷绝境而无法自拔。万事万物换一个角度，立场就会发生巨大的转变。身处海外的张翎一直以自己"合宜的距离"和"新的站姿和视角"来思考故乡、民族、历史与人性，这使她对作品中人物内心世界的丰盈和复杂有了充分的认识。无论是《望月》《邮购新娘》，还是《金山》《劳燕》，她的作品所传递出来的视角空间与换位叙事，使她的小说在表现主人公命运时妥帖而逼真，带给读者与众不同的体验和深入的思考。《劳燕》在展现人物一体多面的复杂性与生动性方面，在思考女性逆境中的受难、生存、蜕变与成长方面，尤其值得我们关注。

二、拯救之"星"

绝处逢生是人类生存的梦想与本能。"当陈旧的部分不能满足新的有机体的需要时，生长便会发生。此乃人类发展的本质。这种在较大范围内的同一种改变，创造了历史中的文化现象。"❸ 小说《劳燕》中"斯塔拉"代替"阿燕"，出现在牧师比利的生活中，既是作家有意安排的情节，又是人物性格和命运发展的必然逻辑，这预示着人物的内心世界和性格特点必将呈现出质的变化。如何实现这种名实之间的匹配与呼应？如何以令人信服的细节与情节，让无望之

---

❶ 张翎. 劳燕 [M]. 北京：人民文学出版社，2017:145.

❷ 张翎. 劳燕 [M]. 北京：人民文学出版社，2017:176.

❸ 南川，黄炎平. 与名家一起体验死 [M]. 北京：光明日报出版社，2001:39.

人完成从燕到星的涅槃与转变？这种种问题考验的是作家对人性洞察的深度和艺术创作的精度。《劳燕》在表现主人公独特命运时，不时以蒙太奇式的结构、语言，通过回忆与联想带领读者回到历史现场，回到主人公的过往经历中。阅读《劳燕》，使读者如背悬念之筐，一步步涉水、登山，开始感到前途未卜、险象环生，又终在最后一刻落地开花、化险为夷。张翎诗意化的想象以及她结构小说的气魄和能力，再一次在《劳燕》中得到证明。换言之，正是因为作家思致的周密与深邃，才塑造出"劳燕"这样一个多侧面、多维度的女性形象。

"斯塔拉"是"星星"的英译，是牧师比利救助了姚归燕之后给她起的名字。"星星"是遥远、光明的象征。"一闪一闪亮晶晶"，星星带给我们童话般的温暖。具有传教士背景的美国牧师比利在中国浙南月湖村主持着一座教堂，他将被中国文化、中国乡村和中国爱人遗弃了的阿燕，命名为光芒闪烁的斯塔拉（star），赋予的是美好而温馨的寓意。事实上，传教士比利本人也是一颗"星"，是阿燕的救星，是众多平民和军人的福星。比利以基督教徒的宗教情怀超越了性别、文化、民族之间的隔阂，将一个遭遇过日本人与中国人双层戕害的失路之燕，改造成一颗充满生意的光明之星，凭借的是发自内心的宗教般的友善、理解与支持。作为一个传教士、医生和救命恩人，比利如同斯塔拉的再生父母。换言之，比利不仅拯救了斯塔拉的物理生命，还拯救了斯塔拉的精神生命。

拯救是《劳燕》中贯串始终的又一主题。作家将拯救的使命安排给牧师比利而非阿燕青梅竹马的恋人，正是在一定程度上肯定了基督教抚慰人心的价值与意义。按照基督教对人的界定，人都是有罪的，受难与救赎是人必须面对的，只有相信承担世人罪孽的耶稣基督，才能从罪孽中被拯救出来。比利经过漫长的摸索，终于在拯救了斯塔拉的物理生命之后，找到了拯救她精神生命的方式和路径："她需要的不是安慰，也不是遗忘，她需要的是在拯救他人的过程中拯救自身。"❶斯塔拉在比利的悉心教导和培养下，成了乱世中医术高明的乡村医生，以拯救他人的方式实现了自我的修复。

斯塔拉以行医的方式救人，拯救逐渐成为斯塔拉的一种原则、使命和内心的需求。斯塔拉不再是那个走投无路、失魂落魄的被救助者，她的精神世界在行医中变得更为开阔而包容。斯塔拉所在的月湖村正是中美军方合作建立的军事情报机构——中美特种技术合作所训练营所在地。由此，参军的刘兆虎、美国教官伊恩、牧师比利和斯塔拉之间演绎了一场"三个男人和一个女人的故

---

❶　张翎.劳燕[M].北京：人民文学出版社,2017:109.

事"，同一个女人有了三个不同的名字：刘兆虎的阿燕、比利的斯塔拉和伊恩的温德。作为战争的受害者，斯塔拉是比利的病人，她对比利心怀感恩之心。作为医生，斯塔拉以自己高明的医术和虔诚的心灵救治了因为一场战役而濒临死亡的伊恩。女主人公和三个男性形象之间复杂的救助关系凝结了他们之间超越生死的友谊，甚至爱情。

在小说《劳燕》中，张翎也多次叙写了拯救背后的复杂性与荒诞性，表达了拯救"施"与"受"之间的作用力与反作用力，从而使我们对通常的"拯救"以及由此发生变化的人性产生了更为多元化的思考。"鼻涕虫"是中美合作训练营的一名普通士兵，试图强奸斯塔拉，给斯塔拉带来难堪。但也正是因为"鼻涕虫"的刺激，斯塔拉重新审视自己的经历并将其公之于世，真正将自己从耻辱的心理阴影中拯救出来。战争结束后，刘兆虎因为在撤退到台湾的过程中做了逃兵，害怕被清算，只好再次接受了"阿燕"的庇护。从斯塔拉再次变为"阿燕"的姚归燕，最终又在拯救深陷囹圄、身患肺癌的刘兆虎时，委身于强奸过她的"癞痢头"，成为刘兆虎眼里"不再知廉耻"的"动物"。

从接受别人的拯救到自我拯救，从自我拯救到拯救背弃过自己的人，姚归燕对贞洁、耻辱与生命的理解发生了质的变化，这种变化就在于她看轻了贞洁与耻辱，而对生命本身更加尊重。为了救助伊恩，她放弃了中国文化中的菩萨信仰，以基督徒的方式向上帝祷告；为了救助刘兆虎，她牺牲了自己的身体和名誉；为了爱情，她独自养育了和伊恩所生的女儿阿美。张翎以"斯塔拉""温德"与"阿燕"之间的摇摆状态，书写了耻辱与拯救的复杂性与荒诞性。小说家在呈现战争中人性闪光的同时，对非人的战争与政治环境导致的人的异化给予了呈现、审视与批判。

三、自由之"风"

根据人本主义学者马斯洛的需求层次理论，人有生理需求、安全需求、社交需求、尊重需求和自我实现需求。在低一层级需求得到满足时，人自然会产生高级一层的需求。从本质上说，人永远处于一种受限性的生存状态，寻求自由、平等与爱，是人正当而且永恒的欲望。《劳燕》中的姚归燕面对不同的男人承受不同的负重：当她成为阿燕的时候，受限性与屈辱性的生存状态较多，负重最大，自由度最小；当她成为斯塔拉的时候，她又扮演着温暖慈悲、救苦救难的观世音角色，负重与自由相对平衡，但无法享受生命自由的愉悦；唯有伊恩命名的温德，这个以风命名的名字，建立在生命平等、享受当下的基础上，充满着畅达、自由和生机，此时的负重最小，而自由感最大。温德身边的伊恩，让女主人公忘却了不堪回首的过往，不忧思不可知的未来，将生命的意义聚焦现实生活中的每一分、每一秒，真正还原了一个女性的青春。在阿燕、斯塔拉和温德三个角色中，女主人公最自由的状态是"温德"，伊恩成就了女主人公最自由的状态，并使温德成为一名真正的母亲。

自由是《劳燕》呈现给读者深度思考的命题。作家对反抗与自由的书写是文学永恒的命题。李白以"人生得意须尽欢，莫使金樽空对月"来对抗时间给人的短暂感；裴多菲的《自由与爱情》中对自由的礼赞超越了爱情与生命；张爱玲的《封锁》让幽闭在电车中的男女谈一场不切实际的恋爱，诠释"封锁"也是另一种意义上的自由。黑暗的社会、残酷的战争、暴力的重压，从来都阻碍不了人对自由的终极向往。作为人类的精神演练场，所有文学都"不可避免地受到人的自由本质的指引"❶。姚归燕是一只"劳燕"，从少女时代起承受了战争、传统、乡村道德以及由此伴生的恶劣人性对她的碾压，她是在种种对抗与无限的忍耐中生存下来的幸运儿。张翎在《劳燕》中通过姚归燕的命运书写了时代、家国与人性的阴暗与痛楚，但也在对人与人、人与时代、人与空间的书写中探求了人在重压之下寻求心灵自由的可能性。

《劳燕》是一本书写女人、礼赞女人的大书。在姚归燕身上，作家寄寓了无限的深情，书中对女主人公外貌、心灵、性格和灵魂的书写浸透了作家的心血和情感。作品以刘兆虎、比利、伊恩三个不同的男性视角分别陈述了"他"眼里最挚爱的女人，通过他者的眼光塑造了姚归燕忍辱负重的"劳燕"、温暖慈悲的"星星"和自由畅达之"风"三种肖像，综合呈现了传统、战争、宗教、异质文化尤其是男性对女性人格的建构和塑造。波伏娃说过："女人不是天生的，而是被造就出来的。"❷张翎的《劳燕》与波伏娃的《第二性》成了一种互文性的阐释。

总之，张翎以多元文化的视角来观照战争与女性关系的复杂性，通过嫁接东西方男性和中国女性的恋爱故事，书写了不同时代、宗教、文化对女性人格的塑造，探寻了多元文化中女性人格精神的丰厚内涵。作为一个被侵害、被抛弃的女性，姚归燕的肉体和灵魂几近死亡，但她倔强的求生与求知欲望，伴之以异质文化中的营养与支持，终以"星星"和"风"的姿态获得了新生。不仅如此，这个深受男性伤害的女人，还能在这些施害者陷入人生绝境时施以援手，救助这些伤害过她的人。这种近乎圣母般的女性情怀和牺牲精神，这种超

---

❶ 郭泉.自由与文学[M].北京：中国文联出版社，2002:1.

❷ 杨莉馨.西方女性主义文论研究[M].南京：江苏文艺出版社，2002:29.

然豁达的人生境界，这种知难而上、化险为夷的人生智慧，往往是普通女性身上欠缺的品质。张翎通过姚归燕这个形象改写了传统文学中的女性受难者、牺牲者、复仇者等单一性的形象。在文学史的女性人物画廊中，"一体三面"的姚归燕形象是一个另类，也是一个传奇，她激起我们对跨历史、跨文化语境中女性多重内涵的思考。

下篇 苏中作家论

苦难的诗学表达

——李有干《大芦荡》解读

《周易》有云："天行健，君子以自强不息；地势坤，君子以厚德载物。"儒家传统中的刚健自强、厚德载物之风深深影响了中国文化和中国文人的内心世界。如今，江苏盐城九十高龄的儿童文学作家李有干仍然坚守在文学创作的第一线，其创作行为本身就是文化传统中的刚健之风与文学精神相互交织的体现。无论是特定时代剥夺了他写作的权利，还是改革开放后恢复了他老骥伏枥的激情，李有干对文学的虔诚从来没有减弱过，这也是他离休之后笔耕不辍的精神动力。李有干，1931 年生，江苏盐城人，一级作家，长篇小说代表有《荒地》《大芦荡》《水路茫茫》《白壳艇》等，短篇小说集代表有《漂流》《秋夜》等，其小说多次获得儿童文学界的大奖。李有干是儿童文学领域的老一代作家，曹文轩等著名作家就是在其指引下成长起来的。当代儿童小说大多取材于校园生活与城市家庭，其主要内容往往以展示新一代儿童的童真童趣与反抗叛逆精神为主，他们太多对祖父辈曾经遭遇过的血雨腥风往往茫然不知，甚至不屑一顾。阅读李有干的儿童文学作品时，你会深深地体悟到他作品所透露出来的韧性和功力，领略到其作品与时下儿童小说截然不同的美学风格。李有干的多部作品以积极观照现实、观照儿童坚忍不拔的精神世界引起了人们的注意，这也是他作品的思想价值以及文学力量所在。这里以获得陈伯吹儿童文学奖大奖、江苏紫金山文学奖、冰心儿童图书奖的《大芦荡》为例，直面李有干的文学世界和他独特的儿童小说艺术。

一、人性至善的苦难图景

和时下大多数轻喜剧式或漫画式的儿童小说不同，李有干的儿童小说赋予了儿童文学坚实的历史沧桑感、正义使命感，说他的小说具有某种硬汉精神绝不为过。这也许和李有干自身的成长经历密切相关，出生于1931年的李有干在童年时代见证了抗日战争、解放战争中的血雨腥风，生活在朝不保夕、饥肠辘辘甚至枪林弹雨之中，苦难造就了特定时代的人们执着的求生意志、坚忍的生活本能和经得起磨炼与考验的至善情感。李有干的童年时代给他留下了深刻并且永恒的印象，以至于他在垂垂老矣的晚年仍然执着地拿起笔记录六十多年前的儿童生活，如果这一段苦中带泪且蕴含着欢欣的生活不是那么鲜活，如果他的文学感觉已经因为生活境遇的改善而变得迟钝麻木，那么，理应颐养天年的李有干就不会回转身去挖掘那段消逝了的生活，他对历史的感怀、对苦难的记忆、对人性美的感叹、对乡土的热爱深深地凝结在以儿童视角书写的《大芦荡》之中。

《大芦荡》，书名简单直白，它意味着草天漫漫、荒凉久远，意味着远离世俗尘嚣、繁华浪漫，意味着横跨历史的沧桑与寂寞。大芦荡作为"苏北里下河平原常见的一个极为普通的村子……大都住着东倒西歪的土墙草屋，破烂得就像一堆堆垃圾"，本来应该是与世无争的乡民聊以度日的一方净土，却在国家多难、盗匪横行的乱世风云中飘摇不定，生活在大芦荡的乡野小民随着时代风云兴起沉浮，个人的艰辛、家庭的不幸、村庄的动荡正是家国多难、世事变迁的时势风貌折射，一代儿童就是在这样的苦难风雨中成长起来的，他对时代、世运、亲情、乡土的记忆由此展开。

《大芦荡》是李有干75岁之际对童年乡村生活的深情回望，全书以儿童"我"的视角层层展开，展现了"荒原、古庵、祸水、石碑、芦席、辫子、出家、荡滩"八幅乡土场景，每一幅场景围绕着一种刻骨铭心的苦难记忆，书写了"我"及家人所遭遇的令人心酸、难以言传的苦难遭遇，但在苦难纷至沓来的极端化生活场景与苦难考验中，生的执着、死的尊严、爱的深刻、善的永恒、感恩图报的信念、义薄云天的高尚，通过一个个在生死边缘徘徊的人物展现了出来，惨淡的人生和淋漓的鲜血没有泯灭掉人之为人的善良人性和担当精神，李有干正是通过一个个场景与一个个人物的描写展现了战争年代动荡时期的百姓生活和心灵图景。

"祸水""石碑"二章先写大芦荡烈焰腾腾的干旱，接着写天崩地裂般的暴雨，大芦荡村民在极端天气考验中奄奄一息，连鼠群都在灭顶之灾中执着求生，与人们争抢着食物，生命的顽强与生命的尊严在灾难中备受考验，乡民以食不能咽的盐蒿籽、树皮、草根聊以度日。刚刚结束了"祸水"的纷扰，还没有喘口气的大芦荡人还在煎熬之中，一批从黄河北部逃难的饥民又来到芦荡村，芦荡村村民面对与他们一样处于生死关头的饥民，没有袖手旁观，而是倾其所有的想让饥民填饱肚子，饥民中垂死的丑丑娘想喝点米汤，全村人一家家十粒八粒米地凑，才满足了丑丑娘死前这一卑微的愿望，这种惺惺相惜的人性、人情支撑着绝境中的大芦荡人和远方来的饥民。文中类似的饥饿、灾荒、生死情景反复呈现，说明苦难在那个特定的年代确实如家常便饭，并非是李有干别出心裁的艺术想象。李有干通过回溯的方式为新一代儿童所构造的是历史中曾经的血雨腥风，曾经的一代儿童就是在这样的悲惨世界与凄风苦雨中生存下来并成为社会脊梁的。那么，这些生存在饥饿、灾荒、战火中的儿童，其生存信念、精神力量何在？

通过阅读《大芦荡》，读者可以充分体验到作品中坚忍执着的生命动力和质直正义的良知力量。为了生存，"我"的父亲和富子哥一刻不停地在土地上劳作，把田里的土摸得像发酵的面团，庄上人以在"地里绣花"进行善意的嘲讽，干旱的土地缺水，缠过足的母亲跪在地上用手扳"脚车"取水，孩子们堆起一座座泥菩萨来求雨，凡是能够用来活命的一切招数，老百姓都想遍了。干旱影响了水稻的种植，人们转而去种豆，在豆种稀缺变得极为金贵的时候，"我"的父母看到邻居家求种无望的艰难，主动送去豆种解难，乡里亲情就是这样以一种朴素的方式被传递着并诠释着，这种种辛勤耕耘之风、救难解急之举无疑深深影响了文中的秋露、黄毛与"我"等一代代少年儿童。李有干对苦难的描绘、乡土的执着体现着他对儿童文学精神的理解："真正的成长无法回避苦难与乡土。"在"石碑"一章的最后，大芦荡人倾其所有地支撑了逃荒来的饥民，饥民的首领白发老者为感恩大芦荡人的救命之恩，立碑告白："黄河泛滥，蝗虫夺命，举村百人，沿途求生。大芦荡村，滞留三日，恩重如山，铭刻在心。"如果说苦难中的感恩具有某种感人至深的力量，那么苦难中建构起来的朴素爱情更具有着一种令人牵肠挂肚的温馨痛感。文中的富子哥和丑丑是一对互相心仪的穷苦儿女，本来两家大人亦有心为他们牵线搭桥，但文中"我"的父母亲考虑丑丑的父亲刚刚遭受丧妻的死别之痛，实在不忍心让他再遭受生离之苦，强忍痛楚拒绝了丑丑父亲留下丑丑的善意之举，富子哥与丑丑之间的柔弱爱火最终消逝于饥民去往他乡刨食的旅途之中。苦难年代的生存与爱情就这样极致地对立了起来，但这种极致的贫困与深刻的苦难造就出来的爱的失落，恰恰是出于大爱与至善。李有干在处理苦难与情感的关系时，就这样坚信着苦难不但不会泯灭人性，反而会彰显人性的信条，他一次次地让笔下的人物在苦境中坚守做人的原则与良知，以此彰显人性至善的美好品质。

二、层层推进的生死叙事

李有干作为老一代儿童文学作家，倾心厚重人生的反复思考，提醒儿童要适度关注生活的沉重与命运的挑战。他的最新作品《白壳艇》一开始就以小主人公石砣爸蹊跷的疾病引起读者的兴趣，从而牵连出化工厂污水对村民、村庄的戕害，这种抽丝剥茧式的故事结构方式、直面现实苦难和生死苍茫的生命感慨在《大芦荡》中也有集中精致的呈现，《大芦荡》中的“芦席”一章就是这种生死叙事的书写典范。

《大芦荡》书写了一个村庄一个家庭中各个人物的苦难史，而其中感人至深亦震撼人心的当属一具棺材所联结起来的苦难场景。李有干通过一个老人对棺材的向往考量了那个时代农民的生死意识，对苦难时期人们生得艰难与死的难堪进行了淋漓尽致的文学表现，这种文学呈现通过层层推进的故事情节不断地起承转合，在幽深曲折的故事结构中累积起生命的强度与苦难的深度。

在“芦席”一章中，“我”的外婆因为日本鬼子对通榆路沿村的占领逃难来到“我”家，七十多岁的外婆在兵荒马乱之中来到遭遇过水涝干旱、土匪如毛的大芦荡村，自然过不上好日子，贫穷、惊吓和哮喘病的轮番夹击使外婆坚信自己时日无多，对自己“后事”的关注成了外婆最大的心事。家庭的贫困绝不允许一个连吃饭都朝不保夕的家庭去置办一具木板做的棺材，“芦席”成了代替“棺材”的无奈之选。给活着的人编芦席，是死者生死都“苟且”“将就”的一生痛苦的写照，是此地乡风民俗中无法接受的毫无尊严的丧葬方式。但生得艰难注定死的无尊，“我”的父母只能在夹缝中选择编两张芦席给老人送终。编制芦席的过程撕扯着一家人的神经，生死的苦难体验交织着斑斑血泪，熔铸在“我”母亲编织着的一张花芦席中。李有干以“芦席”的编织、外婆看到“芦席”的愤怒与对父母的责备写尽了生活的艰难和走投无路的辛酸，写尽了乡土小民生的艰难与死的黯淡，沉重的阴霾气息压抑着迈入死境的外婆、压抑着大芦荡村民。备受心灵煎熬的一家之主“我”的父亲为了外婆唯一的“奢望”最后冒险走出里下河水道，日夜兼程、千里迢迢来到浙江山区做苦力伐木，以期赚两根木料回来做棺材，世道的艰难、兵匪的横行、伐木的艰辛都不足道，父亲遭遇了抓壮丁，侥幸活命的他最后带着两根木头经过长江时，又被鬼子追赶，终于将一根木头带回家，给外婆做了一具像样的棺材。为了能真正得到这具棺材，执拗的外婆执意绝食而死。然而，弥留之际的外婆硬是生生地看着近在咫尺的棺材最终被“二鬼子”抢去，给了一个死去的“日本太君”，外婆最终“住进”的还是母亲为她编织的芦席筒子。为了保护这具棺材，“我”的莲子姐被"二鬼子"砍去了三截指头，这具交织着痛、泪与血的棺材将20世纪三四十年代乡民生活极端痛苦的情景充分展示了出来。"芦席"与"棺材"的交织反映出大芦荡村民就像草芥一样，被任意地阉割与毁灭。生欲何求，死欲何求，百姓一丁点儿的死葬需求都被乱世、败政毁灭殆尽。李有干对乱世的批判、对人生的感慨、对人性的温情、对生死的思考都彰显在"芦席"与"棺材"的交替之中，"芦席"与"棺材"的层层推进、彼此交织，使"芦席"一章充满了扣人心弦、惊心动魄的张力，具有异乎寻常、震撼人心的感染力量，李有干卓越的叙事能力由此可见一斑。

李有干从人生的"终点"而不是人生的"起点"思考儿童小说的写作方式与呈现方式，充分体现出李有干小说创作的独特性。从这个意义上说，李有干的儿童小说给儿童带来的是对现实人生的沉重思考，而不是蜻蜓点水式的轻松与戏谑。由此可以归纳出一点，李有干的儿童小说是以儿童的视角为切入点，关注儿童视野下的成人生活和历史云烟，儿童的成长离不开对成人生活和消逝了的历史的学习、模仿和反思。在苦难中成长起来的李有干在历经千辛万苦之后，以文学的笔触告诉下一代苦难曾经是上一代人刻骨铭心的记忆。这种痛苦的体验历练了一代儿童，历练了一个时代，当我们迎来柳暗花明之后，不要忘了现在还在硝烟弥漫的地域挣扎着的所有苦难的人们。李有干的儿童小说的历史担当意识、人文关怀意识就这样通过儿童所体验着的饥饿场景、老年人所经历着的死亡图景被一层层地建构起来。

三、丰赡厚重的乡土体验

《易·系辞》记载："古者包牺氏之王天下也，仰则观象于天，俯则观法于地。"仰观俯察、观物取象是古代先民与天地万物直接沟通的人文传统和思维结果，李有干的文学作品颇多这种仰观俯察、观物取象的人文传统。阅读李有干写作的《大芦荡》，读者可以时时刻刻地感受他对乡土风物、一草一木、一情一景的精彩描绘，这种具有强烈现实感的精心白描正是得益于他长期俯身大地、贴近泥土的乡土体验。他对乡土盐城的深情厚谊、对耕作生活的熟悉自如使他的儿童小说带有强烈的乡土气息，乡土中国的文学想象因为这种深接地气的描绘呈现出一种深邃而美妙的艺术魅力。正如曹文轩在《水路茫茫》序中所评价的那样，李有干"眼睛为这里的特殊风物所染，心也就注定了是这特别区域里的心，与其他地方的人不一样的心"。确实，阅读李有干的儿童文学作品，读者可以时时感受到作者对乡土生活的深深眷恋与其对乡土风情的充分理解，作品中的人物举手投足之间都体现出与土地血肉相连的亲切。就《大芦荡》

而言，这部作品深邃的艺术魅力很大程度上可以归因于作者丰赡厚重的乡土体验。作为李有干在 75 岁高龄所写作的作品，《大芦荡》集中融注了他有记忆以来的 70 年的人生经历。丰富的乡土生活经验、深厚的文学创作底蕴注定了《大芦荡》不同寻常的乡土小说风味。

乡土经验的卓越体现在作家对农田生活的心有灵犀式的精确描绘。这说明李有干对农村田间地头的耕种生活非常熟悉，其对乡土的描述使《大芦荡》呈现出风情万种般的地域美学色彩，也由此奠定了人物挣扎的独特生活场景。书中第一章的"荒原"指的是碱气甚重的锅巴滩，要在这样的土地上种粮，第一步就是"洗碱"。碱气来自海水的沉积，李有干所书写的这片里下河平原是沧海变桑田最经典的例证，海水逐年东移，泥沙日夜沉积，日积月累形成的里下河平原要变为良田必须洗碱，即用淡水反复灌泡，不断地把田里的碱气冲淡，一直到能够种植为止。李有干在书中描写了富子哥就是在这样的土地上用风车灌水、牵犟牛耕种，"泥水在它的肚皮下哗啦啦地飞溅，犁铧切开板结的土，一瓣一瓣地翻过去，就像盖在屋顶上的青灰色的瓦片，闪着耀眼的亮光，很有规则地排列着"。这种对犟牛耕地的现场描述来自作者对农田生活的深入观察、直接参与形成的生活体验，体现出富子哥对土地独到的感情，这种描述配之以"黑头黑脑"的富子哥"咬得动生铁的牙齿"，描绘出一幅特有的乡土风情画。作为深谙农田生活的乡土作家，李有干赋予他笔下的乡野风情某种亘古苍凉的风味。他写耕种了一天的犟牛到了晚上"不停地磨着坚硬的牙齿，似乎要把黑夜和孤寂一点点地咬短、嚼碎，连同草料一起吞进肚子里"。他写乡野呼啸的风尖溜溜的，"仿佛来自地层的深处，忽东忽西，无形无质，在夜空中流淌，漫腾"，以至犟牛都"警觉地站起，呼呼地甩着尾巴"，这种对盐城荒村夜晚的描述使人具有身临其境般的真实感。盐城地处黄海之滨，是典型的温带季风性气候，从北方来的夜风由于里下河平原的一马平川，肆虐无阻。荒滩寂静的夜晚、呼啸的夜风、旷远永恒的寂寞、贫瘠的土地与辛勤耕耘着的农民少年组成了一幅代代传承的乡野农耕图景，在那个兵荒马乱的年代，这幅乡野夜晚图景暗示着人们难以言传的某种恐慌，暗示着生存环境的恶劣和生活希望的渺茫。

李有干对乡土经验的独到描述还体现在对诸多民俗有情意的书写上。在"芦席"一章中，外婆将死，睡到了地铺上。"按照大芦荡的乡风，临终前的老人要从高铺上抬下来，在地上摊些稻草睡地铺，咽气时再抬上搁好的木板，后人就会往高处走。"在咽气前的一刻，外婆仍以仅有的一点目光暗示着"我"的父亲给她翻个身，因为"给即将离去的人翻个身，儿女日后才有翻身的希望"。李有干通过对这一死亡风俗的描写，写出了一代代大芦荡老人对子孙后世幸福生活的期望，生命的消逝与传承由此呈现出一种令人感到悲愤欲绝、无法自持的力量。在"辫子"一章中，李有干对新嫁娘所走的"芦柴路"这样解释：走在芦柴上意味着闺女不能带走娘家一粒土，否则娘家就会卖田，姑娘走在柴上，就能走上财路。至于母亲在女儿出嫁时的放声痛哭，则意味着母亲的泪水如同滋养万物的雨水，母亲哭得越响，女儿将来的生活就会像蓬勃生长的庄稼一样越兴旺。儿女可以长大并离开，生命可以随风而逝，不可以离开也永远不会消逝的是一代代乡民对美好生活的憧憬，即使在民不聊生、入不敷出、兵匪横行的乱世，这一憧憬也不会有任何的褪色。李有干对盐城婚丧民俗情意化的描述使《大芦荡》洋溢着一股令人感慨万千的地域风情。

在《大芦荡》中，李有干对大芦荡人田间地头的耕作场景、农活干完后的劳累感觉、乡邻交往的风俗习惯，甚至当地小民的尖酸刻薄，都有深入人心的描述，充分展示出一个真实可信的乡村世界、一幅充溢着农民爱恨情仇的心灵图景，这种强烈的现实主义描绘充分体现出李有干对这一片乡土的深厚感情，字里行间透露出他与这方土地的水乳交融。李广田曾在《地之子》中畅言："我是生自土中，来自田间的，这大地，我的母亲，我对她有着作为人子的深情。"艾青也说："为什么我的眼里常含泪水？因为我对这土地爱得深沉。"李有干从人子之爱母的角度看待自己生长的家园，凝结于其上的《大芦荡》自然休现出丰赡厚重的乡土精神气质。

四、洗练沉郁的语言风格

文学是语言的艺术，无论文学的界定有多么宽泛的边界，语言都是人们衡量文学艺术性的永恒标杆。李有干作为传统意义上的纯文学作家，对语言是非常考究的，这一点可以在《大芦荡》中得到充分的证明。读者阅读《大芦荡》的会心之处在于可以得到诸多心有灵犀的细节感悟。李有干的语言干净、澄澈、准确，对诸多人、事、景物的描绘能够一下子穿透到读者的心灵深处。如前所说，《大芦荡》融注了作家几十年的人生体验，他对家乡土地和家乡人事的理解已经切近到历史的本身和人类灵魂的深处。由于《大芦荡》反映的是上一辈人生活的艰辛和人生的苦难，是对已经仙逝了的父母亲人和陈年往事的晚年回忆，因此《大芦荡》充满了人生的况味，颇有杜甫晚年作诗沉郁顿挫的诗学风范。笔者以洗练沉郁概括李有干《大芦荡》的语言风格，主要基于他的小说语言透露出的整体美学风范。

在阅读《大芦荡》时，带上一支笔是非常必要的，因为你随时可以捡拾到美丽的语言贝壳，让你情不自禁地在画线过程中充满"把玩"语言的欲望，在

"把玩"语言的过程中去体会人物的心理、行为，把握人生的遗憾和内心深处对美好事物的向往。"古庵"一章中有一段精彩的细节，即古庵中长了一棵白果树，树上的累累硕果勾起墙外儿童"我"的向往。李有干写道："没有风的时候，熟透的果子也会一颗接一颗地坠落，但全都长了眼睛似的落在庵院里，听得见坠地时'啪啪'的响声，却无法得到它。我痴猫守窟似的等着，指望能有几颗神经错乱的果子，从庵墙那边飞出来。……就在我失去信心时，一颗离开枝头的果子在半空中翻了几个筋斗向墙外飞来，我正要跑过去捡，那果子仿佛知道墙外有人等着它，在墙头上跳了几跳又蹦回院子里。"这一段最精妙的地方在于对白果拟人化的描写，白果仿佛"长了眼睛似的""神经错乱的""仿佛知道墙外有人等着它"，写出了作者对白果的埋怨与希冀并存的复杂心理状态，看上去处处在写白果，实际上处处是在写"痴猫守窟"的"我"。一个"痴猫守窟"是李有干对本地方言恰到好处的运用，方言的形象生动性、准确精练性由此可见。李有干的语言功力一方面得益于自己的阅读和学习，另一方面得益于他对"方言土语"精致的理解与应用。在《大芦荡》中，一些具有独特风味的语言如"尖溜溜的风""火星子蹦蹦的太阳""把笑声闷在鼻子里""叽叽喳喳的就像捣了喜鹊窝"，都是方言俚语形象化的表述。

体会李有干的语言，除了洗练精确、生动形象之外，更多的可以体会到他语言情感的力量，他如此深刻地理解了这方土地上苦痛的先民，在描绘祖先生活场景和不幸命运的时候，他的语言中浸透着一种压抑不住的沉重和忧郁，以沉郁概括李有干语言的情感内涵正基于此，但李有干语言的沉郁风格和郁达夫式的忧郁不同，李有干的语言风格是那种直逼人心、令人痛彻骨髓的沉郁。"石碑"一章中写到大芦荡人在贫困中赈济北方来的灾民丑丑一家，丑丑的父亲吴叔说饥民走的不是一条生路而是一条死路时，作者对"父亲"进行了描述："父亲的字典里，找不到合适的词语来安慰吴叔。"这一对"父亲"词穷的描述写尽了人间的辛酸，一个同样在死境中挣扎的农民能说什么？"父亲"好像什么也没有说，却比千言万语更能伤痛人心。丑丑的娘憋出一身冷汗也没喝进一口汤，作家又这样写道："人原来是这样子，即使生比死还要残酷，也宁愿在残酷中活着。"如果不是体验过类似残酷的场景，这种残酷的场景没有在作家的内心世界掀起过痛苦的波澜，仅凭夸张和想象，进行这样的"艺术创造"恐怕是不可行的。《大芦荡》中这样精辟深入、语含痛楚、令人回味无穷的描述是俯首可拾的。"芦席"一章中写外婆的晚年颇令人动容，如写外婆的哮喘病："我觉得外婆的每一声咳嗽，都是幽深的叹息。"写外婆死前让人给她翻身："死亡就在外婆的枕边坐着，生命的终结也就在翻身之间。"写外婆人生中的最后一滴泪："母亲正要伸手去擦，可是已经迟了，来不及了，落在枕边发出一声难以捉摸的叹息。"李有干对外婆死亡情境的描述是在儿童视角下融注了他几十年的人生经验，是少年视角和老人心态的双重融合，这里既有对生命强度和韧性的坚守，又有对世事无常、人生苦短的生命慨叹，更有对世道不公、生存残酷的悲愤与批判。李有干对人生苦境的深情描述使《大芦荡》呈现出洗练沉郁的语言美学风格，在这种语言风格下书写的盐城乡民生活，成了一首苦难的史诗、一曲令人哀婉的挽歌。

回首盐城历史上的前尘往事，听老人讲那过去的故事，《大芦荡》写出了历史的真实和历史的遗憾，写出了穷苦乡民曾经的苦难生活和美好善良，写出了一个人在生死边缘挣扎的尊严和怜悯。福克纳曾经说过，优秀的作品必然包容着爱、荣誉、同情、尊严、怜悯之心和牺牲精神，如若没有了这些永恒的真实与真理，任何故事都将无非朝露，瞬息即逝。以这样的标准衡量，《大芦荡》可以经得起文学史家的挑剔。《大芦荡》以儿童小说的形式容纳了一代人的苦难史和心灵史，以史诗的气魄写出了盐城乡民的精神和灵魂。李有干对苦难的诗学表达、对人类之爱的深情诠释，是对时下以校园生活为创作题材的儿童小说的有益补充，他丰富了儿童文学的历史内涵，为健全儿童的精神气韵、培育儿童的悲悯情怀做出了应有的努力。

诗化小说的美学追求

——陈明《雾韵》解读

陈明以卓有成效的剧本创作享誉文坛，他创作的剧本获得了中国戏剧创作的最高奖项大满贯，其中《鸡毛蒜皮》获得了文化部文华剧作奖、中宣部"五个一工程奖"，《十品村官》排名第十六届中国曹禺戏剧奖·剧本奖榜首，上演700 多场，观众超 100 万人次。陈明创作的剧本上演率、获奖率与受欢迎程度在江苏戏剧界是得到一致公认的。余秋雨认为，成功的剧本创作只有在舞台体现、观众接受等一系列社会传播之后，才获得了真正的戏剧生命。❶ 在追踪陈明戏剧创作的过程中，笔者追溯到陈明其实是由小说创作步入剧坛的，剧作家陈明的背后其实是以小说家陈明为内在支撑的。小说和戏剧作为叙事文学的双子星座，既各耀其光，又互相呼应。回溯陈明的小说创作，探讨陈明最初对小说文体的独特理解，可以增进读者与观众对剧作家陈明的多方位理解，有助于人们从作家角度知人论世，寻绎他的小说创作与戏剧创作之间的有机联系。换言之，正是陈明较为突出的小说创作根基，使他在之后的戏剧创作中保留了他个性化的写作特色与纯文学、精品化的写作向度。那么，陈明早期的小说创作在题材选择、人物塑造、情节设计、美学思想方面有何特点？他的小说创作为他转向剧本创作提供了什么样的养分与根基？回溯陈明的小说创作，其意义正在于此。

一、以军人与军属形象反思战争与人性

生离与爱情历来是军旅作品动人心魄的重要视点，在西方并不太受欢迎的《魂断蓝桥》在中国却感染了一代又一代的观众——影片的抒情风格将一段军人

---

❶ 余秋雨.余秋雨作品集 [M]. 太原：北岳文艺出版社，2004:10.

与女子的爱情悲歌演绎得声情并茂。在中国文学中，既有刚健之风又融抒情之美的艺术作品有许多与征战相关。"葡萄美酒夜光杯，欲饮琵琶马上催。醉卧沙场君莫笑，古来征战几人回？"王翰的这首《凉州词》道出了戍边将士久经沙场、感悟人生的复杂心态。仰天长啸、壮怀激烈的军人面对"三十功名尘与土，八千里路云和月"的军中人生，往往使他对生命发出感慨，拥有侠骨柔情般的情怀，陈明以及他创作的《雾韵》便是如此。

《雾韵》的诞生与陈明六年的军旅生涯密切相关。陈明曾在 1975—1981 年在山东青岛某坦克连当兵，期间经历过对越自卫反击战，这使在 1981 年离开部队回到盐城的陈明在创作小说时仍然执着于那一段在现实中远离、在心灵中永在的军营生活。陈明的军中小说主要以穿梭部队与家乡的军人形象、军属形象为代表，以呈现军人与军属内心世界为圭臬，反思战争带给人们的苦难。人物形象与人物性格作为小说的灵魂，历来是小说家用笔的焦点，福斯特将小说中的人物概括为"圆形人物"与"扁形人物"❶，以此说明小说中人物性格的区别。一般来说，"圆形人物"性格比较丰满，表达出了人物的复杂性和多面性，"扁形人物"则性格较为单一。纵览陈明的军中小说，男性军人形象可以"圆形人物"概括，这些"盐城兵"形象既有粗犷阳刚的一面，又有细腻多情的一面，既有建功立业的抱负与情怀，又不时有嫉妒、苦闷、升职无望的痛苦感受。女性军属形象可以"扁形人物"概括，一般为母亲、恋人与姐妹，往往以愁思满腹、深情执着为性格内涵，这些女性性格与豪迈阳刚、敏锐复杂的男性性格相比，既泾渭分明又相得益彰。

《压子》是陈明中篇小说中人物较多但性格都十分鲜明的一部作品，其中男性军人形象有田琦、宋五，女性军属形象有田琦的母亲、宋五的母亲等。田琦在当兵前夕偷听到哥哥说出的一个秘密：田琦父亲不育，强迫母亲"借种"，田琦哥俩原来是母亲向宋五父亲"借种"而生。自此以后，田琦对母亲与宋五产生了一种说不清道不明的"怨恨"与"报复"情绪。在战场上胆小、窝囊的宋五吞下硬币企图逃命，被田琦威逼之后参加了"突击队"，宋五阵亡前从自己的肚肠里摸出一枚五分硬币，宋五母亲在儿子阵亡后忧郁成疾，最后精神委顿、双目失明。《压子》以宋五这个较为懦弱的军人形象再现了战场上军人恐惧战争、珍惜生存的原生心态；以宋五母亲的失常状态展现了军人母亲的痛苦情绪；以田琦面对宋五之死的痛楚表现了战争中幸存者的心灵重负。作为《压子》主人公的田琦，被大家公认为"压子"行为的执行者——从哥哥家死去的

---

❶ 爱·摩·福斯特 . 小说面面观 [M]. 广州：花城出版社，1984:59.

婴儿手上剁下一截指头压在门槛下，田琦最终痛楚地咆哮："你们为什么都逼我干这种事？你们都以为我是杀人不眨眼的刽子手？是嫌我杀的人少是不是？我不是个屠夫！"田琦对亲人的这种悲天之问暗示了转战疆场的军人无法言明、不为人知的苦闷。陈明以田琦、宋五以及他们的母亲这些性格鲜明的人物形象对战争在不同人群中造成的心灵伤痛进行了反思和揭示。

陈明在塑造军人与军属形象时，重在展示他们真实的内心世界，而不以"高、大、全"来空洞地宣扬革命英雄主义，这使他对人性的挖掘既酣畅淋漓又入木三分。《投人》中的宋二小由于自身的文静与书卷气而得到了指导员的赏识，从而有可能远离战火纷飞的战场，但几个各怀鬼胎的老乡利用一篇《老乡劝老乡，一同上南疆》的报道，以"激将法"将前途光明的宋二小"激"上了战场，最终使宋二小魂断疆场。陈明以宋二小的阵亡将男性军人之间内心深处"没有硝烟"的战争展现了出来，以此直面人性相互倾轧的残酷。《投人》中的徐进面对姐姐异样的温情流连忘返，"他感觉姐姐的双手渗透出的那种温热从小小的银耳勺传导到自己的每一根经络里面"，而当他面对自己同班的女同学大月时，"大月身上散发出淡淡的皂荚的清香，把他拽到一种从未体验过的激动和欲要犯罪的感觉里去了"。陈明笔下的军人形象总被各种纷繁复杂的情绪所熏染和引导，处于焦躁、惘然、情欲纷飞的心理状态当中。而与这些军人相对应的女性形象，或以深情执着的母性之爱全身心地奉献牺牲，或以美丽多情激起了男性军人怦然心动的向往。《压子》中的宋五母亲哭瞎了眼睛，《投人》中宋二小母亲无法接受儿子阵亡的现实而最终精神失常，徐进的姐姐身患绝症之后仍苦口婆心地为弟弟安排相亲。那些激起军人情感波澜的美妙女子总是与男性主人公若即若离，使军人对温馨人生的向往总是如烟似梦，缥缈而无归，如《雾韵》中的女教师苏云、《归来》中的小黄老师、《压子》中的萧雨等，陈明对男性军人的性格刻画和对女性军属的形象塑造，既符合人性的自然逻辑，又将前线、军营、家乡与人物之间的关系立体化起来，从而艺术地呈现了"典型环境中的典型人物"。

米兰·昆德拉说过："小说不是作者的忏悔，而是对陷入尘世陷阱的人生的探索。"❶陈明对记忆深处军营生活的回望与探索，让我们窥见一段真实而复杂的历史流光。正是由于陈明对军人世界多角度、多侧面的解读和呈现，他笔下的"盐城兵"形象才能呈现出可亲可爱、粗犷多情又迷惘焦虑的"圆形人物"性格。战争、战争之后对立功名额的争夺、期望以参战改变人生的奢望，既将

---

❶　米兰·昆德拉. 小说的艺术 [M]. 上海：上海译文出版社，2004:34.

鲜活的生命置于残酷的血火考验之中，又使军人的灵魂在是非、胜负、美丑、情欲、名利之中苦苦挣扎。陈明将这种幽微难测的心灵挣扎以一个个故事、一个个形象生动地呈现了出来，使读者产生了身临其境的阅读感受，也使和平年代的读者对"最可爱的人"的军中人生有了一个更为精确、更加丰富的艺术化体验。

二、以乡村人物的人生故事直面乡俗与乡土

陈明的小说在军营与乡村之间流转，他笔下的"盐城兵"形象深入人心，他对"盐城人"的透视也十分精准。脱下军装的陈明在艺术世界中不断回顾和构筑军营生活之时，就不时借"探亲"这一情节，将乡人真实的生活场景展示了出来。随着陈明在盐城地方工作的时间越来越长，陈明经过军营过滤了的乡土情结使他在直面乡土时，开始反省乡俗与带有地域特点的人性人伦世界。《暖坑》《蝙蝠》《红毛衣》《红帆船》《荒原客栈》《四十而惑》便是这样一类作品。前文所提的《压子》在表现军人苦痛的同时，对古老的"压子"乡俗进行了质疑与批判。

盐城作为中国远离政治经济文化中心的一座海边城市，拥有广袤的良田和不断生长的滩涂湿地，在相对稳定的农业社会结构中，盐城的乡土民俗尤其在生养死葬方面，更多地保留了传统文化中重子嗣传承与重男轻女的特质。《暖坑》书写了一个小人物——乡村中学炊事员老吕的人生悲剧，这个人生悲剧便和死葬之时由男性子嗣"暖坑"的习俗相关。老伴去世多年的老吕在一所乡村中学做饭，一次意外的诱惑使单身多年的老吕晚节不保，与一个复读生大雁发生了关系，大雁的父亲刘六由此向老吕一家敲诈，老吕的儿子、儿媳为了一家人的名声要求老吕自行了断，而家人能够承诺给老吕的便是死后的厚葬。是晚年面对牢狱之灾自毁名声，还是一口气上不来一了百了？老吕选择了后者，死后的老吕被悄然土葬，儿子长生因为坚持土葬最后"丢官出党"，乡人以"孝子"尊称。三年之后，老吕终于有了给他"暖坑"的孙子。《暖坑》这篇小说篇幅不大，但在揭示地方习俗与人性方面深入人心。《暖坑》中的主要人物为世代生活于乡土的农民，他们的人生指南来自口耳相传的当地风俗与乡土习惯。文中的长生夫妻因为惧怕纠缠和爱惜名声而要老父去死，生命的尊严和价值何在？老吕有过，但罪不至死，那为什么长生夫妻以及老吕最终都选择"以死担责"？这说明在当地文化中百姓对名声的看重重于一切——"死要面子""为名而死"曾经引发了诸多人生悲剧，而死后"暖坑"的习俗正是"不孝有三，无后为大"生殖观念的艺术化阐释。陈明通过"暖坑"习俗与老吕的人生悲剧反

思了个体生命面对民间传统感受到的压力与无奈，民间习俗的稳定性及其对日常生活的影响由此可见一斑。

"暖坑""投人"习俗与死有关，"压子""踏生"习俗与生相连。上文提及的《压子》将生殖苦难推广到两个家庭、三代人生当中。"不孝有三，无后为大"的子嗣观使不育的田琦父亲忍受屈辱要求妻子借种生子，而当田琦哥哥的孩子夭折之后，田琦母亲与众多乡邻均要求从死婴身上"断指"压于门槛之下，以"压子"保证子嗣的传承，这种毫无科学根据的地方习俗使父母子女均经受着种种难以言明的内心屈辱，使"借种"而生的田琦兄弟承担了与生俱来的心理负担，田琦的压抑与怨恨由于无形转嫁，又断送了同父异母的兄弟宋五。陈明通过《压子》反思的是整个农业文明中根深蒂固的生殖观念以及种种带有血腥意味的风俗习惯，《压子》小说主题的多义性通过回乡军人对家乡习俗的质疑和批判得到了呈现。

陈明对乡村苦难的呈现与乡土人物命运的关注，既见于看似强大而实质背负着传统重负的男性人物形象，又见于受到多重压迫与备受歧视的女性人物形象，这些人物在面对父辈传统与城乡差异之时，内心的挣扎与苦闷尤其强烈。《蝙蝠》是反映农村弱势女性爱情悲剧的短篇小说。《蝙蝠》中的盲人姑娘被家人当成累赘，她在日复一日的搓绳中认识了穷苦地放牛哥哥，放牛哥哥称她为"蝙蝠姑娘"，两个同命相怜的青年男女在惺惺相惜中情愫暗生，然而寸步难行的蝙蝠姑娘最终在"父母之命，媒妁之言"的婚俗习惯中远嫁他乡。陈明以放牛哥哥口中的"可怜鸟蝙蝠"隐喻盲人姑娘终生在黑暗中前行的命运。在《红毛衣》与《红帆船》两篇小说中，陈明借助进城的农民三秋和村姑秀华，将乡村小民向往城市的心理刻画得惟妙惟肖。《红毛衣》中的"老实头"农民三秋看到城里女人穿着大红羊毛衫风姿绰约，情不自禁地想象自己的老婆穿上红毛衣的样子，最终将卖兔所得的钱为老婆买了一件进口羊毛衫，这件进口羊毛衫使人到中年的农民夫妻感受到久违的甜蜜。在《红帆船》中，陈明借助进城做临时工的女孩秀华这一形象，表达了秀华向往留城的内心愿望。为了留在城市，在艺校做后勤的秀华"拼命地干活，练功的学员没有她起得早，查铺的老师没有她睡得晚"，秀华希望通过自己的努力扎根城市，但最终这所学校南迁省城，临时工一律清退。秀华回乡之后神思恍惚，得了精神分裂症。在小说的结尾，秀华终于盼来了那只梦中的红帆船，那个理解她心愿的青年农民四宝自制了红帆船迎接秀华。在《红毛衣》与《红帆船》中，陈明既以真实的乡土体验准确传神地刻画了农民的生活场景和心灵世界，又以两个充满了诗情画意的亮色结尾表达了他对农民心愿的深深理解。

由陈明的乡村题材小说可以看出，陈明在书写乡土人物时，主要呈现现实与传统、乡村与城市、理想与当下、欲望与压制之间的矛盾冲突。陈明对笔下乡村人物的欲望与痛苦感同身受，他能以细腻而准确的形象刻画、方言俚语与乡土风物传神地表达乡人的内心世界，如《暖炕》中的老吕将臆想中的女性比喻成"硕大的香瓜"，《蝙蝠》中的放牛哥哥将盲人姑娘比成"可怜鸟蝙蝠"，《红毛衣》中的三秋将手中的羊毛衫看成了"龙蛋"。在陈明的小说中，抒写军营生活的，可谓雅到极致，而书写乡村生活的，又能土得掉渣。即使同样的乡村题材，陈明既能够深入人心地对野蛮风俗进行不遗余力的揭示与批判，又能在书写乡民苦难与内心挣扎时给予深深的理解和同情。这表明陈明在面对不同题材与不同人物时，能够进出自如地调整自己的笔触，设身处地地驾驭不同风格的题材与不同个性的人物，尤其对军事题材与农村题材的成功表现、对军人形象与乡民形象的艺术塑造，表明陈明具有敢于突破、大胆尝试的写作态度，他不以一艺自限的艺术尝试和他大胆无畏、敢于挑战、勇于征服的军人性格密切相关。这表明当陈明的本职工作在由小说跨越到剧本写作时，能够实现这种跨越。

三、以复线、回环结构进行情节设计

人物、情节、环境是传统小说写作的三大要素，其中情节对小说篇幅的拓展、人物形象的塑造尤为关键。福斯特在《小说面面观》中曾经提出，故事与情节是各有特点、不可互相替代的关系，即故事是原生形态的、遵循事件发展的正常顺序，情节是人为操作的、强调因果关系的故事，高明的作家应该以情节的跌宕起伏来塑造立体的人物形象。陈明的小说极少有单线发展的故事情节，而大多是几个情节交错呈现，在不同情节交织发展的过程中，人物的复杂多面、情感的深浅浓淡、社会的万花筒式镜像逐一显现，这种交错叠加的情节设计使陈明的小说呈现出一种戏剧性的美学效果。

《雾韵》是陈明的代表作，在《小说林》发表之后，很快被《小说月报》和《小说选刊》相继转载。《雾韵》在情节设计上既前后相随又虚实相生。《雾韵》情节的主体是前线下来的排长徐雁北来盐城珠溪看望一对素不相识的母子。既是素不相识，徐雁北为何探望？小说通过徐雁北回忆"一张字条"展现了另一段故事场景，这是《雾韵》另一条至关重要的情节辅线，正是基于这条情节线，徐雁北的珠溪之行才有了切实的根基。徐雁北的回忆从高营长牺牲前的战场开始——徐雁北和高营长一行五人在云竹山战役中被敌人包围，激战的前一晚高营长为激励士气，命令每人讲一个故事。高营长的故事与自己离婚之后的巧遇有关，高营长在青岛海边遇到了一个身患白血病的孩童蒙蒙，而蒙蒙的爸妈也离婚了，心痛不已的高营长承诺战后一定去蒙蒙的家乡看望他。《雾韵》在情节设计上的特异之处在于，主人公徐雁北通过高营长的故事"认识"了他素未谋面、有一病孩的离婚女教师苏云，高营长牺牲后，徐雁北从高营长的口袋里得到了苏云的地址。小说的情节就是从探亲军人徐雁北对苏云的造访开始，由于苏云从孩子口中了解了高营长，于是她将造访的徐雁北当成了高营长，徐雁北将错就错也对苏云产生了异样的情思。综观《雾韵》整部作品，可见陈明在设计情节时总是一环套一环。情节之间的环环相扣与虚实相生使人物的性格特征、思想感情也在情节发展中不断地升华。《雾韵》是一篇抒情意味的小说，其语言风格与环境描写处处体现出诗情画意的抒情性风格，但简单的人物错位营造出了意想不到的戏剧性效果。徐雁北出于同情没有泄露高营长牺牲的消息，而苏云为了不使远道而来的徐雁北失望，也隐瞒了蒙蒙已经病逝的实情，两个体恤对方心绪的伤心人在愁肠满腹中产生了隐隐约约的好感，陈明通过这种不留痕迹的情节拓展，将小说的叙事功能与抒情意识充分展示了出来。

在大部分小说情节设计中，既有按照事件发展进程的自然顺序，又有"花开两朵，各表一枝"的齐头并进，还有以意识流活动在过去、现在、未来时空中的荒诞性流转，但这些情节安排一般没有"戏中戏"的戏剧效果。陈明的小说在情节安排上的"戏中戏"效应却非常明显，这与他在情节进展中安排的复线与回环模式密切相关。前文提及的《投人》一开始是从探亲军人回乡找对象开始，但由于姐姐介绍的对象是阵亡烈士宋二小的妹妹宋小芳，于是围绕宋二小因何阵亡、阵亡后战友如何帮助迁坟，将故事情节逐步推进到对军人心灵的展示上。如前所说，陈明在小说情节设计时充分利用"探亲"情节，将入伍前后、探亲前后、烈士牺牲前后的情节回环往复，将乡村风情、军营风貌、战场金戈、劫后余生等不同时空中的风景与心境反复呈现，以对比和递进的情节模式表达了他对战争与乡土的思考。

博尔赫斯说过，高级的情节设计能够产生优秀的中短篇小说，但不能产生优秀的长篇小说❶，因为中短篇小说情节比人物更加显而易见，而长篇小说主要以刻画人物取胜。陈明的小说主要以中短篇小说为主，情节的跳跃曲折对他表现人物情感的动荡与社会的复杂镜像十分重要。《雾韵》情节上的跌宕起伏表明，陈明在写作小说时就在情节设计上颇多思量，他能在短暂的时间和狭隘的空间之中，利用回忆等心理活动将不同时空中的人物聚焦，这从另一侧面再次

---

❶　博尔赫斯.博尔赫斯文集（文论自述卷）[M].海口：海南国际新闻出版中心，1996:50.

表明，陈明一开始的小说写作本身就包容了一定的戏剧性元素——这为他以后转型为成功的剧作家奠定了一定的基础。

四、以情境化氛围渲染小说意境

任何作家的写作都是在不断阅读与持续写作中逐渐形成带有个人风格的写作模式的，这种个人化风格熔铸了作家长期的生活经验与审美体验。在小镇出生成长、在农村插过队、在部队当过兵、在城市工作后仍不断深入乡村的陈明具有浓重的军人情结与丰富的乡村生活体验，这从陈明书写的军旅题材与乡村题材小说中可以得到很好的证明。那么，这些军旅题材与乡村题材小说呈现出什么样的艺术美感？这种艺术美感能够给读者带来何种阅读感受？

综观陈明的中短篇小说不难发现，他的作品极少有浓墨重彩的风景描写和长篇累牍的心理刻画，但少并非没有，而是恰到好处。陈明往往以简洁凝练的抒情性文字依托情节的跌宕流转和特定场景的描摹，在寥寥数语当中渲染出一幅诗情画意的画面。诚如曹文轩所说，"风景的出现是在展示一部自然的圣经"❶，具有"静呈奥义"的精神建构意义。陈明小说的特有情境使他的小说呈现出一种情景交融、虚实相生的意境之美。一般来说，意境是诗歌、散文中重要的美学范畴，但在陈明的小说中，即使描写军营或者战场的场景，也呈现出浓重的抒情意味，而少了那种剑拔弩张、一触即发的火药味，从而给读者带来诗情画意的阅读感受，激起读者对和平安宁生活的内在向往。例如，《雾韵》中写雾，不同的场景中雾的形态与雾带给人的感受是不一样的，战场上的雾是这样出现的："山上山下仿佛都死了，唯有白茫茫的水汽在四周怯生生地爬行。""在四周怯生生地爬行"写出了新兵初上战场时的心理感受，当敌人在战场别有用心地播放李谷一"我思念家乡的小河"时，新兵的思乡情绪被哀怨抒情的歌声迅速点燃。陈明通过这样的情与景描写战场上你死我活、阴险狡猾的斗争，是以典型的侧面描写表达战争对人类情感与生命的宰割。如果说战场上的雾带有死气沉沉、哀怨胆怯的内涵，那么劫后余生的徐雁北去看望苏云时所看到的雾就有点情意绵绵了，"湿漉漉的雾气把流萤似的渔火、火影般的河岸全遮住了……这河流，这白雾，这无边的黑夜以及低吟的水浪声，和他想象的旅途完全一样。他胸腔里涌起一股战战兢兢的兴奋和莫名其妙的柔情"。在陈明的小说中，作者很少正面抒写感情，但他笔下情意化的语言、情境化的氛围使他的小说充满了想象的张力与抒情的力量。

---

❶ 曹文轩. 小说门 [M]. 北京：作家出版社，2003:310.

　　陈明特有的语言风格、反复呈现的情境化场景使他的小说充满了画面感，也使他对人物心理的挖掘显得深刻而宽广。《压子》中这样写儿子眼中的母亲与母爱："母亲站在离汽车很远的石桥上，朝这边凝望，好似一片被寒风吹得颤抖的枯叶。他陡然止不住地哆嗦起来。重新缝过的棉裤脚子上，一行细密的针脚在他眼前跃动起来，倏然扭曲成又粗又长的黑色绳索，脚仿佛被镣住了，沉重得无法动一动……"在当兵的儿子眼里，母亲是爱自己的，但母亲的这份爱给远行儿子带来的是沉重和镣铐感。这一段关于母亲的描述既形象而准确地刻画了一个深情遥望儿子的母亲形象，又写出了一个志在四方的青年急于脱离母爱"束缚"、期望行者无疆的心理。在阅读陈明的小说时，既能感受到文章的诗情画意与抒情风格，又能在寥寥数语当中领略文章的深邃内涵。

　　陈明小说的情境化、画面感、抒情性颇为强烈，这标示着陈明小说特有的风格，依笔者的研究，这种风格可能和陈明的观影经历与剧场经验密切相关。陈明在1981年回到家乡后，长期在文化部门工作，工作之便使他有诸多机会观看电影与各种剧场演出，在1989年之后，书写剧本逐渐成为他的"当行本色"，但在书写剧本之初，他仍以小说创作为主，小说与其他艺术形式的有机结合，使他的小说颇有电影与剧本风味。《雾韵》小说集提到过不少电影作品，如《空白》中日本电影《追捕》与苏联电影《这里的黎明静悄悄》，《沉默》中日本电影《兆治的酒馆》，《官嚼》中美国电影《第一滴血》，《踏生》中中国电影《蓝色的花》，《压子》中中国电影《原野》，《投人》中美国电影《石头公园》。仔细分析陈明作品中的人物或者场景就会发现，他提到的每一部电影都和他小说中主人公的情感经历有相似之处。例如，在《沉默》中的副连长和陈军医之间的感情故事与《兆治的酒馆》中男女主人公的爱情经历有类似之处；《压子》中的盲人老太婆和《原野》中的女盲人给人的阴森恐怖感极为类似。这说明陈明在依据军营生活进行小说创作时，有意识地使用了自己的观影经验，陈明小说的画面感、人物情感上的饱满蕴藉，与他在小说创作中的电影意识与剧场意识不无关系。

　　据陈明介绍，他走上文学创作道路，与家庭给予的文学滋养、军营生活给予他的生活体验关系密切。陈明的母亲为小学教师，父亲为乡镇秘书，相对书卷气的家庭使陈明很早就在爱看小说的母亲影响下开始了文学阅读。在军营生活期间，陈明在著名作家李心田的推荐下，阅读了蒲宁、帕乌斯托夫斯基、雷马克、海明威等的作品，这些带有田园诗式风格的文学经典奠定了陈明的写作情调。陈明的小说既有帕乌斯托夫斯基式的抒情风格与浪漫情调，又有蒲宁式的乡野风情与农村生活批判，还有海明威"冰山"模式的简洁对话。陈明正是在不同作家、不同风格作品的艺术滋养中逐渐形成小说创作的抒情化风格的。陈明诗化小说的美学追求渗透在他所塑造的一个个栩栩如生的艺术形象和一幕幕诗情画意的情境描写中，他的小说充溢着一股田园牧歌式的古典情调。

综上所述，由于深受苏联乡村小说、战争文学，德美军旅小说等创作风格的影响，陈明的小说既直击战火纷飞的战场，又直面波澜壮阔的人心与善恶难辨的人性，而这一切心灵图景的再现总与诗情画意的田园风光自然交织。陈明的小说创作大多在军营生活与乡村生活的交织中表现军人、军属复杂难言的内心世界，他对人物立体化形象的塑造使他笔下的人物呈现出"圆形人物"的奕奕神采。另外，陈明的小说在粗犷豪放的军营汉子与乡村殷殷期盼的女性军属之间游走，人物、情节与环境，生死、爱情与前程，也在两者之间深入浅出，这使陈明的小说少了那种剑拔弩张的紧张劲儿，多了些悠游与深情的韵味。正是这种悠游与深情使陈明的小说呈现出刚柔并济、意境悠远的诗化小说风格。这种从一开始就在军营与乡土之间兼顾的中短篇小说创作，创作时颇受电影作品与舞台风格影响的小说艺术，为他从小说创作迈向剧本创作提供了养分与根基，预示着陈明日后以军人的执着全身心地拥抱乡土、投入剧本创作的某种契机和某种可能性。陈明在《鸡毛蒜皮》取得成功之后说："一部富有文化品位的作品应当努力对人生、人的命运和人的性格进行社会的、文化的分析与解剖。"❶综观陈明的小说创作和戏剧创作，他对文艺作品高品位的艺术追求是一以贯之的，他早期小说创作的诗性特质奠定了他后期戏剧创作的文化品位。陈明早期小说中注重冲突的人性挖掘、乡村题材中的特殊视角、情节设计的戏剧化效果以及小说诗情画意的情境，都在后来的戏剧创作中有更符合"戏味"的继承与发扬。

❶ 陈明.关于喜剧样式和文化品位的断想 [J]. 艺术百家，1999(4):20-23.

"语不惊人死不休"

——义海诗歌语言艺术一瞥

迄今为止，诗人义海出了三本诗集——《被翻译了的意象》（2009）、《迷失英伦》（2010）与《狄奥尼索斯在中国》（2010）。翻开他的任何一本诗集，你都能感受到排山倒海般的语言风暴裹挟着强烈的激情，表达着某种忧伤、愤懑、不甘、怀疑与重构秩序的纷繁复杂的情绪。在流派纷呈的今日诗坛中，义海诗歌的"学院""现代""浪漫"风格较之"民间""现实""乡土"风味，判然有别。对于已经经历了三十年诗歌创作历程的义海来说，他的诗歌创作仍在不断精进与探索之中，但就上述三部诗集而言，义海诗歌艺术的基本特征已经呈现。如果非要在义海诗歌中寻找一个"独一无二"的风格标签，笔者认为是狂欢化风格的语言。此以"语不惊人死不休"来概括义海对诗歌语言的艺术追求。换言之，离开了对义海诗歌语言独特性的探究，就难以走进义海诗歌。

一、一切诗语皆情语

在众多文学文体中，诗是文学史中发端最早、探索极深的四大文体（诗歌、散文、戏剧、小说）之一。从现存的文献看，世界上各民族的文学都是以诗为开端的。对于中国人来说，《诗经》是我国最早的诗歌总集，唐诗、宋诗一直到清诗，诗歌作为文学正宗延续了两千多年，"假如没有诗歌——生活习惯的诗和可见于文字的诗——中国人就无法幸存至今。"❶在庞大幽远的诗歌传统中，义海走上创作之路似乎顺理成章。但事实上，引领义海一探诗歌风光进而流连忘返的是中国新诗。如果说"五四"时期完成了中国古典诗歌迈向新诗的历史转型，那么20世纪的八九十年代，中国新诗实现了新诗诗体的自觉。对于中国文

---

❶ 林语堂.中国人[M].上海：学林出版社,1994:241.

坛来说，此时是打开国门、百废待兴之后文学精神复苏、飞涨、转型、彷徨兼而有之的时代，义海就是在这样的时代机缘中完成了他的大学与研究生教育，尤其需要注意的是，他在西南师大（现为西南大学）中国新诗研究所读完了硕士研究生。西南师大中国新诗研究所成立于1986年，是国内迄今唯一的研究新诗的实体机构，也是海内外华文诗学界公认的中国新诗研究的重要中心。得天独厚的诗歌创作和研究氛围、对诗歌心悦诚服的热爱甚至疯狂，注定使年轻的义海与诗结下终身的不解之缘。

诗歌作为"文学中的文学"，相比于其他文体，其情感性最强烈，与诗人的性情联系最紧密。因此，有性情才有诗歌，诗歌不在性情外。如果说文学中人是性情中人，那么诗人便是性情中人最具有代表性的一类群体。诗与情的联系超越其他文体，陆机说"诗缘情而绮靡"，华兹华斯说"诗是强烈情感的自然流露"。中文诗学对诗情的认识表明诗歌与其他文体相比，情要高于思想、情节或者人物等。如果说王国维的一切景语皆情语标识了词的语言特征的话，那么一切诗语本质上也是情语。诗人的情感、情绪如果不能达到某种失衡、超越、癫狂的状态，并从这种失衡、超越与癫狂中与某种语言感悟契合，就很难产生真正的诗歌。所以，"诗人是一种轻飘的长着羽翼的神明的东西，不得到灵感，不失去平常理智而陷入迷狂，就没有能力创造，就不能作诗或代神说话"❶，是颇有道理的。在阅读义海的诗歌时，可以体味他诗中的情感和语言，充分感知诗人的性情及其语言的迷狂。情语的狂欢正是这种阅读体验的经典概括。

与一般诗歌相比，义海诗歌中的情既包含着明确指涉的乡情、爱情、亲情、友情（如《丁香女子》《朗诵一个人》《菊花姑娘》《紫丁香》等），又超越了具体的现实的情感（如《献诗》《词》《翻译》《方向》等）。义海诗歌中的情感大多是一种颇具现代存在意味的风情、激情、悲情、喜情、伤情等情绪化的情。探源义海诗歌中的情感、情绪化元素，可以发现他的诗歌"表情"与中西现代诗歌较为接近，较之中国传统诗歌相对遥远，所以，义海的诗歌很难用中国传统诗歌中的忧国忧民、背井离乡、爱恨情仇等实指情感来理解，这也是不少学生读者阅读义海诗歌感到晦涩甚至艰难的原因所在。现代派诗歌总体上受象征主义、意象主义、超现实主义的表现手法影响，追求奇特观念的联络，注重繁复意象的营构，表达着对现实社会的警惕、质疑和反抗。这样的诗篇充溢着上下求索、求而不得、无可奈何、欲罢不能的怅惘感、矛盾感。义海的诗歌总体上与现代派诗歌接近，但也不乏古典趣味。

---

❶ 柏拉图. 柏拉图文艺对话集 [M]. 北京：人民文学出版社，1983:8.

义海早期诗歌中的情感、语言与意境浪漫唯美，充溢着一种含蓄而温情的古典美学趣味。诗集《被翻译了的意象》有很多这样的诗，如《纯情》："你美得让云流泪／你的目光所及的地方／鲜花开放了。"又如，《相见》："西茉纳，我们五百年相见一次／我们从遥远的地方赶来／在阳光中匆匆相遇／匆匆的一吻／将温暖五百个冬天。""西茉纳，我们五百年相见一次／你永远像花一样年轻／我永远像树一样苍老／你的年轻顺流而下／我的苍老逆流而上。"在《被翻译了的意象》中，以"西茉纳"为吟诵对象的诗总共有19首，这些"西茉纳之歌"感情上纤细，感觉上微妙，节奏上舒缓，如夜曲般流淌着温馨而又忧伤的旋律。从类型上分，"西茉纳之歌"和他的"丁香之歌""小爱人之歌""水之歌"等属于一个系列，这些带有情歌意味的作品大多是诗人年轻时期诗作的，对比古尔蒙的《西茉纳集》，联系戴望舒、徐志摩等中外诗人，可以明显地感觉出义海诗歌和这些现代新诗的联系，这部分诗作的诗境总体上温和、忧伤、唯美、浪漫。虽然这部分诗作在义海整体诗歌创作中占据一定的比例，但笔者认为这些作品并不是义海诗歌中最具有"标签"意味、最具创造性的作品。

二、从翻译中探索词义的突破

义海诗歌最具有个人性、创造性的诗作当属另外一类。这类诗歌的创作在情感维度上是从温情向激情的跨越，在情绪上是从温和向激烈的迈进，语言也从深情、唯美转向犀利、尖锐。诗人的心灵似乎在一飞冲天中失去了控制，诗人变得惊世骇俗甚至歇斯底里起来。这些诗篇中的语言如同压不住的水中气球，在诗歌的河流中自我膨胀、自我狂欢，语言似乎以某种超乎寻常的力量控制了诗人的想象，它们或愁思满腹，或惊涛骇浪，或雷霆万钧——词语组合的奇异、句子语法的奇崛、意象的超拔及陌生化效果将义海诗歌的特异性充分地展示了出来。

以《词》为例。"词，你们过来／让我用天才的鞭子抽打你们／我要叫名词动词起来／我要叫动词副词起来／我要叫副词的每一个关节／都散发出木犀草的清香／我要叫形容词的每一次呼吸／都把春天送到行人的脸上……我要把音乐注射进你们的经络／我要用高贵的油彩灿烂你们／把你们从语法的班房里释放出来／我要把你们赶进巴利文里与比丘尼们恋爱／我要把你们送到普罗旺斯跟贵妇人调情……我杀名词／我饮动词／我烂醉如副词……"在这首《词》中，诗人将抽象、平面、无意义的"词"立体化、意象化、人性化起来，诗中所展现的"我"操纵一切（词）的情感和情绪极为强烈，所使用的"杀名词""饮动词""烂醉如副词"也造成了令人意想不到的惊悚效果，这种超越常规、出其不意的陌生化手法使读者感悟到诗人意欲随心所欲地驾驭各种词性、词类的内在动机。这首诗作表明作为诗人的义海试图从传统的诗歌语言中脱身而出，意欲以一种新的方式重构诗歌语言的规范，从而获得某种"超越性""创造性"与"革命性"的语言快感。

义海的这种创造性、颠覆性的诗歌实践在他很多作品中都有精彩的呈现，他以跨越词性、语法与文化的方式，组合着各种意象，践行着他将"创造"进行到底的诗学努力。例如，《献诗》："我将一只蝴蝶装进我的笔管／我的笔便飞了起来；我将一条蚯蚓装进我的笔管／我的笔便爬了起来；我将我自己装进我的笔管／我的笔便哭了起来；我将地球装进我的笔管／我的笔便疯了。"《献诗》中的核心意象是笔，辅助意象分别是蝴蝶、蚯蚓、我与地球，蝴蝶、蚯蚓、我、地球能进笔管吗？不能！但细细思之，以想象与联想的方式体味，蝴蝶装进笔管，笔因此而飞的意象与画面，"我"与我的笔同感伤同悲痛的画面，是符合诗歌特有的逻辑的。诗的最后一句"我将地球装进我的笔管，我的笔便疯了"，将地球的非理性、地球人的破坏性与诗人主体被裹挟而致的疯狂性联系了起来。这首诗中语言的意味深长、意象的巧妙组合使人对诗歌妙不可言的意味有了深入的体验。正如朱光潜所说："诗是最精妙的观感表现于最精妙的语言，这两种精妙都是绝对不容易得来的。"❶《献诗》能够将难言之理、难述之事以精妙的语言灿然于读者眼前，是诗人辛苦摸索得来的，绝非"自然流露"那么简单。

义海痴迷对诗歌写作的创造性突破，大胆尝试各种非常规的语言组合，他在中英两种语言中徜徉，将现实、翻译、自然和哲学都融注在他的诗意化的想象中。例如，《翻译》："朱生豪把罗密欧与朱丽叶翻译成了汉语／谁把女人翻译成了爱情？／阳光把园中的鲜花翻译成了果实／谁把大海翻译成了沙漠……谁把柔荑般的手指翻译成了枯枝……谁把夜晚翻译成了一屋子的凄凉……谁把我的肺翻译成了一面黑旗？"在这寥寥数语当中，"翻译"这个原本只适用于语言间的转换、内涵相对稳定的词，容纳了"转换"的多种含义，按照诗人的逻辑延展下去，"翻译"可以用于一切表示转化意义的语境，无论是鲜花长成果实这样好的转化，还是大海变为沙漠这样坏的转化，无论是自然界的阳光风雨、树木花草，还是人类生理上的变化抑或心灵上的感受，"翻译"成了无所不能的词汇。

义海这种超越原意、无限性拓展词义的诗句方式加上蒙太奇式的想象与剪辑，使诗境远远超出了那种"海上生明月，天涯共此时"的抒情与优雅，包含

---

❶ 朱光潜.诗论[M].上海：上海古籍出版社，2001:217.

了浓浓的超越现实、追踪存在、执着于心灵世界的现代意味，如"舀一勺月光 / 放几粒星星的盐 / 我喝了一小口宇宙 / 忽觉得口中有一块碎玻璃 / 吐出来一看 / 原来是哥白尼的失眠。""孤独的椅子坐在灯光下 / 灯光坐在孤独的椅子上 /…… / 孤独的椅子在灯光下抽着烟 / 想把自己抽成一堆灰烬。"义海的这些挑战传统语法习惯的诗远远地超越了传统抒情诗的范畴，具有典型的现代意味，他的诗也从一般的抒情、叙事转而变为各种情绪的结合。正如艾略特所说："诗人的心灵实在是一种贮藏器，收藏着无数种感觉、词句、意象，搁在那儿，直等到能组成新化合物的各分子到齐了。"❶这些包容着各种感觉和意象的诗句折射出诗人义海身上一种孤独、不满、绝望、抗争的现代性情绪，揭示了存在处境中的现代人孤独、焦灼、荒诞的心灵体验。

三、注重语言创新的诗学观

情语的狂欢在本文语境中主要指诗人的情感、情绪处于一种暴涨、极致、喷发的狂欢化状态，在这样的状态中，诗人的想象实现了真正意义上的"思接千载、视通万里"，正是在这种状态中，诗人的心语才突破惯常的语言逻辑，从而使各种意象进行超现实的带有象征意味的组合，形成了一股排山倒海般的语言力量和尺幅千里的诗歌境界，带给读者惊奇、突兀、超越的审美体验。义海的这种诗歌风格引起了相关学者的注意，认为他的诗："熔铸了现实和梦幻，以匪夷所思的情景组接，以消弭时空距离、消弭生死界限、消弭主体与客体界限的方式，创制出兴味盎然的诗意空间，给人强烈的审美刺激"❷。

相对稳定而又独特的创造性风格造就了义海诗歌的某种独一无二性。他曾获得紫金山文学奖，其缘由在于诗集《被翻译了的意象》，"贯串着浪漫主义的诗性与崇高性，同时吸收了象征主义、意象主义、超现实主义等现代诗歌流派的表现方法，注重意象营构、语言淘洗和艺术思考的深入"❸。对于这样的颁奖词，诗人自谦地认为这是褒奖，他坚持认为："我的诗歌没有风格。""在我看来，诗歌没有绝对意义上的传统与现代之分，只有好诗与坏诗之分。"❹尽管义海否认了外界对他诗歌风格的认定，但对于阅读诗歌的各类读者而言，义海诗歌的

---

❶ 童庆炳，曹卫东.西方文论专题十讲 [M].北京：高等教育出版社，2005:111.

❷ 张德明.超现实主义变奏与新诗语言学重构——义海诗歌论 [J].名作欣赏，2011(23):92–94,101.

❸ 陈义海.我的诗歌创作三十年 [J].湖海，2012(1):113–114.

❹ 同上。

语言独特性和诗作所呈现出来的现代性是能够被读者一下子就捕捉到的。

　　每个诗人都是带着自己对人生、对文学独特的印记走上创作之路的。义海开始诗歌创作的时期正是新诗崛起并对诗歌传统进行超越性变革的时期，新诗诗体的自觉呈现出各类诗歌样式竞相发展的多样化局面。新诗界的北岛、舒婷、顾城对义海的创作影响显著，从新诗熏陶和滋养中成熟起来的义海，在诗歌创作中坚守具有"独创"风格的创作，他认为"好的诗句就是要挑战不可能，好的诗句就是唯一，好的诗句就是惊人的，要让读者感到惊讶。一首杰出的诗歌，就是一次天才的'命名'"❶。在"独创"成为义海诗歌创作核心要求的同时，他以语言作为体现"独创"内核最直接的切入点。他说："我大概是一个怪异的语言动物（linguistic animal)，因为语言总是让我很兴奋，因为我总是在操控语言时获得快感……诗人是传统语言的摧毁者、重构者、实验者……阅读者也理应是从诗人对语言的'革命性'操控中获得快感。"❷

　　由义海自身的诗歌创作总结可以看出，他痴迷语言的"炼金术"，确实在诗歌实践中反复探索并逐步形成了自己的风格。这种风格来源于何方？联系义海的教育背景和学术经历可以窥见端倪。20世纪八十年代初，义海的大学专业是英语，20世纪九十年代，他在西南师大专攻新诗，博士阶段则专攻基督教在中国的传播。他在进行诗歌创作的同时，翻译过葡萄牙、美国、英国等国的诗歌，翻译过《傲慢与偏见》《鲁滨逊漂流记》《苔丝》等世界文学名著，他的英文诗歌集 *Song of Simone and Seven Sad Songs* 于2005年在英国出版，在日常教学中，义海也以教授比较文学与世界文学为主，双语的教学和研究经历使他在"用中文写诗时总会自觉或不自觉地在脑海里出现两种语言的'文本'"，这"两种语言之间的徘徊"❸，注定义海诗歌的语言与纯正的母语诗歌写作出现了交叉、变异与融合。如果非要追踪义海诗歌语言的独特性，笔者认为，挥之不去的"翻译"意识是最该重视的，诗作《翻译》、诗集《被翻译了的意象》从局部到整体暗示着这种"翻译"意识对他诗歌创作的深刻影响。

　　对于义海诗歌的解读，张德明的《超现实主义变奏与新诗语言学重构——义海诗歌论》、叶橹的《义海诗歌艺术的多重性》❹、林明理的《略论陈义海的诗

---

❶　陈义海.我的诗歌创作三十年 [J].湖海 ,2012(1):113-114.

❷　同上。

❸　同上。

❹　叶橹.义海诗歌艺术的多重性 [J].诗探索 ,2012(3):14.

歌艺术》❶三文对义海诗歌的整体艺术特点有经典的剖析与阐释。作为一个具有诗体自觉意识和文学史意识的诗人，一个文学博士和文学教授，义海诗歌创作带有明显的学院化特征。在诗潮澎湃的今日诗坛，义海以狂欢化风格的语言标注了诗人的独特存在。"当我的生命在我的诗歌中融化／我不知道／你在我的诗歌中能不能找到我"，义海以《四季》向阅读他诗作的读者提出了疑问，这是义海的疑问，也是很多现代中国诗人的疑问。对于中国当代读者和中国新诗而言，读者和诗歌之间的距离相对遥远。相较于中国诗歌的千年历史和诗学传统而言，当代诗坛相对沉寂。如何使"文学中的文学"——诗歌这种曾经的"中国人的宗教"在 21 世纪发出灿烂辉煌的文学光芒，需要诗人向读者、向民间靠拢，也需要读者静下心来，从庞大的网络与媒体冲击中稍稍收回自己的目光，与诗歌文本进行心物两契的交流。

---

❶　林明理.略论陈义海的诗歌艺术 [J]. 新文坛 ,2012(28):7.

形在江海，心存魏阙

——论金鑫的散文艺术与人文精神

《天上人间》《长安大道连狭斜：大唐诗人的飞扬与落寞》与《我欲乘风归去：宋词的前半生》乃青年作家金鑫在近十年间出版的三部散文著作。从"千年古刹"——盐城永宁寺开始，金鑫由身边景、身边事渐渐将目光投射到千年之前的唐诗宋词，对唐宋杰出文人的人生轨迹与心灵历程进行了抽丝剥茧又荡气回肠的个性化解读。在寻章摘句、耙梳文史的厚积薄发过程之后，金鑫散文风格日显，作品的人文精神亦更为突出。刘勰由庄子"形在江海之上，心存魏阙之下"论及文章之思，乃"寂然凝虑，思接千载；悄焉动容，视通万里"。笔者认为，金鑫本人也是形在江海，心存魏阙，不过金鑫心存的"魏阙"并非雕栏玉砌的宫殿，而是千载之前的文人心路历程。由此可以说，金鑫的散文也具有思接千载、视通万里的神思特质。作为一个生活在当下、体验在当下的现代中国人，金鑫的文学创作和他所注目的唐诗宋词之间，有哪些一以贯之的气脉？

一、静坐如禅的写作心态

阅读金鑫的散文，很自然想到诸葛亮的《诫子书》："夫君子之行，静以修身，俭以养德。非淡泊无以明志，非宁静无以致远。夫学须静也，才须学也，非学无以广才，非志无以成学。淫慢则不能励精，险躁则不能治性。"读完金鑫的三部散文著作，读者可以清晰地感悟到他和这段文字之间的高度暗合，也能够感受到他对中国传统文化的熟谙和认同。君子之行，为古人对后生晚辈的期望，这种以儒家文化为基础的人格建构，辅之以道家的自然逍遥与佛家的高蹈出尘，成为唐宋之后中国文人最基础性的心理建构。南宋孝宗说过："以佛治心，以道治身，以儒治世。"三教合流之后，中国人血脉当中流淌着儒道互补的血液。源于对中国传统文化、古典文学的热爱，金鑫的散文既体现出丰赡厚重的文史修养，又充满着亦儒亦道亦禅的神韵。

由于金鑫的散文重在从历史感怀与古典文化中寻求写作的灵感和写作的题材，因此金鑫散文题材偏好历史文化。金鑫时常在感新怀旧中挖掘中国文化传统中最具代表性、影响力的文化因子。即使偶涉当下题材，也往往在纵横捭阖中，忆过往而思来者，在现实和历史之间出入自如。例如，《天上人间》中的开篇之作"千年古刹"，文章从"夜访永宁寺"开始，写到永宁寺现任方丈乘愿法师——"整整一个小时的谈话，（乘愿法师）口中竟慢慢吐出一座熠熠生辉的千年古刹"。随着乘愿法师的叙述，作者开始追踪千年古刹的历史渊源，于是作者带我们回到隋唐，回到永宁寺的最初建设，回到曾经拜访过永宁寺的三大元帅——岳飞、韩世忠与陈毅，让我们认识了从永宁寺出来的高僧大德青崖法师。作者提及青崖法师接皇帝圣旨时这样写道："寺里的黄卷青灯、素食清茶、粗衣陋舍，虽然比不上皇家的宝马香车、华衣美食和高堂大屋，却也自有明月清风徐徐来，花鸟虫鱼朝暮随。"寥寥数语道出了佛家中人清心寡欲的生活，在作者娓娓道来之中，盐城沧海桑田的历史，佛法东来的儒佛纠葛，文人武将、皇室草民与佛教中人的交游，皆一一呈现。难道偶访之中，即有如此收获？非也。文中大量史实，一源于作者的多次游历，二源于作者对文史资料的搜集与提炼。诚如诸葛亮所说："非学无以广才，非志无以成学。"金鑫绝大的数文章都是建立在大量搜集、阅读与整理提炼文史资料基础之上的。

金鑫这种孜孜矻矻的求索精神充分体现在书写唐人的《长安大道连狭斜：大唐诗人的飞扬与落寞》和描摹宋人的《我欲乘风归去：宋词的前半生》中。在《长安大道连狭斜：大唐诗人的飞扬与落寞》中，金鑫纵览唐代诗史，选出五十位唐代诗人，分别以"初唐雨、盛唐风、中唐云、晚唐雪"概括之，无论是诗佛、诗仙，还是诗圣、诗囚，李白、杜甫这样一流的大诗人要写，杜秋娘、高骈这样的边缘诗人也要涉及。在《我欲乘风归去：宋词的前半生》中，金鑫从由南唐入宋的皇帝词人李煜写起，一直写到北宋末年被俘北疆的宋徽宗赵佶。金鑫从古人行迹当中体会唐宋文人的飞扬和落寞，再现了中国封建社会中文化高峰时代的文人心迹。在书写这些历史人物时，金鑫充分运用"诗史互证"之法，道出了他们令人感慨万分的命运遭际。书写杜甫，金鑫以两座山来概括杜甫命运多舛的人生。杜甫早年著名的《望岳》诗是写泰山的："岱宗夫如何？齐鲁青未了。造化钟神秀，阴阳割昏晓。荡胸生层云，决眦入归鸟。会当凌绝顶，一览众山小。"《望岳》体现了青年杜甫的神采飞扬和无限激情。晚年的杜甫却"忧端齐终南""万里悲秋常作客，百年多病独登台"——金鑫以杜甫的诗书写了他从"一览众山小"到"忧端齐终南"的前后截然不同的人生。在这一篇文章最后，作者如此感叹："一座大山是他理想的起点，一座大山是他失望的终点，横亘于两座大山之间的，是他不尽的忧思。"奠基于丰厚而又翔实的史实文献，金鑫的有感而发总是显得恰到好处。

在《天上人间》中，金鑫的"静坐如禅"书写了自己在假日当中闭门静思的神游过程，金鑫心路由此可见一斑。在这篇文章中，作者书写"古来圣贤皆寂寞"，回顾儒释道百家争鸣、此起彼伏的历史进程，追踪人类的精神家园。这种"静坐如禅"、出入三教的写作心态贯串他整个的写作历程，笔者说他的散文充满着"亦儒亦道亦禅"的神韵也正基于此。在《天上人间》中，"母爱如佛""太太轶事"与"千金一笑"书写了自己身边的三个女性——母亲、妻子与女儿，孝亲之情与温馨之感溢于言表。《天上人间》的烟火味与唐诗宋词的文化味相得益彰，共同组成了金鑫阅读生活、阅读人文的心灵感悟。

另外，金鑫的三部著作关注了亲情、友情与爱情，关注了家事、公事、文人事、天下事，在诸多亦儒亦道亦佛的心灵畅游中，金鑫给读者提供了生活馨香、地域文化与文史知识。真挚的生活感悟、深厚的文史修养和丰富的人文内涵拓展了他散文的题材与内涵，带给读者丰富的、知识的、灵魂的将养。

二、雅致与睿智相结合的诗性语言

诗文是中国传统文学的主流，金鑫将他散文的写作对象定位为唐诗宋词，加之诗文一体的文人传统由来已久，自然，金鑫的散文也深得唐诗宋词的深厚将养。然而，金鑫并非以古人身份写古，而是以今人、后人的身份回望唐宋，故金鑫散文是在融合古今中形成了自己的特色。

金鑫的散文语言平淡中有雅致，对称中现唯美，睿智中见活泼。在阅读金鑫的著作时，有必要带上一支笔。曹文轩界定一部作品是否可读的一个标准，就是看其作品中有无值得一品的佳句。文学说到底还是语言艺术，因此衡量一部作品第一和最终的切入点依然是语言。金鑫作品的语言可圈可点之处甚多。他的语言总体上平易，句子短，有韵味。上下句之间起承转合自然，或对称，或铺陈，具有音乐的美感和诗意化的蕴藉。以《我欲乘风归去：宋词的前半生》自序为例："宋词的一生，笑傲汉赋唐诗，游历南疆北国，深得中国儒释道之大境界，承前继后，终成正果；宋词于今，渐行渐远，仍然被人们时时拜读追忆，犹如高僧圆寂，遗风泽被后世，大德滋养后人；宋词空灵如蝶，精致似瓷，豪放如狂草，淡定如山水。"这一段文字潇潇洒洒，意蕴悠长，比喻或出自自然，如"空灵如碟""淡定如山水"，或出自人类文明，如"精致似瓷""豪放如狂草"。拟人句"笑傲汉赋唐诗，游历南疆北国"，也显得居高临下，逸态横生。金鑫的语言有如此的美感，笔者认为这与他深入研习唐诗宋词密切相关。在第一部著作《天上人间》当中，语言的美感还不像在《长安大道连狭斜：大唐诗人的飞扬与落寞》与《我欲乘风归去：宋词的前半生》中这么醇厚。

金鑫散文语言除了具有古典形态的唯美韵味外，有时还很睿智、深刻、幽默。在《静坐如禅》中，金鑫如此解读古代文明与现代文明："古代文明像一个博物馆，一个朝代一个朝代地看过去……你可以……在平静中接受远古的文明熏陶。现代文明则像一个超级商场……那些琳琅满目的商品不停地暗送秋波。等你从这个现代文明中走出，你已是一个穷光蛋。"金鑫对古代文明和现代文明的譬喻抓住两种文明的实质，以置身两种文明中的想象状态写出了现代文明对人的控制，写出了现代人面对强大的物质文明所产生的荒诞感、无依感。《太太轶事》是金鑫散文中别开生面的一篇，文章开篇就说："太太是上帝派来的终身领导。"一语道破了现实社会中男性在家庭中面对妻子管束倍感无奈的状态，语言幽默而有意味。最精彩的还是写太太生气的样子："太太爱生气。最常见的招数是缄口不言，闷着声，憋着气，像气功大师，半天不吱声，默默无语。……太太陈述的生气理由，论点确凿，论据充分，论证严谨，无懈可击，好比秋风扫落叶，好比飞流直下三千尺，如果记录下来，就是一篇篇有血有肉、上乘之作的议论文。太太怒发冲冠时，一般不可以做任何狡辩，因为通常太太的指责击中要害，唯有作狼狈状，以取得宽大处理。"生活中本来索然寡味的常情与场景到金鑫的笔下成了审美的对象，而且读起来身临其境，余香满口。这说明金鑫在日常写作中不仅善于观察，还善于提炼，大胆想象。正是思维上的无疆与笔墨的泼辣使金鑫的语言产生一种陌生化的效果，带给读者异样的审美享受。

金鑫的散文叙事也颇有特色。散文叙事和小说叙事是两个截然不同的概念。小说叙事是为了塑造人物形象，是为了让人物在波澜壮阔的事件发展进程中做出选择，从而展现人物的性格，凸显人物的命运。散文叙事则不然，尤其是金鑫所书写的带有历史文化意味的散文。笔者认为，优秀的散文应该以叙事为根基，这样散文才能在言之有物中抒情和说理，否则就有凌空蹈虚、空洞无物之感。金鑫的散文叙事发挥概括叙事的威力，抓住最有价值的细节，在寥寥数语当中对史实进行精当的介绍，让读者一下子对历史人物或历史事件有印象，也为作者下文的抒情和议论做好了铺垫。例如，"千年古刹"中提及隋炀帝，作者这样叙述："在琼花与美色之间，这位曾经叱咤风云的风流帝王竟然揽镜自照，发出'好头颅，不知谁当斩之'的感叹。短短的在位十数年间，天下大乱，群雄并起，十八路反王，三十六烟尘，农民起义的熊熊烈焰，将刚刚兴盛的帝国皇祚烧得焦灰殆尽。"在这 106 字的叙述中，以隋炀帝谶语一样的话"好头颅，不知谁当斩之"，点出了隋炀帝的任性，也暗示了隋炀帝最终身首异处的命运。"十八路反王，三十六烟尘"，写出了短命隋朝的风烟战火。由隋朝及唐朝可谓顺其自然，因此作者在这段文字之后发出感叹，"昔日隋朝的绚烂杨花，转眼变成李唐的和风细雨，江山与苍生……竟是如此的大起大落"，有了史实的简要介绍，这种感叹就显得言之凿凿，能够引起读者的共鸣。

在金鑫所写的唐宋六十位文人人生历程当中，概括叙述是金鑫使用最多的叙述方式。这种叙述方式的使用与他研习的唐诗宋词密切相关。唐诗宋词重在抒情而不在叙事，但并非没有叙事，而是叙事极为简略而已。柳宗元的《江雪》的前两句"千山鸟飞绝，万径人踪灭"是描写，"孤舟蓑笠翁，独钓寒江雪"则是叙事。诗歌通过整体的意境抒写了一种不愿与世俗同流合污的姿态，诗歌通过老翁的"独钓之举"，写出了一种旷世的孤独和寂寞，表达了一种孤傲的心迹。金鑫的散文叙事也在无形当中吸纳了唐诗宋词中的简略叙事方式，从而为读者进入想入非非的意境提供了生动的画面，为自己抒发对历史、人生的感慨奠定了史实的根基。

三、心忧天下的人文情怀

文艺的一切形式都是为内容服务的。对于金鑫散文来说，无论是游山玩水之作，如《天上人间》《孤帆远影》，还是亲情感悟文章，如《太太轶事》《千金一笑》，文化小品如洋洋洒洒的《长安大道连狭斜：大唐诗人的飞扬与落寞》、含蓄蕴藉的《我欲乘风归去：宋词的前半生》，最终都是在感悟生活与感悟历史中表达作家对人生、文学与历史的看法。叙事也好，描写也罢，最终都是为了抒情和议论，为了提升整个文章的思想境界。就金鑫散文而言，抒情不是他的终点，议论或曰发表感想却是他的散文最有特色的地方。优秀的文学家其实都是半个思想家或者半个哲学家。文学、历史、哲学三者相辅相成，偏好古典的金鑫散文尤其如此。在阅读金鑫散文的过程中，最为含蓄隽永、意味深长的当为金鑫散布在字里行间的议论，这些体现着金鑫心灵感悟和思想价值的议论使金鑫散文超越了文学的表层，进入了人文关怀的高度。

在介绍金鑫散文的语言时，笔者提及他语言的睿智和深刻。金鑫常常抓住最有价值的细节，在最合适的地方发表评论，有感而发，恰到好处，这些感慨特别能击中读者的思维，时而让读者会心一笑，时而让读者抖背一惊。读者就在这或笑或惊之间，掩卷思索，进而悟有所得。

在《长安大道连狭斜：大唐诗人的飞扬与落寞》中，提及诗人郑虔，郑虔在广文馆做博士，可惜广文馆破烂不堪，最终未能保留，作者如此感慨："大唐王朝的国库里财源滚滚，贡品如流，可以耗费黄金白银盖高楼大厦，建厅堂馆所，却连一所学术机构也保全不下来，实在令人遗憾。……对于知识分子的重视，常常喊在嘴上，行动上却供给不足，这是历代官家的通病。"提及盐城永宁寺被日军火葬消于无形之后，作者感慨："我不仅长叹，佛纵使万能，却终未能阻挡得了这场倒行逆施的恶劫。"在《竹林里的夜话》中，作者在观看电视上播放的战争实况之后，大发感慨："人类在不断地积累战争的经验，但对于阻止战争的做法，是一点也没有长进，同情代替不了战争，化解干戈的玉帛，到底藏在哪里呢？"从对知识分子的关爱想到佛法并不能阻止恶行，由观看战争实况转播想到和平还遥遥无期，金鑫的散文中充满着对弱小生灵和天下苍生的忧戚，充满着屈原式上下求索的"天问"。这种心思如焚的感悟一以贯之于金鑫所有的文章中。笔者认为金鑫散文中这种心系苍生的悲悯情怀、忧国忧民的知识分子的担当意识正是他文章最有价值的地方。

自春秋战国以来，中国的士人、中国的知识分子通过百家争鸣为礼坏乐崩的先秦社会寻求经邦济国的良药，这种担当精神和知识传统通过汉唐经学、宋明理学一直传输至今，历千年而不衰。金鑫研究和涉猎的唐宋文人是中国封建社会文化高峰时期最勇于担当的文人典范。杜甫心忧苍生，"感时花溅泪，恨别鸟惊心"，范仲淹"居庙堂之高则忧其民，处江湖之远则忧其君"，这种进退皆忧、心怀天下的文人情怀也充分显示在金鑫文章的字里行间。人在江湖微不足道，但志存高远，指点江山，正是文化人"舍我其谁"的胆识和魄力所在。作为深受传统将养的文史写作者，笔者认为金鑫的文章能够从现实和历史的点滴感悟中提炼出中华文化和中国文人的血脉和根基。在他所抒写的六十位文人之中，他们入世时鞠躬尽瘁，出世时顺其自然，心态积极而又安然。金鑫在对这些哲人、文人和能人的解读中一并接受了他们的人生哲学，因此笔者认为金鑫散文试图通过追寻历代文人的心灵历程，从他们身上寻求一种普世和永恒的终极价值。

面向灵魂的本色表演

——丁立梅等女作家的散文世界

　　眼下笔者阅读的十多篇散文来自清一色的女性作者。在这些作者中，笔者与张晓惠、曹文芳有过一面之缘，其他几位尚未拜会过。这样也好，笔者透过她们灵心慧性的文字走进她们真实的、广阔无垠的文学世界。在这个世界上，遥远的距离、真正的陌生并不是万水千山、素未谋面，而是日日相见，却形同陌路、冷若冰霜。语言是这个世界上不可思议的奇迹之一，它通过吟哦之声、点画之别、线段与流线将浩渺无垠的宇宙空间、幽微难测的心灵图景、人类囿于生命长度而无从可知的前世来生勾画得惊心动魄、惟妙惟肖。读者也正是从他人逼真、精妙的语言文字当中认识了古往今来的文人墨客，体味到他们孤独而又丰富的心灵。在阅读张晓惠、曹文芳、丁立梅、徐新华、吴瑛与钱树文的散文时，笔者感到她们以神奇的文字勾勒出了笔者从未经历却异常亲切的一幕幕往事，这些他人的往事将潜隐于笔者内心某种不为人知的记忆呈现了出来。这也许就是文学中真正的共鸣吧！

一、张晓惠的"芭蕾梦"

　　人是因梦而生存的，汤显祖的《牡丹亭》之梦具有爱而至死、死而复生的神奇力量。现实的冷峻因为梦的神奇和伟大，使卑微沉沦的人生变得温暖而亮丽，人类在追梦的过程中或是一步步地超越了自己，或是一点点地遗失了自己。在评价作家作品时，文艺理论家总孜孜以求于作家的"白日梦"，从而在"梦的解析"中探寻作家的文学心灵，探寻他们作品中或是与梦境相关的日神精神，或是与醉境相关的酒神精神。人生苦短，青春易逝，当我们长大或是迈入老境，追忆逝水年华，回味如烟往事、人生如梦的感慨，往往纷至沓来。对于女作家张晓惠来说，芭蕾梦总是她记忆深处永远真实、永远遗憾与永远怀念的艺术精灵。她的《舞蹈课》以一组文章《爬墙头的女孩》《血迹斑斑的红舞鞋》《合欢花开》《芭蕾的精魂》再次回味了芭蕾带给她和那一代芭蕾女孩的伤痛与喜悦、梦想与遗憾。也许得益于芭蕾这个高贵舞神的启蒙与熏陶，张晓惠总是在娓娓道来之中将文字的优雅、情感的真挚与心灵的广博熔于一炉。《血迹斑斑的红舞鞋》中的女孩森在冬日中刻苦训练，以至于芭蕾鞋里血迹斑斑。然而，特定时代的政治风云左右了自由的艺术女神，森因为家庭背景与家庭成分，无缘《红色娘子军》的艺术舞台，血迹斑斑的红舞鞋没有留住森的芭蕾梦。张晓惠将对时代风云与人生命运的感慨，凝结于一双血迹斑斑的红舞鞋上，可谓举重若轻，又举轻若重。舞鞋上的累累汗水和斑斑血迹又哪能止住森对芭蕾梦无边的向往呢？然而，这向往终究成了黄粱一梦。

正如张晓惠在《芭蕾的精魂》中所写："地区一级的文工团演芭蕾终究是时代的误会。"消逝了芭蕾梦或是其他彩色梦想的女孩子并不只有因为家庭出身不能走上舞台的森。对于曾经拥有芭蕾梦的女孩来说，有的对梦中的芭蕾投以幽怨的一瞥，有的则以芭蕾的精魂指引着未来的人生道路。张晓惠在《芭蕾的精魂》中对芭蕾精神的描绘使她对芭蕾的理解达到某种哲学的深刻：哪怕只有一块仅供足尖立足的土地，也要昂首挺胸去展示一种飞翔的姿态。张晓惠将对芭蕾精神的理解渗透到她的立身行事与写诗作文当中，她新出的散文集《维纳斯密码》选取中外历史上撼动心灵的30位杰出女性，挖掘她们直面命运和挑战的智慧才情与熠熠光辉，将女性的神形兼美与内外兼修表达得恰如其分、惟妙惟肖。从古至今，擅长做幽怨文章的女作家可谓不胜枚举，那种"思悠悠，恨悠悠，恨到归时方始休"的幽怨诗文织就了中国古代女性文学的底色。而在阅读张晓惠的散文时，可以在她细腻精致的性灵文字中感悟一种新时代女性的优雅与感伤、豁达与深刻，从而体味到她作品中情感与思想的双重力量。

二、徐新华的"戏人生"

戏如人生，人生如戏，在几位女作家中，徐新华是一位从舞台演员转为剧本创作的女作家。戏台上的风花雪月、生老病死常常使演员在转瞬之间经历强烈的情感动荡，戏中人生往往使演员对人生的理解异于常人。多年的舞台经验与剧本创作使徐新华的散文散发出独特的艺术魅力。《我的岸》描写了一个女性三段孤独的人生体验，其中感人至深的当为"我"在舞台上"死去"的场景，由于"我"在做"死"的动作过程中拉伤了腰，故曲终人散之后，没有人发现"死"在舞台上的"我"，"我"在黑暗与静谧中体验着死亡的孤独与无奈、高傲与神圣。也许缘于徐新华丰富的人生阅历和艺术体验，她对人生的感悟透露出某种超越时空的动人力量。在《我的岸》之结尾，作者如此写道："如今，母亲已经远去，那个曾经为我指点迷津的好友亦英年早逝，发誓执手偕老的人也渐行渐远，终至分道扬镳，许多生命中最可宝贵的正在一点一点地失去……但是，我从未迷失，因为我知道，我的岸就在我自己的生命里。"读到这样感伤而又貌似豁达的文字，不能不为文字背后诸多无语的人生故事感喟。世事如棋，人生如梦，徐新华作为从演员转型为较有成就的剧作家，在事业辉煌的背后，也备尝种种无语凝噎的辛酸，生活给予女演员与女剧作家的考验和担当往往远远超出常人。如果不是由于作家拥有丰富自足的精神世界使她能够在体悟苦涩中保持优雅的风度，那么这个世界上可能又多出一分阮玲玉式"人言可畏"的悲哀。

徐新华的三篇散文《我的岸》《感觉岁月》与《人生的姿态》都是从小处落笔，向回忆进发，颇有"锦瑟无端五十弦，一弦一柱思华年"的意味。在《感觉岁月》中，作者感叹两个同学生命的消逝，将人生的苦短形容为发出"嚓！嚓！嚓！"之声的魔笔，比喻之妙令人拍案叫绝。在《人生的姿态》中，作者从 60 岁的考生与卖唱的地铁男孩出发，感悟人生的姿态其实就是"敢做自己曾经想做的事情""保持坚实、硬朗的生命质地"。在阅读徐新华的散文时，你会时时体会出文章里涌动着的昂扬的、不屈不挠的精神力量，而她这种"问苍茫大地"、叩问生命本质的人生感言无任何扭捏作态之感。正如季羡林所说，优秀散文的精髓永远在于"真情"两字，性情中人的徐新华抓住那些转瞬即逝却动人心魄的瞬间，挖掘那些在微尘中见大千、在刹那中见永恒的小事以及小事背后的生命意义，将真情、自我融于其中，使读者体味到了她颇似杜甫式的"白头搔更短，浑欲不胜簪"的沉郁心灵。她对人生如梦、生命无常的感慨既感人至深，又令人警醒，颇具"感时花溅泪，恨别鸟惊心"的艺术魅力。

三、曹文芳的"童心说"

散文的写作正如郁达夫所说，是"一粒沙里见世界，半瓣花上说人情"，曹文芳的散文《抓鱼·捉鸟·养鸽子》从日常小事出发，回忆了她和哥哥温馨、快乐的童年生活。韩愈曾经说过"欢愉之辞难工，而穷苦之言易好也"，宋代文人也有"诗穷而后工"之说，写诗作文故作悲音的作家不乏其人，以至于文坛上有"舍弟江南殁，家兄塞北亡"的历史掌故。曹文芳以快乐的平常心自自在在地走进文学，以"我手写我心"的不事雕琢与亲切自然给我们展示了一幅农耕时代儿童与自然亲切相交的田园牧歌图景。在这几位女作家中，曹文芳是笔者唯一做过专访却一直未能行文的盐城作家，这主要是因为曹文芳的写作不是为"意义"和"评论"而生的，而恰恰是因为"心灵"和"阅读"而在的，某种意义上她给了笔者挑战，也引起了笔者的沉思。再次读到她轻松活泼的文字，感觉她又笑吟吟地出现在笔者的眼前，"文如其人"用在曹文芳身上是颇为合适的。也许由于独特的成长经历（家中的"老幺"）与从事的职业（幼儿教师），曹文芳已经出版的"水蜡烛"系列儿童小说以童心、童言、童趣、童事织就。在中国文学中，对文学"童心"的追求曾是明清时期与"五四"以来重要的文学时尚。李贽撰《童心说》云："夫童心者，真心也。若以童心为不可，是以真心为不可也。夫童心者，绝假纯真，最初一念之本心也。若失却童心，便失却真心；失却真心，便失却真人。"李贽以童心向文坛中的复古拟古、虚伪藻饰之风开炮，提倡性灵的文学。清代的袁枚、"五四"时期的冰心以及后来的沈从文、汪曾祺都大力提倡为文为人都要回归自然、返璞归真。曹文芳的散文《抓鱼·捉鸟·养鸽子》再现了她与哥哥文轩童年时代的生活场景，颇具"采菊东篱下，悠然见南山"的桃花源情怀。曹文芳与曹文轩的文章具有深刻的"互文性"效果。所谓"互文性"，即曹文芳在散文中所写的事，也是曹文轩在其小说《草房子》与《红瓦》中所写的重要场景。

　　童年是什么？也许"一任天真"可以概括。心无城府、无忧无虑的儿童总是饥来吃饭倦来眠，或做上天入地的梦幻，或捣鼓一切成人厌恶而自我乐此不疲的"歪业"，如抓鱼摸虾、偷瓜摸果等，长大了，你还能这么率性自如吗？笔者记得剧作家陈明跟笔者讲过音乐剧《草房子》最后一句台词："长大了，我们怎么办？"时过境迁，这一句仍音犹在耳。儿童作家的文学创作实际上多半是回忆那个我们失落了的、长不大的童年。曹文芳笔下童年时代的哥哥是一个整天在野外疯玩的村哥，他成天感兴趣的事就是抓鱼、捉鸟、养鸽子。文中最动人的场景莫过于兄妹"合谋"赊来一条大鱼，由妹妹虚张声势地告诉母亲："妈妈，哥哥在水渠里捉到一条大黑鱼。"不知所以然的妈妈乐得感慨："老天爷终于开眼了，让我家文轩弄条大鱼回家。"于是，全家围坐一团，吃这条赊来的大鱼，父亲还不失智慧地感慨："我们吃鱼的没有你取鱼的乐。"笔者看到此处，不禁哑然失笑，想及"奔五""奔六"之年的中年兄妹与白发苍苍的老母亲，回忆起这一段童年旧事，到底是怎样一幅场景。曹文芳以夏天抓鱼、冬天捉鸟、病了还要养鸽子这样寻常的小事写出了一个终日行走在乡间的少年形象，也写出了农家孩童与自然亲近的野趣。如果说童年短暂、青春易逝、生命终究会成云烟，那么温馨永在，记忆永恒。曹文芳以水晶般的心灵摘取乡村生活中鲜活的童年故事，再现了如烟似梦的往事，温馨情怀溢于言表。

四、丁立梅等的"古爱情"

在这一组散文中，有两篇文章涉及乡村女子的爱情与婚姻生活：一篇是丁立梅的《白日光》；另一篇是吴瑛的《长英嫂子的爱情》。当笔者打开几位女作家的每一篇散文时，丁立梅的《白日光》确实有让笔者眼睛一亮的感觉。这种眼睛一亮缘于丁立梅的语言，还有她文章所营造的意境和氛围。且看《白日光》开头的一小段描写："午后的村庄，天上飘着几朵慵懒的云。路边草丛中，野花朵黄一朵白一朵地开着。鸡和狗们，漫不经心地走在土路上。"寥寥数语，从一个四五岁孩童的视角出发，将一个悠闲、慵懒又静谧的村庄呈现了出来。丁立梅语言感觉颇好，无论是描写风景，还是揣摩人物心理，抑或书写对话，都能极俭省地选词造句，从而使她的文章布满了动态的画面感。例如，她写到瞎奶奶家的泡桐树："池塘边的泡桐树上，开了一树一树紫色的花，像倒挂着无数把紫色的小伞。花喜鹊站在上面蹦跳，抖落了一瓣一瓣的花，树下面，便落一层浅紫，细细碎碎的。"丁立梅的语言感觉明显地倾向诗性，句子甚短，意蕴悠长，颇有古代诗文的意境之美。

在这样的语言感觉下，丁立梅所叙述的瞎奶奶的人生故事就有了某种古朴苍凉的味道。她不急不缓，娓娓道来，从瞎奶奶所做的一双双布鞋入手，开始探寻布鞋的主人——瞎奶奶的丈夫。瞎奶奶等了一日一日、一年一年的丈夫锁儿爹其实已在他乡重新娶妻生子。当年为了全家的生计走村串巷的锁儿爹为了报恩，倒插门做了救命恩人的女婿，留在家里的儿子锁儿不幸溺死在家门口的池塘内，瞎奶奶就是这样在夫离子逝的痛苦中哭瞎了双眼，并坚守着等待杳无音讯的丈夫，她从青丝到白头所等来的是一喜一悲的讯息，喜的是丈夫还有一个跟别人所生的儿子，悲的是丈夫已经逝去。瞎奶奶这样的故事从历史的云烟中析出，让读者感悟到的是传统女性的辛酸和愚贞，她将万千罪过与生死白头之约缠于己身。即使她终身等待的爱人宁愿背叛至死，也不愿给她一个真相，她还自足于盲目的道德高尚感与宽容感中。看到这样的形象，联想到如笔者父母辈及祖父母辈中无数苦难的旧式女子，不得不掬把一同情之泪。传统女性命运的可悲有时并不是来自某一个具体的男性，而是面对习焉不察的男性中心传统不自知、不自信，将戕害身心的圣贤之教奉为圭臬。瞎奶奶之"瞎"不在目而在心，惜乎她死时尤对那个背信弃义、至死都没有看过她一眼的"丈夫"感恩戴德，她的可叹可悲令人感慨万千。丁立梅以独特的悲悯情怀祭奠已经消逝了的童年时代以及旧时代中终身处于等待中的女性形象。意味深长的《白日光》和意犹未尽的瞎奶奶带给读者无尽的反思。

如果说瞎奶奶的人生悲剧令人唏嘘长叹，那么吴瑛《长英嫂子的爱情》多少给人以一点希望、一抹星光。《长英嫂子的爱情》叙述的也是一个苦命女子的故事。文中存风哥哥是一个识文断字且琴棋书画、吹拉弹唱"无所不能"的乡村文艺男，可惜古董的父母无法给他婚姻的自主权，于是他接受长英为妻，却在日常生活中视其为空气与浮尘，为了抵抗这段不如意的婚姻，存风哥哥在外呼朋唤友、放荡不羁，在家则与妻子冷脸相向、分房而居。长英嫂子，这个不识字、不会唱的乡村女子自觉地接受了父母为她选择的爱人，全然不顾对方对她的冷漠与无视。为了维持这段婚姻，长英嫂子委曲求全、逆来顺受，执着地以似水柔情来感化丈夫的铁石心肠，直至存风哥哥因婚外情而死。《长英嫂子的爱情》写出了婚姻中女性卑微的求爱与等待心态。翻开中国文学史，女子的幽怨排山倒海，从汉朝班婕妤的《怨歌行》到清代贺双卿的《薄幸·咏疟》，女子所作十之八九皆幽怨绵绵、愁天恨海之作，只读得笔者这个当代女读者义愤填膺、掷笔长叹。今日再读到《白日光》《长英嫂子的爱情》，不由得令笔者想起笔者祖父辈时代的奶奶、姑姑，她们在终生等待中耗光了自己一点一滴的生命与光阴，终生没有走出家园一步，小脚颤巍巍，甚至连呼吸也颤巍巍。当然，吴瑛的《长英嫂子的爱情》让长英在 59 岁的高龄迎来了一段夕阳爱情。吴瑛对爱情本真的理解颇令人动容："长英嫂子经历过那样的婚姻，现在要的恰恰是我四叔那样的一个男人，挑担时，有人接过去；重活时，有人说一声，我来；掀开锅盖时，那个男人贪婪地猛吸一口气，好香呀。"正如作者在文末所写的那样，经历过半生冷遇的长英嫂子"再不用孤被冷衾，等天亮"，让长英嫂子解脱了终生等待的命运，不能不说是这篇文章带给读者的一点希望。笔者阅读吴瑛其他的文章，如《栀子花开》，发现她特别善于从庸常中去感悟生活的真谛，更善于从卑微人物中发掘人性的闪光。

五、钱树文的"欧游记"

在笔者所阅读的几位作家的文章中，《瑞吉欧，我会再来》是唯一一篇游记，作者为原盐城市幼儿园园长钱树文。古今中外，写诗作文，最忌搔首弄姿、故作高深。游记散文尤其要注意从真情实感出发，移步换景，状物记趣，要写出自我体验他乡风景与异域文化的特异之处。在散文大家庭中，相比较而言，游记写作较之一般散文写作要难一些。因为一般散文主要以人、事、情为依托，容易依赖人物、故事、情感本身的魅力增加作品的艺术感染力。游记则不同，它往往缺少能够一以贯之的人物，即使有人物，也往往因缺少深入了解而使人物性格的呈现流于浮表。另外，游记中经常涉及迥异于本地与本国文化传统的历史人文内涵，如果事前事后的文献功夫不足、感悟不深，对异域他乡的历史人文观感往往隔靴搔痒、词不达意。余秋雨的游记散文之所以能够被冠以文化散文的高品质定位，主要是因为他读万卷书的人文素养及行万里路的游历体验；毕淑敏的《蓝色天堂》之所以能够直抵人的心灵，是因为她与海洋朝夕相处114天，对于海洋与人生的思考既具有女性的细腻，又具有某种哲学的深刻。人生在世，多少人为访古探幽、环游世界做终生的辛劳，多数人看世界哈哈一笑，拍一些标志性照片，带一两件当地特产回赠亲朋，作一下旅游之秀，实际对泉林之乐、思古幽情一无所得。

这样看来，钱树文的《瑞吉欧，我会再来》就颇有可取与动人之处。她在游历之初就对"上车睡觉、停车拍照、下车尿尿、回家什么也不知道"的旅游秀抱有警惕之心。另外，钱树文作为一个深谙教育尤其是幼儿教育的女性教师，观察细致，感悟深刻，能从细枝末节中体会到欧洲文化独特的宗教传统，更对意大利瑞吉欧的幼儿教育体系感悟至深。钱树文以学生心态、学者之思直面欧洲历史文化传统，从中西之别、古今之异切入，对圣彼得大教堂、古罗马竞技场、瑞吉欧冷餐会与海外华人生活进行了描述与剖析，令人有身临其境、耳目一新之感。文章的标题"瑞吉欧，我会再来"浓缩了作者此次旅欧之行的内心感受，如果不是出于对异域文明身临其境的感受和热爱，就不会产生"我会再来"的奢念。当然，《瑞吉欧，我会再来》将所知所行、所思所想像开自来水那样哗哗流淌，风景倏忽而至，意念纷至沓来，令人眼花缭乱，如能"沙里淘金""水中捞月"，进行适度过滤与巧妙想象，则文章的意境会优美更胜。

读盐城几位女作家十数篇散文，走近她们"江天一色无纤尘"的文学心灵，感知她们闻歌而舞、踏雪无痕的文学世界，感觉她们就像是神交已久的故交密友。她们将灵魂交给自己信任的文字与文学，坦然呈现着自我经历中最刻骨铭心的记忆，将心灵深处最不为人知而自己终生难忘的赏心乐事与人生遗憾对着知音娓娓道来，这种面向灵魂的本色表演凝聚着她们对读者最深刻的信任、对文学最诚挚的热爱。她们中多数不是职业作家，却将人生中难得的休闲时光全部交给文学，与文学做耳鬓厮磨的亲密接触。朱熹在阅读屈原时曾说"千载以下有知音"，王勃也曾说"海内存知己，天涯若比邻"，能够超越时空的知音与知己，是心心相交、灵灵通透的。在夏日慵懒沉闷的午后，再次回味她们直陈心灵的散文世界，直觉有一股清新和清凉从灰蒙蒙的燥热空气中透迤而来。

杰出女性的动人华章

——张晓惠《维纳斯密码》解读

作为一个终身执事文学的中文教师和文学研究者，笔者总为上不完的课程与写不完的论文抓耳挠腮，体制内的文学研究所需要做的案头工作越来越繁复、越来越令人沮丧——选题雷同与重复研究越来越甚嚣尘上。今日的文学研究者面对着越来越密的前人研究成果常常无从下手。另外，与经典的作家作品不断地得到研究者注目的情况相比，地方作家作品研究在全国大多数中小城市中仍处于真空状态。究其原因，笔者认为是由于地方评论过于薄弱所致。纵览全国的文学研究现状，文学研究主体主要为大中专院校的文学教师、省级及以上科研部门的研究人员，而这些学院派研究主体很难关注到那些来自基层的地方作家的作品，即使这些地方作家的作品在质量上与那些生活在主要城市的作家作品不相上下。由于文化环境与所受关注的不同，原本很有文学前途的地方作家往往由于各种各样的原因中断了写作，或者长期写作却起色不大。实际上，文学创作与文学批评如鸟之双翼、车之双轮，是互相促进、不可分割的。在去年参加过江苏省首届文学评论读书研讨班之后，笔者有意识地将文学批评的目光转向地方作家的作品方面，发现地方作家的作品研究确实是一块亟须开拓的充满研究生机的处女地。

去年冬天，在"盐城作家进校园"活动中，笔者无意中邂逅了一个人与一本书。这个人便是张晓惠，这本书便是《维纳斯密码》。其实，早在面见张晓惠之前，笔者便听说文学院已邀请她来为学生开设过两次讲座，每次讲座的效果总是出奇的好，以至于有学生经常主动跑到她所工作的市政府去找她，找她回来之后，学生总会写些感受性的文章。从学生的文章中可以感知张晓惠很好，没有架子，很优雅。及至她优雅地坐在盐城师范学院图书馆会议室，诚恳地与同学交流她的创作心得，笔者这个平素心如止水的人也不由得对她刮目相看起来。笔者眼里的张晓惠很"文艺""知性",也很坦诚,她用心地体味着文学的灵魂与精神,并希冀用自己的语言将这种文学灵魂传递给那些急功近利的学生。在她暗香浮动地传递文学精魂的同时,笔者翻阅了《维纳斯密码》中作者的人生简历——张晓惠,江苏盐城人,早年学过芭蕾,20世纪80年代开始创作以来,已经出版了《坐看云起》《风行水上》《维纳斯密码》等7部散文集。不仅如此,她还有不少文章获得过全国与华东地区的文学奖项。熟识张晓惠之后,张晓惠的散文创作尤其是她的这部《维纳斯密码》进入了笔者的阅读与研究视野。

张晓惠的散文以弘扬人性的真善美为主旋律,文字中既流淌着现代女性的优雅、自信与昂扬的精神,又重视对心灵遭际的深刻呈现。范小青为张晓惠散文集《心中长对翅膀》作序云:"张晓惠既有走四方游天下的豪情,又有枯坐于烛影的宁静。"如果说张晓惠早年的散文创作主要以对生活的提炼和反思为主,那么现在正当盛年的张晓惠将目光投向了更遥远的女性历史与更复杂的心灵世界。2011年,凤凰出版社出版的《维纳斯密码》可以视为张晓惠散文创作方面的一个新突破。

《维纳斯密码》注目的是中外历史上声名卓著的杰出女性,涉及中国、俄国、英国、法国、美国、德国、南非、阿根廷等十几个国家中各具才情、禀赋卓著的奇女子。如果不是对这些杰出女性的人生轨迹与历史影响非常熟谙并深有感悟,那么驾驭这种具有相当时空跨度的人物题材几乎不可能。正如张晓惠在自序中所说:"上下五千年,纵横数万里,有无数优秀的女性以其卓越的品质和优秀的特质扬名世界。"张晓惠从无数优秀的女性中精心挑选,最终选定30位"感动""打动"并"撼动"心灵的杰出女性作为她解读女性历史、女性心灵的突破口,让读者跟随她深情而动人的描述走进那已经弥漫在历史云烟中日渐淡漠的女性景观,让读者去感悟并领会一个真实的、难以触摸的女性世界。《维纳斯密码》揭开的既是一段尘封的女性历史,又融汇了张晓惠本人对这些杰出女性的真实评价与历史感怀,而后者,笔者认为是这本散文著作更有意味、值得回味的看点,由此我们可以窥见一个现代女性面对庞大而悠远的女性历史是如何选择并如何成长的。

《维纳斯密码》以"爱的华章"开篇,讲述了玛戈尔皇后与平民男子拉莫尔一段泣血的爱情故事。张晓惠语言的抒情性使这段滴血恋情更增添了感人至深的力量。在写到玛戈尔不顾朝廷上下的惊诧将情人的头颅抱至怀中之时,作者由衷地发出感慨:"这是怎样惨烈决绝的情人之告别与相逢?这是如何浪漫又无望的爱情之绝唱?这个年月,所体会所能想象的爱情,是阳光、沙滩的携手并肩，是月光、老柳树下的窃窃爱语，最多也就是贫富不问、身份不管的相依相随。而断头台上这样怀抱情人头颅的惊世骇俗，这样的血花四溅中的拥抱与亲吻，令人久久震撼。"张晓惠在历史与现实的交汇中考量玛戈尔与拉莫尔恋情的独特，分析被誉为"法兰西玫瑰"的玛戈尔皇后到底凭借着怎样的一种力量与情人的头颅终身相守。作者认为，这是爱情的力量，"爱情，作用于一个女人，是生命中的空气与阳光。一生没有经历过真正爱情的女子是枉度一生"。张晓惠通过对历史长河中女性命运的考察，既对女子的钟情表示由衷的敬仰，又对爱情悲剧中男性的软弱加以反思与批评。她在反思中国爱情悲剧时，一针见血地指出"故事中讴歌的伟大爱情往往是因为女性的付出"，无论是"扛不动社会压力"的文人陆游，还是强悍英武的霸王项羽，抑或贵为一国至尊的唐明皇李隆基，都没能保护自己生命中挚爱的女人。抑郁而死的唐琬、刎颈相随的虞姬、无奈自尽的杨玉环将中国古代女子的深情与无奈表达到了极致。张晓惠对这些生生死死都在爱着的女人表示由衷的慨叹，表达了一个当代读者对古代女性爱情悲歌的回顾和反思。在关注中西爱情奇观当中，张晓惠自然不会忘了演绎"不爱江山爱美人"神话的辛普森夫人与英国国王爱德华八世——温莎公爵，张晓惠通过对中外历史上爱情奇观的比较与剖析，对中国君王与中国男性将女性看作附属与工具的女性观进行反思，探讨了文化的差异、爱情的本质和幽微难测的人性内涵。

历史中留有声名的女人毁誉参半的不乏其人。张晓惠作为知性女作家，既为因永恒的爱情而牺牲的女人歌咏与礼赞，又对欲望女人表示反思与遗憾。《欲望：倾国之殇》一章中的海伦、埃及艳后、玛丽王后、温妮·曼德拉等都曾是至高无上的女中之王，但由于不可遏止的情欲、权欲、物欲，这些集美貌、财富与万千宠爱于一身的女人最终都落得身首异处或锒铛入狱的下场。张晓惠反思这些女子从巅峰迅速坠落的原因，反省战争、权力与女人的关系，显现出了自己与众不同的识见。正如她在反省温妮·曼德拉的迅速蜕变时所说："执着的信仰可以成就一个人，膨胀的权力欲望也能迅速地毁灭一个人。从天使到魔鬼，也许是生命中的一步之遥……这世界上，没有人是不可替代的，也没有东西是必须拥有的。势不可用尽，权力也不可用尽……天下人是以为鉴。"张晓惠历数一个个曾在历史的时空中留下巨大声名的女子，并非简单地搜奇猎艳或哗众取宠，而是从女性历史的发展进程中寻求女性真正的精神，寻求女性生存与发展的真正密码，并对错误的女性密码加以解剖与反思。

《维纳斯密码》不能说是女性世界的百科全书，但作为了解世界杰出女性的人生指南应该当之无愧。《维纳斯密码》介绍了十几个国家各行各业声名、才情、智慧、信仰等各方面都出类拔萃的女性人物，如政治家叶卡捷琳娜二世、科学家居里夫人、文学家赛珍珠与萧红、舞蹈家邓肯、电影明星索菲亚·罗兰、思想家波伏娃、女英雄贞德、革命者江姐等，这些在不同领域均声名卓著的女性以自己的智慧、才华、信仰、坚贞与美貌推动着政权的更迭与社会发展的进程。对这些女性，张晓惠以灵心慧性与感同身受向读者娓娓道来她们的喜怒哀乐与爱恨情仇，在尺幅之中还原着她们真实的经历与心灵的伤痛。作者在回忆与展示她们跌宕起伏的人生故事与生死命运时，有时无语凝噎，有时欲罢不能，有时义愤填膺，有时慷慨激昂……《维纳斯密码》呈现的不仅是那一段已经沉淀在尘烟中的女性历史，还有一个真实感性、时时与历史交流的现代女性灵魂。打开《维纳斯密码》，读者看到的是一片无边的迷人的女性风景，触摸到的是一个当代女性回味女性历史的心灵的战栗与悸动。

一路风景一路歌

——孙曙《盐城生长》解读

在盐城现有的各种建筑中，唯一标注"国字头"的大型地标为"中国海盐博物馆"。在盐城个人文学作品集中，直接出现"盐城"字样的是孙曙的《盐城生长》。"曾经是海，然后为滩，为盐田，为集，为镇，为城，为市，盐城市。"孙曙寥寥数语道出了盐城成为千年盐都沧海桑田的历史进程。在这块海腥而咸涩的盐阜平原之上有着怎样的风貌和怎样的人文，散文集《盐城生长》是为见证。《盐城生长》描写了一个盐民后裔以足丈量衣胞之地的寻根之旅，一个当代学者从记忆出发的灵魂畅游。我们从孙曙的《盐城生长》可以了解到苏东这块里下河平原的千年道场、海雨腥风。

一、寻根之旅

每一座城市都有它的过去和未来，正在生长的事物和正在失去的事物总是如影随形。孙曙对城市的感觉是和城市的变迁密切相关的。在全球城市化与工业化进程中，几千年偏于一隅的盐城也像被喂了激素一样，在短短数十年间迅速膨胀开来。这正如孙曙所说："城市伏在田野里，像小兽，你还没当回事，猛一回头，他已气势汹汹地扑过来。城市是怪兽，哪怕你是他祖宗，是他光屁股的兄弟，都会将你撕得粉碎，混得好是块砖甚至闪着霓虹，混得不好你就飞起来，低低地飞进垃圾桶。"在《和我们一起成长的城市》中，孙曙回顾了千年到最近几十年盐城的变化，道出了城市小民日常生活的喜怒哀乐。一首首由乡下传唱到城市的民谣标注着乡民由农民变为市民的人生历程。城市在变，时代在变，风俗在变，乡音在变，口味在变，变化中的城市注定我们离乡土越来越远，"最深、最根本的失去是在舌头上完成，方言土语和地方口味被我们灭绝。"当普通话通行，肯德基、麦当劳、可口可乐从遥远的域外最终走近偏僻的小城之后，我们失去了乡土。孙曙对城市成长历程的回忆是在感慨有加中寻绎我们的生命之根。寻根是孙曙的《盐城生长》最重要的主题。

东方文化和西方文化的一点不同在于东方文化从长江黄河出发，是建构在陆地与河流之上的土文化和水文化，因此与依托西方文化的商业文明和工业文明相比，依托水土而生的农业文明更强调稳定、传承，更注重身心与土地融为一体。就盐城而言，其位于里下河下游，濒临黄海，地势平坦，无险可守，从来没有成为过兵家必争之地，相对稳定和相对偏僻的地缘政治注定盐城地区的经济、文化发展相对缓慢。这使作者从盐城东西南北的乡村之中寻找一些历史的脉络成为可能。在"安丰行"中，孙曙的寻根之旅从老树与老街开始。在那些穿越了几个世纪的寂静的风物当中，作家的灵魂好像找到了皈依。"一棵树，长老了也会糊涂的，记性差，常会长半边忘半边，或者睡过了，枯个一年半载又绿了……树洞里长出一簇簇小白果树，像一伙猴在爷爷身上揪白胡子的孙儿，它还干脆把自己的种性都忘了，树身上长出毛白杨来。"一棵苍老的白果树像一个经历岁月沧桑的老人，激起了孙曙对历史流光的追溯。孙曙走遍盐城的四方，对盐城东西南北有名的景点和村镇进行了实际的考察，在访古探幽中寻找盐城生长的脉络。从安丰、西溪到青沟、东坎，从西门、八十间到北闸、省淮大院，孙曙总是从一个地名的历史渊源出发，探访那些历史陈迹中的遗风古韵。"丝丝缕缕的历史，点点滴滴的日常，隐隐约约的血脉，盐城人也该追溯出孕育自己的文化母体，由此生长出一个根深叶茂的盐城。"访古探幽的最终目的是寻找自己的精神家园。我们的水土之根也是我们的心灵皈依，那一花一草、一房一瓦乃至一声苍老的乡音、一座寥落的王陵都能勾起我们记忆深处对乡土历史的感怀。这就像陈子昂的《登幽州台歌》一样，面对逝去的时光、消逝的历史，我们唯有从历史陈迹当中发出感叹："前不见古人，后不见来者。念天地之悠悠，独怆然而涕下。"《盐城生长》让读者感悟到，一个不甘于家乡"其古也籍籍无名，其今也默默无闻"的当代文人试图以显微镜般的锐眼，对衣胞之地细细耙梳，以期析出一段尘封的历史文化记忆，为那些心灵无所归依的本土子孙建构起一座安顿灵魂的大厦。

二、民瘼与人生

《盐城生长》记录的是一方水土的前世今生，也是一方草民的酸甜苦辣。时光在流逝，城市在变迁，生命在延续，生生不息的人类精神也在代代相传。从海滩上生长起来的贫瘠的盐城铸就了本土乡民惨淡的生存。在"民瘼"这一篇章中，孙曙对民生疾苦的呈现和感怀尤为深刻，甚至凄楚而动人。

民瘼乃民生疾苦之意，语出《诗经·大雅·皇矣》："监观四方，求民之莫。"孙曙对民瘼的直接呈现最先来自自己熟悉的亲人。"老娘喊"可谓"民瘼"篇章中最精彩的一篇。一般人对母亲的记忆总是母亲的温柔、无私与大爱，孙曙却选择母亲对自己的责骂，呈现了母亲——这方土地上的女人的生存状态。

母亲的骂总是与死有关。母亲对儿子说："你个细讨债的，你死吧，你到七队去吧。"七队是死人安葬的地方。儿子把饼烧糊了，母亲在大雪中拿着火剪追打儿子，说死了魂灵都不会饶了儿子，死了都要用火剪剪他。生存的苦难就在这刻毒的言辞中尽显。孙曙对苦难的呈现有一个比喻——一个受过苦难的人如同一座礁石。哪怕他沉默，哪怕他搞笑，他经受的惊涛骇浪的苦难都尖锐地兀立起来。在苦难的生存中，血肉深情永恒。"春阳，是母亲。北风，也是母亲。一只母猫，扎煞着毛，凄厉地叫，用爪子用牙护卫她的猫崽……农村妇女，挤压得只有巴掌大的天，这么小的天，经不起风吹草动随时倾覆……望不到头的劳苦，一辈子当牛做马还不完的儿女债，无告无助的日月，她只有长出全身的刺，护卫自己的茅草屋，生死相拼。"孙曙对农村妇女生存状态的呈现既纤毫毕现，又感人至深。在凄惨的生存状态中，农村妇女经常为了几句话、一只碗、几棵菜，仰脖子喝药、上吊、投河。生，在村庄之南，死，在村庄之北，坟地和居住地如此之近，生死也在气息之间，孙曙以农村妇女极端的生存状态，写出了这方土地上乡野小民生活的艰辛，也以农村妇女特异性的表达方式写出了母亲的大爱与坚忍。这份建构在乡土、亲情基础上的理解与宽容使作品中对民瘼的书写展现出了意味深长并感人至深的艺术魅力。

"民瘼"之瘼以疾苦为核心，苦是常态，疾是非常态。孙曙对乡人生病场景的描摹展示了盐民后裔艰难的、粗糙的生存方式，生活的沉重与艰辛，使之原生态般地呈现于读者的眼前。"与一块土地的瓜葛"中所写的丈母娘从来舍不得看病，生了病喝开水，或者以迷信的方式烧几张黄纸，或者找出不知哪一年的药片吞下去。最后，"火烧化了他们的身子……土埋进盛着他们骨灰的棺材"。生命的质地如同这方土地上凄厉肆虐的风，裹挟着风沙呼啸而去，留给后人的是尖锐、压抑而沉重的痛。孙曙以质朴无华的文字与真切感人的生动细节将生命的痛感具体而微地显现了出来。在阅读"民瘼"和"盐城生长"时，对这方土地上的新生代盐城人来说，既是一种感知，又是一种惊诧。孙曙以原生态的细节，勾勒出一段已经消逝了的生命景观，让读者情不自禁地去思考生活的本真和生命的本质。

三、风味与景物

孙曙以伤感书写盐城陈迹，以痛感呈现乡村妇女的生存和人生的艰辛，以美感与温馨传递盐城的风景、风味与风物。在《盐城生长》中有两个板块，一为"咸"，二为"乡下的花"，这两个板块展现了盐城的色味之美、风景之美。

孟子曰："民以食为天。"每一种食物的制作过程与独特口味也反映了一方水土与这方水土的风土人情。食物之味，酸甜苦辣咸，对于产盐而出名的盐城来说，自然注重咸味。当地人对所有的菜一言以蔽之："咸"。把咸端过来的意思就是把菜端过来。因此，孙曙文中提及的"咸"指的是盐城大大小小共 11 种咸食。其中，咸菜、酸菜、菜干来自田间，麻虾子、蟹蚱、泥螺来自海边，酱油脚子、萝卜干、瓜纸等是百姓们以重新加工的方式，将一种食物变成另一种口味。孙曙通过介绍这些食物的制作过程、口味与吃法，道出了盐城居民的生活态度与人生哲学——"穿尽绫罗还是棉，吃尽美味还是盐"。这两句简单的俗语也道出了盐城人的吃穿哲学——实惠、简单、舒服、自然。孙曙从"盐是人生存的基本需要"与"咸是人最基本的味觉"出发，道出了千年盐都因盐而生存、发展的历史与现状。

在《盐城生长》中，孙曙多处提及盐城的方言土语与地方民谣，这些同样活跃在乡民舌尖上的语言材料与不断变迁的食物口味一样，也在当地乡民的舌尖上或保存，或消逝。在"盐蒿子的天空盐礓子的海"一章中，既写到了盐碱滩上又苦又涩的海边植物盐蒿子，又写到了盐城的方言、民谣。一首民谣对应着某种风俗或者某种愿景。文中提及一位女生，大年三十爬门，一边爬，一边喊："板门爹，板门娘，我要和你一样长，你们长了没得用，我长高了做新娘。"爬门的习俗与民谣反映了这方乡民期冀孩子顺利成长。这种顺利成长不是从营养与照顾出发，而是从模仿与许愿出发。小小的民谣承载着历史，承载着乡音与我们的童年记忆，勾起了人们对美满人生的向往。

在"咸"和"乡下的花"中，孙曙记录了盐城丰富的美景，如雾泗千宝湖、日落九龙口、纵湖菩萨月、马荡荷田田等。对于以风景来寄托心声的作家来说，"自然生态的艺术描写终究是要体现作家的人文理念的，无论你是有意还是无意，你的任何艺术行为都会留下'人'的痕迹"。❶孙曙笔下的盐城美景多与水相关，水的灵动、智慧、包容成了孙曙笔下景物的独特内涵。文中提及的大纵湖乃盐城第一大湖，作者以"涵淡澎湃，烟波深远"写出了湖之大，以

---

❶ 丁帆. 狼为图腾，人何以堪——《狼图腾》的价值观退化 [J]. 当代作家评论，2011(3):5-14.

湖中望月展开联想，写出了水之飞动、智慧，写出了水的包容与慈悲。在"纵湖菩萨月:中，作者洋洋洒洒，叙写大纵湖的月亮，"引颈空明，俯首澄澈，湖为明镜台，月是菩提树，眼睛光明，念念智慧，顿觉大虚空、大实有、大慈悲、大寂灭，不悲不喜、非悲非喜、亦悲亦喜、悲喜交加"，这些充满禅味的景物描写既暗合孙曙对乡野风情的独特理解，又可以体现他的语言雅致简洁、哲理味浓的特色。

《盐城生长》是一场围绕家乡的文学采风，也是一场从身体到灵魂的跨界漫游，这段探寻中国盐都的寻根之旅，一路风景，一路慨歌。读者随着作家的行走，既领略到了千古盐都沧海桑田般的变化，又感受到了文章氤氲着的乡土情怀。对于忧患意识极强的作家来说，"盐城的土地和人正越来越和大都市同一……盐城正在丧失祖先"。有了《盐城生长》，我们可以从文字的流光中抚摸正在渐渐消逝的乡土。孙曙对这方土地上的那个盐民、那个农夫的描绘让我们对给予自己生命的乡土和祖先留下了一丝温存的记忆。

感受"灵魂的气息"

——论孙蕙的散文创作

散文在所有文学文体中是最"亲民"的文学体裁，这使散文写作成了真正的大众写作，在诸多跻身于网络写作的大量散文化文字中，不乏深情、幽默、知性之作，但无聊搞怪、低俗平庸之文也是泛滥成灾。翻检网络文字，寻找文学知音，笔者无意中阅读到江苏作家孙蕙的文章，很快被其作品的诗性与圣洁所吸引与熏染。综观当代散文写作，审视中外散文写作传统，会发现孙蕙的散文写作既接续了明清以来的性灵写作传统，又颇具现代文人横跨东西方文学语境的某种后现代意识，她在"我手写我心"的随性自如中融注了当代人面对天地人生的"天问"意识。作为一个偏居一隅的小城女作家，孙蕙的散文又蕴含着某种鲜活的民间传统。那么，如何解读这种既以网络写作为主又坚守文学品位与民间传统的女作家的作品？下面兹以孙蕙的《一个人的华丽》与《灵魂的气息》两部散文集为例，在剖析其散文特质中探究当代女性散文写作的谜案。

一、心有天游的网络写作

网络写作对女作家孙蕙而言，既是一种习惯，又是一种生存方式。在孙蕙的散文集中，她多次描绘自己与网络文字的关系："喜欢黑夜，喜欢在很深的夜晚，静静地坐在电脑前，任一朵又一朵花瓣穿透指尖，诡异而凄凉。"(《坚硬如水》)对于大多数网民来说，上网了解各种资讯、阅读风花雪月的故事、在各个论坛灌水、开辟各种言论阵地可能是茶余饭后的消遣，但对于孙蕙来说，她将生命的种种体验与感受融入了网络文字当中，诚如她自己所说："不知道从什么时候开始，我热衷于游离在网络文字之中。对于这个我生活了三十多年的城市，我发觉我有想逃的欲望。那些花儿，那些草儿，那些街道，那些场景，那些相识的，不相识的，我都想远离，如远离我的爱、我的怨、我的恨。而那些黑夜，那些文字，那些表情，则是我努力想靠近的，我穷其一生都舍不得丢弃，虽然我会痛，我会疼，我会心伤。"（《指尖微凉》）由于孙蕙对现实有强烈的"逃""离"欲望，孙蕙将夜晚的网络世界当成了一种真实的心灵状态与生存空间，这使她在这种心态下所写的文章并不切近自己世俗的日常真实，而是与现实保有距离的心灵真实。

　　每一个走上文学写作的人都有自己的理由。曹文轩认为"写作只是让人心安"❶，津子围认为"写作是抖落时间的羽毛"❷，孙蕙则执着地在深夜让自己的心灵畅游，以达到某种逃离现实的愿望。孙蕙与现实的"不合作"态度使她既主动离开现代职场，又使她的写作缺少常人的人间烟火味，她的文字表达大幅度地展现心灵的感觉。孙蕙让那些潜意识中的"不可言说"与"只可意会"的意念、思绪、神性与诗性一而再，再而三地呈现了出来。从这个意义上讲，孙蕙笔下的人的生命意识是一种与现存文明制度格格不入的原初的、本能的、野性的生命意识，是一种儿童意义上的纯真的、反人本主义的心灵意识。于是，她在《刹那芳华》中捕捉声音："整个下午，某种类似金属的声音在室内悬浮，其穿透力将初夏的风一点点撕碎。常常，我停下手边的活，凝神屏气，只为捕捉它淡淡的光泽。"孙蕙在这里表达的是对安德烈亚·波切利音乐的理解。对于无法在空间维度展现的抽象的声音，孙蕙用具象的"金属""风"与"光泽"来表现。按照钱钟书对修辞的描述，孙蕙在这一部分用了大量的"通感"手法。但笔者认为，孙蕙其实没有故意在用修辞，而只是较为本真地写出了自己的心灵感受，诚如利奥塔引用斯坦的话所说："写作就是尊重词语的赤真性和古朴性，就像塞尚或卡尔·阿贝尔尊重色彩一样。"❸孙蕙以自己特有的心灵敏锐地听懂并理解了那个与我们不同民族、不同国籍、不同文化传统中的某个心灵的声音，于是她隐秘地展现了自己的窃喜："一切都是不经意间。一切又都是不可告人。""不经意间"与"不可告人"再次呈现了孙蕙散文中某种与众不同的、背离现实规制的美学策略，她的作品由此也与一般作家判然有别：她不注重"地气"，而执着"心意"与"天意"。《关于佛学》《与纪伯伦相遇》《听邓丽君的歌》《关于布列瑟农》等作品都是这种风格。

　　孙蕙对现实的警惕与逃离使她的文章颇有"白天不懂夜的黑"的浪漫主义与现代主义意识。她沉浸在无边的文学想象中，以《一个人的华丽》与《灵魂

❶　曹文芳. 栀子花香 [M]. 南昌：二十一世纪出版社, 2011.

❷　津子围. 写作是抖落时间的羽毛 [N]. 光明日报, 2012-07-17(14).

❸　利奥塔. 非人——时间漫谈 [M]. 罗国祥，译. 北京：商务印书馆, 2000:156-157.

的气息》固执地勾画时空之外的心灵维度，以文字来实现自己诗意的栖居生活方式。

二、古典隐秀的女性深情

孙蕙是女性作家，如果每一个关注女性作家的读者与阐释者回避女性作家的情感世界，那么他（她）就绝不会是一个合格的读者，对于阅读与阐释孙蕙尤其如此。在中国女性文学史上，女性写作更多地围绕着自己的爱情与婚姻生活。无论是曾经惊世骇俗敢于做出出格之举的卓文君，还是备受战火煎熬几易其夫的蔡文姬，抑或是与丈夫琴瑟和谐的李清照，面对文化传统要求女性的"妾妇之道"，她们都是软弱压抑并无力驾驭自我情感生活走向的。而且，越是文化程度与自我期许高的女性所受的心灵压抑越深，当这种压抑达到某种失衡状态时，有一部分女性会自然将这种苦闷与压抑转向文学创作。朱淑真、贺双卿、丁玲、庐隐、三毛等女作家创作即是如此。由于受强大的父权制与男性中心传统的习惯影响，即使今日在现行制度下已经获得平等权利的女性依然很难在现实层面上释放自己的孤独情绪与情感压抑，而写作不失为一种宣泄、补偿与反抗的方式。深层次探究孙蕙，会发现孙蕙的文学创作也有这样的渊源。笔者在阅读孙蕙的作品时，总觉得孙蕙其实是在借文学来疗伤或者寻求寄托。这使孙蕙的作品颇具宋词那种"无语凝噎""冷月无声"般的芳华，充满着古典文学那种引而不发的隐秀美与润物细无声般的女性深情。

在孙蕙大量短小而精练的散文中，孙蕙更多地执着于对自我心灵感受的描绘，正如王国维所说的"一切景语皆情语"，对于孙蕙而言，则是"一切心语皆情语"，这种情包含亲情、爱情与友情，由于孙蕙执着于精神世界的默契与沟通，孙蕙笔下的情大多带有柏拉图式非情欲的精神之恋的特质。在《坚硬如水》中，孙蕙直面自己对一个已婚男人的依恋，坦陈自己"坚硬的心，在他漂亮的文字面前，成了一汪水，柔软、无形、无骨"。能够这样理性地反思而又感性地表达出心灵深处的波澜，能够直面自己不被现实规则准入的心灵之恋，既表明了孙蕙对情感的执着与清醒，又道出了情感的复杂与感伤。由于情感的隐秘性，孙蕙书写爱情的文字总是透露着轻灵的感伤与隐秀的忧郁。在《左手平淡右手沉浮》中，孙蕙记录了自己面对流动的情感既无奈又向往的心态："记得从前用电脑算过命，说我的爱情像阵风，不为谁停留。呵呵，蛮像那么回事的啊！或许我会动心，但风过了，就会平息的，是吧？可是，风还没到中心地带，怎么就一晃而过呢？"面对这样清明而柔情的文字，读者很难不被打动和震撼。作为现实世界中有七情六欲的男人与女人，谁没有过面对异性时那种怦然心动的时刻呢？而能够抒发自己心灵深处真实的声音、乾坤朗朗地以文学的样式直抒胸臆的少之又少。孙蕙的表达是坦诚的，更是诗情画意的，这些情真意切的文字使孙蕙的散文充溢着独特的韵味与隐秀的深情。

综观孙蕙的散文，会发现孙蕙有大量描写自己孤独心境与向往爱情的文字，孙蕙对心灵世界的挖掘与爱情题材的表达使她的散文颇有"心语"美文的品质。那么，孙蕙这种带有独白特点的文章风格是如何形成的呢？现代心理学探究作家的写作动因和创作风格经常从童年的创伤性体验出发，探讨作家的童年生活对其创作风格的影响。例如，研究川端康成的学者认为，川端康成早年家人的不断离世造就了他与众不同的"孤儿"意识，他作品感伤忧郁的美学风格与他早年的生活体验密切相关。❶余华小时候生活在医院家属区，过早接触了诸多血淋淋与阴森森的死亡场景，所以他的小说酷爱书写暴力与死亡。❷

如果我们联系孙蕙的童年，也会发现一些理解孙蕙作品的钥匙。孙蕙童年时代跟着父亲在乡村生活，由于父亲经常深夜出诊，一个人待在房间的孙蕙经常被寂寞、孤独与恐惧缠绕。另外，由于孙蕙父母文化上的差异及特定时代的无奈，父母之间的隔阂与冷漠也严重影响了孙蕙的成长。在《隔着河流看过去》中，作者回顾了自己的成长历程，剖析了自己独来独往习惯的形成："父母的关系有所缓和，但我独来独往的习惯改不了了。同学说我傲慢、清高，他们哪里知道我是多么地渴望友谊、渴望爱啊，我怎么也冲不破多年来缠绕成的茧壳，那是我内心的软肋。由于性格所致，我的婚姻成了父亲的翻版。"由此可见，孙蕙散文中呈现出来的独白式与情绪化的抒情性特征与孙蕙早年不太愉快的生活体验密切相关。这正如弗洛伊德在心理学层面上对作家创作动因的探究，一个作家童年时代的创伤性体验有助于作家心灵世界的广袤和深刻，有助于作家去探究世界和人心的真相，便于从意识的多个层面展示自我复杂的心灵世界。

三、充满禅味的诗性空间

孙蕙是一个散文作家，同时她也是一个诗人，诗文双栖的创作经历使孙蕙的散文带有某种诗性。在阅读孙蕙的散文时，发现其语言凝练而俭省，她常常以诗性的文字准确地传递自己心灵中抽象、唯美而又转瞬即逝的意识流。即使偶有一些难得的叙事性散文，也是以微观叙事为主，并且融事入情，淡化事

---

❶ 叶渭渠.冷艳文士川端康成传[M].北京：中国社会科学出版社,1996:11-12.

❷ 洪治纲.余华评传[M].郑州：郑州大学出版社,2005:12.

件的发生发展过程。这些都说明孙蕙是一个自我意识非常强、极为看重自我心灵体验的主观型作家。迄今为止，孙蕙出版了两本散文集《一个人的华丽》与《灵魂的气息》、两本诗集《涉水之爱》与《泡一杯咖啡温暖掌心》。从书名以及散文集中的诸多文章篇名就可知道，孙蕙往往以抒情性语言统领自己的创作思路与文章风格，这使孙蕙的散文形成了独特的语体风格。这种语体风格由于大多是在深夜幽思的情形中思考宇宙人生、感悟灵魂而不由自主地传递出来的，所以带有灵性、哲性、诗性，更带有超越尘世的禅学力量。

孙蕙早年喜欢宋词，后来也阅读过大量中外文学作品，但她的语言和情感表达方式仍然是中国化与古典化的，应该说孙蕙的散文保留了更多的中国古典抒情传统。在阅读孙蕙的文章时，笔者即想起宋代蒋捷的一首词："少年听雨歌楼上，红烛昏罗帐。壮年听雨客舟中，江阔云低，断雁叫西风。而今听雨僧庐下，鬓已星星也。悲欢离合总无情，一任阶前，点滴到天明。"（《虞美人·听雨》）孙蕙的文章经常充溢着蒋捷这首词所体现出的人生况味和禅学意味。孙蕙年龄不大，但她的文字所体现出的心境苍老而超越，颇有超越红尘、与自然同在的禅意思致。孙蕙的笔名"飘飘隐士"也在另一角度展现出了她对现实与世俗的警惕。在《走在自己的田野上》一文中，孙蕙如是说："一直坚信，自己的前身是只候鸟，到处迁徙，为的就是寻找适合自己的活法……我的田野也不是这个嘈杂的世界，它在我的生活之外、想象之中。如影随形的，除了风，还有大地的暗香。"在《天堂》中，又有这样的文字："喜欢寺院，喜欢低眉捻珠的师父，喜欢听悠悠的梵音。我的灵魂需要跟着一种声音走，而宗教是最后的老师，直抵内心。有时候，我认为一切都是虚幻，每天行走在这座临海的小城中，与许多相识的、不相识的人点头致意，脸上挂着笑容，内心却一片孤寂。"在孙蕙的散文集中，短小的、抒情性的、片段式的心灵独语文字触手可及，一个孤独的又充分独享孤独之美的文学心灵也时时呈现，孙蕙的文字让我们产生情不自禁地联想，一个长发飘飘的瘦弱女子拉着一杆轻盈的旅行箱走在路上，漫步在雨中，与清风流水私语，向明月长空遥望，试图探寻宇宙的奥秘与人生的真谛。孙蕙这种寻寻觅觅、冷冷清清的文学书写继承自古以来屈原那种"路漫修远、上下求索"的文人心态与语言表达方式。孙蕙的文字也应和了中国与佛道相关的民间文人传统，展现出了一个在世界边缘与桃花源中超然物外、纯真幽远的文学世界。

孙蕙在当下的散文写作界，确实标举了一种风骨。为了自己的文学梦与自己喜欢的"诗意化栖居"生活方式，孙蕙辞职在家成为一名自由撰稿人。孙蕙的写作随心而率性、悲悯而性灵，诚如古人所说："山林之人，无拘无缚，得自在度日，故虽不求趣而趣近之。"❶孙蕙所生长、居住的江苏小城东台曾是明代心学泰州学派王艮的故乡，率性自然的生活传统与人生哲学由来已久，加之孙蕙阅读了古今中外大量的哲学与文学著作，从前人典籍中吸取了大量文学创作手法，所以她的文字在表现心灵世界的细腻、流动与广袤中颇有浪漫情怀与现代主义意识。由于孙蕙较为强调自我意识与情感世界的充盈，孙蕙的散文写作带有时下网络散文写作的特点，具有很强的自诉性与独白性，这一点与20世纪70年代以来的后现代美学传统中反中心、反权威，强调个人性、多元性的文学语境契合。作为一个在古典、当下与西方典籍中不断吸取文学养分且以文学为生命的作家，孙蕙作品的美学风格也呈现出多元化的特征。但归根结底，孙蕙是一个女性作家，对情感世界的关注、感性思维的丰富与复杂使她在表达情感世界与爱情事件时，有时显出古典女性隐晦而言简意赅、言近旨远的特征，有时显出现代女性豁达、大胆与批判的睿智。孙蕙文字所显现出来的沉思性力量与宗教性意味是孙蕙的个人化标签。她以特有的文人化、哲理化表达诠释了现代女性"我思故我在"与"我在故我思"的诗意化心灵，诠释了现代女性超越世俗生活、执着"诗意化栖居"的生活追求。

---

❶ 朱志荣.中国古代文论名篇讲读 [M] 北京 : 北京大学出版社 ,2006:255.

回归真正的童真

——论曹文芳的"水蜡烛"儿童小说

　　儿童文学创作相对于成人文学创作存在着一种悖论，即真正的儿童由于年龄、知识与创作主体意识的局限，很难自我"生产"符合儿童口味的文学作品，所以绝大多数儿童文学是由成人创作的。成人在回忆与想象中走进儿童世界时，总是很难摆脱成人意识，而中国文学创作中的文以载道传统又使一些宣称为儿童文学的作品说教意味太浓，从而与真正的儿童阅读趣味相距甚远。事实上，很多标注为儿童文学的作品不但篇幅过于宏大、思想过于深刻，而且忧患意识过于沉重，这样的儿童文学实际是为那些已经长大的成人准备的。正如鲁迅在《我们现在怎样做父亲》所批评的："往昔的欧洲人对于孩子的误解，是以为成人的预备；中国人的误解，是以为缩小的成人。"处于儿童阶段的小读者喜爱的是真正反映童言、童心、童事、童趣的作品。江苏女作家曹文芳最近出版的"水蜡烛"系列儿童小说《香蒲草》《荷叶水》《天空的天》《栀子花香》《丫丫的四季》与《云朵的夏天》在深入儿童心理、反映童真心灵、切近儿童阅读口味与表达儿童世界真善美方面颇具独到之处，在一定程度上弥补了当今儿童文学过于"成人化"的不足。曹文芳的儿童小说在简单、质朴与清纯中回归了儿童文学企求的真正的童真。

　　即使是儿童小说，也应该适度考虑城乡之别与男女之异。原因无他，生长环境使然，特定生长环境下的儿童可以更好地理解与他（她）的生活相关联的作品。综观当今儿童小说市场，服务于城市男童的小说作品远远多于、高于服务于乡村女童的文学作品。其中的原因是多方面的：其一，出版机构出于商业利益的需要，将儿童文学阅读群体主要界定为有购买力和购买需求的城市儿童，因为农村儿童所获取的教育资源难以与城市儿童比肩，遑论儿童文学作品的购买与阅读。其二，由于传统男性中心意识的根深蒂固，男性儿童往往得到更多关注并被寄予更多厚望。在这种家庭意识引导下的男性儿童更加外向、顽皮，富于反抗、冒险和探索精神，他们自然也更加受到作家的厚爱，容易成为作品中故事的始作俑者、趣味事件的代言人。由此，出现在电视、电影屏幕上的小主人公多为男性儿童。如果说革命战争时期的小主人公为三毛、潘冬子、张嘎等带有乡土、贫民倾向的男性儿童，今日活跃在屏幕上的更多的是城市男性儿童，如"大头儿子"马鸣加、"淘气包"马小跳、"坏小子"刘星等。从这个意义上讲，在儿童文学也遭遇"城市化进程"的今日文坛，曹文芳带有女性特质韵味儿的乡村儿童小说具有深入女童世界、回归田园的意味。曹文芳的儿童小说中的主人公除《天空的天》为一少女教师外，其余皆为乡村世界中真正的乡下女童，展现的是一个清澈明净而又意境深远的乡村世界。

一、澄明的童心世界

提及曹文芳，不能不提及著名作家、曹文芳的兄长曹文轩，曹文轩的成长系列小说《草房子》《红瓦》《根鸟》奠定了中国少年小说特有的美学规范。《草房子》可谓曹文轩浑然天成的、一部可以超越时空的经典之作，这部创作于曹文轩盛年时期的作品得到了成人家长与少年儿童的一致喜爱，经得起文学评论家苛刻的阅读与批评。原因无他，《草房子》无论在语言、结构还是人物、思想方面，都体现出作家精雕细琢的功力与追求永恒的美学努力。作为文学教授，曹文轩在创作时有清晰的主体意识与驾驭鸿篇巨制的能力，《草房子》写的是一个男孩桑桑从一年级到六年级的人生经历，但其小说的语言有时显现出清晰的成人意识。因此，将曹文轩定位为"儿童文学作家"不仅学界不太认可，曹文轩本人也不认同。例如，在《草房子》"红门"一章中，有一段关于自行车的表达就颇具成人化倾向："自行车之所以让那些还未骑它或刚刚骑它的人那样着迷，大概是因为人企望有一种，或者说终于有了一种飞翔的感觉。自行车让孩子眼馋，让孩子爱不释手，甚至能让孩子卑躬屈膝地求别人将他的自行车给他骑上一圈，大概就在于它部分地实现了人的飞翔梦想。"这一段文字的背后清晰地站着一个睿智而又清醒的成人与哲人，这样的语言表述在曹文轩的《红瓦》中也有不少，以这样的语言衡量曹文轩的《草房子》《红瓦》等，出版与宣传媒体就不该将曹文轩简单地定位为儿童文学作家。这种定位一方面不太恰当地拔高了儿童文学，另一方面限制了曹文轩的文学作品更广泛地进入成人的阅读世界。

以曹文轩厚重、唯美、典雅的文学韵味反观曹文芳，则曹文芳的作品具有轻灵、质朴、清纯的童真意识。真正的儿童文学应该是童心活现与澄明心灵的产物，正如陈伯吹所说："和儿童站在一起，善于从儿童的角度出发，以儿童的耳朵去听，以儿童的眼睛去看，特别以儿童的心灵去体会。"❶曹文芳的"水蜡烛"系列儿童小说正是由童言、童心、童事、童趣织就的，给我们呈现出了一个乡村女童视野下的宁静淡雅而又澄明悠远的儿童世界。

在《香蒲草》中，小女孩田田上学认字，别人问她是哪三个字，她说不认识，"认的字被老师拿走了。"这句简单的童言细细想来颇有意味，因为老师教认的字是写在图片上的。田田作为五六岁的孩童，喜欢美食可谓天经地义，在幼小的孩童世界里尚没有抵制这一本能欲望的理性力量，于是田田每天跟着卖糖老头的糖担子，眼巴巴地等待卖糖人难得的施舍，母亲教育她不能白要人家的糖，她固执地说："没有要，是卖糖老头给的。"母亲又苦口婆心地教她说："以后他再给你，你就说你牙疼。"田田老老实实地说："我牙不疼。"在这里，成人思维的委婉曲折与儿童思维的质朴简单形成了鲜明的对比。曹文芳就是这样通过一个个简单的故事再现了一个澄明的儿童内心世界，表达着孩童内心最真实的愿望。

在阅读曹文芳的小说时，笔者情不自禁地想起唐伯虎的《感怀》："不炼金丹不坐禅，饥来吃饭倦来眠。生涯画笔兼诗笔，踪迹花边与柳边。镜里形骸春共老，灯前夫妇月同圆。万场快乐千场醉，世上闲人地上仙。"如果说唐伯虎的豁达与悠然还带有科场失意后故意洒脱的意味，那么曹文芳笔下的"饥来吃饭倦来眠"便是真正心无城府的童真与率性了。在这样的笔墨下，孩童眼里的风景与小小的心愿远离了闻见之知与教化之伪，再现了"绝假纯真"与"最初一念之本心"。例如，在《荷叶水》中，小女孩悠悠面对天上的云产生了联想，"悠悠寻着鸟鸣声，抬起头，看到蓝蓝的天空飘着一嘟噜一嘟噜的棉花云，密密匝匝，层层叠叠，犹如铺满了厚厚的雪，中间飘动着一条长长的瓦蓝色的带子，透透亮。它是天上的路，还是天上的河？悠悠想了想，还是叫它天上的路，这样可以沿着这条路一直走到上河村，如果是河，她不会游水，就到不了上河村了。"这里的"棉花云""天上的河""天上的路"将孩童思维的梦幻性想象以及有利于自我需求的本能定位准确而又生动地展现了出来。曹文芳以水晶般的思维回归儿童心理，描绘了儿童那种不加修饰的幻想，再现了一个诗性、澄明的童蒙世界。

二、素朴的田园之诗

由于工业文明对农业文明的侵蚀，真正意义上的田园生活也日渐淡出当

---

❶ 陈子典. 新编儿童文学教程 [M]. 广州：广东高等教育出版社，2003:47.

代儿童的视线。农村进城务工人员的增加、乡村生存环境的恶化、学习压力的增大以及学校的撤并等各种因素使当代农村儿童真正与泥土亲近并自由玩耍的自由度越来越小，这使诸多怀恋乡土、怀恋童年的文学创作带有浓浓的感伤意味。席勒在《论素朴的诗与感伤的诗》中曾如此评价诗人："诗人或则就是自然，或则寻求自然，两者必居其一。前者使他成为素朴的诗人，后者使他成为感伤的诗人。"❶ 若以席勒对诗人的评价衡量曹氏兄妹的创作可以发现，曹文轩的文学创作以深情"回望"乡土、"回望"自己的儿童时代为主，颇具感伤之美，曹文芳的文学创作则以"直陈"乡土与儿童心灵为主，颇具素朴之美，这种素朴之美既有返璞归真的自然意味，又充满了莫名的禅机。

以《栀子花香》中的《槐树林》为例。"平静的河面上连一只小渔船都没有，只有大白鹅团在一起，懒洋洋地浮在水面上，一动不动，就像水里开出的一朵朵莲花。半天里就是这么一个画面，实在没意思。水牛拎起一块泥堡头，砸向河心，大白鹅惊得拍着翅膀散开了，好似莲花落了花瓣，一片片地散在水面上。"这里作家以莲花、花瓣比喻在水里漂浮的白鹅，将鹅的洁白如莲花、受惊如花瓣分离描绘得如诗如画，诗意中蕴含禅意，恰如一幅水墨风景画。由于画面静中有动、景中有人，这幅画在宁静淡雅中充满了悠闲的田园生趣。在曹文芳的创作理念里，儿童眼中的一切景物、一切人都是简简单单、真真实实、毫无矫揉造作之态的。曹文芳正是以孩童的体验，以一种漫不经心的、沉静而又悠闲的笔触，将孩童眼里这个可爱的世界信笔涂鸦，就像一个七八岁孩子用稚嫩的笔触画儿童画，表现出一种素朴的天真。在这种素朴的天真里，静物与动物相辅相成，人物由特征来定诨名。于是，在《丫丫的四季》里，一只篮子被命名为"猫叹气"，因为这只装满糕点的篮子被悬在高处——"猫吃不到，只能叹气"。在《香蒲草》里，兄妹五个有了名副其实的诨名——"田大眼""大青桩""二没魂""三木排""四秃子"。

曹文芳的儿童小说描写了大量乡村风物与乡土人物，由于所写乡村风物与乡土人物均是以童年视角加以展现的，因此这些描写在素朴中呈现出了天然的童趣。曹文芳对童年乡土的文学表现使得她笔下的田园生活本色天然，活脱脱就是一副水墨农家图。

三、淡雅的生命意识

曹文芳作品中的孩子们大多是 10 岁左右的女童，由于乡村生活的朴素自

---

❶ 朱光潜.西方美学史 [M].北京：人民文学出版社，1979:451.

然以及人生经历的相对简单，她们还留存着不受任何文化与意识形态熏染的生命原初体验。认知的有限、心灵的天真无邪使她们更愿意感知并专注于快乐的事件，所以对死亡与苦难，她们表现出有别于成人的姿态。正是因为曹文芳能够设身处地地以儿童心理切入，在处理儿童不得不面对的生老病死问题时，作家能够以儿童的眼光、儿童的心理，观察奇异的生命消逝现象，感知本能的死亡恐惧。因此，成人文学中浓墨重彩的死亡书写在曹文芳的小说中被淡化而又朦胧地处理了，这使曹文芳笔下的生命消逝现象带有了一种慎终追远的悠然意味，远离了那种大悲大恸的悲凉与死寂。曹文芳这样安排死亡场景是明智而又艺术的，这种淡雅的生命意识和其作品营造的恬淡、轻盈的艺术氛围是一致的，也是恰到好处的。

在《香蒲草》中，田田的小伙伴香儿因病早夭，田田不明所以，问母亲："人都是要死的吗？"母亲说："人长到老都会死的，就像地里的庄稼，一茬一茬的。"田田担心自己也会死，于是母亲安慰她："小孩子家谈什么死？小孩子就像田里的秧苗，还没有灌浆、抽穗，还没有结出果实。"田田不解，追问同为小孩子的香儿为什么会死？父亲解释："一田的秧苗总会有几株枯去的。"在这里，曹文芳以儿童田田的视角来观测伙伴的死亡，进而生出疑问、忧愁与恐惧，为了解释这种生命消逝的现象，田田父母选择了庄稼生长规律回答田田的疑问，这种"异质同构"的思维和推理方式消解了生命远去的沧桑与悲凉，淡化了人面对死亡的无能为力，顺应了民间乐天知命的生存逻辑，这种生长于自然、回归于自然的生命意识符合孩童朴素的理解力。曹文芳出于对儿童心理和乡村生命意识的理解，恰到好处地处理了儿童视角下的死亡场景。这种淡化死亡伤痛的文学书写使曹文芳笔下的文学世界自然、恬淡、天真，散发着浓浓的稻草般的清香。

在阅读曹文芳的儿童系列小说时，感到难能可贵的是还有这么一个作家能够以自己的成长经历为样本，为真正的乡村儿童尤其是为乡村的女童写作。在曹文芳的儿童作品集中，乡村女童形象随处可见，如《香蒲草》中的田田、《荷叶水》中的悠悠、《丫丫的四季》中的丫丫、《栀子花香》中的玉桃、《云朵的夏天》中的米秀，这些密集的女童形象弥补了当今儿童文学写作中对乡村女童关注的不足。曹文芳作为一直活跃在教育一线的专职幼儿教师，保有一颗真正的童心，能够充分感知还处于生命成长初期的孩童心理和心灵世界，她所表达出来的儿童文学世界既真，又善，更美，切合孩童的淳朴心灵，她的文字也传达着一种天然本真、亲切自然的诗学韵味。她笔下的乡村世界似乎千年不变地从远古时期漫延而来，那种朴素的人情味、浓浓的乡土味使人情淡漠、矫揉造作的城市文明相形见绌。

为人民抒情

——淮剧《送你过江》观后

　　文艺作品的创作常常如电光野火，在心有灵犀的一瞬间，引爆出惊人的能量。南京渡江战役纪念馆的一幅照片——《我送亲人过大江》一下子点燃了军人出身的剧作家陈明对"百万雄师过大江"的诗意畅想。由陈明编剧、胡宗琪导演、程红主演的大型现代淮剧《送你过江》最终以一艘船、一条江、一场战役，一个女人的情感选择，两个男人的英雄情怀，既表现了难以戏剧冲突化的渡江战役，又挖掘了古老淮剧表现重大历史题材的艺术空间，融淮剧的悲情与战争的壮美崇高于一体，演绎了一场如泣如诉的人民英雄史诗。

　　《送你过江》主要讲述的是一个江边童养媳江常秀为了渡江大业，在恩情、爱情和家国情的艰难选择中，最终牺牲爱情，与渡江军民共牺牲、共成长的故事。剧名《送你过江》以极富动感的两个动宾词"送你""过江"形象地传递出了如火如荼的战争动态和民众心声。"送你过江"是剧中女性人物形象——身为童养媳的江常秀对她爱慕的军人郭逸夫的心声，也是以江老大为首的江边老百姓对渡江部队的心愿，这里面既凝结着一个女人的真情，也凝聚着中国受苦受难的老百姓对中华人民共和国的向往。"送还是不送"反映的是作为女人的江常秀，愿不愿舍弃自己对郭逸夫的爱情，反映的是老百姓愿不愿舍弃赖以谋生的民船财产，甚至自己宝贵的生命。"送不送"最终反映的是民心向背问题。过江反映的是中国革命的最终指向问题，过不过是验证渡江战役是否正义，又能不能得到百姓支持获得最终胜利的问题。换言之，在中国革命最后一战的关键当口，"送你过江"不仅是江老大、江常秀、江更富的家事，还是渡江部队的大事，是事关中华人民共和国能否成立的天下事。剧作正是以一个童养媳、女村主任的口道出了一个女人的心声，也以小见大地道出了中国人民的心声。"送你过江"如阿基米德的支点，撬动了中国革命是否具有人民基础的根基问题。

　　人民既是一个集体概念，又是一个个有血有肉、生动具体的形象，生搬硬套只会使"人民"成为一个伪概念。《送你过江》中有一个自始至终的道具——《为人民服务》识字本。这个识字本是革命军人郭逸夫留给江常秀的信物，也是江常秀的教科书和行动指南，它开启了童养媳江常秀对革命事业、文明世界的向往，使江常秀将自己的命运和革命者的命运紧紧联系在一起。不仅如此，剧目还通过两个辅助人物——豆花和小黄的对话探讨了人民和为人民服务的含义。人民是谁？人民就是你和我，就是我们身边的每一个人。为人民服务，就是我为你服务，你也为我服务。这样，为人民服务也就具化为身边人的互相支持。因此，"送你过江"中的"送你"是为人民服务，"过江"也是为人民服务。这个《为人民服务》识字本经过了豆花、郭逸夫、江常秀、江更富之手的多次流转，不仅启迪了女主人公江常秀，还影响着江常秀之养女豆花，影响了正在成长中的青年江更富，最终推动了江家所有人都支持渡江大业。因此，这个识字本是一个巨大的黏合剂，是情之所在、义之所在，不仅使郭逸夫、江常秀获得了志同道合的情感基础，还黏合了军民关系，使军民同心，树立了"为人民服务"的终极目标。剧作中对"为人民服务"的疑问和阐释推进了戏曲情节的每一步转折，使整部戏的主旨得到极大的提升，升华了《送你过江》的思想境界。

　　戏剧是冲突的艺术，剧中每个人都有自己的诉求，为了充分展示各种矛盾冲突，剧作家在安排人物关系、设定人物前史方面颇费心思。《送你过江》将常人之情与过江之义交织在一起，设置了一段渡江船娘和渡江军人之间的情感关系，这种关系设置加剧了普通伦理之情和国家之义的冲突。男与女、军与民、军纪与亲情互相交织，交错呈现，形成了一组组不可调和的矛盾。《送你过江》紧紧抓住渡江前每一个人的心理活动，展开了充分的对话，在对话的交锋中，每一个人都在"我与你""我与家""我与过江"中选择、转变、成长和升华。郭逸夫、江常秀之间的爱情，江常秀、江更富之间的亲情，江常秀与江老大之间的恩情，王进与郭逸夫之间的友情，以及老江家和渡江事业之间的家国情，没有一种情感不在围绕"小我之情"与"过江大义"而经受考验。每个人不同的坚守与选择反映了不同的人物性格，展现了不同的心灵世界。《送你过江》对人物关系、人物前史的设置为整部戏的矛盾冲突、人与人关系的撞击提供了极好的人心变化的图谱。

　　在剧作中，几乎每一个人都有一个截然不同的过去，过去的"我"限制着现在的"我"，"我"既与他人之间存在客观的矛盾冲突，"我"与"我自己"

也有难以跨越的鸿沟。生在"豪门之家大上海"的郭逸夫有文化和革命理想，并且率真、执着，他既想发自内心地解决"童养媳"问题，又想追求一种"合理、公平、完善"充满人性的社会制度。这说明作为共产党员、革命军人的郭逸夫是尊重人、理解人，具有超前而现代的人性论思想的。他人生的一帆风顺、他的理想主义情怀使他对自己面对的现实问题过于乐观。因此，他对江常秀的处境、对渡江可能出现的军民矛盾缺少足够的警觉。尤为重要的是，他低估了江老大的传统宗法观、婚姻观、子嗣观的力量，低估了军纪民情的实际情况，导致军民矛盾一触即发。郭逸夫的困境表面上是江老大的保守和落后带来的，实际上是由于他对自身的两难处境认识不全面、不充分而造成的。因此，他所面临的理想与现实矛盾既不可避免，又难以调和。同样，作为老百姓的代表，江老大一方面明大义，"勇当渡江第一桨"，支持渡江大业；另一方面存私心，把家里的龙头大船藏起来，还强点鸳鸯谱，违逆江常秀的内心选择，让江常秀嫁给他的小儿子江更富。无论是郭逸夫，还是江老大，他们都存在本我之私与超我之义，这产生了根本性的冲突。在此基础上，军与民、新与旧、渡江与爱情成为全戏冲突的基础。剧作家陈明对郭逸夫、江老大这两个对抗性人物形象的预设，尤其是对他们内心世界的渲染，奠定了整部戏的冲突基础。

与郭逸夫同样存在双重自我矛盾的还有女主人公江常秀。江常秀虽为支前模范和女村主任，但童养媳身份如绳索一样紧紧窒息着她的自由意识，她以报恩意识弱化了反抗意识，她身上的不彻底性是自身婚姻苦酒的渊源，因此江常秀身上"新我"与"旧我"的矛盾无法统一和调和。剧作中的江老大、江常秀、王进、小黄、豆花都或多或少地残留着男尊女卑的传统意识，具有现代意识的革命军人郭逸夫期望以一人之力对抗旧世界的封建残余意识，期望将"人的解放"和国家、民族的解放立即统一起来，无疑是不现实也不可行的，这也正是这出戏中爱情悲剧的根源。其中最为突出的矛盾就是，郭逸夫的现代人性意识与像江老大这样普通群众的觉悟程度发生了深刻的抵牾。当群众的觉悟还未上升到人性高度、道义高度时，军人如何选择？郭逸夫对江老大的妥协、对江更富的成全由此具有了崇高的意义。在大敌当前，在个人的解放与国家的解放面前，每一个人都在选择、放弃或者成全。最终，剧中人都在为更多的人谋求解放的事业面前做出了最大的牺牲。剧作家陈明正是通过这一组组人物关系，通过对戏曲主人公内心世界的拷问，切中肯綮地呈现了渡江前每一个人舍弃与成全之间的心路历程。

《送你过江》中的核心事件是过江，过江前后的战火硝烟考验了民心向背，考验了情义担当，也使牺牲和成长成了《送你过江》不断衍生的主题。为了渡江大业，江常秀牺牲了和郭逸夫的小我之情，如江老大所愿，和小叔子江更富结婚，以保证郭逸夫顺利过江，换取江老大对渡江大业的支持。正是江常秀这一看似无奈和弱者的选择使"得偿所愿"的江老大、江更富产生了奇诡的心灵波动和变化。"洞房拒婚"这一幕戏以不同空间并置的戏曲手段呈现出了剧中五个人物的心声，其中尤以江更富的性格变化和成长最为动人。从畏畏缩缩的弟弟到懵懵懂懂的新郎，江更富最终在江常秀、郭逸夫的情感付出和牺牲中获得了极大的心灵震撼和成长。

为了艺术地呈现一个原先不谙世事的少年成长，剧作家陈明调动各种戏曲手段，充分吸纳了中国传统戏曲的赋、比、兴手法，利用各种民间素材，创造了充满生命律动的唱词，酣畅淋漓地抒发了人物心声。"不是楠木不做桨，不识水性难走江。泡灰勾缝不牢靠，脚面不能钉船帮。吞下丝线三千丈，日扯心肝夜牵肠。生柴引火烤竹笋，外层皮焦内心凉！"寥寥数语，剧作家就运用了比喻、夸张和民间生活经验，将原本少不更事的男孩江更富演绎成了一个充满情感痛苦、从生活中成长起来的男子汉形象。江更富性格的转变和成长最终激发了江老大性格的转变。渡江与爱情的考验不仅使渡江前沿的郭逸夫、江常秀在牺牲中成长，还使偏于保守和自私的江老大、江更富这样普通的民众获得了觉悟的提高和情怀的高远，"送你过江"由此从现实革命历史事件，演绎成了人的心灵史、成长史。江更富形象的革命性转变不仅标志着江更富的新生和成长，还标志着以江老大为代表的旧传统以及利己主义农民思想必将在时代洪流中被淹没、被改造，最终在弃旧图新中获得脱胎换骨般的新生。

在《送你过江》戏曲的最后一幕，军民空前团结在渡江大业中，滚滚向前的时代洪流、千帆竞发的渡江伟业展现出军民同心的革命意志，江更富与郭逸夫先后牺牲，无数渡江军人英勇牺牲。江常秀在渡江战役中失去了亲人、爱人与同志。常秀喊江一幕场景戏曲化地呈现了情爱悲剧与战争悲剧交织的深情、悲壮与崇高。"叫一声，江边倒下的兄弟们，大江作证人有情。南北东西百家姓，两岸处处是家人……南北东西百家姓，四时八节祭英灵。"从为自己挚爱的爱人、亲人送葬到为所有渡江而死的无名战士祭奠，江常秀一声声"南北东西百家姓"的吟唱不仅喊出了个人的伤痛与心声，还喊出"南北东西百家姓"对所有渡江战士的心声，由个人到集体，由家庭到国家，军民鱼水情经过了血与火的洗礼，经过了情与义的煎熬，最终在情的奉献、在生命的牺牲、在对中华人民共和国的希望中获得了定格。观众就在这样一场交织着生死情爱、充满着家国之义的抒情演出中获得了一场关于人民、关于战争、关于英雄的回想。

审视灵魂的炼狱之旅

——淮剧《小城》观后

　　滥觞于先秦、形成于宋元的中国戏曲作为世界三大古剧（古希腊戏剧、古印度梵剧、中国戏曲）中唯一还活着的古老戏剧，历经千载沉浮，经过无数民间艺术家的传承，依然活跃在中国当代舞台上。根据文化和旅游部最近一次全国戏曲剧种普查结果显示，中国现有 348 个剧种。针对起源于苏北并具有 200多年历史的淮剧，一些剧作家采用"传统戏剧现代化"❶的方法，创作出了一系列具有全国影响的现代戏剧目，如《太阳花》《祥林嫂》《送你过江》《十品村官》《鸡毛蒜皮》等。2014 年，由徐新华编剧、卢昂导演、陈明矿与陈澄主演的大型现代淮剧《小镇》自首演以来，在中国与欧洲演出近 200 场。该剧通过盘根错节的矛盾冲突、步步惊心的心灵展示，将一个亏了心、犯了错、火上烧、油锅里滚的 59 岁男教师朱文轩塑造得惊心动魄、栩栩如生。2016 年 10 月 31 日，《小镇》荣获第十五届中国文化艺术政府奖——文华大奖，这是淮剧剧种首次获得国家级最高奖。《小镇》里程碑式的探索成果极大地鼓舞了淮剧从业人员的创作热情。

　　2019 年，《小镇》的姊妹篇、灵魂三部曲中的第二部作品《小城》由擅长灵魂大戏的著名剧作家徐新华编剧，由"新世纪杰出导演"卢昂教授导演，由梅花奖得主陈澄、陈明矿主演和青年演员刘亚军、张泠等人助演。《小城》甫一亮相，便激起了观众的赞誉与热议。《小城》中的广场舞、器材招标、道路扩修、交通肇事、读研考博、手术风险、微信朋友圈等"现在进行时"事件一下子将观众推到一个身临其境、似真亦幻、患得患失的当代戏曲情境中。剧中陈澄扮

❶　罗怀臻.重建中的中国戏剧——"传统戏剧现代化"与"地方戏剧都市化"[J].中国戏剧，2004(2):4-8.

演的小城名医肖悦华所经受的医职与母爱不可兼得之痛尤其让现代职场女性感同身受。可以说，《小城》以肖悦华之子周晓宇的一次交通肇事逃逸事件再次以"小"起步，将人的逃逸本能和潜意识具化为《小城》这出戏的情节动机，将肖悦华全家推到一种隐匿罪责的煎熬状态。从《小镇》到《小城》，江苏省淮剧团的两大剧目先后聚焦"教书育人"的教师、"救死扶伤"的医生这两大社会主流形象，在承认他们弱点的同时，肯定他们从灵魂深处"刀刃内向""刮骨疗毒"、自我净化、自我革新的救赎与担当。《小城》中肖悦华医生和《小镇》中朱文轩老师的灵魂"二重唱"既为新时代的小镇、小城树立了"知耻而后勇"的道德楷模，又将淮剧的现实性、现代性探索推到了一个新的高度。

一、聚焦"利己"的人性弱点

中国传统淮剧发展到今天，经历了一个从民间艺人香火戏、门弹词、盐淮小戏到专业艺术院团所开辟的现代淮剧的发展历程。近年来，江苏省淮剧团所编排的两出戏《小城》与《小镇》脱离了传统淮剧对民族危亡、国仇家恨、封建礼教、负心出轨等进行控诉的立意宗旨，将戏剧冲突聚焦人性弱点及意识与潜意识之间的对抗，这一颇具现代性的艺术尝试在当今淮剧创作中是一个新的动向。

作为《小镇》的姊妹篇，《小城》的戏曲艺术空间从具有历史感的千年"天元小镇"移步到当代一座天高皇帝远的"天远小城"，其主人公形象从一个经历过"灵魂过山车"考验的十佳名教师、朱小轩之父朱文轩转换为一个小城名医、事业有成的女性副院长肖悦华，其核心事件从《小镇》中朱文轩之子朱小轩为他人担保欠债 500 万，朱文轩冒领奖金 500 万转变为《小城》中肖悦华之子周晓宇撞人后逃逸，肖悦华为子前途继而包庇隐瞒。从《小镇》到《小城》，前剧聚焦人性之"贪腐"，后剧聚焦人性之"隐恶"。孔子云："父为子隐，子为父隐，直在其中矣。"千百年来，儒家文化以爱与孝之伦理，不认为"隐"有违社会公序良俗。而在现代文明社会，法不容情，不当之"隐"就是一种悖德违法。在《小城》中，剧作家以名医之德、为母之爱与逃逸之罪、人性之隐相交织，考验人在危机情境中的存在状态和最终选择，再一次将看不见也摸不着、飘飘忽忽的抽象人性具象地、女性化地呈现在剧场中。

人性是人类天然具备的基本精神属性。从现实层面观察人的行为，任何人都有善良的一面，也有邪恶的一面，故人性善恶并存。人类社会的一切现象都是基本人性的映射，中外文学经典无不书写人性。"文学发于人性，基于人性，亦止于人性。"❶"我以为一个作品的恰当与否，必须以'人性'作为准则。"❷因此，《小城》中的肖悦华在得知儿子车祸逃逸的瞬间，以母爱本能隐瞒了真相，屏蔽了天职与公道，这是"利己"这一终极人性的本能反应。从心理学角度来说，本能是支配人行为最强大、最根本的动力。剧作恰恰从母性本能，抓住了一个女人软弱、失智的瞬间，深入人的潜意识深处，勾勒了一个溢出戏曲主体的戏剧空间。在这个戏剧空间里，受到过高等教育的研究生周晓宇、陶晶晶面对撞人逃逸的违法事实本能地寻求庇护，作为社会中流砥柱的周天济、肖悦华也以舐犊之情暂时遮蔽了应有的担当，甚至真相大白之后，被撞者吴爷爷一家自愿"守口如瓶"。国人人情的深重，人类繁衍本能所带来的对子女前程的期冀，为人父母对子女过度的扶持、包容，这些在中国千家万户存在着的家教理念、社会风气常常遮蔽社会的规则公正和法理权威。《小城》从日常生活中看似微不足道、情有可原的人之常情起步，开启了对"衡是否有度，法是否有尊，地是否有灵，天是否有道"的质问与思考。这一取材立意实有四两拨千斤之妙，它将中国社会中长期存在的人情痼疾、亲情庇佑上升到了情理、道德、法制的高度。

二、公私角色的戏剧化对抗

戏曲作为一种民间艺术，一直承载着社会的道德伦理和民心向背。所有的"戏说"其实都是在说"道"。诚如剧作家所说："《小镇》《小城》不仅仅是小镇、小城，它还是国家、民族、人类社会的浓缩；《小镇》《小城》里的人也不仅仅是小镇、小城的人，还是每一个芸芸众生的我们。"❸因此，无论我们在观古代题材的《曹操与杨修》《金龙与蜉蝣》，还是看现代题材的《死水微澜》《鸡毛蒜皮》，都是在体察人类的困境，探求立世之道与人的哲学。

《小城》剧情的巧妙就在于构筑了一个当代语境中的现实困境。医术精湛的眼科专家肖悦华接受了一个因车祸而失明的病人吴伯伯，而吴伯伯看到的肇事者就是她那前途无量的儿子周晓宇，吴伯伯又是她丈夫周天济的恩人。动不动这个可以揭开车祸真相的手术？面对来自儿子、丈夫、友人的各方压力，面对亲情、母爱、恩情、法理的内心挣扎，人之道，《小城》这出戏如何"道"出"事故"之后的"故事"？对人的叩问，对母亲的叩问，对医德、良知的叩问，拉开了《小

---

❶ 梁实秋.浪漫的与古典的：文学的纪律[M].北京：人民文学出版社，1988:122.

❷ 王正龙.文学理论研究导引[M].南京：南京大学出版社，2006:251.

❸ 徐新华.《小镇》《小城》中见众生百态[N].新华日报，2019-12-12(16).

城》这场心灵戏的大幕。

从剧情的发展中我们可知，知晓了"意外从天降"后的肖悦华有一段内心独唱。饰演肖悦华的陈澄以精到细腻的表演、清亮而神韵丰厚的唱腔自诉了一个女子的心声："天济他好丈夫世人公认……晓宇儿自小就好学勤谨……几回回拒绝那省院邀请，淡淡然甘心于小城安身；肖悦华从不求飞来鸿运，只望能尽责敬业兼顾这圆满和美的小家庭！"这一段唱词精准地概括了当下职业女性的常态化心声，也铺垫出下文肖悦华为保小家而放弃良知的心理逻辑。因此，当儿子苦苦哀求，丈夫也以"儿子生路"相劝后，肖悦华选择了"隐"和"避"——隐藏真相并以生病为由，回避了唯有她才能做成功的眼科手术。换言之，戏曲情境中母亲和妻子这两种家庭角色和观念暂时超越了医生、公民应有的道德规制。而这两种公私角色的戏剧化对抗恰恰是百年来女性一直在努力平衡的。《小城》中周天济、周晓宇一开始理所当然地要求肖悦华"庇护"，周晓宇女友陶晶晶也以一句"您是他的妈妈呀"相责怪，内心都是从私人角色定位作为医院副院长、已经具有在公共政治领域发声权的肖悦华。在他们看来，母亲牺牲自己的职业道德、忍受良心不安，成全儿子前程是理所当然的。当周晓宇知道母亲最终还是要他"主动伏法、重新做人"后，对着肖悦华负气指责："我有罪，该引咎，我触法，该作囚；我自酿苦酒自承受，绝不能连累你小城名医——成功女性美名留。"听闻儿子这番话，饰演肖悦华的陈澄跟跟跄跄，成串泪水潸然而下，一滴一滴地坠入杯中。坐在剧场的年长观众，看到这里感到一股扎心之痛。这一段场景如全剧之眼，它将母亲爱恨交织的撕心之痛、青年犯错后前途无望的愤世嫉俗表现得淋漓尽致。这段小小的细节经由饰演母子的陈澄和刘亚军的精湛表演，产生了极强的剧场震撼力。这一段真实、精准的唱词和表演具有丰富的剧场效应，一下子就拉近了台上演员和台下观众的心理距离。观众可以从中体味到台词背后复杂的文化心理和集体无意识，它一方面反映了当代家庭中男性成员对职业女性的苛求和传统道德绑架，另一方面凸显出了当代养成教育方面的缺憾。周晓宇讽刺、挖苦肖悦华的成功女性形象正是以他心中的私人化母亲角色误判、淡化了肖悦华的公民意识和社会形象。肖悦华母子之间的矛盾和对抗其实是新型职业女性和传统母亲角色之间的文化心理鸿沟，要弥合或者跨越这文化心理鸿沟，摆脱积淀已久的集体无意识对女性的隐性戕害，仍将是一段漫长的历程。

从当今教育的缺憾来说，当前家教中"只知教儿苦奋斗，只知教儿学业求；功名前程不离口，却忘勉儿把身修"是一种普遍现象。因此，肖悦华自责母教无方特别具有警示意义。前人云："闺门万化之源"❶"家庭母教，乃是贤才蔚起、天下太平之根本"❷，在生养分离、留守儿童近6 000万之多的当代中国，在教养不当导致青少年自杀率上升、犯罪率居高不下的现代社会，无论怎么强调母亲高品质教化的意义都不算过分。因此，《小城》通过这场家庭灾难，在呈现职业女性困境的同时，呈现了中国式育儿的尴尬处境。

三、梦、病、酒推进的灵魂炼狱

关于戏剧，高尔基曾经用"最困难""最艰巨""最难运用"等词语表达戏剧创作的困难。"其所以难，是因为剧本要求每个剧中人物用自己的语言和行动来表现自己的特征，而不用作者提示。"❸剧作家要有用"不可反驳的逻辑"迅速解决戏剧冲突的本领。在《小城》中，肖悦华、周天济、周晓宇等人如何从隐瞒车祸真相到主动承认担当？肖悦华如何从回避手术到主动接受手术？千千心结如何解？笔者认为，《小城》通过梦、纱、酒这三个意象组成的戏曲化场景，通过做梦、装病、喝酒三个阶段，体现了肖悦华心灵的转变过程。这解剖心灵、推进灵魂自省自救的场景呈现出淮戏独有的灵性和格调，融汇着思想力和剧诗的美感，让观众过目难忘。

剧中第一幕让人过目难忘的场景是一场"手术之后"的梦境。梦作为一种人的精神现象，是人潜意识深处的幻象。在弗洛伊德聚焦"梦的解析"之前，文学、戏剧早就与梦结下了不解之缘。汤显祖的"临川四梦"与曹雪芹的《红楼梦》都是以"梦"位列中国古典戏曲与古代小说的巅峰。《小城》中女主人公肖悦华的梦是典型的噩梦。这个噩梦是推进肖悦华自我反省的第一步，她隐瞒了儿子撞人的真相，打算以手术有难度为吴伯伯难见光明埋下伏笔。但对一个有良知、有操守、有医德的女医生来说，她不可能获得灵魂上的安宁。噩梦的来临完全符合剧中人的性格走向和戏剧冲突的逻辑。在梦境中，肖悦华已经违心地、留有隐患地为受害人动过了手术，于是这场手术的主刀人和观众一样处于对手术结果的忐忑之中。这段戏文尤为精彩："纱布揭开头一层……纱布揭开第二层……纱布揭开第三层……纱布揭开第四层……"在这个戏曲化场景中，主演陈澄在表演过程中以表面上的故作镇定隐藏心灵深处的惊涛骇浪，表

❶ 陈宏谋.五种遗规[M].北京：中国华侨出版社,2012.

❷ 印光.印光法师文钞[M].北京：宗教文化出版社,2000.

❸ 王春泽.剧本是最难运用的一种文学形式——读高尔基文艺论著札记[J].外国文学研究,1987(2):6.

情、动作处理既有传统戏曲的程式化因子，如写意化的甩水袖而舞动纱布的动作，又融入斯坦尼表演体系中的内心化体验，通过眼神的微妙流转传情达意。她自有特色的澄腔演唱则通过音声的澄澈与混沌、明亮与幽暗、哀怨与惊恐等复合情绪，渲染出"生死攸关顷刻定，分分秒秒熬煞人"的心灵化场景。导演、舞美对"纱"这一意象的蒙太奇式运用引领观众去思考："纱"背后的眼睛能不能重见光明？"纱"背后的真相会不会大白于天下。可以说，这一幕关于"手术之后"的梦之戏将所有人物的命运聚焦到一个点上，这个点就是术后的吴伯伯能否复明。笔者认为，《小城》这出精彩而特别的戏段体现出了剧作家精巧的矛盾冲突设计，牵一发而动全身，开启了观众复杂的情绪体验和艺术想象。当剧中人肖悦华梦到吴伯伯因手术失败跳楼自杀后，在极度恐惧的同时发出痛苦的呼叫。此时，饰演周天济的陈明矿从舞台一角走出，以温存之语点出："醒醒，悦华，这是在家里！你做噩梦啦！"迅速将梦境拉回家庭生活场景，观众也因"一语点醒梦中人"而同时"如梦初醒"。梦与现实的对话不仅营造出剧情的张力，还让戏曲人物在异质时空中隐现自如，并引领观众对主人公进行灵魂上的审视，设身处地反省和思考人的处境，从而获得剧目预设的心灵净化和道德教化效果。

做梦、装病和饮酒是"小城"中人"走过黑暗，走向光明"的三部曲。在文学创作中，病是另一个重要的文学命题。鲁迅曾说过："我的取材多采自病态社会的不幸的人们中，意思是在揭出病苦，引起疗救的注意。"在人类历史长河中，如果不处理疾病和痛苦带来的问题，那么文学和艺术不可能充分地再现世界。《小城》中每个人所得的"病"是多重、复杂并有隐喻意义的。噩梦之后的肖悦华是"身虽无病心有病"。在装病过程中，院长打来电话要探"病"，她脱口而出的"我没病"和经丈夫提醒的"我有病"呈现了一个人口是心非、言不由衷的窘境。而吴鹏飞又要热心将她这个"病人"送医诊治，也将她推到更加尴尬的悲喜剧状态。在这个特定的戏剧化场景中，"医生"和"病人"身份的戏剧化倒置使剧中人痛定思痛，意识到"朗朗乾坤怎逃遁？掩耳无非自欺人；手术成功儿被认，害儿罪过加十分；手术失败更遗恨，只怕夜夜梦惊魂；罪恶森森如阴影，从此后，心惊肉跳，度日如年，阳光下头不能抬气难伸"。从噩梦连连到装病更囧的悲喜情境中，"为儿逃罪是病根"成为肖悦华自我诊断找出的病症，而其药方便是重归医生职责，"全心全意治病救人"。《小城》之戏的进一步矛盾从肖悦华自身的心灵冲突衍生为两代人肖悦华和周晓宇在价值观上的冲突。由此，营造出"三杯酒"的感人戏段。

酒，无论在人类学还是文化学意义上，都是带有丰富艺术含蕴的意象。

"对酒当歌，人生几何"和"举杯浇愁愁更愁"的文学书写凸显了酒与人类愁苦心情的深层联系。《小城》中周晓宇知晓母亲不再为其庇护后，知道了自己将面临铁窗的惨痛事实，故而借酒浇愁。肖悦华与丈夫赶到周晓宇买醉之处，借酒在儿子面前坦然认错："爱儿害儿太荒谬，错上加错局难收。下梁歪自上梁朽，儿有错母亲的样子是源头。"这一段戏文声情并茂，铺垫出一个爱子如命的母亲宽容自责的复杂心理状态。在剧目中一直以好丈夫形象出现的周天济则以男性之刚激励周晓宇："是个男人，就给我喝下去！"因此，"化入愁肠"的自罚自担之"酒"包含着肖悦华一家浓浓的悔恨、遗憾，暗示着一家人最终的自省和担当。剧目通过"酒"这个独特的意象，使本来极度对抗的矛盾峰回路转，价值观冲突获得了暂时的舒缓平衡。

从梦惊、病诊到罚酒自省，无论是肖悦华，还是周天济、周晓宇，经过心灵炼狱之火考验过的一家人实现了"凤凰涅槃"般的重生。

四、当代城市的"多声部"映照

与乡村文明相对照的城市文明是人类商品化、现代化进程中的产物。正在发展和转型中的中国处在高速发展的城市化进程中。如何面对千千万万座城市出现的各种问题？如何实现和谐、科学的城市社会治理？如何培养诚实守信、自立自强的现代公民？这些看似宏观、深邃、复杂的问题其实关乎我们每一个城市人。为生活在城市、享有城市便利也经受"城市病"贻害的我们应该反思自己的市民角色，我们是周晓宇还是肖悦华，是玉梅还是晶晶？笔者认为，"天远小城"正是中国万千城市的冰山一角。《小城》能以"城"的视角来反思世道人心之"诚"，可谓举重若轻，它真实、日常，接地气。从城市的多向性考察《小城》，笔者认为剧目对当代城市生活的反映是多维度、多声部的。

以家庭模式来说，和《小镇》中以朱文轩为男性一家之主的家庭模式不同，《小城》充分展示了一个带有现代感、女主外的新家庭模式。从周晓宇的抱怨——"我从小到大，这家里都是我妈一个人说"反映出肖悦华在家庭当中的中心地位，而周天济对儿子的训诫、对肖悦华的安慰与体谅充分展示了一个支持、理解妻子事业的好丈夫形象。可以想象的是，肖悦华能够成长为小城手术零事故的眼科名医、医院副院长必然离不开丈夫周天济这一坚强的家庭后盾。剧目中饰演周天济的陈明矿以自然淳朴的表演，传神地演绎出了一个自甘幕后的男性"贤内助"形象。他为这部聚焦女性痛楚心灵的戏提供了一幅宽厚、温情的画面。在女主人公性格成长、变化、升华过程中，周天济这一角色起到了恰到好处的支撑和平衡作用。因此，《小城》中周天济、肖悦华的角色扮演不仅反映了中国男女性别角色与传统角色的不同，还反映出当代城市家庭模式、家庭理念的变迁。

从城市女性形象塑造来说，《小城》塑造了一个勇于自省的城市女医生形象。其实，作为理性、知性、治病救人的医生，一般不具备大起伏、大悲恸、大冲突的心理结构，不具备失足、妄为、武断的行事作风。因此，塑造一个和平年代、事业有成的女医生形象比塑造苦大仇深的窦娥、深受礼法钳制的杜丽娘、国破家亡后的李香君、夫死子亡的祥林嫂、战火硝烟中的"金陵十三钗"要难得多。换言之，脱离了国仇家恨、礼法毒害、民族危亡的灾难语境，离开了赤贫、疾病、出轨、天灾、死亡等非常态事件，以当代城市生活、成功女性入戏，是对艺术家的极大考验。《小城》通过肖悦华这一形象探究成功女性的应错、犯错、知错、改错之后的精神成长，肯定了当代知识女性刀刃内向的自我审视与责任担当。"无影灯下无魅影，柳叶刀上毫厘争！""今日里为母陪儿把道殉，愿换得清风正气满小城！"这些铿锵有力、充分展示刚劲之风的台词从一个温婉优雅的女医生嘴里唱出来，不仅呈现出了女主人公脱胎换骨的精神面貌，还体现出了城市女性极强的主体意识。这一取材、立意是当代淮剧现代戏中较少尝试的方向。

作为与《小镇》并驾齐驱的姊妹篇，《小城》的现代性风格也得到了进一步的凸显。剧目中一群广场舞大妈以充满明快节奏、动感鲜活的群舞，展现了中国老百姓富起来后"众乐乐"的休闲场面；剧中周晓宇、陶晶晶一对情侣研究生读研、考博、写论文等话语透露出当代青年学历提升、职场竞争方面的压力；道路扩修的背后是中国大规模基建的语境，还有器材招标、微信养生等，这些接地气、平民化的生活场景真实地反映了当代城市生活的日常状态，无不透露出剧中人与剧场观众的身份同一之感。笔者认为，《小城》的剧情内容和人物设计处处显示出舞台和剧场观众之间的"无墙"感，观众似乎一个转身，就能一跃而成为剧中的角色。这种弥合台上演员和观众心理距离的剧情设计也是淮剧现代性的探索成果。因此，我们坐在剧场看《小城》，看的是戏，又似乎看的是我们自己。对于一部戏来说，道路车祸事件不算惊世骇俗，但因其触目可及，具有普遍性的思考价值。风气的败坏或者纯正、人格的堕落或者提升、一个家庭的家风养成、一代青年的精神品格、一城甚至一国的文明程度，都是由这一桩桩一件件小概率的"祸"检验出来的。古人云："祸兮福之所倚。"《小城》通过儿子"闯祸"、母亲教子的故事反省了我们的社会和人性，观照了青年和未来，思考了"家"与"城"以及"城"与"国"相伴相生的关系。

因此，我们观看《小城》实际上也是从肖悦华一家的困境中反省我们自身以及所生存的这个时代。在现代科技文明日新月异、人日渐成为知识机器的环境中，如何从"单向度的人"成为一个完整的人，如何从工具理性走向价值理性？周晓宇事件应该激起我们的深度思考。在剧作中，剧作家以高明的情节周转——"三杯酒"倾诉心声，引导周晓宇自己喝下人生这杯苦酒，为自己犯下的错误承担应有的后果。无论是正在成长中的青年研究生周晓宇，还是中年夫妇周天济、肖悦华，都在这一场车祸逃逸及隐瞒事件之后，最终以心声互诉的抒情化方式捋清了亲情、家庭、公理、道德、法制之间相互交叉的关系，走出了心灵的黑暗，实现了人性的救赎和道德的回归。笔者认为，《小城》以车祸事件所揭示的城市病和家庭问题、所呈现的灵魂炼狱和人格担当、所寄予的戏旨与人道都值得我们长久地咀嚼、品味和深思。

向死而生的灵魂剧诗

——锡剧《三三》观后

文艺作品的魅力在于它以精微的语言、有意味的形式与形象直击人们瞬间的生命体验，激活并丰富人类的情感、思想与灵魂。张家港艺术中心排演的大型锡剧现代戏《三三》（由杨蓉编剧、韩剑英导演、董红主演）以水墨画一般的舞台意境、向死而生的情爱故事、诗与思相融的审美意蕴，艺术地塑造了一个清灵、梦幻终而在情殇中成长起来的少女形象。在短短两个小时的剧情发展中，女主演董红所诠释的少女形象三三一惊一动皆是戏，一言一曲皆含情，她与沈科所主演的病态而帅气的白衣少爷演绎了一场充满青春梦幻、终而生死两隔的悲剧情爱故事。这样一部蕴含和谐美学冲突、诗意象征和哲理情怀的作品以男主人公的死亡和女主人公怀春梦、读书梦、城市梦的破灭开启了少女主人公三三精神世界的蜕变和成长。作品融诗意与剧场感于一体，是一部承载着传统文化记忆、专注女性心灵史的灵魂剧诗。

一、承载着文化乡愁的舞台意境

戏曲是中国传统文化的一种，它从唐诗宋词演变而来，经历了从阅读、吟唱的时间艺术到综合性舞台艺术的演变。因而，现代观众看戏，观众的文化感、仪式感很强，其观剧心理联结着深厚的传统文化基因，可以在舞台的诗情画意与演员的唱念做打中感知戏曲人物的命运遭际和心灵世界。人都是特定时空、特定环境中的人，环境为人物的性格、行为、心理提供了确定的动因，如何为戏曲中的人物创设出身临其境的"典型环境"，传达剧作蕴含的文化意味和思想主题，是戏曲文艺工作者的重要艺术手段。

通观锡剧《三三》，剧作为戏曲人物设置的戏曲舞台是极富美学意味的，舞美、音乐、服装、灯光等舞台设计充溢着浓厚的中国文化元素。戏作一开篇即是动静相宜的水墨画：一簇簇倒挂在河流上空婆娑的树影，一阵阵清脆的潺潺水流声，一条蜿蜒流向远方的小河，石码头、水潭、水车、碾坊，辅之以深情婉转的江南民谣，为戏曲人物——江南少女三三提供了充满南方田园风味的水乡场景。在一切景语皆情语的舞台背景下，戏曲空间虚实相生、灵巧多端，由此衣袂飞扬、活泼灵动的乡村少女三三面对从远方而来养病的城市少爷开动了隐秘柔情的女子情怀。可以说，《三三》中戏曲景语与空间的设置突出了少女三三所生长的原生态自然之境，承载着中国人"看得见山，望得见水"的文化乡愁记忆，寄托着中国人陶渊明式的田园诗文化理想。故而，《三三》中的水乡之境带有水墨画般的悠然、包容、柔美与恬静，焕发着天然的生机与活力，也是城市少爷首选的疾病疗养地、心灵和情感的皈依处，以及最终的埋骨之所。然而，在自始至终的江南水乡之境中，原本安然无恙、天然自足的乡村少女三三因城市白衣少爷的到来，又幻想出远方一座白白的城，滋生出离开母亲走向少爷的怀春梦和离开碾坊走向城市的读书梦。因此，锡剧《三三》中水墨画一般的水乡场景既是中国文人心中理想的家乡与故园，又是人类梦想生长的地方，是具有乡土根性的人走向未知与远方的文学原乡。这种带有文学原乡意味的舞台意境引领观众在对传统美景的熏染与回忆中实现了心灵的净化与提升，获得了特有的审美愉悦。

二、表现女性心灵秘动的灵魂剧诗

一切高明的艺术都以"走心"为最高境界。卢那察尔斯基指出："一切艺术都是意识形态性的，它来源于强烈的感受，它使艺术家仿佛情不自禁地伸展开来，抓住别人的心灵，扩大自己对这些心灵的控制。"艺术家以"心"为上，聚焦、反映、升华人的各种心灵化场景。锡剧《三三》以戏曲化的阐释生动地呈现了一个天真烂漫的乡村少女由怦然心动、情窦初开到情断梦灭、向死而生的心灵历程。在这段复杂、隐秘的心灵历程中，作品又通过桃子姑娘的"疯"、城市少爷的"死"来推动女主人公三三心灵的成长与蜕变，并带动观众去思考传统与现代、乡村和城市、天性与文明、死亡与新生等多维立体的人生主题。

《三三》本为沈从文的小说，寄寓着作家浓浓的自然情怀和对女性原始自然人性的深度赞美。沈从文笔下的三三如同《边城》中的翠翠一样，是一个具有写意感的诗性形象，小说中的她有喜乐与哀愁，她的性格、行为和心理如同淡雅的水墨画一样，弥漫着朦胧的忧伤。但在锡剧《三三》中，剧作淡化了三三的忧伤，强化了她的天然与童真，她与山水共性、与鱼虾花草共生长，其性格如阳光雨露、明月清风一般，不知愁为何物。这样一个静若处子动如脱兔般的少女形象是未经雕琢的璞玉，有着剔透灵动的个性和天然的美。这样的美渗透着传统文化中"天地之化育"与"无知无欲"之美，剧目中塑造三三的锡剧演员董红以极为流畅而灵动的眼神、步态以及醇美轻灵的唱腔惟妙惟肖地演绎出了这样一个活生生的水乡少女形象。而城市白衣少爷的到来如一石激起千层浪，开启了三三的少女情怀，激起了三三内心深处由宁静之水到万顷之波的变化。

至此，剧作通过来自城市的少爷不断回应三三对城市的好奇，又通过乡村姑娘桃子去往城市后回到乡村的"疯"展示出三三内心的矛盾与波澜，她对少爷、城市的感情从抗拒、怀疑到热烈的向往，并在母亲与少爷、乡村与城市的两难选择中终而准备偷偷跟着少爷进城。与母亲告别的这一幕场景充分地展示了戏曲主人公欲舍难舍、难舍而终舍的矛盾复杂心态。当三三带着满腔希冀准备跟着少爷进城时，少爷却病重身死。在小说原著中，三三得知少爷死讯后，依然波澜不惊地回归到原有的生活。但在锡剧《三三》中，少爷之死是"惊人的一刹那"，将全剧以突转的方式推向高潮，让人物在五内俱焚中披肝沥胆，观众也由此直接面对人物内心的惊涛骇浪、百转千回，从而在人物泣血的歌吟中去思考主人公的命运。在主演"声声央求声声唤"的吟唱和慌不择路的步伐中，女主人公肝肠寸断的痛楚、温情脉脉的追忆、步步惊心的追问如决堤江水，汪洋恣肆，演绎出一曲女性心灵秘动、震颤、煎熬的灵魂剧诗。"山水不变人已变""破茧化蝶飞天边"成为女主人公对自身命运和性格新的定位，这种化悲为愤、死而后生的思想主题升华了小说原作的内涵，尊重、应和了当代观众的价值取向和审美意趣。至此，三三不再是小说原著中那个乐天知命、随遇而安的湘西少女形象，而成长为一个对生死情爱经历过、对城乡文明反思过、对女子命运选择过的新女性形象。剧作家杨蓉、导演韩剑英和主演董红对三三这个人物的重新演绎强化了女性对自我命运的审视感和超越意识，也使小说原著中偏阴柔型、被动型人格的三三升华为戏曲作品中刚柔并济并具有自主型人格的新生代女性。

三、兼融古典美学和现代悲剧的戏曲美学

戏曲作为非物质文化遗产，一直面临传承和创新的现代化难题。怎样让富含传统美学韵味的古老戏曲经得起社会现代化、工业化和网络传媒时代的考验？当代戏曲人心怀义不容辞的使命感一直在孜孜以求地寻觅、探索、建构着。经过对锡剧《三三》的观摩体验可以发现，锡剧《三三》在艺术美学上的探索实践融中华古典美学和西方现代艺术手段为一体，综合运用东方抒情和西

方叙事艺术的长处，将人物的喜怒哀乐和作品的哲学思致镶嵌于戏曲化的诗情画意之中，以古今和谐、中西双美的美学姿态为传统戏曲的现代化进程做出了很好的示范性实践，从而使观众在古今和中西不同的对话性语境中得到了艺术的熏染，实现了心灵的净化，并获得了对现实人生的深度反思。

众所周知，一个好的剧本是一出好戏最根本、最原始的起点。在此基础上，导演、演员和其他舞创人员一起从不同维度诠释剧中人、剧中情，从而最终成就戏曲作品的思想和美学价值。在剧情发展中，锡剧《三三》的台词语言（如对话、独白、旁白、幕后伴唱等）充分利用了中国语言的诗性、音乐性和动作性，在语言脱口而出的瞬间，让观众既体会到了中文的明澈，又能在演员清脆的独白、悠扬的传唱中体会出它的意蕴。剧作一开篇，女主人三三出场，以小鱼儿表达心声："三三也想变成一条小鱼儿，和你们一起游啊，游啊……可是，会游到什么地方去呢？"鸢飞鱼跃，海阔天空，本是自然写实的现象，但剧作家杨蓉以游鱼到远方比喻成长中的梦幻般的少女心声。她以传统的"赋、比、兴"手法和极简单的中国古典意象，隐喻女孩三三对天外世界的向往。接下的幕后伴唱更如一段抒情的牧歌，带领观众在怀旧的情绪中走进剧情。"有一座幽幽静静石碾坊，青山绿水深深掩藏。有一个清清灵灵小姑娘，悄悄走进心的梦乡。有一段寻寻常常过往事，随着溪水流向远方。"在这一段悠扬、抒情的韵律中，剧作家充分调动"回忆""梦乡"的文学意味，一下子将观众带入富有追忆感的审美心态中。由此可见，剧作家杨蓉深谙中国传统文学的审美意蕴，能够在创作中巧妙地遣词造句，以写意的意象化手法创作出雅俗共赏、感发人心的戏曲曲词。

除了继承、吸纳中国传统戏曲的抒情化手法，深化原作的诗意性、象征性之外，剧作家也重构了人物之间的关系和情节，增加了一个进城后发疯的乡村女孩桃子形象，这完全是剧作家为了推进戏曲情节、深化作品思想深度而新创的一个人物。可以说，桃子姑娘这一形象是三三这一形象的序曲和补充，呼应着三三深处的心灵呼声。桃子姑娘的"疯"铺垫城乡之间的对抗与矛盾，而城市少爷的"死"标志着女主人公三三读书梦、城市梦、情爱梦的破灭。通过比较可以发现，小说原著中男主人公的死亡被小说家淡化处理为一种"慎终追远"式的隐逸情怀，男主人公的死并没有影响到三三原有的生活节奏，而剧作家杨蓉在戏曲中强化了城市少爷"死亡"对三三性格成长的意义，赋予其生存论的哲学意味，表达了引路人少爷虽然形体消逝，但是给三三带来的城市文明之风和读书梦依然引领着三三的精神成长。三三的生命追求已经不再局限于身边的山水家园，而是走向无限的远方。剧作中这种"向死而生"的哲理暗示带动观众去探询生命的价值和意义。因此，从整体上探寻锡剧《三三》的美学旨趣，感觉它前半部分像一首诗、一曲民谣、一幅水墨画，引领着观众走进宁静致远的诗画禅境中；后一部分从桃子姑娘的"疯"到城市少爷的"死"，剧作家不断加深少女三三的心灵重负，不断地推动平静如水的少女情绪从自然的天性和潜意识中喷薄而出，因此戏作后面的剧情又像一首交响乐、一幅变形的印象画，强化了艺术心灵瞬间爆发性的力量。这种以"疯癫"思考文明、以"死亡"思考人生的现代悲剧意趣以及戏曲主人公三三"不回来了"和"回不来了"的反复吟哦极大地延伸了剧作的象征意蕴。这种融古典美学意趣和西方悲剧冲突于一体的创作艺术形成了锡剧《三三》戏外无边的审美效应。

高尔基有言："戏剧是最困难的一种文学样式。"写诗填词主要在抒发"我"之心声，剧本创作与表演要兼顾舞台效应，雅俗共赏。在创作过程中，剧作家"忽而为之男女""忽而为之苦乐"，既要化身为曲中之人，不断地在各种角色中腾挪跳跃，又要以观众之耳目审视舞台上的人、事、景、物，兼顾剧种的"合律依腔"与文本的"意趣神色"，诚为之难。"台上一分钟，台下十年功"，观摩锡剧《三三》，品味《三三》中的文辞，舞台上的布景，演员的灵动潇洒、细腻深情、一招一式、一颦一笑，皆为耳目之享受，并引领着观众思想灵魂之震颤。锡剧《三三》确实是一部思想精深、艺术精湛、制作精良的艺术作品。

附录一

文学·语文·人文

——曹文轩访谈录 ❶

一、关于创作和批评

王玉琴（以下简称"王"）：曹老师，您好！您小说中的空间取材一般都是盐城的乡村，带有浓浓的"盐"味，我觉得您人在都市，但您的文章的神采在自然、在乡间，家乡的风土人情对您的创作有什么样的影响？

曹文轩（以下简称"曹"）：很多作家的写作经验主要来自他的童年和少年。我家乡在盐都，是一个水乡。水乡长大的人的性格和文字都与水的滋养相关。我写过一篇文章叫《水边的文字屋》，我是一个在水边长大的人，我的屋子其实是建在水边上的。说实在的，乡村的色彩早已注入我的血液，这铸就了一个要永远属于它的灵魂。

王：除了乡村生长环境对您的写作产生影响外，您还从哪些作家的作品中吸取过滋养？或者说您更倾向哪种风格的作品？

曹：说起来很复杂，应该说我们都是吃"杂粮"长大的。我的作品可能从表面看不出来受某些作家作品的影响。我很早就看鲁迅的作品，受鲁迅影响非常大，但是我的作品跟鲁迅作品之间的联系似乎看不出来。作品中像沈从文的那些地方就能看出来。我想鲁迅对我的影响可能是在人物和乡土的刻画方面，你去看看《天瓢》和《红瓦》就能感觉到了。我也很喜欢川端康成的作品，现

---

❶ 笔者于 2011—2012 年在中国社会科学院文学研究所师从王保生老师访问学习，其间拜访了北京大学曹文轩教授。访谈时间：2011 年 3 月 26 日。地点：清华大学南门文津国际酒店。本访谈由王玉琴、黎佳晔根据录音共同整理。

代派的作品对我的影响比较小，对现代派的作品，我从内心里是拒绝的……

王：为什么？

曹：可能我更喜欢带有意境的、带有田园风格的作品，这些作品比较干净、澄澈，现代派文学对人性负面的东西展示太多。我对文学有个非常朴素的看法，非常朴素就是文学应该让我们的日子过得更好。如果这个作品让我看完以后心情变得更糟，让我对这个世界、对人性更加绝望，那我肯定不写这样的作品。因为从读者角度来讲——我把时间花在你身上，我希望通过对你作品的阅读，让我的生命更光彩、更美好，让我的日子更加有情趣。这是我对文学一个非常基本的看法。

王：这就叫"坚持文学的天道"？《坚持文学的天道》是您写的一篇学术文章，里面写到您对文学的理解。您既搞创作又搞学术，作家和学者对文学的理解有时很不同，您怎么看待这个现象？

曹：学者不一定要搞文学创作，但必须要有文学艺术的感悟！如果没有文学艺术的感悟就进行文学批评，我总是非常怀疑的。过去的一些批评家虽然没有搞创作，但是他们艺术感悟能力非常好。从他们与朋友之间的书信都可以看出来，他们的文笔、他们的艺术感悟、他们的生活感悟都很好。这些人从事文学批评，我认为是可靠的，哪怕他们不写小说、诗歌和散文。

王：那您既有创作经验，又有学术经验，对文学的理解是不是与一般的批评家不一样呢？

曹：不一样。我进入创作的时候，马上就觉得批评家所说的和作家所想的根本就不是一回事。我在进行创作的时候，关心的根本不是什么人性、现代性或者全球化的问题。批评家关心的人性、现代性、全球化问题都是一些宏大的话语。我写的时候考虑的是我的人物，考虑的是我的情景，甚至作品中的人物叫什么名字。我会为一个名字想半个月，甚至一个月。我考虑的是作品中人物的生活、情感，不会在乎什么现代性！我写的是我这个状态，我对人物的理解自然而然就在作品里，不需要我特地去想这个现代性、荒诞性程度怎样。我不可能考虑这些东西。

王：您说过不讲道义的文学是不道德的，您的作品始终给人呈现以唯美的姿态，是不是因为您一直生长在比较高雅的高等学府环境里？是不是您经历颠沛流离的底层生活比较少或者接触社会上蝇营狗苟的东西相对少呢？您作品干净唯美的风格是不是跟您的经历密切相关？

曹：确实跟我的经历有关系，但是经历的分析不是像你所说的，恰恰相反，我的人生早年是非常坎坷、非常艰难的。我是在一个极其贫穷的环境里长大的。我小时候吃过糠、吃过草，在那样一个困境里，政治环境也很复杂，我的心灵其实是非常敏感、痛苦的，经常有走投无路的感觉。

王：但在您的作品里我看不出来，看不出来您对苦难的原生态呈现……

曹：这就是我完成了一个超越。我超越了原始的那种赤裸裸的苦难，看到了人性里的美好。如果人性里没有这些好的东西，我们不可能活在今天这个世界。就像现代主义作品里所描写的一样，一个个都像狗一样？都像猪一样？现代主义作品看上去是非常真实的，其实也是虚假的，因为它把苦难和肮脏放大了。我在参加中央电视台的一个节目里说过：这个世界上有两个东西，一个花瓶、一个痰盂，你写痰盂也可以，你写花瓶也可以，但你不能说我写花瓶不真实，写痰盂才是真实的。当然，我们既可以写痰盂，又可以写花瓶。而我就要写花瓶！

王：这是您的一个坚守、一个选择。

曹：其实，每个人的情况都不一样。但是，今天像我这种文学思想不是主流的。

王：您的这种非主流坚守标举了一种风格。您试图反抗文学主流中的哪些东西？

曹：我的这种非主流坚守实际是和所谓的文学深刻性对抗。这种深刻性是在全世界范围内发生的，可是我对这个深刻性持坚定的怀疑态度，我喜欢的不是深刻，是意境！你说沈从文深不深刻？深刻！但是用意境概括他，可能更准确。

王：您想通过意境传达一种古典形态的美感？还是认为有意境的作品更有生命力？能有更多的读者？

曹：各样都有吧！我从没有放弃我的这种文学观念。其实，现代派也好，深刻也好，都是过眼烟云，惊世骇俗之后，就会渐渐淡出人们的视野，经得起考验的作品总是在不知不觉当中被读者认同的。

王：这倒是，听说您的《草房子》已经再版100多次了，您的作品就是在不知不觉当中被更多的人接受。我想问，您在写作《草房子》时，是情绪高涨时的一泻千里，还是波澜不惊、顺流而下呢？

曹：我打腹稿的时间非常长、非常长，所以到我实际写作的时候已经非常平静、非常淡定了。我常拿我的构思和我最后付之于笔端来打一个比方——像怀孕一样。

王：孕育的时间长？

曹：对，孕育的时间是这么长，分娩的时间又那样短。

王：您对自己所出版的作品是如何定位呢？有人说您的作品是儿童小说，有的人说是乡土小说，有的人说是纯美小说。您自己就是搞学术研究的，您怎么看您自己？

曹：就是小说作家。前天你给我打电话的时候，我在参加中国作协全委会会议，他们让我做一个发言，发言开头我就说了——我不是十分典型的儿童文学作家。我写东西的时候很少考虑到我的对象是儿童，很少考虑我的阅读对象，我考虑的还是我的情节安排、故事、技巧。从某种意义上讲，我只是写了小孩也能读的书。我写的《草房子》，看的人不只有孩子，也有大人。不像有些作品，孩子看了，大人看都没看，小孩喜欢，大人根本不喜欢。我的作品常常是大人看了以后，比如语文老师看了以后，向全班的学生推荐；校长看完以后，向全校的学生推荐。

王：原来是这么一个过程，怪不得很多小学生都知道有个曹文轩叔叔。听说您妹妹曹文芳也在写小说？

曹：她啊，她就是写着玩，她不像我那么把文学当回事，也没有指望靠文学来赚钱，她是那种很轻松、很自如地走进文学的人。

王：您觉不觉得她在模仿您？

曹：她肯定受到我影响。我们的生活环境、文化环境都一样，她写东西和我完全不一样——这是不可能的！

王：那您觉得她有没有独特之处呢？

曹：有！她的独特之处就是——她有的生活是我没有的！

王：因为您出来了？离开了盐城？

曹：对，对。她有的生活是我没有的。她的文字表达上还有一些东西——她更女性化。

我的东西虽然很细腻，但它还是一个男性写的。她写的就是一个女性心理。我作品里肯定会有男性的那种强悍与彪悍、那些男人气十足的男人和男孩形象，我小妹她肯定不会写的。

王：您妹妹是一个纯粹的写作者，您除了写作之外，还搞学术研究、文学创作和文学研究，对您来说，是相互促进还是有一点点的干扰呢？

曹：一点干扰都没有！这个事情很多人还在困惑，一般来说，搞学术的人很容易在他的文学创作里留下概念化的东西。这是因为他没有转化的力量，或是说没有转化的意识。而当你完成这个转化时，那个学理就不是负面而是正面的了。好多人都很奇怪，我的作品没有概念化的痕迹，在我的作品里看不到学者这个身份。

王：我在您学术的作品里可以看到您作家的身份。

曹：对，在学术著作里可以看到我作家的身份，在文学作品里看不到我学者的身份。

王：您是更喜欢创作，还是更喜欢学术呢？

曹：呃……说不清楚，其实我看书看得更多的是学术书而不是文学书，而且特别喜欢那些抽象的东西。其实，我一直觉得自己的思辨能力一点也不逊色于形象能力。

王：您的学术文章总是很生动地将您的思辨过程呈现出来。例如，《达夫词典》用了"干净、架子、质地、风景"几个词来概括郁达夫文学的特点。是不是因为您自己就对干净、架子、质地、风景很重视，所以才选用这些词来概括郁达夫？

曹：你说得也对！其实，即使这个作家和我不是一路的，我也可以根据自己的文学判断来总结他创作的特点。郁达夫的这些品质是我比较喜欢的，我的文学追求和现代作家总体上是一致的，这些现代作家有鲁迅、郁达夫、徐志摩、沈从文、张爱玲等，我和当代作家的观点是有冲突的。

二、文学关键词：意境、纯粹、幽默、想象

王：假如也用几个关键词来概括您自己的小说，您会选择哪几个词？

曹：这个，让我想想……最关键的词肯定是意境！意境是中国文学中一个非常独特的范畴，是明显区别于西方文学传统的一个概念。实际上，今天这个世界是西方的话语世界，东方话语被西方话语霸权遮蔽了，我们的国人有时候很没有骨气，看重别人的东西，以至于我们自身的好传统没能坚持。中国的《红楼梦》，西方人是写不出来的，西方人也很难理解。中国作品的意境就是古人所强调的情景交融、言外之意等，是三言两语难以说清楚的，更多的需要心灵的体会。沈从文、废名的作品就充溢着一种意境美，鲁迅的《故乡》《野草》里也有意境，意境说不清楚。但深刻，可以说清楚。说到底，很多人理解的深刻就是往死里写嘛！中国人学深刻，就写人性恶，就将人性往死里写！

王：您看重意境而批判深刻，应该是创作上一种趋向古典意味的回归。意境是您追求的一种境界，是您选择的第一关键词，那么第二个能够概括您创作追求的关键词是什么？

曹：应该说纯粹吧！说什么东西是纯粹呢，我一时也说不清楚。我讲究语言的纯粹，我在修辞造句上是非常规范的。我不认为规范是个坏事，我总是在语言非常规范的基础上，寻找富有创造性与想象力的修辞。

王：在《草房子》《青铜葵花》《天瓢》《大王书》这些作品里，确实可以见证您语言上的纯粹，您对语言的追求使您的作品非常唯美，中小学生喜欢摘抄您的作品跟您对语言的孜孜以求是密切相关的——您小说具有美文的特质。意境和纯粹可以帮助读者理解您的作品，《草房子》是您所有作品中最被读者喜爱的一部，您怎么评价自己不同的作品？还有什么关键词能概括您的创作呢？

曹：《草房子》被很多读者认同，但也有一些作品被《草房子》的光辉遮蔽了，如《红瓦》。很多人认为，《红瓦》跟《草房子》在质量上是没法相比的，但在韩国，卖得好的是《红瓦》而不是《草房子》。《红瓦》离茅盾文学奖也就一票之差。如果再用一个词来概括我的创作，应该说是幽默吧。《红瓦》《草房子》《青铜葵花》《天瓢》里都有大量的幽默，但是我理解的幽默是有质量的，绝对不是搞笑。我希望读者在心有灵犀的情况下，挖掘一种智慧，把我的幽默理解成智慧可能更准确。

王：就像您说的智慧的力量？

曹：对！高级的幽默是智慧，就像一个人，很智慧地看这个世界，他看出了可笑的地方，但是他不会用很尖刻、很刻薄的语言去说。

王：您以意境、纯粹和幽默来概括您的创作，那您构思的时候就关注这些吗？

曹：当然不仅仅如此，作家的构思是全方位的，人物、氛围、情节都很重要。作家在构思时，常常沉浸在一种想象当中。

王：我总觉得从事文学创作的不完全是学来的，自身的天赋也很重要，这种天赋在某种程度上就是文学想象，这种想象力从哪里来呢？

曹：想象力从哪里来？想象力从两方面来。一是天生的，就是所谓的原创力。二是经验，经验越丰富肯定想象力越丰富。这个经验中有一部分是曾经遭受过的挫折、苦难。

王：苦难也会滋生想象力？

曹：比如，人家都有书包我没有，我会想象我有一个书包。你极度饥饿，就想象桌子是不是可以变成面包。想象和想象力还不一样，想象力是没有内容的一种力量，有了这种力量，就会派生出表达的内容。

王：这样表达的欲望就产生了。阅读对想象力有没有促进呢？

曹：对！知识，通过阅读，获得更多的知识，当然可以培养想象力。

王：由知识打开想象的翅膀？

曹：对。人在想象的过程中，各个知识点都在无形中碰撞、聚合，最后交融。这种想象力的爆发会把你引到自己根本不可能想到的地方，人可以通过知识实现某种想象力的超越！对于作家来说，想象力是非常重要的，人物、情节、氛围以及很多细节都是通过想象和构思形成了一个整体。

三、关于语文和人文

王：您的作品拥有很多的学生读者，我曾在大一新生中做过调研，发现读过您作品的人很多，对中小学生的文学读物您关注过吗？对中小学语文教育您怎么看呢？

曹：我正在关注中小学语文教育，明天我就去教育部参加中小学新课标教学的课程审查，我将在会上对现有的课程编写提出我的意见。

王：是关于课文的选择吗？

曹：新课标的制定是有严重问题的，尤其是那些入选的课文。

王：您想选什么样的作品呢？

曹：很简单，我所选择的文章希望它不被时空所限定。

王：超越时空的经典？

曹：对！超越时空的品质是什么，我能感觉出来。现在所有教材的编写没有作家参与，过去的教材都有作家参加，甚至是以作家为主体的。叶圣陶他们当年都是作家，就是一些非作家的编者，艺术感悟都是非常好的。日本的中小学语文教材主体部分都是由作家介入的，而我们的教材都是教育方面的专家编写——我们怎么能完全相信教育专家对文学作品的判断力呢？

王：教育专家未必选出合适的作品，但是也有这样一种情况，文章选对了，教师讲解又有问题了！

曹：对呀！在我们的语文教育中，有时作品选也选错了，教师讲也讲错了，问题大得很。

王：问题在什么地方？语文老师怎么讲？作家会怎么讲？

曹：现在语文教材的编写、语文老师对语文的讲解过多地关注作品的人文性，忘记了文章之法与文章之道。

王：语文和人文有区别吗？

曹：当然，语文课本和人文读本完全是两回事。选到语文教材里的作品和放在人文读本里的作品应该是完全不同的。人民教育出版社组织语文教材的编写有两次是我主编的，一个必修课，一个选修课。他们提供的书单里有一篇邓小平关于香港回归的讲话，被我当场否定了——这个文献当然是非常重要的，但它应该出现在人文读本中，而不是语文课本里，放到高中语文课本里头，你让高中语文老师讲什么？

王：这篇文献体现不出文章之道？

曹：对呀，文章之道是什么？以契诃夫的短篇小说《凡卡》为例。凡卡在皮匠店里做学徒，给他爷爷写了一封信，讲述他在皮匠店里的苦难经历。老师讲《凡卡》就会讲沙皇俄国底层人的苦难，这样讲也未尝不可，也对。但如果仅仅这样看这篇小说，就不可能有这样一个世界经典。

王：这不是一个非常现实主义的分析吗？您怎么讲？

曹：我会提出另外的问题。比如，凡卡这个小男孩在皮匠店里做学徒的苦难经历不是由凡卡写信告诉爷爷，而是改为由作家本人去说，那么请问，这个世界上还有没有这样一个经典？

王：就没有这样一个经典了？

曹：绝对没有！他好就好在是凡卡给爷爷写信，以一种书信的方式，以一种孩子的口气，他感动人的地方就在这里，这是文章之道的一个体现。作家使用的这种方式、这种视角是通过甄别和淘汰的，是过滤之后留下的这种表达方式。

王：您这样体味作品的用心——是作家理解作家了！

曹：然后，我会提出一个问题——如果这篇小说里头没有某个细节，会怎么样？凡卡把给爷爷的信放进信箱，但信封上没有爷爷的地址，他只写了"乡下爷爷收"。这是一封永远无法到达的信。如果我是一个小学语文老师，我就会问孩子，这个小说如果没有这个细节，没有这个最核心的核——文章还会这么感人吗？没有爷爷的地址，就是一封永远也无法到达的信。文章感人就在这个地方，让你内心产生纠结也在这个地方。如果没有这个细节，一篇叫《凡卡》的经典短篇小说还存在吗？但没有一个语文老师讲，她只能讲沙皇俄国……

王：这里面就有一个评价体系的问题了，多年来教师习惯以教参来辅助讲解语文，现在又用课件来辅助讲解，老师自己的感悟越来越少了。语文当中的标准答案也扼杀了学生的想象力和感悟力。

曹：我认为，一个老师依赖教参、课件是非常无能的。也许我是非常极端的，但如果我是小学语文老师，我是不会做课件的。

王：按照您自己的理解直接讲？

曹：语言这么无能吗？所以有人开口问，曹老师您有没有做课件，我说没有啊，我说语言难道还不够吗？我通过自己的语言叙述肯定能把这个事情说清楚。我还用借助图像吗？我难道这一点儿语言功夫都没有吗？

王：语文老师自己就应该有很好的作品感悟力，更应该有很好的语言表达能力。

曹：当然。语文老师在分析一篇课文的时候，应该培养学生分析问题的能力，培养他们的思维能力，培养他们思维的多向性，这才是语文的效果、功能和目的。

王：那实际的语文教学您熟悉吗？

曹：我每年都要听若干节中小学语文老师的课，昨天我从济南回来前，还听了济南一所非常好的小学一节语文课。学校安排了一个非常好的语文老师来讲《草房子》。我觉得他讲得还可以，但我发现有些语文老师上课很省力。他就是一个接一个提问，串联问题，然后结束。

王：中小学语文课的组织教学大多如此！我带师范生实习时也听过很多这样的课。

曹：我觉得语文老师应该有一段非常精彩的讲话镶嵌在讲课中。他没有这个镶嵌，就是串联。提问，回答，提问，回答，一节课就表演完了。

王：您讲的很有道理，但是很多语文老师在讲课时已经形成了这样的思维定式，他对作品的理解达不到您这个高度，怎么通过课程改革或者课程设置纠正呢？

曹：这就涉及语文教材新课标的理念以及语文教材、教师手册等的编写了。语文课程设置要给老师一个新的方向。例如，高中语文课本中有马丁·路德·金的《我有一个梦想》，我来设置问题时，就会提问——演说词的修辞特征是什么？这就回到语文上来了。平等人权要讲，这是人文的要素。演说词文体的修辞特征是什么？这是语文的要素。教师要引领学生理解演说词的重要特征——排比句的大量运用，培养学生的语文能力，有时候是很具体的。

乡土历史的勘探者

——薛德华访谈录 ❶

王玉琴（以下简称"王"）：您好！很高兴能在春寒料峭之中近距离走近您与您的作品《狐雕》。阅读《狐雕》，我倍感温馨与亲切。据我所知，由盐城籍本土作家全方位反映东台文化和风土人情的大部头作品，《狐雕》可算是第一部。就我个人而言，我认为，正是这部作品所呈现的地方史诗性，使它获得了江苏省2009年度的"五个一工程奖"。您觉得您的作品能够获奖的原因是什么？

薛德华（以下简称"薛"）：我的小说获奖应该有个"判词"的，但"判词"内容是什么？我不是很清楚。我自认为这部小说有两个方面的独特性。其中的一个独特性在于《狐雕》是地域性风貌的一个呈现，《狐雕》反映的是东台的百年历史和风土人情。我生活在东台的石板街老巷子里，自幼听老人们讲那"过去的故事"。现在的年轻人有我这种经历和体验的很少，而与我同龄的人即使有这种经历，一般也不会用文字来记载和反映它。东台在旧城改造的过程中推倒了很多明清时期的古建筑，作为对它有着深厚感情和亲切记忆的见证者，我开始考虑用自己的方式来挽留这种记忆。

王：也就是说，在城市建设过程中，许多有着深厚底蕴和文化内涵的建筑没能存留下来，您对古旧的东西有一种深厚的感情，觉得它们凝聚了历史和沧桑，期待通过小说这样的艺术形式，用一种艺术化的方式，用语言将它存留下来。《狐雕》体现了您对乡土历史的一种感怀？

薛：差不多，我有一种对时间的挽留情绪在里面，这种情绪是对旧的历史风貌的挽留。

王：您觉得您作品的另一个独特性是什么？

❶ 访谈时间：2010年3月18日。地点：东台市博物馆。

薛：是语言特色。我用的是较为典型的东台方言，方言传递的是原汁原味的味道，普通话有时是不胜其力的。在《狐雕》中，我尽可能用当地方言写作，只有在迫不得已的情况下，为了读者理解的方便，才有所改动。语言所包含的情感、内涵、韵味有时只有同根同源的乡人才能深切地体会到。

王：用方言写作的背后隐藏的应该是您的乡恋情结，《狐雕》体现了您对家乡的理解和热爱。您在年轻时出去当兵，转业回来后对家乡的理解是不是有一些独特的感触？

薛：当然！我年轻时离开过家乡，一辈子不离开家乡等于没有家乡，对家乡的感情只有离开过家乡的人才有体会。正所谓"不识庐山真面目，只缘身在此山中"，离开过家乡的人对家乡的思考会更多一点。

王：我感觉您写的家乡人有一种原生态的意味，即您将家乡人真实的生活状态写出来了。您作品里的人物都有原型吗？

薛：一般都是有的。《狐雕》中有个女性形象吉凤珠，她大胆追求情爱，不顾忌世俗的眼光。她是东台本地人，在"上山下乡"运动中，因为不想被下放到农村，就赶紧嫁人了，这也可以看出她是一个很有主见、试图把握自己命运的女人。夏天的晚上，她就穿个胸罩、裤头躺在大匾里乘凉，这种举动在当时还是惊世骇俗的，她引起了我对女性行为方式与内心世界的思考。

王：吉凤珠确实是这部小说中一个比较鲜活的女性形象。您的作品跨度一百年，主要围绕许氏家族、何氏家族等几个家族展开。在贯串始终的许氏家族中，几乎每一代都是女人在主持家族事务，请问您是怎么考虑的？您为什么选择女性人物来贯串始终呢？

薛：这也许和我的童年经历有关，我9岁时父亲去世，姊妹7个，我最小，上面有5个姐姐。可能从小我和她们的接触多，对女性的理解也多一点。在我的作品中，有一个素玉这样的人物，她是旧时代的富家小姐，这个原型是我的姑姑，我姑姑是家里的老幺，由于经济条件比较好，任性，养成了抽大烟的习惯，我小时候听父辈说她戒大烟时极度痛苦，毒瘾发作时满地打滚，我姑姑的事情给童年的我留下很深的印象。我以女性来贯串始终，也许和我从小就接触过、听到过不同女性的故事有关。

王：您作品叫《狐雕》，这里的"狐"是什么意思？和您对女性人物的理解有关系吗？

薛：有关系。在《狐雕》中，"狐"有两层意思：一是真实的狐狸；二是抽象意义的狐狸。前者和我们本地的建筑文化密切相关。我们这里的房屋建设一般总在地面之下有个四只脚的瓮，它架空地面的目的本来在于防潮，但由于这地面之下是空的，时间久了，里面会生出很多蜈蚣、蛇等动物，最典型的是里面经常成为狐狸窝。狐狸可能算是我们这儿老房子里非常独特的一个东西。而狐狸又历来是古代文人附会的对象，狐狸经常和暗指女性的"狐狸精"相连。由于我这部小说写了不少女性人物，所以《狐雕》的"狐"也有"狐狸精"的意思。"雕"呢，我指的是流逝的岁月对东台社会历史的雕琢、对女性命运的雕琢。

王：您作品里写了不少女性人物，但我觉得您对男性文人的刻画也有让我震撼的地方，如宋节前，您将他塑造成一个懦弱无能的形象，最后屈辱而死。从历史上来说，古代士人有一种"三军可夺帅也，匹夫不可夺志"的尊严感，孟子亦说"富贵不能淫，贫贱不能移，威武不能屈"，面对他人的淫威，知识分子应该有一种勇于承担、敢于挑战的意味，您笔下的男性文人除了脸色苍白之外，内心也很苍白。您对文人的理解与一般作家有不同吗？

薛：不同是明显的，这也许同我两方面的体验有关。一是我曾经在军营生活过；二是我长期在机关工作。我总觉得有一些男性文人有一种力量上的弱小之感、对权力的畏惧之感。对于男性文人之间的互相攻击、扯皮，我也深有体会。我总觉得现代社会有多重压力，它导致了部分文人人格向畸形、变态、萎缩的方向发展，我笔下的这些人物也是我长期观察的结果。

王：我觉得您在小说中有一种对暴力的推崇意味，尤其在写到男女关系时，更是突出了男人面对女人的强势性与征服感，您对男人兽性与暴力性的一面展示得比较透彻。

薛：男人世界与女人世界的生存标准是不一样的，力量是一种既原始又现实的力量，我承认它的野蛮性，但这种强势性力量在关键性历史时期正是成功的关键，我对文人的优柔寡断是不苟同的。

王：您作品里的一些男性确实有一种霸气，一种摧枯拉朽、舍我其谁的味道。但是您塑造的"海蛮子"程立人显现出一股文气，匪气中蕴含文气，是何考虑？

薛：这和我对素玉形象、素玉命运的把握有关，程立人用霸气的方式占有了素玉，依我对女性的理解，有时候女性确实会喜欢这种霸气，但是如果"海蛮子"只有匪气而没有温文尔雅的内蕴，大家闺秀式的素玉不会对他念念不忘，这段带有乱世佳人又有一种柏拉图式意味的爱情是不可能影响素玉一生的。

王：您作品里塑造了一组女人的群像，以我一个女性的身份对女人的理解，我以为您过于注重女色的描写，而对女性复杂心理状态的把握似乎不够到位，但您对男性形象的塑造往往寥寥数语或者是一个小小的细节就能将他复杂的内心世界展现了出来，这是为什么？

薛：谢谢你的坦诚！我的朋友说我写的小说很"下流"，其实所谓的"下流"也是生活的一种本真，我对女性形象的刻画可能有我想当然的一面，我作品里的男性人物不多，但我自以为对人性的复杂多面还是关注的。《狐雕》中有一个小人物"葛二少"，他犯了命案将被拉出去杀头，走到半路上，他看到一只笼中的鸟儿，一定要停下来，让人将鸟儿放了，别人都说，你自己都小命不保了，还管个什么"鸟"？"葛二少"执意要放，行刑之人将鸟儿放了，"葛二少"才如释重负，心甘情愿地赴死。像这个"葛二少"杀人时眼睛都不眨一下，临死前却关心一只鸟的自由，人性的多面、复杂确实不是三言两语能说清的。

王：您写了不少男性人物，这里面有您自己的影子吗？

薛：我自己的影子？可能有，但非常少，更多是我朋友的影子，生活给了我无尽的创作源泉。

王：您认为多方体验生活很重要吗？创作主要依托生活还是跟天赋或者灵感关系更大？

薛：这一点我可能和学院派的理解不一样。就我个人的创作体会，我觉得一个人的悟性或者天赋的东西很重要，生活无处不在，不一定要远走天边才叫体验生活，对生活没有感悟、触动，没有心灵的体会，什么样的生活对他来说都是一张白纸，我虽相信积累，但我认为天赋也不可回避。

王：人物是小说的灵魂，我在阅读您的小说时，感到您作品中的人物确实处于一种原生态意味的生活状态，用批评术语说，您似乎在进行某种意味的"零度写作"。您作品中的人物身上体现出人文关怀的不多，具有理想主义色彩的也不多，您有没有考虑过写一个大是大非冲突中的人物，或者对人物性格进行一个更有穿透力、立体感的塑造？

薛：我的小说是按历史的自然进程向后开展的，我确实在人物塑造上关注还不够，注重的是对地域性历史风貌的一个表达。别人读起来可能觉得有些描写是多余的，我让我的小说某种意义上承担了一个历史的功能，有些东西我想将它保存下来，所以对一些风俗习惯与风土人情进行了一个浓墨重彩的描绘，这与小说也许是相悖的，我想我以后的作品在这方面会有不同的表现。

邵秀华《曲苑闲笔》

一

深夜从门卫传达室收到邵秀华女士厚厚一叠书稿——《曲苑闲笔》，感到如同抱着一个刚刚出生的婴儿，感受到沉甸甸的信任。阅读书稿中的每一篇作品，想象作者在公务繁忙之余、夜深人静之际，将那些寂寞而空灵的夜晚绞尽脑汁地编织成一个个触动人心的故事。通过这些故事，笔者能感受到作者的视野之广阔、阅世触角之精妙，也能体会到她观测人心之幽微、敬畏历史之至诚。笔者原来以为盐都只能出现像陈明这样擅长创作大型现代戏的剧作家，而不知盐都小戏创作也能如此题材多样，光华灿烂。

描绘邵秀华及其《曲苑闲笔》，无法回避她所生长的盐都这块文化热土。历史上的盐都脱胎于咸涩而温暖的黄海滩涂，多少年湖海荡漾，几千年乡风因袭，文艺创作薪火相传，出现了陈琳、陆秀夫、宋泽夫、胡乔木等一批批作家，文脉千年不断。如今，老一代儿童文学作家李有干至今还活跃在文坛上，《大芦荡》《白壳艇》《白毛龟　绿毛龟》等长篇小说一部接着一部。他指导过的北大教授曹文轩因《草房子》《青铜葵花》享誉世界文坛，是中国唯一获得"国际安徒生奖"的儿童文学作家。曹文轩的妹妹曹文芳在两代儿童文学作家感染下，以《紫糖河》《牧鹤女孩》等作品不断超越自己，成为塑造当代女童形象的佼佼者。与邵秀华亦师亦友的剧作家陈明以《送你过江》《十品村官》《菜籽花开》等淮剧剧目，不断引领盐城市淮剧团成为全国一流的剧目创作基地，将江苏乡土淮剧的影响推进到戏曲演艺界的四面八方。在大师云集的盐都文学氛围中，邵秀华得到了很好的熏陶和滋养。但正如钱钟书评价宋诗时所说："有唐诗作榜样，是宋人的大幸，也是宋人的大不幸。"老师太高明，学生往往难以出头。超越和创新是创作永恒的使命和难题。所幸，邵秀华在"小"字上做"大"文章，她瞄准的是"小淮剧""小品"等小型体裁的小戏创作和"小说"创作。

那么，邵秀华怎么走上文学创作之路的呢？

据笔者道听途说的"小道"消息，邵秀华是以"拔萝卜"的方式被"拔"到文化部门工作的。剧作家陈明说过，他当年从盐都青年作者中挑选文学新秀，只看中两个人。一位是后来离开了盐都、因《乌鸦》而名满天下的九丹。九丹因《乌鸦》《女人床》《新加坡情人》等"揭露型"女性写作引起巨大争议，后来远赴法国，笔者也曾就《女人床》写过评论。另一位就是邵秀华，其当时是一名小学教师。邵秀华 20 世纪 80 年代毕业于盐城师范学校。20 世纪 80 年代的中师生都是初中时代的顶级尖子生。邵秀华后来在学历提升上所走的道路类似江苏著名女作家鲁敏，都是通过自考方式，获得了南京师范大学的汉语言文学专业文凭。邵秀华从南京师范大学获取自考文凭后，后来又有机会走进南京大学，专门学习戏剧编导课程。以"鹰眼"著称的陈明在海选中认定九丹和邵秀华，无疑是预测到了她们未来的文学写作潜力。"伯乐"的眼光如何？有今日"千里马"的奔跑为证。

笔者曾经读过邵秀华的小说《一个人对着影子说话》《二泉映月》等，至今都能记得她作品中的主要情节。当笔者读到作品中的精彩片段或者感知到她叙事手法的复杂和精巧之时，不由猜测邵秀华应该在小说创作中渗透了戏剧创作技巧，她结构故事的能力太强了。直至收到她的这份《曲苑闲笔》书稿，笔者才知道自己对她的了解实在太少。她早就在"小淮剧""小品""快板""广播剧""淮剧表演唱""民谣""剧论"等各种与小戏相关的创作领域深耕多年。《曲苑闲笔》里的作品绝非"闲笔"，而是与本真的当下社会现实、与我们所生活的盐城这方水土、与里下河百姓朴实而真挚的情感、与邵秀华本人深挚的创作激情以及艺术思考紧紧联系在一起的。《曲苑闲笔》里的作品如同一面时代的三棱镜，照出了这个时代的百变人生。作者与时代忧乐与共，从时代的洪流与溪流中寻找到创作的火花，将作品或打造成镜子，或打造成明灯，反射或者照亮我们被阴霾蒙蔽的心灵。

二

在阅读《曲苑闲笔》里的作品时，笔者感知这些"小淮剧"和"戏剧小品"等各类作品都是为各级各类群众文艺而创作的表演脚本。这些作品的创作宗旨是既要直击社会现象，又要寓教于乐，通过短暂的情节冲突和出人意料的结局，使人物形象和性格"鲜活"起来，并让他们在"风波"中"成长"起来。要创作出贴近群众生活且让人物贴着观众、引导着观众的"小品"，对创作者的题材选择能力、语言表达能力、冲突营造能力、情节突转能力要求都很高，正所谓"螺蛳壳里做道场"。《夜半鼓声》等作品就体现出了邵秀华出色的小品、小戏方面的创作能力。

《夜半鼓声》是一个"小淮剧"剧本，它戏中有戏，情节一波三折，构思非常精巧。剧作通过一面大鼓，写出了一个农村老书记戚剑峰深明大义、送子自首的高风亮节，写出了一个城建干部戚小春贪赃枉法、妄图逃避法律严惩，经教育后主动自首、迷途知返的人生成长故事。在这部小戏中，戚小春从省城回家"避风头"，被父亲戚剑峰要求自首。戚小春不从，戚剑峰无奈敲起大鼓，惊醒戚家墩一村人，作为书记的戚剑峰要求村人把守各个村口，封锁出村通道，阻拦戚小春出逃。村民一句"哪有老子送儿子进大牢的？除非啊，这个儿子不是你亲生养的"揭开了戚小春不为人知的身世。《夜半鼓声》通过戏中戏的手段，以戚小春生父赵飞的贪腐悲剧警醒妄图出逃的戚小春。一面大鼓代代传承，寓意不言而喻。夜半鼓声也敲出了为官清廉、敢于担当的凛凛正气。

从《夜半鼓声》《母亲的处方》《一罐咸鱼》《鲤鱼无罪》《姚母试子》《天使》《三本挂历》《临终关怀》等小淮剧、小品来看，邵秀华善于以小小的道具，如处方、鼓槌、挂历、咸鱼、鲤鱼、假钞、鸡蛋、樱桃等富有象征意味的事物，反映了日常生活中人情法理之间的冲突和矛盾，塑造出了一系列充满生活智慧、性格鲜明的底层人物形象。《母亲的处方》中老中医以"中药方"为喻，教育被人称为"独裁马"的儿子慎用"公权"，忧心忡忡的中医母亲形象跃然纸上。《三本挂历》通过三本挂历上密密麻麻的三角和屈指可数的两个圆圈，写出了一个留守老母对儿女的思念。《鲤鱼无罪》通过中年妇女到垃圾场寻找鲤鱼的故事，写出了商人贿赂官员手段的隐秘和奇巧。在邵秀华的笔下，老书记、乡村女校长、留守老母亲、官员太太、疲惫的医生、善良的护士、卖花姑娘、爱画画的少年等各种身份与年龄层次的人物均能在寥寥数语之中自呈其心理与性格，引领读者迅速进入作品预设的特有情境之中。这说明邵秀华非常善于把握不同情境、不同性格特点的人物内心，善于以生活化、性格化、动作化的语言对人物的精神与灵魂"画龙点睛"，善于以尺水微澜反映生活的动态进程。

作为一名立足盐都的基层文化干部，邵秀华也善于利用自己贴近民间的便利，以多样化的艺术手法表现具有地方风味的历史人物与民俗风情。千年盐都的精神气脉与人文精神也由此得到活态化的传承。《那些可敬的面庞》是一篇诗朗诵，以气势磅礴、富于深情的语言再现盐城文化史上陆秀夫、薛鼎臣、宋曹三位文化名人廉洁自律、御敌抗侮的历史故事。《郭猛的故事》是小品，《潘黄的故事》是评书，都是以现代戏曲手段对地方历史人物的故事再现。情景说唱《苏北传统家祭仪式之入殓》则真实地呈现了苏北里下河地区传承了千年而今正日渐衰亡的入殓仪式。这些和老百姓生活密切相关的婚丧嫁娶仪式其实是一种极其重要的地方非物质文化遗产，它凝聚着千年土地的生活记忆，是带有地域特点的集体无意识，和先民的口头语言和动作表演汇合在一起，是人类学意义上的重要人文资源，具有极大的保护和研究价值。邵秀华创造性地再现这一入殓场景，将"哭唱"内容加以戏剧化地呈现。在当今乡村不断城市化、现代化的进程中，这些已经无法在现实语境中复制和传承的民间习俗必将只能以"戏"的方式保留在舞台上。

通读《曲苑闲笔》，笔者看到了邵秀华的剧论篇章。不由慨叹，这是一位被创作耽误了的戏曲评论家。邵秀华的剧论，理论与实践兼顾，她对戏曲的现代性之认识，对编导关系之间相互成全、相互妥协之体会，对戏剧与小说异同之探究，对图像艺术对语言表达之挑战，均有一得之见。这说明已经在戏曲这个园地中耕耘、思考了半生的邵秀华是非常善于从戏曲与其他艺术的边界处探究小戏本质的。能够兼容并包其他艺术的长处，而又能厘清戏曲的边界，这是非常难能可贵的。

从学缘关系上说，邵秀华是笔者的师姐。笔者进南京大学时，她已从南京大学戏文系戏剧编导硕士研究生课程进修班毕业。认识她以后，她的巧笑与随和、开朗与真诚、勤奋与才情都是笔者所神往的。人生孤独而漫漫，文字结缘，让我们心意相通。艺大如天，作为小妹妹，笔者相信《曲苑闲笔》不过是她阶段性作品的汇编与总结。笔者相信，她还有很多美好的故事已经在她的笔头迫不及待地准备出场了。

笔者期待她带着笔者一起在文字里飞翔。

附录二

毕业论文（学术论文）的撰写

一篇完整的毕业论文由题名（标题）、作者及所在单位（系、专业）、目录、中文摘要、关键词（主题词）、引言（前言）、正文、结论、参考文献、尾注（脚注）、英文标题、英文作者名、英文摘要、英文关键词、谢辞和附录等组成。不同的高等院校往往在上述要素基础上根据专业需要略做调整。

学术期刊上发表的论文则大致有标题、摘要、关键词、正文、注释和参考文献、作者简介等部分组成。在报纸和有些学术刊物上刊载的学术论文往往不需要"摘要"和"关键词"。注释和参考文献一般用尾注。在报纸上的学术短论一般用文中注，收录在书籍中的学术论文有的用脚注，有的用尾注。无论用哪一种注释方式，在一篇文章中或同一种期刊中的注释方式应该前后一致。现对论文的各要素进行适度说明。

一、标题

标题应该简短、明确、新颖，具有概括性。按照标题的拟题要求，标题应该恰当地限定论文的内涵和外延，准确地概括出论文中心内容的深度和广度，做到文题相符。好的论文标题应该既准确，又新颖别致，能够吸引读者，引起读者的阅读兴趣。

二、作者及所在单位

略。

三、目录

文科论文如果篇幅短小，只有几个大点，没有细分，可以不编制目录。

四、摘要

摘要也称内容提要，它以浓缩的形式概括了论文的主要内容、方法和观点，以及取得的主要成果和结论，反映了整篇论文的精华。中文摘要以 300 字左右为宜，英文摘要应该不少于 250 个实词。摘要应该写得简明扼要、准确流畅，一般在毕业论文或学术论文全部完成后写。摘要写作要注意以下几点。

（1）用精练、概括的语言表达，每项内容均不宜展开，不需论证。

（2）以第三人称叙述，不宜用第一人称。

（3）要客观陈述，不宜进行主观评价。

（4）成果和结论性意见是摘要的重点内容，在文字用量上要较多，以加深读者印象。

（5）要独立成文，选词用语尽量不要与全文雷同，要避免将正文中的前言或结论简单地移植为摘要。

（6）摘要既要简明扼要，又要深入浅出、行文活泼。在词语润色、表达方法和章法结构上要尽可能写得有文采，以唤起读者阅读全文的兴趣。

五、关键词（主题词）

关键词是文献学的一个术语，是用来表达文献主题的词或词组。在文章的正文前面标引关键词，一是在于它是一篇文章的重要信息点，可供读者在极短的时间内，通过扫描式的阅读方法，掌握该文的主题要点，从而为读者有选择地阅读正文提供依据；二是因为关键词是一篇文章的重要检索点之一，不仅可使文章的主题编入国际、国内的文献、情报检索，还可为读者查找专题文章带来方便。读者可以先从检索系统查到关键词，再查询和关键词有关的文章。

一篇论文一般可以选出 3 ～ 5 个关键词，多的可选 7 ～ 8 个，将它们依次列于摘要之下，关键词之间用分号隔开。关键词要以选准、选全为原则，同义词、近义词不宜同时选为关键词，应该选用公知、公用的词汇和学术术语，不宜自造字词、自造缩词和符号，词组不宜过长。

六、前言

前言是全篇论文的开场白，包括以下内容。

（1）选题的缘由。选题是明确研究的主要方向和主要对象，选题的过程是对大量材料进行分析、整理和研究的过程，是提出问题、发现问题、研究问题、解决问题的过程。选题原则有两点：一是兴趣原则。论文写作应该主要从自己的兴趣出发，试着发现问题、研究问题和解决问题。不同的人对不同的领域有不同的兴趣爱好和认识，论文写作可以从一两个兴趣点开始，质疑自己遇到的一些认识和观点，在充分占有材料的基础上深入研究、分析，确定研究对象。二是创新原则。论文研究的问题应该是前人没有解决或者没有完全解决的问题，或者是运用新方法研究已有的问题，从而提炼出一得之见，或是填补空白的新发现和新见解。新问题、新发现和新观点是学术论文的价值所在。

基于这些原因，前言部分论述时要重点说明为什么确定这一选题，是兴趣所在还是材料新抑或方法新，是前人没有研究还是没有充分研究，创新点在何处，等等。

（2）对本选题已有研究情况的述评。任何研究都是建立在一定调查研究和搜集材料的基础之上的。关于本选题研究方面，已经有哪些人或者哪些研究成果，这些研究成果达到什么程度，或者在哪一方面研究比较充分，哪些方面还有研究的空间，研究现状和研究趋势如何。只有通过对研究现状的充分介绍，才能说明本选题研究不是在重复前人，而是有所拓展或有所突破。

（3）说明本研究所要解决的问题和采用的手段、方法，要达到的研究目的或者研究的意义。

前言和摘要内容大体相同，但区别也很明显。摘要一般要写得高度概括简略，前言可以稍微具体些。摘要的表述一般做笼统的表达，前言中所有的内容则必须明确表达；摘要不写选题缘由，前言则明确反映。在文字数量上，前言总是多于摘要。

七、正文

正文是论文的主体部分，主要包括论点、对论点的分析和论证，这部分内容主要是分析问题和解决问题。分析和论证一般采取并列式或者递进式的结构方式，也有综合式，即将并列式和递进式结合起来综合使用的方法。正文的层次感应该很强，几个层次或者分论点最好以小标题的方式概括出来，如果难以概括，也应以"一、二、三、四"的标号方式进行结构划分。

并列式结构是指围绕中心论点划分的几个分论点，在内容上呈现出一种逻辑并列关系。递进式结构的分论点之间呈现出逻辑上的先后关系或者意义上的深浅关系，反映的是人们对事物或者事理由表及里、由浅入深、由现象到本质的认识过程。

八、结论

论文结论是对整个研究工作进行归纳和综合而得出的最终定论，如所得结果与已有结果的比较、本课题研究中尚存在的问题、对进一步开展研究的见解与建议。结论集中反映了作者的研究成果，表达了作者对所研究课题的见解与主张，是全文的思想精髓和论文写作的最终价值所在。一般要求做到以下几点。

（1）语言准确、严密，容易被读者理解，结论简单、明确。

（2）结论重点概括个人研究的成果，对前人研究超越之处应重点概括。

（3）实事求是地介绍自己的研究成果，切忌言过其实，在无充分把握时，应留有余地。任何研究结论一般来说都是阶段性成果，科学研究是一个不断探索的过程，语言表述应留有余地。

九、参考文献、注释（尾注或者脚注）

参考文献等是毕业论文和学术论文不可缺少的组成部分，它反映了论文的取材来源或是引用观点的来源、论文材料的广博程度与可靠程度，一份完整的参考文献也为读者提供了一份延伸阅读和考查研究是否科学、严谨的信息资料。注释是对正文中某一特定内容所做的进一步解释或补充说明。注释采用页末注，将注文放在加注页的下端，限写在注释符号出现的同一页，不得隔页。注释符号一般用数字加圆圈如①、②……标注成上标，并放在标点符号前。

参考文献和注释征引的文献要求按顺序准确标明作者、书（篇）名、出版社、出版时间及页码。中文注释格式示例：

①蒋孔阳：《德国古典美学》，商务印书馆，2005，第269页。

②（清）王先谦：《荀子集解》，中华书局，1988，第381页。

③[德]沃尔夫冈、顾彬：《审美意识在中国的兴起》，载汝信、王德胜主编《中国美学（第二辑）》，商务印书馆，2004，第71页。

④刘再复：《论文学的主体性》，《文学评论》1986年第1期。

⑤杨义：《诗魂的祭奠》，《中华读书报》2001年11月28日第3版。

⑥魏光奇：《也谈"为学术而学术"》，《学术批评网》，http://www.acriticism.com/article.asp?Newsid= 9135 & type= 1008，2007年10月4日。

外文文献的注释一律用外文原文，不必译成中文。书名与刊物名一律用斜体标出。注释示例：

① Judy Pearsall & Patrick Hanks. *The New Oxford Dictionary of English*, Oxford: Clarendon Press，1998，p. 447.

② Stork，David G.*Optics and Realism in Renaissance Art*，*Scientific American, Dec.* 2004，Vol.291，Issue 6，p.81.

③ Bhabha，Homi K. *The Location of Culture*，London and New York: Routledge Press，1994，p.106 – 107.

如有不同注释引自同一出处，请如下示例标注：

①，③，④胡适:《〈词选〉自序》，载《胡适古典文学研究论集》，上海古籍出版社，1988，第 10 页，第 13 页，第 19–20 页。

①，③，④ John Joughin & Simon Malpas. *The New Aestheticism*，New York: Machester University Press，2003，p. 1，p. 5，p. 10 – 12.

注：上述参考文献示例出自《文艺理论研究》稿约。

尾注即论文末尾注释，脚注为页下注释。

例文：

百年中国女性文学史的写作历程及史观演变

摘要： 中国女性传统的深刻变化与中国文明进程中的"西潮""西语"等外来文化密切相关，中国女性文学史写作是女性传统渐次变化的结果。中国女性文学史观从男性史家的男女平权观、女性才德观逐渐过渡为女性史家强调现代人文精神与女性主体意识。百年进程中的女性文学史书写为女性文学成为一门学科奠定了基础，20世纪90年代前后引进的西方女性主义文论既主导了女性文学创作与研究，又遮蔽了中国传统女性诗学的内蕴。在对女性主义思潮的引进与反省中，21世纪以来的女性文学史书写承前启后，逐渐淡化性别批判强度，转向对女性情感书写策略和自我存在意识的探讨。在中国文明与外来文化的融合中，女性文学史写作越来越走向细密化与纵深化，文学史家所期待的既注重性别平等又注重性别差异与和谐的性别诗学建构将成为可能。

关键词： 女性文学史；女性文学史写作；女性主义；性别诗学；女性主体意识

中国文学史写作从1882年日本末松谦澄的《支那古文学略史》到2011年李陀的《昨天的故事：关于重写文学史》已跨越130年，其间出版了各类文学史著作2 000多部。❶在这2 000多部文学史著作中，从1916年谢无量的《中国妇女文学史》到21世纪樊洛平的《当代台湾女性小说史论》，有近20部女性文学史著作，在重写文学史大讨论及文学史诸问题研究中，关于文学史观的反思、文学史分期等问题阐释较多，而女性文学史写作进程与史观问题所受关

❶ 数据参照邓敏文．中国多民族文学史论》的附录《中国各民族文学史著作编年总目[M]．社会科学文献出版社，1995:217.1993年以后的文学史著作数据出自温潘亚教授主持的2010国家社科基金项目——"百年中国文学史写作范式的规训与突破"课题组所编制的《文学史书目》。

注较少。"文学史是依据一定的文学观和文学史观，对相关史料进行选择、取舍、辩证和组织而建构起来的一种具有自身逻辑结构的有思想的知识体系。"❶那么，现有的女性文学史著作各以什么样的文学观和文学史观对女性文学作品进行选择和评价？不同时代的文学观与女性观如何体现在相应时期的女性文学史著作上？笔者现就已出版的女性文学史著作按时代进程逐一检视，以期从前人的女性文学史实践中探讨女性文学史观在不同时期的变化，寻绎百年来女性文学史写作的特点与研究趋势，为开展科学而系统的女性文学史实践提供参考。

一

"妇女问题，属于社会的边缘问题。"❷以妇女问题为边缘问题本身就是性别歧视的产物。在妇女被边缘化的时代，女性被排除在物质生产和精神生产之外，女性及其文学活动自然难以得到认同。女性只有从边缘迈向中心，最大限度地参与物质生产与精神生产，才有可能得到社会认同，女性的精神生产成果才有可能被正视，因此打破性别歧视、建构新的女性传统，是女性参与物质生产与精神生产并得到社会认同的第一步。

在世界妇女解放思潮中，西方女性的理性抗争意识较强。1791年，法国妇女领袖奥伦比·德·古日在《女权宣言》中最早提出妇女"和男人有平等权利"。❸同年，英国女作家玛丽·沃尔斯通克拉夫特在《女权辩护》中，提出女性"应该采取和男人一样的方法来努力取得人类的美德"。❹

与西方历史进程中女性率先重视自身权利不同，中国妇女解放问题由男性知识分子提出，男性知识分子在吸纳西方文明、反省本国文化过程中，意识到妇女问题与民族振兴息息相关。在反思中华文明与外来文化关系时，刘梦溪曾就中国的"三晚"——晚周、晚明、晚清以及在此基础上所对应的外来文化做过研究，认为正是在文化输入与文明更替中，中国文化经历了流失与重建的历史过程❺，中国女性传统也在大文化传统的流失与重建中渐次发生变化。就中国女性传统的变化而言，女性传统的变化与明清之际传来的"西教"、晚清西学

❶ 董乃斌、陈伯海、刘扬忠.中国文学史学史》第三卷，河北人民出版社，2003:586.

❷ 陈乐民.欧洲文明十五讲[M].北京大学出版社，2004:229.

❸ 闵东潮.国际妇女运动——1789—1989[M].河南人民出版社，1991:33.

❹ [英]玛丽·沃尔斯通克拉夫特.女权辩护[M].王蓁译，商务印书馆，1995:48.

❺ 刘梦溪.百年中国：文化传统的流失与重建[M].《南京师范大学文学院学报》2004年第1期。

东渐时期的"西潮"密切相关，其中尤以"西潮"时期的维新派人物为主。中国女性文学史的写作正是女性传统渐次变化的结果。

"男尊女卑"是中国文化传统重要的性别观念，其最早表述见于《易经》："天尊地卑，乾坤定矣。卑高以陈，贵贱位矣。动静有常，刚柔断矣。……乾道成男，坤道成女。"《易经》不仅潜在地暗示了男女尊卑贵贱的地位，还规范了男女刚柔动静的不同形态。《仪礼》中提出的"夫者妻之天"与"妇人不二斩"对夫妻关系中为妻的女方进行了规范。除了儒家经典对女子进行训诫之外，古代女子所著的女教著作也对女子言行提出了苛刻的要求，汉代班昭的《女诫》、唐代宋若莘和宋若昭的《女论语》、明代徐皇后的《内训》及王相之母刘氏所著的《女范捷录》被称为"女四书"，是古代女子接受女教的基本教材，严重戕害了古代女子的身心健康。由于"男尊女卑"思想的根深蒂固，中国女性传统发展变化缓慢，因此晚明时期李贽、冯梦龙与清代俞正燮、袁枚、李汝珍等人比较进步的妇女观并没有成为社会主流，只是在一定程度上与一定范围内弘扬了男女平等的思想意识。

真正较为广泛意义上的妇女解放思潮是在晚清西学东渐之际，在洋务运动和维新变法运动中产生的。中国维新运动中的早期代表人物王韬、郑观应、陈炽等在洋务运动中接触到西方文化，提出了妇女解放问题，其后维新派核心人物康有为、梁启超等人持续推动，使不缠足会、女学会、女学堂、女学报此起彼伏，构成了妇女解放史上一道独特的风景。梁启超作为新型知识分子代表，曾以西方资产阶级自由平等与个性解放学说积极地宣扬男女平权："言自由者无他，不过使之得全其为人之资格而已。质而论之，即不受三纲之压制而已；不受古人之束缚而已。""男女平权，美国斯盛。女学布濩，日本以强。兴国智民，靡不始此。"❶维新派人物带来的思想革新从根基上动摇了几千年的女性传统，使人们对妇女问题有了新认识，掀起了妇女早期解放运动的热潮。由于西方式的民主与自由思想导引了中国的妇女解放运动，因此有学者认为"中国近现代女性的解放是西方文化压迫的结果"。❷

正是在这样的时代风潮之下，才有了第一部女性文学史的写作与出版。《中国妇女文学史》的作者谢无量（1884—1964）早年主要接受传统教育，后来

---

❶ 梁启超.致南海夫子大人书[M].《倡设女学堂启[M].转引自《梁启超美学思想研究[M].商务印书馆,2005:204-205.

❷ 王富仁.从本质主义的走向发生学的——女性文学研究之我见[M].《南开学报》2010年第2期。

受维新派思想影响，不仅常读康有为、梁启超、蔡元培、陈独秀等人关于男女平等的文章，还在《新青年》杂志撰文称赞康同薇办《女学报》的革命精神。❶因此，扎根于传统、受教于西方的早期中国女性文学史写作，既与传统存在无法割裂的血脉联系，又具有强烈的革新精神。中国女性文学史写作之初，其史观内涵主要有三：一是从"男女平权"强调女性的重要；二是杂文学的大文学观；三是以女性诗文作品为核心，尚未重视小说与戏剧等叙事性文学作品。

对女性角色的高度认同是女性文学史写作的重要前提。1916 年，由上海中华书局出版的《中国妇女文学史》的立言依据首先在于强调"男女平权"："天地之间，一阴一阳。生人之道，一男一女。上世男女同等，中世贵男贱女，近世又倡男女平权。"❷谢无量编撰的《中国妇女文学史》应和了时代追求男女平等的精神，彰显了古代女性的文学成就，第一次从文学史角度肯定了妇女文学的价值。由于谢无量的《中国妇女文学史》出版于 1916 年，当时，文学改良正在酝酿中，因此《中国妇女文学史》仍以文言写就，文学观念也较为古典。1918年，谢无量编著了《中国大文学史》，他认为"文学为施于文章著述之统称"。在该书第一章第四节《文学之分类》中，谢无量将"赋颂、哀诔、词曲、古今体诗、学说、历史、公牍"都纳入"大文学"当中。❸《中国妇女文学史》出版于《中国大文学史》之前，更加充分体现出"杂文学"特色，在《中国妇女文学史》中明显标注"杂文学"章目的达六处。在编著过程中，谢无量的《中国妇女文学史》包含诗词、书表、赋诔等，文学文体与非文学文体杂糅并叙，体现出谢无量的《中国妇女文学史》作为开山之作的草创特色。由于受传统文学观念的影响，谢无量的《中国妇女文学史》中以抒情为主的诗文作品占据主导，以叙事为主的小说、戏曲作品几乎阙如。究其原因，有两方面：一方面，古代妇女由于极少参与社会生活而主要被禁锢于闺阁之中，对社会百态和复杂人生的体验相对较少，缺少戏曲、小说创作的生活基础，这方面的作品自然稀少；另一方面，有限的叙事类作品还没有进入早期史家的视野，谢无量以一人之力难以搜罗纳入。

之后，梁启超在 1922 年发表了《中国韵文里头所表现的情感》。在该文第九节《附论女性文学和女性情感》，梁启超首次提出"女性文学"这个概念，与谢无量首次提及的"妇女文学"呼应。由于《中国韵文里头所表现的情感》

---

❶ 荣明. 谢无量"男妇平权、平等"思想的发展 [M].《文教资料》2001 年第 3 期。

❷ 谢无量. 中国妇女文学史 [M]. 中州古籍出版社, 1992, 绪言。

❸ 谢无量. 中国大文学史：卷一 [M]. 中州古籍出版社, 1992:7.

总标题为"中国韵文",故此处"女性文学"专指中国女性诗词。梁启超检视中外女子文学,遗憾地表示"女子很少专门文学家,不唯中国,外国亦然……可怜我们文学史上极贫弱的女界文学,我实在不能多举几位来撑门面"。❶由于妇女文学长期隐没不彰,影响了梁启超对古代妇女创作的认知。这使他在回溯中国古代女性文学时,实在找不到多少可以论及的对象,提及的女性作家仅限于蔡文姬、苏伯玉妻、李清照、顾太清等诗词成就较为突出的几位。在论及女性美时,梁启超反对"多愁多病"的审美趣味,提倡"刚健与婀娜""天然与高贵"相统一的女性美。梁启超的女性观与文学观表明,在20世纪20年代前后,女性的主体精神、女性文学应该纳入文学史的思想意识已经在新型知识分子中得到了一定程度的重视。

总之,在20世纪初,谢无量和梁启超都关注中国的妇女文学,但他们修史和论述的重心都是在强调男女平等的基础上为中国历代女性的文学才华张目,其对妇女文学或女性文学的关注重在启蒙与启示,对女性文学的内涵和边界尚不甚了然。比如,谢无量笔下的妇女文学均出自女性之手,梁启超笔下的女性文学则包含男性作者所书写的女性情感体验。但是,无论谢无量与梁启超对女性文学的梳理多么粗疏,他们对妇女文学史的开创之功不容抹杀。"中国文学的最大悲剧就是几千年来女性文学处于一种被压制、被扭曲、被扑灭的状态"❷,这种种状态随着妇女解放运动、女性文学崛起与女性文学进入学术视野,都在20世纪初得到了根本的改变。谢无量、梁启超的女性文学史实践为20世纪30年代前后新一轮的女性文学史写作提供了特定的研究视角和必要的前期准备。

二

20世纪的早期中国风云变幻,1911年辛亥革命成功推翻封建帝制与1919年五四运动之后,新文化、新思潮开始占据意识形态的主流,有识之士对新文学、新女性的认识也促进了女性文学史意识的演变。谢无量的《中国妇女文学史》自出版以来,在15年间重印了8次,梁乙真有感于谢无量的《中国妇女文学史》只截止到明,遂编著《清代妇女文学史》。梁乙真在《自序》中说:"中国之妇女文学,自来无史,有之,则始见于谢无量先生之《中国妇女文学史》。惟谢书叙述仅至明而止,清以下无有也。吾书虽以赓续谢书而作,然编辑之体

---

❶ 夏晓虹. 梁启超文选(下)[M]. 中国广播电视出版社,1992:84、86.

❷ 杨义. 二十世纪中国小说与文化 [M]. 三联书店,2007:95.

例，不与谢书尽同也。"❶该书在时间上紧承谢无量的《中国妇女文学史》，其立意和内容也都受到前者的影响，但它自立体例，实为后来居上之作。在编著完《清代妇女文学史》后，梁乙真于1932年出版了《中国妇女文学史纲》，有论者认为，梁乙真的《清代妇女文学史》是在谢无量《中国妇女文学史》基础上的衔接，而《中国妇女文学史纲》则是在谢无量《中国妇女文学史》基础上的成熟。❷在梁乙真为编著妇女文学史殚精竭虑的同时，谭正璧在1930年出版了《中国女性的文学生活》，1934年，在出版第三版时，改为《中国女性文学史》，此为第一部以"女性文学史"冠名的女性文学史。在这一时期，女性文学史观较之初创时期有了明显转变：一是从强调"男女平权"到"女性独立"的女性观的转变；二是从经史子集并包的杂文学观到重抒情、叙事作品的纯文学观转变；三是从重诗文的雅文学到诗文、小说、戏曲并重的雅俗共赏的现代文学观念转变。在这种种转变中，传统女性的文学心灵得到了展示，女性文学的内涵得到了深化。

女性观的改变对书写女性文学史至关重要。在强调"男女平权"的新文化运动时期，文学史学者重在宣扬女性的才情，批判男性对女性的压制，但在宣扬女性才情方面显现出了文学史家难以觉察的保守倾向。例如，在谢无量的《中国妇女文学史》中，谢无量在历数文学女性时，都是书写"训诫"之类的上层妇女作者，如汉高祖唐山夫人、汉孝成帝时班婕妤、后汉马皇后等，从表彰这些上层妇女的"嘉言懿行"出发，列举了不少有助妇女教化的"内训"，一方面固然由于搜取平民女子文学作品的艰难所致，另一方面表明谢无量对如何评价女性品质不甚了然，于是不由自主地从"德言容功"方面选录妇女作品、评论其言行。谢无量被认为既是"宣扬两性平等思想的一位先锋，亦可视为封建传统文化的顽固守护者"。❸相比较而言，这一点在梁乙真的《清代妇女文学史》《中国妇女文学史纲》和谭正璧的《中国女性文学史》中有了很大的改变，这说明早期学人在宣扬男女平等的初期，对女性遭受压迫的内在体验尚不够深切，只是从制度上发现男女不平等的缺陷。随着妇女运动的深入发展以及早期学人的文化反思，人们的女性观念开始从挖掘制度根源慢慢触及文化思想根源，批判与理解也逐步客观起来。例如，在列举中国妇女文学史实时，班昭的《女诫》不容忽视。《女诫》是东汉班昭所写的教导女子遵循"三从四德"的

---

❶ 梁乙真.清代妇女文学史 [M].中华书局,1927,自序。

❷ 张丽.女性文学文献的相关性研究 [M].硕士学位论文,上海师范大学,2010年。

❸ 林树明.现代学者的三位女性文学史考察 [M].《中国现代文学研究丛刊》2003年第1期。

私书，为"女四书"之首。作为民国初期及以前几乎所有女子的启蒙读物，《女诫》要求女子无条件地"柔顺"，影响深远。谢无量面对《女诫》只说了一句"自是当时礼教之遗训"，对《女诫》中明显戕害女性身心健康的内容表示宽容和理解。梁乙真在提及《女诫》时，开始从女性角度表示同情："呜呼！此其所以为女中圣人软，然而中国之妇女苦矣。"❶梁乙真对历代所赞许的"女中圣人"提出了怀疑和质问，对其带给中国妇女的痛苦表示惊诧和遗憾，显出与谢无量完全不同的评价取向。谭正璧在提及《女诫》时，对班昭与《女诫》提出了激烈的批判："班昭的《女诫》系统地把压抑女性的思想编纂起来，使之成为铁锁一般的牢固，套上女性的颈子……尤其无理的，她把丈夫对妻的关系认为是一种'恩'。这真是悖谬的思想！"❷从谢无量、梁乙真、谭正璧对班昭《女诫》的评价可以看出，女性问题从作为民族问题、社会变革问题的一种，开始引发了人们对新时代男女平等关系的思考，女性具有独立人格的思想意识逐渐深入人心，妇女文学中戕害身心健康的女教文章自然引起了文学史家对它的批评。

除了女性观的革命性变化之外，20 世纪 30 年代前后的女性文学史著作在文学观上的变革也非常明显，传统观念对文学的牵制越来越弱，新文学观念越来越强。在谢无量的《中国妇女文学史》中，有"礼教、易教、书教"等经学内容，更有并无文学特质的后汉马皇后诏、邓皇后策等公文内容。在 1927—1935 年的三本女性文学史著作中，上层妇女的诏书、哀谏之文等非文学作品已不再选录。在贵族文学、宫廷文学、平民文学取向上，梁乙真更加注重平民文学取向："本书叙述时，侧重于平民及无名作家之作品，对于贵族的及宫廷文学则多从简略。"❸在文体取向上，谢无量重视抒情的诗文，忽略了叙事的戏曲、小说，谭正璧则开始重视明清曲家、通俗小说与弹词，叙事文学俨然成为文体正宗。不仅如此，谭正璧的《中国女性文学史》在述说中国古代女性的诗文、叙事作品时，重在从人生际遇、生命意识、深挚情感方面去评判，这说明在"五四"以后，诗歌、散文、戏剧、小说的"文学四分法"逐渐深入人心，传统的以抒情为主、以诗文为文学正宗的雅文学观被以抒情、叙事并重的雅俗共赏的现代文学观所替代，"一代有一代之文学"在文学史家的编写理念中得到了较好的呈现。

综上所述，从谢无量的《中国妇女文学史》到梁乙真《清代妇女文学史》

❶ 梁乙真.中国妇女文学史纲 [M].上海书店，1990:65.

❷ 谭正璧.中国女性文学史 [M].百花文艺出版社，1991:44.

❸ 梁乙真.中国妇女文学史纲 [M].上海书店，1990,例言。

《中国妇女文学史纲》、谭正璧的《中国女性文学史》的演变既是女性文学史家自身文学史观的演变，又是时代风潮、文化革新在学者身上的反映，从谢无量编选女性作品教化之文到梁乙真、谭正璧重视平民女性诗文与小说，表明中国女性文学史实践从传统观念中脱壳而出后，越来越重视与突出女性文学中的主体意识与情感世界。男性学者的女性文学史书写与妇女解放的洪流合拍，引导了社会文化性别模式的变化，开拓了现代女性写作的广度和深度。在这一时期，丁玲、谢冰莹、萧红等女作家不仅对女性命运的书写越来越深入，还将对女性命运的探索与时代潮流结合起来，女性写作中的"男性度"在增加❶，这表明这一时期的女性写作与男性作家之间的文学性度差异在减弱，女性写作中呈现出来的新问题与新内涵为后世的女性文学史写作提供了新的文学史实。

三

1937 年"七七事变"以后，民族战争占据了中国人生活的重心，女性文学史的写作与研究活动陷入相对沉寂的状态。1949 年中华人民共和国成立以后，"男女平等"作为法律条文被写入《中华人民共和国宪法》，在男女平等的政治语境中从事女性文学史的写作与研究显得不合时宜。在 1966—1976 这十年的文化真空也使女性文学研究在很长时期都处于相对静止状态。在 1935 年到 1978 年 40 余年间，值得一提的女性文学史著作有两部，一是 1957 年由商务印书馆出版的胡文楷的《历代妇女著作考》，二是 1963 年由香港上海书局出版的苏之德的《中国妇女文学史话》。

胡文楷自 20 世纪 30 年代起开始征求、调查历代妇女著作，历时 20 余年，于 1957 年汇为《历代妇女著作考》，后经 1985 年与 2008 年两次增订，最新《历代妇女著作考》计 80 万字，蔚为大观。《历代妇女著作考》作为中国目录学史的一部重要著作，著录了 4 000 多位女作家的创作情况，展现了中国古代妇女文学景观，故《历代妇女著作考》虽无史名，却具史实。作为全国第一部"通代女性艺文志""中国妇女著作最完备的目录书"，《历代妇女著作考》"实可以作中国古代女性文学史而观"。❷胡文楷的女性文学史观表现在三方面：一是重史实呈现，轻价值评判；二是知人论世，生活、创作、批评并重，体现出传统学术与现代意识的交融；三是在尊重史料的基础上，公允地展示古代女性的文学成就，

---

❶ 杨义.二十世纪中国小说与文化 [M].三联书店,2007:97.

❷ 张宏生、石旻.中国古代妇女文学研究的现代起点——胡文楷＜历代妇女著作考＞的价值和意义 [M].《江西社会科学》2008 年第 7 期。

对时人"厚今薄古"的女性文学观加以修正。胡文楷致力女性文学研究的目录学方法，在中华人民共和国成立不久的学术语境中具有返本开新的重要意义。

与 20 世纪 30 年代前后的几种女性文学史相比，胡文楷的《历代妇女著作考》无疑在资料占有上超越了前者。谢无量的《中国妇女文学史》、梁乙真的《清代妇女文学史》《中国妇女文学史纲》都是"文学史与文学读本之混合书"❶，书中提及的女性作家数量有限，由于选录标准所致，往往有沙里漏金之憾，难以呈现女性文学史的全貌。例如，谢无量的著作将苏蕙《璇玑图》841 字所能读出的三、四、五、六、七言诗计上千首，均加以罗列，占据篇幅近 2 万字，这说明谢无量的《中国妇女文学史》重罗列而少剪裁，不够精练，也不够全面。胡文楷的《历代妇女著作考》在资料性方面与谢无量的《中国妇女文学史》有相似之处，但比较起来，胡文楷著录人数多，内容丰，语言精，在质和量上都远超谢无量的《中国妇女文学史》。在著录妇女著作时，女性作者的生平简介、书籍的版本流传、相关的序跋评论，胡文楷都摘其要点加以著录。胡文楷在评论妇女作品时往往知人论世，生活、创作和批评相得益彰。古代女性能留下作品的往往是名父之女、才士之妻或是令子之母，平民女子能够写诗作文相对较少，胡文楷对某女、某妻、某母的介绍可以帮助读者开展横向、纵向的比较分析，为人们从事妇女家族文学、妇女文学地域研究提供方便。胡文楷自身简要的概述更可以使读者对作者的才华、兴趣有基本的了解，从而为理解作品奠定基础。例如，胡文楷在著录清代六懿淑所撰的《绣余吟稿》时，对六懿淑做简介说："懿淑字慎仪，江苏江阴人，浙江知县六汝猷之女，庠生胡本绅妻……工诗读书，讲求义理，以为身范。"❷长期以来，由于妇女著作情况的不够明朗，人们往往从封建制度角度夸大古代女性"女子无才便是德"的不幸，夸大女性生活的凄苦与压抑，而对古代妇女充满生活气韵的日常生活与诗文作品了解甚少。胡文楷对女性作家作品的著录以翔实的文献表明，古代具有一定文化教养的女子努力在社会的规制与自己的兴趣中求得一种平衡，从而在随遇而安中实现了自己的人生价值与文学追求。胡文楷的著作从另一个层面展示了古代女性的精神生活状态，为我们更加全面、准确、深入地理解古代女性作家作品提供了翔实的史料和基本的判断。

苏之德的《中国妇女文学史话》于 1963 年初版，到 1977 年又两次再版，全书简要介绍了从汉代卓文君到近代秋瑾等主要女作家的创作和生活情况，对

❶ 梁乙真. 中国妇女文学史纲 [M]. 上海书店, 1990, 例言。

❷ 胡文楷. 历代妇女著作考 [M]. 上海古籍出版社, 2008:217.

中国历史上女作家的诗词文赋以及小说戏剧等创作情况进行了具有代表性的陈述。相对于前述诸种女性文学史，苏之德的这本女性文学史较为简略，但全书富有现代观念，语言生动形象、通俗易懂，作者重视时代背景、作家情感经历对诗文作品的影响。比如，在评论班婕妤、班昭时说："班婕妤也好，班昭也好，她们被捧为'女圣人'，绝不是因为她们在文学上有什么惊人的成就。不过，在赋的发达时代，女子能赋的为数不多，因此，我们在专门谈论女性文学时，还是应该在文学史上给予她们一定的席位的。"在评述鱼玄机的《道怀》诗时说："她认为天下既然有很多男人，何必要迷恋那薄情的李亿呢？好一个'自能窥宋玉，何必恨王昌！'多么大胆，多么勇敢！男性爱情不专，喜新厌旧，我就去另找别人。因此，这首诗不仅表明了封建时代女性共同的哀怨，还是对那些薄幸男性的一个严重的鞭打。"❶ 由苏之德的《中国妇女文学史话》可以看出，苏氏的女性文学史观重在同情古代妇女的不幸命运，彰显女性的反抗精神，将女性文学活动与女作家的人生经历紧紧熔铸在一起，注重从心灵世界挖掘女性文学动人的情感力量，带有一定的"唯情"论倾向，体现出了女性史家独特的切入视角和叙史策略。

与 20 世纪 30 年代前后女性文学史写作的深广度相比，在中华人民共和国成立前后的很长一段时间，女性文学史方面的论文、专著较少，这与当时的女性观念、文化语境密切相关。1949 年中华人民共和国成立后，"男女平等"被列入《中华人民共和国宪法》条文，由于当时人们对"男女平等"的理解较为简单，女性与男性的性别差异性被忽略，女性的去性别化趋势成为时代主潮。于是，"时代不同了，男女都一样""妇女能顶半边天"成为人们新的性别认同，"铁姑娘""英雄母亲"等成为社会、文学和荧幕中主体性的女性形象，如刘胡兰、江姐、李铁梅、阿庆嫂等。从文学观而言，这一时期偏重社会历史层面的马克思主义批评，主要从文学产生的外因以及阶级观点衡量文学作品，因此这一时期的文学史著作，如唐弢主编的《中国现代文学史》，很难将张爱玲式的女性纳入文学史视野中。在这样的学术语境中，与社会现实无关的、显现不出时代价值与阶级批判意识的女性作家的作品自然难以进入文学史。因此，《历代妇女著作考》弥足珍贵的地方是既具有旧学修养，又充分尊重古代女性作家的胡文楷能够在举世皆新的特定语境中沉浸到对古代女性作品的搜集中，对民国及其之前的女性著作进行了较为详细的著录，为今人充分了解古代女性作家作品情况提供了较为完备的史料。《中国妇女文学史话》出现在香港，其写作

❶ 苏之德 . 中国妇女文学史话 [M]. 香港上海书店 , 1977:10、28.

与出版并未对中国内地女性文学研究产生实际的影响，但这部作品的两次再版表明，当中国内地在完成"人的解放"与"民族解放"而对"文学的解放"理解处于粗放阶段时，其他地区的中国人并没有放弃对中国历代女性文学的关注。《历代妇女著作考》与《中国妇女文学史话》的写作与出版表明，人们对女性文学史的探索与建构没有终止，中国女性文学内在的精神力量、文学价值依然通过有限的作品在延伸、在传递。

四

女性文学史写作到了 20 世纪八九十年代之后，出现了 20 世纪的第二个高峰。如果说 20 世纪初的女性文学史写作主要受西学东渐的"西潮"影响，则 20 世纪末的女性文学史写作主要受"西语"（西方话语）和西方女权主义运动的影响。改革开放之后新的西方话语启蒙以及世界妇女大会在中国的召开使中国对"妇女解放"与"女性意识"的理解开始与世界接轨。"中国妇女已经解放"这个曾经不容置疑的现实随着各种妇女问题的不断出现以及妇女研究的逐步推动，引起了人们新的思考。女性在获得相应政治权利之后仍然遭遇的各种显性与隐性歧视成为妇女全面发展过程中面临的新问题，与此相关的女性文学史写作也在新的话语环境中吸引着受教育程度越来越高的女性学者。

随着世界妇女研究的深入发展，女权主义提出的女性问题逐渐为"社会性别（Gender）"问题所取代，社会性别虽是"当代女权主义理论的核心概念，是女权主义学术的中心内容"❶，但由于国内学界对女性主义的理解还处于初始阶段，多数学者没有对"社会性别"这一核心概念进行充分的阐释和运用，而将主要兴趣聚焦于女性主义中对男权文化的批判意识，《走出男权传统的樊篱：文学中男权意识的批判》可谓这一时期的代表性研究著作❷，书名就鲜明地表达了著述者对男权文化的批判立场。女性主义文论对 20 世纪八九十年代的女性文学史写作影响至深，如 1989 年首版、2004 年再版的《浮出历史地表——现代妇女文学研究》即是"第一部系统运用女性主义立场研究中国现代女性文学史的专著"❸，1995 年出版的《20 世纪中国女性文学史》《当代中国女性文学史论》也是在女性主义文论的主导下书写的。这一时期的女性文学史观重在对男性中心文化传统进行批判，强调对女性文学传统进行挖掘与建构，并在批判、挖掘

❶ 王政.女性的崛起 [M].当代中国出版社，1995:202.

❷ 刘慧英.走出男权传统的樊篱：文学中男权意识的批判 [M].三联书店，1996。

❸ 孟悦、戴锦华.浮出历史地表——现代妇女文学研究 [M].中国人民大学出版社，2004。

与建构中寻求西方女性主义中国化的可能性。

在现代女性作家成为 20 世纪 90 年代前后女性文学史主要观照对象的大背景下，1993 年张明叶的《中国古代妇女文学简史》成了 20 世纪末女性文学史写作中的意外收获。但这部 20 世纪末唯一的一部古代女性文学史被认为新意不足。❶ 客观地说，以女性主义文论研究中国古代妇女创作存在着方法论上的难度。张明叶将历朝妇女作者按照"上古先秦、两汉、魏晋六朝、隋唐五代、宋辽金、元代、明代、清代"的朝代顺序进行分类，兼收并蓄了谢无量、梁乙真与谭正璧著述的古代女性文学史优点，以现代语体完整地呈现了古代女性的文学发展史。张明叶指出："通观中国漫长的封建社会里女性文化发展的历史，大致是以贞洁型的淑女文化、悖道型的逆女文化及病态型的妓女文化三种基本模式并行发展的。"❷ 张明叶从女性文化角度切入中国古代妇女创作，审视古代妇女创作对所处文化语境的顺逆与反抗，较之男性史家对妇女文学的理解，更加注重古代女性文学的情感特质与文化心理。全书以女性视角与现代观念切入，资料丰赡，评价得当，有意识地弥补了以往男性史家所著的古代女性文学史的不足，是目前唯一由女性执笔的古代女性文学史，应当引起我们的重视。

除张明叶的《中国古代妇女文学简史》外，其他几部女性文学史都是在接受了女性主义文论熏陶后，尝试以女性主义视角来写作女性文学史的。女性主义文论身处 20 世纪后现代主义理论背景下，具有突出的反传统、反权威、反中心、反宏大叙事的美学特征，后现代文论所倡导的解构"中心"、否定"确定性"、以"多元化"和"众声喧哗"为目标的话语实践为女性主义理论所吸收。对于女性主义者来说，女性需要解构、反叛和否定的就是几千年的男权传统，意欲"众声喧哗"的就是女性的声音。中国深受女性主义影响的现代女性文学史著作以《浮出历史地表——现代妇女文学研究》为第一部，全书思维犀利，语言汪洋恣肆，成功地将社会学批评、符号学、解构主义批评融合在女性主义批评理论中，对现代文学史上庐隐、沅君、冰心、丁玲、萧红、张爱玲等九位女作家进行了女性主义的文学解读。全书从突出女性意识与批判父系传统角度出发，开展对女作家作品的研究，如在分析萧红时认为，萧红与萧军的冲突不全是情感冲突，而是"女性与主导意识形态乃至与整个社会的冲突"，认为"萧红所欲离异的不只是一个萧军，而是萧军所代表的'大男子主义'加'拟英雄'的小型男性社会，以及它带给一个新女性精神上的屈辱与伤害及被无视的实际

---

❶ 乔以钢. 近百年中国古代文学的性别研究 [M].《中国社会科学》2008 年第 3 期。

❷ 张明叶. 中国古代妇女文学简史 [M]. 辽宁教育出版社，1993:533.

处境"❶。由于作者深刻的文化批判意识、鲜明的女性主义立场以及突出的"颠覆"与"解构"话语系统，《浮出历史地表——现代妇女文学研究》被认为"在中国现代文学史研究上第一次全面地向男性文学传统提出了挑战，表现出了浓烈的女性主义批判精神"❷。这部著作既掀起了以女性主义视角批判男性中心文化的热潮，又在一定程度上让男性学者对女性主义文论话语望而生畏，甚至心生反感。与《浮出历史地表——现代妇女文学研究》相呼应，林丹娅的《当代中国女性文学史论》主要为当代女作家作史，其话语模式、批判精神以及"以论带史"的书写策略与《浮出历史地表——现代妇女文学研究》颇有相似之处，全书以"以反父权制文化中心的视角，透视女性文学现象过程……勾勒出女性文学的流变及发展轨迹"❸。

综观 20 世纪的女性文学史，盛英主编的《20 世纪中国女性文学史》可以算是 20 世纪女性文学史最厚重的成果了。这部著作的女性文学史观表现在两方面：一方面，体现出中国文学通史观中的进化史观与唯物史观，从时代递进与社会现实角度品评女性作家作品；另一方面，体现出女性主义史观的重要特色，强调女性主体意识，如在评价"五四"女作家时，认为她们"第一次打破旧时代女性文学的狭小圈子，在'人'的意义上发现自我，将富于主体精神的女性意识渗透在创作中"❹。由于女性主义文论的主导影响，有论者认为，《20 世纪中国女性文学史》"更乐于张扬'女性'解放、凸起和扩张的状态，对'女性'平常、萎缩和沉沦的状态则兴趣不大"❺。该著作的附编将台港作家与海外女作家的创作情况进行了概要述评，可以帮助读者加深对整个 20 世纪女性文学创作情况的了解。当然，由于众人合璧的写作原因或是对某些时段的女性文学现状不够熟悉，该著作对 1900—1919 年以及 1966—1976 年时期的女性文学创作情况没有进行梳理，全书上下两册，章节繁多，居然没有编制目录，不能不说是一种缺憾。

从 20 世纪八九十年代的女性文学史写作状况来看，1976 年后的理性回归、学习西方理论的某种热忱以及 1995 年世界妇女大会在北京的召开既促成了女性

---

❶ 孟悦、戴锦华.浮出历史地表——现代妇女文学研究 [M].中国人民大学出版社，2004:173-174.

❷ 王喜绒.20 世纪中国女性文学批评 [M].中国社会科学出版社，2006:121.

❸ 陈福郎.呼唤重构理想的女性世界 [M].《中国图书评论》2003 年第 10 期.

❹ 盛英.二十世纪中国女性文学史（上）[M].天津人民出版社，1995:32.

❺ 陈飞.二十世纪中国妇女文学史著述论 [M].《文学评论》2002 年第 4 期。

创作的丰富、繁荣，又引领了女性文学史书写成果的不断出现。由于对女性主义文论资源的过度倚重，一些评论家对女性文学的解读和阐释强调了性别之间的对立，忽略了对女性文学作品中文学审美特质的关注，这使男性学者开始质疑女性主义："当许多人对中国目前的女性主义采取了鼓吹的姿态时，我却以为有必要为它担忧。"❶另外，20 世纪八九十年代针对 20 世纪女性文学的研究过于强调对于传统的决裂，也使 20 世纪女性文学研究显得根基不足，这种状况随着人们对女性主义理论的反省和深思，随着社会性别研究的不断深入，逐渐在其后的女性文学史写作中得到改观。

五

21 世纪以来的女性文学史写作一方面接续女性主义文论资源的后续影响，另一方面注重返本开新，审慎整合文化传统与女性主义、社会性别研究的理论资源，女性文学史写作也呈现出多元深入的状况。女性主义从 20 世纪 80 年代末进入中国学术语境以来，经历了从"女权主义""女性主义"到"性别意识"这种由极端趋向中庸的变化。中国的性别研究机构在 20 世纪 90 年代以后达到高峰状态❷，建立在性别研究基础上的女性学研究成果越来越客观和公允，这种先热后冷的学术姿态使 21 世纪以来的中国女性文学史的写作日趋客观化、多元化与精致化。

21 世纪以来，《女性词史》《20 世纪湖南女性文学发展史》《现代湖南女性文学史》《当代台湾女性小说史论》等不断以女性文学专题史的样貌出现，这表明女性文学史写作呈现出细密化与纵深化趋势。女性文学史写作经历着一个从重在批判男性中心传统到重新评价大文学史的过程。在重评过程中，当代女性文学史家一方面激烈地批判，另一方面深刻地自省，逐渐从探讨文学中的女性意识过渡到关注女性特有的表达方式与审美取向。女性文学史家作为女性文学史新的书写者与阐释者，渐渐纠正自己在文化批判过程中的极端倾向，更加注重文学研究的性别差异性与客观性，并最终从性别诗学角度去理解和品评女性作家作品，表现出了越来越公允、越来越自信的学术立场。

邓红梅的《女性词史》非同一般，20 世纪的古代女性文学史研究往往包含众多时段和众多文体，这部《女性词史》则将时段取为唐宋元明清，文体细化到"词"，从而重点探讨与男性词不一样的女性词学传统。《女性词史》表现出

---

❶ 赵勇 . 怀疑与追问：中国的女性主义文学能否成为可能 [M].《文艺争鸣》1997 年第 5 期。

❷ 孙晓梅 . 高校系统妇女研究情况 [M]. 载李小江主编《批判与重建 [M]. 三联书店，2000:310.

了当代女性学者面对中西文化传统时更为清醒的扬弃意识与守正出新的研究思路。邓红梅在研究时紧紧抓住女性词内在的文学韵味，密切联系词人心态与女性词的艺术特点，将女性词独立于男性词之外的审美特征挖掘得较为透彻，是一部真正的女性词"文学史"。《女性词史》从女性卑弱的身份出发，关注女性独特的生存环境影响下的女性写作特点与审美特点。比如，在分析女性词"意象之轻约"特点时，作者指出："女性作为自男权统治以来即处于社会结构中弱势地位的群体，长期处于被封闭、被压抑的生存状态中……养成了特别敏感细致的心理体验能力……这种敏感细致的心理体验能力与她们所处身的闺阁生活环境就对她们的审美心理产生了重要影响……使她们不仅对自己缺少变化、缺少意义的生活本身易产生莫名的伤感，还容易对目力所及的一切细节变化都更能产生审美的兴奋。这样，一些男性词中只能'偏安一隅'的意象，如闺房中的篆烟、孤灯，间隔内外而又沟通内外的珠帘，室外的微风、丝雨、清云……成为女性词中经久不变的'占据中心'的意象。"❶这种建立在对女性词人生活环境、心灵感受与审美特点方面的文学史观显现出了"论从史出"的内在逻辑，更为客观地体现出了女性词史内在的发展规律。《女性词史》较之过往的女性文学史书写，显得更为精微、精致，暗示女性文学史写作从较为粗犷的女性文学通史写作转向了更为精细的女性文学专史写作。

2002年和2005年，致力区域文学史研究的朱小平研究员分别出版了《20世纪湖南女性文学发展史》和《现代湖南女性文学史》，后者是对前者的深化。区域文学史写作是20世纪90年代以来文学史写作的一个新方向，它以区域作家作品、地方文学风气为研究对象，微观分析与宏观考察相结合，以"多元"形式弥补了文学通史、断代史、文体史粗线条描述的不足。在此背景下创作的《现代湖南女性文学史》开地域女性文学史写作的先河。依据该著作的修史策略，该著作将现代定位为"1900年至今"，湖南定位为"湘籍"或"准湘籍"，这样就将湖南本土作家与原籍为湖南的外省与外籍作家包含在内。在理解"现代湖南女性文学"这一概念上，著者以一种更为开放与宽容的眼光来划定女性文学的范围，认为女性文学是"一个发展的系统，包含女作家创作的女性主义文学，也包括女性意识很强的或淡化的或超越性别或无性别意识的文学"❷，因此作者在评述时用"两种眼光——女性的眼光和中性的眼光"来审视。综观《现代湖南女性文学史》可以看出，作者重在彰显所有湖南籍女性作家的创

❶ 邓红梅.女性词史 [M].山东教育出版社,2000:5.

❷ 朱小平.现代湖南女性文学史 [M].湖南师范大学出版社,2005:3.

作成就，重在梳理湖南这一地域的女性文学创作传统，将湖湘文化传承与湖南现代革命精神熔于一炉，以"女性自觉"与"女性超越"意识来统领全书，丰富了湖南女性文学的内涵。

同样，在2005年出版的樊洛平的《当代台湾女性小说史论》可谓地域女性文学史方面的又一成果，它将女性文学史的写作一方面细化到地域——台湾，细化到文体——小说，另一方面细化到时代——当代（20世纪50—90年代）。这部著作综合考量时代、文体、性别与生长环境因素，注重挖掘女性话语在不同时期的特异性。作者认为，20世纪60年代的台湾女性小说聚焦的是"东西方文化碰撞下的女性经验"，20世纪80年代的女性小说展现了"多元化社会中的女性崛起"。❶这部地区性的、个体的、断代的、带有专题研究意义的小说史论标志着女性文学史的写作与研究越来越趋向细密化与纵深化。

2007年出版的《女性文学教程》并不是严格意义上的女性文学史，但其对女性文学溯源探流，对中国女性文学从古到今、对世界女性文学从台、港、海外到欧、美、亚非进行了全方位的扫描，故也可作为文学史论。《女性文学教程》对女性文学的概念内涵、理论方法、研究实践与面临问题进行了梳理，对今后的女性文学史写作与研究具有指导意义和参考价值。但也不可否认，这部著作所强调的女性文学范畴——"以五四新文化运动为开端，是具有现代人文精神内涵，以女性为经验主体、思维主体、审美主体和言说主体的文学"❷，似乎并不能包容女性文学的诸多方面，因为五四运动之前具有古代人文精神的文学作品也是女性文学，海外女性文学更不能以中国的五四运动为开端。女性文学内涵的难以界定表明，对于女性文学的探讨和研究仍在进程之中，如何使这一门学科成为男性与女性共建的学科，并召唤研究者以更加开放、包容的心态开展更加深广的研究，是女性文学发展必须面对的问题。

从1916年《中国妇女文学史》到2007年《女性文学教程》，中国女性文学史的书写历程近百年，女性文学史书写为女性文学成为一门学科奠定了坚实的基础。诚如戴燕所言："文学史是借着科学的手段、以回溯的方式对民族精神的一种塑造。"❸女性文学史家以特有的文学史意识重新挖掘了中国女性文学传统，回溯了中国女性的心灵世界，使曾经一度被压在地层深处的中国女性文学进入了正常的学术视野。中国女性文学史建构的百年历程表明，人们对女性文

❶ 樊洛平.当代台湾女性小说史论[M].河南人民出版社,2005:8.

❷ 乔以钢、林丹娅.女性文学教程[M].河北教育出版社,2007:12.

❸ 戴燕.文学史的权力[M].北京大学出版社,2002:2.

学的理解与性别意识的发展密切相关。性别意识的不断发展与建构也使女性主义文学批评日渐向性别诗学迈进。性别诗学是中国男性学者在吸纳女性主义文论资源的基础上提出的一个概念，其中以叶舒宪与林树明为主。叶舒宪的《性别诗学》出版于1999年，较为充分地阐述了性别诗学的内涵、意义及其发展过程。2011年，林树明的《迈向性别诗学》出版，该书汇集了他20多年的女性主义研究成果。由此可见，迈向性别诗学可以视为性别意识和文学意识的双重融合，是建立在性别和谐基础上的诗学理论，强调的是两性的互融共生、和谐共在。其实，无论女性主义文学批评还是性别诗学，"两者皆以'性别'（既包括生理的又包括文化的）为研究及批评的基本坐标，以追求两性和谐为其性别价值取向"❶。笔者认为，女性主义文学批评重在对文化传统中强大的男性中心权威发起挑战和批判，性别诗学企图在尊重性别差异的基础上调和男性与女性在文学书写上的对立与矛盾，使男性和女性共同走向人类和谐的图景。

纵览百年来的女性文学史著作，我们可以明显地感悟到，随着时代风云的变换、国家政治的变迁、学术进程的开展、外来文化的冲击和对传统文化的反思，女性文学史写作在不断流转中渐趋稳定与成熟。早期学者的女性文学史通史写作逐渐被细密化与纵深化的专题史写作趋势取代，女性文学史写作与研究的路径越来越宽广、深入，女性主义这一曾被女性文学史家激烈推崇的理论资源也得到更加辩证的运用。笔者认为，在旧识与新知的融合中，女性文学史家的史观、史识与史路越来越辩证包容、越来越精准科学，女性文学史写作过程中的文学性与科学性将得到进一步重视，文学史家所期待的既注重男女平等又注重男女差异与性别和谐的性别诗学建构将成为可能。在最新的《中国妇女发展纲要》中，性别研究中的"社会性别意识"观念被"纳入法律体系和公共政策"中，"妇女的全面发展"和"两性和谐发展"成了妇女发展的总目标❷，这表明学术研究中的最新思想成果已经进入公共政策体系，正在21世纪以来的性别意识建构中发挥着重要作用。

---

❶ 林树明.一石激起千层浪——关于性别诗学批评的思考 [M].《当代文坛》2011年第2期。

❷ 中华人民共和国国务院.中国妇女发展纲要（2011—2020年）[M].《光明日报》2011年8月9日第13版。

后记：文学之缘

文学丰富了我孤独而又空虚的童年和少年生活。

犹记得 20 世纪 80 年代中期，武侠和言情小说席卷了中国，即使在偏远的乡村，我也得以从颇具先锋意味的青年那里接触到一些作品。记忆犹新的是在阅读武侠小说、观看武打电视剧后，我模仿武侠小说和电视剧里的人物，想练出潇洒的扫堂腿，然而扫堂腿没练成，菜地上的栅栏被我践踏得东倒西歪。由于年幼，尚不懂生死之奥义，于是异想天开地求死，以为死后可以见到被日本人害死了的霍元甲。武打情结、江湖道义的纠缠使我到了高中时代还沉浸其中，于是冒着被老师、同学误认为早恋的风险，和同年级男生结拜为义兄妹，体验"同生共死"的江湖豪情，搞了一把行为艺术。因为文学，曾幻想到大漠深山，过所谓的神仙眷侣生活……文学让我的成长过程充满了幻想，充满了玄机。

等到曾经年级第一的我高考落榜、名落孙山之后，"现实之我"才如醍醐灌顶，"文学之我"飘摇在梦中太久太久了。记得 19 岁的我迷惘在徐州煤矿学校的教工宿舍里，思考自己将来的前程，扪心自问——是不是一辈子愿意待在煤矿，做一个没有正式编制的代课教师，答案自然是否定的。然后，又追问自己，此生最喜欢的科目是什么？自己能不能随大流去继续理科生的复读生涯，答案仍然是否定的，在高考之前的填志愿阶段，面对志愿表中的专业选择，发现自己喜欢的其实是文科，然而两年前学校分文理科时，我在"学好数理化，走遍天下都不怕"影响下，功利地选择了理科。否定自己，正视自己，是艰难的，然而我总算在高中毕业后幸运地想通了。由此，我感谢那万籁俱寂的遥远的矿山，在那近乎与世隔绝的田园般的矿山里，我收获了人生第一次清醒。于是，在完成约定的教学任务后，我回到家乡盐城，选择了一家文科复习班开始学习文科课程，经过艰辛的努力，终于遂愿考取了大学，考取了中文系……与文学的缘分好像命中注定，我绕了一个圈子，终于从理科学习生涯中拔脚而出，回到文学。

我所上的大学叫现在叫江苏海洋大学（前身为淮海工学院），当时还是一家刚刚成立的新型大学，当时人们均以淮海大学称呼它，其成立的初衷是建设一座足以和苏州大学相媲美的苏北大学，以发展落后的苏北经济。由于某些原因，淮海大学后来降格为淮海工学院。2019 年，经过数代淮工人的努力，淮海工学院升格为江苏海洋大学，而我曾经就读的汉语言文学专业，也入选为国家一流本科专业建设点。学校从荒滩上起步，最早只有一幢综合教学楼、一座办公楼、一个图书馆……在教学设施方面连一所中学都不如。然而，学校的老师来自其他各高校，还有一些是刚刚毕业的研究生，校园因为这些颇具开拓精神的老师充满了青春朝气，学校的活动丰富多彩，为学生提供了很多锻炼的机会。当时学校招生很少，我们 92 级中文系本科生总共才 27 人，所授课程全部是小班教学，由此我们得以和老师亲近，并深受感染。我受老师启发，参加学校的各种文学活动，积极写作并向各杂志投稿，在本科毕业时发表了 30 多篇文章，在那个社会风气相对清纯的年代，担任过中学教职的我通过这些文章幸运地进入盐城师范学院，成了一名大学教师。

以一个二本毕业的大学毕业生身份执教大学课程，唯恐误人子弟，于是借由学校的优惠政策，后来分别考取南京师范大学和南京大学，完成了硕士阶段和博士阶段的学习。对我而言，对文学作品进行解读和研究是从南京师范大学开始的。如果说之前也有文学阅读，那主要是出于心灵孤寂状态下的娱乐和消遣。进入南京师范大学之后，导师骆冬青给我们开设了小说理论和美学理论课。在他的启发下，我才懵懵懂懂地有所感悟，渐渐学会以某些视角或者某种方法鉴赏、解读、阐释和评价作品。

游走在不同的大学和科研机构中，我对南京大学充满了深深的怀念。在我所有的游学经历中，唯有在南京大学的三年是在真正虔诚地读书。我羞愧地发现，以前读书总想着挣钱，或者想着争名。南京大学良好的读书氛围孕育了我较为沉静的心灵，也使我反省了以往不良的阅读和学习习惯。南大对我的熏染其实不仅仅在读书，更多的是在人生态度和治学态度方面。回忆南京大学，感到有很多一言难尽但感喟犹深的东西沁入了我的心灵，浸入了我的立身行事中。经过南京大学的教育和熏染，自我感觉内心更加充实和宁静。心境发生变化之后，我开始阅读更多的文学作品，希望能从对文学原典的阅读中触摸人类真实的灵魂。

优秀的作家是时代的良心，也是人类永恒的朋友。任何作品的背后都站立着一个作者，也氤氲着一个世界，鉴赏的前提不仅是走进、阐释和评论，还需要跳出。读者和作品的交流既需要时间和耐心，也需要机缘和知识。当我沉浸在文学阅读中时，经常被作者意味深长的幽默、悲天悯人的情怀所打动，作家所选择的每一个字词、创作的每一段文字的背后都呈现了作家彼时彼刻的心灵——是喜悦还是沉静，是浮夸还是安然？如果作者不能与作品中的世界融为一体，那么其作品是难以动人的。同样，读者如果不能深入作品，也就很难把握作品的精髓，作品的浮光掠影、功力不足之处自然难以被正确地感知，鉴赏和阐释也就难以全面、客观了。

艾略特曾经提出艺术的"非个人性"——"诗不是放纵感情，而是逃避感情；不是表现个性，而是逃避个性"，千万不要被这句惊世骇俗的名言所误导，艾略特期待的和重视的是要求作家不要忘了传统的力量，任何主观感情、个人情绪只有经过了普遍性、艺术化情绪的过程，才适宜表现在文艺作品中。作为阅读和诠释文学作品的读者，我们要在作家个性和文学传统的平衡中去理解作品，唯其如此，才能发现在整个文学精神的链条中某个具体作家、某部具体作品的价值所在。

我这样不厌其烦地叙说我生命中的文学体验，实际是向读者说明——我对文学的理解和虔诚，我以为唯有理解和虔诚才是走近文学的最好姿态。

阅读是我生命中重要的人生享受，也是我从事教学和研究必需的功课，能够将人生享受和工作内容融为一体是我的幸运。由此，我感谢生命中理解、帮助和扶持我的家人、师长、文友，还有与我共同领略文学胜景的学生。在喧嚣、功利的日常生活之外，我们借由文学沉浸在一片没有等级、没有污染、心灵自由的世外桃源中，在渺渺风尘中捕捉自己灵魂深处最真实的声音……

本书的出版得到了江苏省作家协会"重点扶持文学创作与评论工程""江苏高校哲学社会科学优秀创新团队""江苏省哲社优秀创新团队比较文学与跨文化研究"等项目团队的支持与资助，感谢方忠校长、陈义海教授、李尧教授所提出的各种建设性意见，感谢徐海栋先生、孙利娟同学的精心校对，他们的全力推进使得本书顺利付梓。